クリス・ウィタカー
Chris Whitaker
鈴木 恵 訳

JN038347

われら闇より天を見る

WE BEGIN AT THE END

早川書房

われら闇より天を見る

日本語版翻訳権独占
早　川　書　房

© 2022 Hayakawa Publishing, Inc.

WE BEGIN AT THE END
by
Chris Whitaker
Copyright © 2020 by
Chris Whitaker
Translated by
Megumi Suzuki
First published 2022 in Japan by
Hayakawa Publishing, Inc.
This book is published in Japan by
arrangement with
Curtis Brown Group Limited, London
through Tuttle-Mori Agency, Inc., Tokyo.

装画／ agoera
装幀／早川書房デザイン室

わたしとともにトールオークスとグレイスを、そしてこんどはケープ・ヘイヴンを訪れてくれた読者に。わたしがもがいているとき、みなさんは絶えずわたしを奮起させてくれた。

目次

登場人物

ダッチェス・デイ・ラドリー……………13歳の少女。自称“無法者”
ロビン・ラドリー…………………………ダッチェスの弟
スター・ラドリー…………………………ダッチェスの母親
シシー・ラドリー…………………………スターの妹
ハル・ラドリー……………………………スターの父親
ウォーカー（ウォーク）…………………ケープ・ヘイヴン警察の署長
ヴィンセント（ヴィン）・キング………ウォークの幼なじみ
マーサ・メイ………………………………ウォークの元恋人。弁護士
ブランドン・ロック………………………スターの隣人
ミルトン……………………………………スターの隣人。肉屋
ディー・レイン……………………………銀行の窓口係
エド・タロウ………………………………建設業者
リーア・タロウ……………………………ケープ・ヘイヴン警察の署員。エドの妻
ルーアン・ミラー…………………………ケープ・ヘイヴン警察の補助員
ボイド………………………………………州警の刑事
リチャード（ディッキー）・ダーク……不動産業者
トマス・ノーブル…………………………ダッチェスの同級生
ドリー………………………………………ハルの知人
プライス夫妻………………………………里親
メアリー・ルー……………………………プライス夫妻の娘
シェリー……………………………………ケースワーカー
カディ………………………………………フェアモント郡矯正施設長

何かが見えたら手をあげてくれ。

煙草の巻紙でもソーダの空き缶でもかまわない。

何かが見えたら手をあげてくれ。

くれぐれも触らないこと。

手をあげるだけでいい。

町の人々は仕度をして浅瀬に立っていた。十五メートル間隔で横一列になったまま動きだす。百の眼が地面を見おろしていたが、それでもみな隊列を崩さない。振り付けされたゾンビたち。

背後の町は空っぽになり、始まったばかりの長い夏は、早くもそのニュースで窒息していた。

行方不明者はシシー・ラドリー、七歳、髪はブロンド。たいていの人々は顔見知りだったので、デュボア署長が写真を配る必要はなかった。

ウォークは列の端にいた。怖いもの知らずの十五歳、一歩ごとに膝が震えた。

人々は林の中を軍隊のように進んだ。警官らに先導され、懐中電灯を左右に振り。林のむこうには海があった。はるか先だったが、少女は泳げなかった。

ウォークの横にはマーサ・メイがいた。付き合いはじめて三カ月、ふたりはまだ一塁にとどまっている。マーサの父親はリトルブルック監督教会の牧師なのだ。

マーサがウォークのほうを向いた。「まだ警官になりたい？」

ウォークはデュボア署長に眼をやった。うつむいて、最後の希望を一身に背負っている。

「スターは先頭にいたよ」とマーサは言った。「お父さんと一緒に。泣いてた」

スター・ラドリー、行方不明の少女の姉。マーサの親友。彼らは結束の固いグループだった。いないのはひとりだけだ。

「ヴィンセントは？」マーサは訊いた。

「さっきまで一緒だったんだけどな。反対側にでもいるのかな」

ウォークとヴィンセントは、兄弟のように仲がよかった。九歳のとき、たがいの手のひらを切って押しつけあい、クラスを超えた友情を誓っていた。

ふたりはそれ以上おしゃべりをせず、ひたすら地面を見つめ、サンセット・ロードを過ぎ、願い事の木を通りすぎた。コンバースのスニーカーが草を掻きわける。ウォークは懸命に眼を凝らしていたが、それでも危うく見落とすところだった。

カブリロ・ハイウェイ、すなわちカリフォルニアの海岸を千キロにわたって走る州道一号線。そこから十歩のところ。ぴたりと立ちどまり、顔をあげると、隊列が自分を置いて先へ進んでいくのが見えた。

ウォークはかがみこんだ。

小さな靴だった。赤と白の革。金色の留め金。

ハイウェイを走ってきた車がスピードを落とし、ヘッドライトがカーブを曲がってきて、ウォークを照らし出した。

そのとき、少女が見えた。

ウォークは大きく息を吸い、手をあげた。

第一部

無法者

1

ウォークは浮かれた人混みのはずれに立っていた。彼が生まれたときからの知り合いもいれば、むこうが生まれたときからの知り合いもいる。日焼けした別荘客たちは、この海が削り取っているのが建物だけではないことも知らずに、カメラを手に気楽な顔で立ち交じっている。

地元のニュース局も来ていた。「ウォーカー署長、一言いただけますか？」KCNRの記者が言う。ウォークは微笑んで両手をポケットに深く突っこみ、人垣をすりぬけようとしたが、そこで群衆がわっと声をあげた。

ガラガラという音とともに屋根が崩れ、下の海に落下していった。崩れるたびに少しずつ骨組みがむきだしになり、もはや人の住居ではなくなっていく。ウォークの記憶にあるかぎり、そこはずっとフェアローン家の住まいで、彼が子供のころには、二千平方メートルの土地が海まで広がっていた。一年前に立入禁止となったが、浸食はつづき、ときおり州の自然局の連中がやってきては測量と判定を行なっていた。

カメラのさざめきと不謹慎な興奮のなか、スレートがばらばらと滑り落ち、フロントポーチがはずれかけた。肉屋のミルトンが片膝をついてすかさずシャッターを切り、旗竿が傾いて国旗が風にひらめく決定的瞬間をものにした。

タロウ家の下の男の子が、そばに近づきすぎて母親に襟をぐいと引っぱられ、尻もちをついた。かなたでは太陽も海に落下して、海面をオレンジと紫と名もない数々の色彩に切り分けている。記者はすでに撮影をすませ、取るにたらないささやかな歴史の一齣を最後まで見届けようとしていた。ウォークはあたりを見まわし、ディッキー・ダークがいるのに気づいた。無表情で見物している。ダークは巨人のように背が高く、二メートル十センチ近くあった。不動産業を営んでおり、ケープ・ヘイヴンの町に住宅を数軒と、カブリロ・ハイウェイにクラブを一軒所有している。十ドルと一片の道徳心を犠牲にするだけではいれる悪の巣窟を。

さらに一時間立ちつづけ、ウォークの脚が疲れてきたころ、ポーチがついに力尽きた。見物人たちは拍手をしたくなるのをこらえ、背を向けて帰りはじめた。バーベキューとビールの待つわが家へ、ウォークの夕方の巡回路を火影で照らす庭の炉の前へと、三々五々、灰色の塀を乗りこえていく。塀は板石を空積《からづ》みしただけのものだったが、いまだにがっちりしていた。そのむこうには願い事の木と呼ばれるオークの巨木が、広がりすぎた枝々を支柱で支えられてそびえている。古いケープ・ヘイヴンは生き残るために手を尽くしていた。

かつてヴィンセント・キングと、その木に登ったことがあった。あまりにむかしのことなので、それもまた取るにたらないできごとなのだろうが。ウォークは震える手を銃に載せ、もう片方の手をベルトにかけた。きちんと締めたネクタイ、糊のきいた襟、磨きあげた靴。地位に満足する彼を、賞賛する者もいれば、憐れむ者もいた。一度も出港したことのない船の船長だと。

群衆にさからって歩いてくる少女の姿が見えた。弟と手をつないでいるが、弟は姉のペースに合わせるのに苦労している。

ダッチェスとロビン。ラドリー家の子供たちだ。

彼らのことなら知るべきことはすべて知っているウォークは、小走りでふたりに駆けよった。

男の子は五歳で、声もなく泣いており、少女は十三歳になったばかりで、一度も泣いたことがない。「お母さんか」とウォークは言った。それは質問ではなく、痛ましい事実の確認にすぎなかったので、少女はうなずきもせずに踵を返して先に立った。

三人は黄昏の街を通りぬけた。白い木の柵とそれに張りわたした電飾という、つかのまの平和の中を。月が昇り、道を照らし、彼らをあざけった。それは三十年前から変わらない。建ちならぶ豪邸、自然と闘うガラスと鋼、途方もなく美しい眺め。

それらをあとにして、ジェネシー通りにはいる。ウォークはそこに住んでいた。両親の遺した古い家に。アイヴィー・ランチ・ロードにはいると、ラドリー家が見えてきた。ペンキのはがれた雨戸、逆さに置かれた自転車、脇に転がるタイヤ。ケープ・ヘイヴンでは、光からほんの少しはずれるだけで、暗黒も同然になる。

ウォークは子供たちを残して庭の小径を走っていった。明かりはついていないが、テレビのちらつきが見える。ふり返ると、ロビンはまだ泣いており、ダッチェスは険しく厳しい眼でまだウォークを見つめていた。

スターはカウチにいた。そばに酒瓶が一本、今回は錠剤は見あたらない。片足は靴をはいているが、片足は裸足で、小さな指と、マニキュアを塗った爪が見える。

「スター」とウォークは膝をついて彼女の頬をたたいた。「スター、起きろ」穏やかに声をかけたのは、子供たちが戸口にやってきたからだった。ダッチェスは弟に腕をまわし、弟は小さな体内から骨がなくなったかのようにぐったりと姉にもたれている。

ウォークは少女に、九一一番へかけろと指示した。

「もうかけた」

スターのまぶたを押しあげてみたが、白眼しか見えなかった。

「助かる？」と少年の声。

ウォークはサイレンが聞こえないかとふり返り、夕焼け空に眼を細めた。

「外で救急車を待っててくれないか？」

ダッチェスは意図を察し、ロビンを連れて出ていった。

そのときスターが身震いし、少し吐いてまた身震いした。まるで神か死神が、彼女の魂をつかんで引きずり出そうとしているようだった。ウォークはそれを長年待っていた。解放を。シシー・ラドリーとヴィンセント・キングの事件から三十年がたつというのに、スターはいまだにそこから逃れられず、ぶつかりあう過去と現在に未来を弾きとばされて、いっこうに立ち直れなかった。

ダッチェスは母親と一緒に救急車に乗った。ロビンはウォークが連れていってくれる。彼女は救急隊員の作業を見守った。ありがたいことに、その男は微笑みかけようともしなかった。髪は薄いし、汗は搔くし、死のうと決めた人たちを救うのにもうんざりしているようだった。

救急車はしばらく家の前に停まっていた。あいたままのドアのむこうには、いつものようにウォークがいて、ロビンの肩に手をかけている。ロビンにはそれが必要だった。大人の慰めが。安心だという認識が。

向かいの家々ではカーテンが動いて、人影が無言の非難を向けてきた。そのとき、通りのはずれにダッチェスと同じ学校の男の子たちが現われた。顔を赤くして自転車を飛ばしてくる。建築規制がしばしばトップニュースになるような小さな町では、ニュースはあっというまに伝わる。

ふたりはパトロールカーの近くで止まり、自転車を乗りすてた。背の高いほうが、息を切らし、髪を額に貼りつかせたまま、そろそろと救急車に近づいてきた。

「死んだの？」

ダッチェスは顎をあげてそいつの眼をにらみつけた。「おまえこそ死ね」

エンジンがかかり、ドアが閉められ、曇りガラスが世界をぼやけさせた。

二台の車はくねくねと道をくだり、最後のカーブを曲がって丘をあとにした。そのむこうに広がる太平洋と、溺れる人々の頭のように海面から突き出た岩々を。

ダッチェスは自分たちの住む通りを最後まで見つめていた。街路樹がペンサコーラ通りの上で腕を差しのべあい、枝を手のように組み合わせて、彼女と弟のため、ふたりが生まれるはるか以前に始まったこの悲劇のために、祈りを捧げはじめるまで。

こんな夜に出くわすたび、ダッチェスは夜にすっかり呑みこまれてしまい、自分には二度と朝は来ないのだ、ほかの子たちのようには来ないのだと思うのだった。病院は今回もヴァンカー・ヒルで、ダッチェスはそこをいやというほどよく知っていた。母親が運ばれていったあと、照明の映るぴかぴかの床に立って入口を見ていると、ウォークがロビンを連れてはいってきた。彼女は近づいていって弟の手を取り、エレベーターに乗せて二階にあがった。明かりを落とした家族室で、椅子をふたつくっつけてならべると、向かいの備品室から柔らかな毛布を勝手に持ってきて、その椅子を即席のベッドに仕立てた。ロビンは疲労に引きずられてふらふらしており、眼のまわりに不穏な隈ができていた。

「おしっこ行く？」

こくり。

トイレに連れていき、数分待ってから、きちんと手を洗わせた。歯磨きを見つけ、指先に少し絞り出して歯と歯ぐきをこすってやる。ロビンが口をすすぐと、口元を拭いてやった。

靴を脱がせたあと、椅子の腕ごしに、小さな動物のようにそこに収まったロビンに毛布をかけてやった。

ロビンが眼をのぞかせた。「置いてかないでね」

「置いてかないよ」

「ママは助かる？」

「うん」

テレビを消すと部屋は暗くなった。非常灯がふたりを赤く染めたものの、穏やかな光だったので、ロビンはダッチェスがドアにたどりついたときにはもう眠っていた。

彼女は冷たい光の中に出ると、ドアの前に立った。誰も入れないつもりだった。家族室は三階にもある。

一時間後、ウォークがふたたび現われて、さも疲れたようにあくびをした。ダッチェスはウォークが昼間、カブリロ・ハイウェイをパトロールカーで走るのを知っていた。ケープ・ヘイヴンから先のあの完璧な数キロを。瞬きするたび絶景が見えるので、国の反対側から人々がやってきては家を買い、一年のうち十カ月は空き家にしておく、そんな楽園のような場所を。

「ロビンは寝たか？」

ダッチェスはこくりとうなずいた。

「様子を見てきたが、お母さんはだいじょうぶだ」

彼女はまたうなずいた。

「何か飲んでくるといい。自販機が廊下の――」

「知ってる」

部屋をのぞくと、弟はぐっすり眠っており、揺り起こすまで目覚めそうになかった。

ウォークが一ドル札を差し出すので、ダッチェスはしぶしぶ受け取った。

廊下の先へ行ってソーダを買ったが、飲まなかった。ロビンが起きたときのため取っておくつもりだった。ならんだ仕切りをのぞいてみた。出産と涙と命の音を。抜け殻になった人たちも見えた。ひどくうつろなので、もう回復しないのがわかった。警官たちが悪いやつらを連れてきた。腕には刺青、顔は血だらけだ。あたりには酔っぱらいと、漂白剤と、吐物と便のにおいがした。

すれちがった看護師に笑いかけられた。たいていの看護師は前にもダッチェスを見かけたことがあるのだ。勝ち目のない手を配られた、よくいる子供のひとりを。

戻ってみると、ウォークがドアの脇に椅子をふたつならべていた。ダッチェスは弟の様子をのぞいてから腰をおろした。

ウォークがガムを差し出したが、彼女は首を振った。

ウォークが話したがっているのがわかった。気休めを言いたがっているのが。長い人生におけるちょっとしたつまずきにすぎない、いまにすっかり変わると。

「電話しなかったんだね」

ウォークは彼女のほうを見た。

「福祉に。電話しなかったんだね」

「しなくちゃいけないんだが」ウォークは悲しげに言った。ダッチェスとバッジのどちらかを裏切っているという口ぶりだったが、どちらなのかはわからなかった。

「でも、しないよね」

「しない」

ウォークの腹は薄茶色のシャツをぱんぱんにしていた。ぽっちゃりした赤い頬は、両親に〝だめ〟と言われたことのない甘やかされた少年を思わせる。表情はつねにあけっぴろげで、ウォークが秘密をかかえているところなどダッチェスには想像もできない。母親はウォークのことを、ほんとうにいい人だと、何かすごいことのように言っていた。

「少し寝なさい」

そのままじっと座っていると、やがて星が傾いて夜が明け、往生ぎわの悪い月が、新たな一日に残る染みのような、残像のような姿に変わった。向かいに窓があった。ダッチェスはその前に立ってガラスに額を押しつけ、下り斜面に茂る林と向き合った。鳥のさえずりと。かなたには海と、波間に点々と浮かぶトロール船が見える。

「男はいつだっている。ろくでもないことが起きるときには、いつだって男がいる」

「ダークか？」

ウォークが咳払いをした。「お母さんのことだが……男が一緒にいたのか——」

ダッチェスは表情を変えなかった。

「わたしには言えないのか？」

「あたし、無法者だから」

「そうか」

ダッチェスは髪にリボンをつけており、しじゅうそれをいじっていた。ひどく痩せていて、ひどく色白で、母親と同じようにひどく美しい。

「あっちに生まれたばかりの赤ん坊がいた」ウォークは話題を変えた。

「なんて名前だった？」

「わからない」

「五十ドル賭けてもいいけど、ダッチェスじゃないよ」

ウォークは穏やかに笑った。「エキゾチックで珍しい名前だ。知ってるか、きみはエミリーになるはずだったんだぞ」

「嵐はつらくなければならぬ（エミリー・ディキンスンの詩の一節）」

「そのとおり」

「母さんはまだこの詩をロビンに読んでやってる」ダッチェスは腰をおろして脚を組み、ふくらはぎをもんだ。スニーカーはぶかぶかですりきれている。「これがあたしの嵐なの、ウォーク？」

ウォークは答えられない質問に答えを探すように、コーヒーをひとくち飲んだ。「わたしはダッチェスが好きだよ」

「自分がなってみれば？　男の子だったらあたし、エミリーの恋人だったスーザンにちなんで、スーにされてたかも」ダッチェスは顔をあおむけ、ちらつく蛍光灯を見あげた。「母さんは死にたがってる」

「そんなことはない。そんなふうに考えちゃだめだ」

「自殺っていちばん自分勝手なまねなのか、いちばん自分を捨てた無私な行為なのか、どっちなんだろう」

六時に看護師がダッチェスを病室へ連れていってくれた。

スターはベッドに横になっていた。母親どころか、人間ともいえない姿だった。

「ケープ・ヘイヴンの女公爵《ダッチェス》さま」笑ってはいたが、弱々しかった。「もうだいじょうぶよ」

ダッチェスに見つめられると、スターは泣きだした。ダッチェスは部屋にはいっていって、母親の胸に頬を押しつけ、まだ心臓が打っていることにびっくりした。

ふたりは一緒に横になったまま、夜明けに包まれていた。それは新たな一日ではあったが、約束の光ではなかった。約束など偽りだということを、ダッチェスは知っていた。

「愛してるよ、ダッチェス。ごめんね」

ダッチェスはいろんなことを言いたかったが、いまはこれしか言葉が見つからなかった。「愛してるよ、ママ。わかってる」

2

丘の頂上で大地は切れ落ちていた。

紺碧の空に日が昇ると、ダッチェスは後部席に弟とならんで座り、弟の小さな手を握った。ウォークはふたりの住む通りにゆっくりとパトロールカーを走らせ、傷んだ家の前に駐めると、あとについて中にはいってきた。朝食を作ろうとしたが、戸棚が空っぽだったので、〈ロージーのダイナー〉までひとっ走りしてパンケーキを買ってきて、ロビンがそれを三枚平らげるのをにこにこと見ていた。

ダッチェスがロビンの顔を洗って服を出してやってからポーチに出ていくと、ウォークは階段に腰かけていた。岬《ケープ》は静かに目覚めはじめており、郵便配達が通りすぎ、隣家のブランドン・ロックが家から出てきて芝生に水をまきだした。ラドリー家の前にパトロールカーが駐まっているのを誰も気に留めないことが、彼女は悲しくもあればうれしくもあった。

「送っていってやろうか？」

「いい」ダッチェスはウォークの隣に腰をおろして靴紐を結んだ。

「お母さんを迎えにいってやってもいいぞ」

「ダークを呼ぶって言ってた」

母親に対するウォーカー署長の友情というのが実際はどんなものなのか、ダッチェスは知らなかったが、どうせファックしたいだけだろうと思っていた。町の男たちはみんなそうだ。

ダッチェスは荒れた庭をながめた。去年の夏は母親と一緒に花を植えた。ロビンは小さなじょうろを買ってきて、頬を紅潮させながら何度も水を運んでは、土を軟らかくした。ルリカラクサ、インドアオイ、マウンテンライラック。

みんな放置されて枯れた。

「お母さんは話してくれたか？」ウォークが優しく尋ねた。「ゆうべのこと、わけを教えてくれたか？」

何度訊かれても慣れない残酷な質問だった。わけなどないのだから、たいていは。でも、今回はウォークがなぜそれを訊くのかわかっていた。彼女もヴィンセント・キングのこと、崖のそばの墓地に埋葬された叔母シシーのことは知っていたからだ。シシーの墓は誰でも知っていた。白ちゃけた木の柵のむこうに、生き延びられなかった赤ん坊や、親の祈る神と同じ神に命を奪われた子供たちとともに眠っている。

「なんにも言ってなかった」

背後でロビンが出てくる音がした。ダッチェスは立ちあがって弟の髪を整え、唾をつけて頬の歯磨きをこすり落とすと、鞄をのぞきこんで絵本と連絡帳と水筒がはいっているのを確かめた。

鞄を背負わせてやるとロビンはにっこりし、ダッチェスもにっこりと笑いかえした。

パトロールカーが長い通りを走り去っていくのをならんで見送ると、ダッチェスは弟に腕をまわし、ふたりは歩きだした。

隣人はホースの水を止めると、かすかな跛行を懸命に矯正しながら庭のはずれまで歩いてきた。ブランドン・ロック。がっちりして、日焼けしている。片耳にピアス、もさもさの長髪《フェザード・ヘア》、絹のローブ。

ときどきガレージのドアをあげてメタルをガンガンかけながらベンチプレスをしている。「またか、おまえらの母ちゃん？　誰か社会福祉に電話すべきだな」鼻が折れたまま治っていないような声。片手にダンベルをさげ、ときおりそれをくいくいと持ちあげる。右腕のほうが左より明らかに太い。

ダッチェスはブランドンのほうを向いた。

風が吹いてきて、ローブの前がひらいた。

ダッチェスは鼻をしかめた。「児童への公然猥褻。お巡りさんに知らせなくっちゃ」

ブランドンの眼が険しくなり、ロビンは姉を引っぱって歩きだした。

「ウォークの手が震えてたの見た？」ロビンは言った。

「朝はいつもひどいんだよ」

「なんで？」

ダッチェスは肩をすくめたけれど、ほんとうは知っていた。ウォークと母親、ふたりに共通する問題と、それへの対処のしかたを。

「ゆうべママは何か言ってた？　あたしが寝室にいたとき」ダッチェスが部屋で宿題に、自分の家系図づくりに取り組んでいたら、ロビンがドアをドンドンとたたいて、ママがまたおかしくなったと知らせてきたのだ。

「自分の写真を出してきてた。むかしの、シシーとおじいちゃんと一緒のやつ」母親の写真に写るその背の高い男を最初に見たときから、ロビンは自分に祖父がいることを受け入れていた。自分は一度も会ったことがないのも、母親が祖父のことをまったくといっていいほど口にしないのも、気にならないようだった。ロビンには親類という無意味な名前のクッションが必要なのだ。自分はそれほど無防備ではないと思わせてくれるものが。いとこ、おじ、日曜日のフットボールとバーベキュー、そういうものにロビンは憧れていた。クラスのほかの子たちと同じような暮らしに。

「ヴィンセント・キングのこと、知ってる？」

ダッチェスは弟の手をつかんで道を渡り、フィッシャー通りにはいった。「なによ、あんたどんなことを知ってんの？」

「シシー叔母さんを殺したんだよ。三十年前、七〇年代に。男がみんな口ひげを生やしてて、ママがへんてこな髪型をしてたころ」

「シシーはね、あたしたちの叔母さんじゃないの、ほんとは」

「叔母さんだよ」とロビンはあっさり言った。「お姉ちゃんにもママにも似てるもん。そっくりだよ」

ダッチェスは何年もかけておおよその事情をつかんでいた。酔った母親から聞いたり、サリナスの図書館で新聞記事を調べたりして。この春にはその同じ図書館で家系図づくりの調べものもした。ラドリー家の家系をさかのぼっていたら、びっくりして本を床に落っことした。ビリー・ブルー・ラドリーというお尋ね者の無法者とつながりのあることがわかったのだ。その発見は彼女を大いに喜ばせ、授業中にみんなの前で発表したときには、鼻が高いなんてものではなかった。けれども、父方のほうはまだすべて空白で、何ひとつわからず、それが母親との険悪なやり取りを招いた。母親は一度ならず二度までも、行きずりの男を相手にして妊娠し、ふたりの子供を、自分にはいったい誰の血が流れているのかと、終生悩ませることになったのだ。〝尻軽〟、彼女は小声でそうつぶやき、その結果、一カ月間遊びにいくのを禁じられた。

「知ってる？　キングはきょう刑務所から出てくるんだよ」重大な秘密だというようにロビンは声をひそめた。

「誰に聞いたの？」

「リッキー・タロウ」

リッキー・タロウの母親は、ケープ・ヘイヴン警察で通信指令係をしている。

「リッキーはほかになんて言ってた？」

ロビンは眼をそらした。

「ロビン？」

彼はあっさり降参した。「あんな男はフライにされちゃうべきだったたって。でも、そう言ったらドロレス先生にしかられた」

「フライにされるって、あんたどういう意味だか知ってんの？」

「知らない」

ダッチェスはロビンの手を引いて道を渡り、ヴァージニア・アヴェニューにはいった。家々の敷地が少し広くなった。ケープ・ヘイヴンの町はゆるやかに海へとくだっており、土地価格は下へ行くほど高くなる。ダッチェスは身の程を知っていた。彼女の家は海からいちばん遠い通りにあるのだ。

ふたりは生徒たちの集団のあとについた。ロサンジェルス・エンジェルスとドラフトについてのおしゃべりが聞こえてきた。

門の前まで行くと、ダッチェスは弟の髪をもう一度さっとなでつけ、シャツのボタンがきちんとかかっているのを確かめた。

幼稚園はヒルトップ中学の隣にあった。ダッチェスはいつも休み時間はフェンスぎわで弟の様子を見て過ごした。ロビンは笑顔で手を振り、ダッチェスは弟を見守りながらサンドイッチを食べるのだ。

「いい子でね」

「うん」

「ママのことはなんにも話さないんだよ」

抱きしめて頬にキスをしてから中に入れ、ドロレス先生に迎えられるまで見ていた。それからまた生徒たちでいっぱいの歩道を歩きだした。

顔を伏せたまま階段をのぼった。そこに数人の生徒が集まっていた。ネイト・ドーマンとその仲間たちだ。

ネイトはシャツの襟を立て、痩せこけた二の腕まで袖をまくりあげていた。「おまえんちのお袋、またやらかしたってな」

笑いがいっせいにあがる。

ダッチェスはまっすぐにネイトと向き合った。

ネイトはにらみかえした。「なんだよ」

彼女はその眼を見すえた。「あたしは無法者のダッチェス・デイ・ラドリー、おまえは臆病者のネイト・ドーマンだ」

「あほか」

ダッチェスが一歩詰めよると、ネイトの喉がごくりと動いた。

「こんどうちの家族のことを口にしたら、首を斬り落とすからな、このチンカス」

ネイトは笑おうとしたが、あまりうまくいかなかった。ダッチェスにはとかくの噂があった。かわいい顔と華奢な体をしているくせに、人が変わったようにキレるので、彼の仲間たちでさえ近づこうとしない。

ダッチェスはネイトを押しのけると、ふうっと大きく息を吐く彼を尻目に校内へはいっていった。

つらい一夜のせいで、今日もまた眼を充血させて。

3

浸食されつつある崖がくねくねと一キロ半つづいたあと、道は湾をめぐってクリアウォーター入江の背の高いオークの並木の奥へ消えている。その道をウォークは時速五十キロ以下でゆっくりとたどった。

ダッチェスとロビンと別れると、キング邸まで車を走らせて私道の落ち葉を袋に詰め、庭のごみをひろった。三十年間、毎週そこの手入れをしていた。変わらない習慣のひとつだ。

出勤すると、受付にいるリーア・タロウに声をかけた。人員はふたりきりなので、ウォークは二十四時間いつでも呼び出しに応えなくてはならない。その窓からいくつもの季節が過ぎるのをながめてきた。別荘客が来ては去っていくのを。ワインやチーズやチョコレートを詰めた贈り物のバスケットを残して。おかげで彼は毎年ベルトに新たな穴をあけるはめになった。

警察にはルーアンという補助員もいて、必要になると来てくれた。パレードやショーのあるときや、たんに庭いじりに飽きたときなど。

「今日の準備はできてます？　キングの帰還の」

「三十年前からできてるさ」ウォークは笑みを抑えようとした。「ひとまわりしてくる。帰りにペイストリーを買ってくるよ」

いつもの朝と同じようにメイン通りをのんびりと歩いていった。練習した歩きかたで、テレビで見た警官のように大股に。私立探偵マグナムみたいな口ひげをたくわえてみたり、《科学捜査ファイル》を見ながらメモを取ったり、ベージュのレインコートを買ったりもした。ほんものの事件が起きたとしても、準備は万全だった。

街灯から旗が下がり、ぴかぴかのSUVが数珠つなぎに駐まり、緑の日よけが塵ひとつない歩道に影を落としている。パターソン夫妻のメルセデスが二重駐車していたが、切符は切らないことにした。こんどカーティスに会ったときに、それとなく警告しておけばいいだろう。

肉屋のそばまで来ると足を速めたが、ミルトンのほうが先に出てきてポーチに立った。赤い飛沫の飛んだ白衣を着て、手のひらに染みついた血をそれで拭えるとでもいうように布巾を持っている。

「おはよう、ウォーク」ミルトンは毛深かった。体じゅうに巻き毛がみっしりと生えていて、日に三回は眉を剃らないと、通りがかりの動物園職員に麻酔銃で撃たれかねない。

ウィンドウには、きのうまでメンドシーノ山地を歩きまわっていたような新鮮な鹿がぶらさがっていた。ミルトンは狩りをする。猟期にはいつも店を閉めて、鹿撃ち帽をかぶり、ジープ・コマンチにライフルとビニールシートと、クーラーボックスいっぱいのビールを積んで出かけていく。ウォークも一度、言い訳の種が尽きてつきあったことがあった。

「あいつとはもう話してくれたか？　ブランドン・ロックとは」ミルトンはその名前を一語一語、吐き捨てた。礼儀正しい会話の途中で息切れでもしたように。

「まだこれからだ」

ブランドン・ロックのマスタングは点火不良がひどく、最初にミスファイアを起こしたときには通りの半分が通報してきた。いまでは生活妨害になりつつある。

「聞いたよ、スターのこと。まただってな」ミルトンは血だらけの布巾で額の汗を拭いた。噂では肉しか食べないらしく、その影響が現われてきている。

「もうだいじょうぶだ。大したことはない、今回は気分が悪くなっただけだ」

「全部見てたよ。困ったもんだな……子供たちがいるってのに」

ミルトンはスターの家のま向かいに住んでおり、スターと子供たちに強い関心を寄せていた。それは衰退中の近隣監視団《ネイバーフッド・ウォッチ》を率いているからというより、孤独な暮らしのせいだった。

「きみはなんでも見てるな。警官になればよかったんじゃないか」

ミルトンは手を振った。「おれは監視団で手一杯さ。こないだの晩なんか10－51だ」

「レッカー車要請か」

ミルトンは警察のテン・コードをやたらと、それもまちがえて使う。

「あんたに親身になってもらえてスターは運がいいよ」ミルトンはポケットから爪楊枝を取り出して、前歯にはさまった肉片をせせりはじめた。「ヴィンセント・キングのことを考えてたんだよ。今日なのか？　みんなそう言ってるけど」

「ああ」ウォークはかがんでソーダの空き缶をひろい、ごみ缶に放りこんだ。首筋に日射しが暑い。

ミルトンはひゅうと口笛を鳴らした。「三十年だぜ、ウォーク」

十年のはずだったのだ。最悪でも十年のはずだったのに、中で喧嘩があったのだ。ウォークは詳細な報告を受けておらず、幼なじみがふたつの死を背負ったことしか知らなかった。十年が三十年になり、過失致死が殺人に、少年が大人になったことしか。

「いまでもあの日のことを思い出すよ。みんなで林を歩いたことを。じゃ、あいつは岬に戻ってくるのか？」

「おれの知るかぎりでは」

「あいつに必要なものがあったら、ここへよこしてくれていいぞ。というより、どうだろうな、ウォーク。牛足を二本ばかり取っておいてやるってのは。どう思う？」

　ウォークは言葉を探した。

「そうか」ミルトンは咳払いをして下を向いた。「今夜は……スーパームーンだ。ちょっとした眺めになるはずだし、ちょうど新しい〈セレストロン〉の望遠鏡を買ったところでもあるし。いや、まだいろいろと設定しなきゃならないんだけど、もし寄ってみたかったら——」

「今夜はいそがしいんだ。またこんど」

「わかった。でも、勤務のあとここへ来てくれ、首肉を持ってってもらいたいから」ミルトンは鹿のほうへ頭を傾けた。

「頼むよ、おい、やめてくれ」ウォークはあとずさりすると、腹をたたいてみせた。「体重を減らさないと——」

「だいじょうぶ、赤身だから。とろ火で煮込めばなかなかのもんだ。心臓《ハツ》を進呈してもいいんだけど、おれがいちど焼き目をつけると風味が歌うんだ」

　吐き気がこみあげてきて、ウォークは眼を閉じた。手が震えだした。ミルトンが気づいて、さらに何か言いたそうにしたので、急いで歩きだした。

　あたりに人影がなかったので、錠剤をふたつ口に放りこんだ。自分の依存ぶりを痛切に意識した。カフェや商店の前を通りすぎ、何人かに挨拶し、アスター夫人が食料品の袋を車に積みこむのに手を貸し、フェリックス・コークがフラートン通りの交通について意見を述べるのを拝聴した。

　それから〈ブラントのデリカテッセン〉に立ちよった。ペイストリーとチーズがウィンドウいっぱいにならんでいる。

「ちょっと、ウォーカー署長」

　アリス・オーエンだった。髪をひっつめにしてトレーニングウェアを着ているというのに、顔にはしっかりと化粧をしていて、雑種の小型犬を抱いている。犬はあばらを一本一本数えられるほど痩せこけてぷるぷる震えており、ウォークが手を伸ばしてなでようとすると、歯をむきだした。

「買い物をしてくるあいだ、レイディの番をしててくださらない？　すぐに戻るから」

「いいですよ」ウォークはリードに手を伸ばした。

「ああ、下におろしちゃだめ。切ったばかりで爪が痛むの」

「爪が？」

アリスは犬を彼の腕の中に押しこんで、店内にはいっていった。

ウィンドウ越しに見ていると、注文をすませてからほかの別荘客と立ち話を始めた。十分後、犬はまだウォークの顔にはあはあと息を吐きかけていた。

ようやく出てきたアリスは両手が袋でふさがっていたので、ウォークは彼女のSUVまで犬を抱いていって、彼女がそいつを乗せるまで待っていた。アリスは礼を言い、紙袋のひとつに手を突っこんでカンノーリを一本くれた。ウォークは受け取るまいとして、ひとしきり遠慮したあと、自分の姿がメイン通りから見えないところまで行くと、ふた口でぺろりとそれを食べてしまった。

キャシディ通りを歩いていき、途中から近道をしてアイヴィー・ランチ・ロードにはいった。スターの家まで行くと、しばらくポーチに立ったまま、中でかかっている音楽に耳を澄ました。ノックもしないうちにスターがドアをあけ、愛想をつかすのを不可能にするような笑顔でウォークを迎えた。抜け殻ではあっても美しく、打ちのめされてはいても眼はきらきらしている。オーブンで何か焼いていたのか、ピンクのエプロンを着けている。だが、戸棚は空っぽなのをウォークは知っていた。

「こんにちは、ウォーカー署長」

ウォークはつい、にっこりしてしまった。

扇風機がゆっくりとまわり、石膏ボードがところどころむきだしになり、急いで日光を遮断しようとしたのか、カーテンがリングから引きちぎられている。大きな音でラジオがかかり、レーナード・スキナードがアラバマの歌をうたうなか、スターは踊りながらキッチンをまわり、ビールの空き瓶やラッキーストライクの空箱をごみ袋に入れていく。ウォークににやりと笑いかけると、まるで子供のように見えた。彼女にはいまだにそんなところがあった。傷つきやすく、問題を抱えた、問題児。

スターはくるりと一回転してから、アルミ箔の灰皿を袋に放りこんだ。

暖炉の上に一枚の写真があった。十四歳のふたりが、未来が襲いかかってくるのを待っている。

「頭の調子は？」

「最高。いまははっきりしてるよ。いろいろありがとう……ゆうべは。でも、あたし、必要だったのかもしれないと思うんだ。最後にもう一度ね。いまはもうちゃんとしてる」スターは頭をつつくと、踊りながら片付けをつづけた。「子供たちはさ、何も見なかったよね？」

「今日はそんなことを話題にする日か？」

音楽がフェイドアウトすると、スターはようやく動きまわるのをやめて額の汗を拭い、髪を後ろで結んだ。「時は流れるものね。ダッチェスは知ってるの？」

自分の娘のことをウォークに訊いていた。

「町じゅうが知ってる」

「あいつ、変わったと思う？」

「おれたちはみんな変わったさ」

「あんたは変わってないよ、ウォーク」賞賛のつもりだったのだろうが、彼には軽蔑にしか聞こえなかった。

ウォークはもう五年もヴィンセントに会っていなかった。会おうとは何度もしたのだが。当初はグレイシー・キングと一緒に古いビュイック・リーガルで足繁く面会に通った。冷酷で厳しい判決だった。十五歳の少年を成人刑務所に送るというのは。スターの父親が証言台に立ち、シシーのことを語った。どんな少女になりつつあったかを。検察は現場の写真を見せた。幼い脚を、血まみれの小さな手を。ハッチ校長が呼ばれて、ヴィンセントの素行について証言した。不良だったと。

それからウォークの番になった。父親が茶色のシャツを着てきまじめな顔で傍聴していた。タロウ建設の職長で、会社はふたつ離れた町に夢を煙にしてしまう工場を持っていた。同じ年の夏に、ウォークは父親に連れられてオリエンテーションに行った。オーバーオールを着て立ったまま、灰色の人々を見ていた。内臓のように入り組んだパイプと足場を。金属の大伽藍を。

その法廷でウォークは父親の誇らしげな視線に迎えられ、真実をありのままに述べて、友の運命を決定した。

「これでもうあたし、後ろをふり返らなくてすむ」スターは言った。

ウォークがコーヒーをいれ、ふたりでそれを持ってデッキに出た。ブランコにとまっていた鳥たちがもの憂く飛び立ち、ウォークは古びた椅子のひとつに腰をおろした。

スターは顔を扇いだ。「あいつを迎えにいくの？」

「来るなと言われたよ。手紙を書いたんだけど」

「でも、行くんでしょ」

「行く」

「あいつには話さないでね……あたしのことやなんかは」スターは片膝を上下に揺すり、椅子を指で連打した。真の浄化が訪れる前の全精力。

「でも、きっと訊かれる」

「ここには来てほしくないの。無理だと思う、あたしの家じゃ」

「わかった」

スターは煙草に火をつけて眼を閉じた。

「ところで、いいカウンセラーがいるんだ。新しいプログラムを――」

「やめて」とスターは片手をあげてさえぎった。「言ったでしょ。それはもう終わったの」

ふたりはカウンセリングを試していたことがあった。ウォークが長年にわたり毎月、スターをブレア・ピークの精神科医まで連れていっていたのだ。その医者は優秀だったらしく、当時は経過も良好だった。ウォークは彼女をおろすと、自分はいつもダイナーに行って時間をつぶしていた。三時間か、ときにはもう少したつと、スターから電話がかかってくるのだ。日によっては子供たちがその長いドライブにつきあうこともあり、自分たちの無邪気さが置き去りにされ、遠ざかっていくあいだ、後ろで黙りこくったまま、じっと前を見つめていた。

「そうはいかないさ……このままってわけには」

「まだ薬をやってるの、ウォーク?」

ちがうんだと伝えたかったが、どう伝えればいいのかわからなかった。ふたりは病人だった。どこからどう見ても。

スターは手を伸ばしてウォークの手を握りしめた。悪気はないの。

「シャツにクリームがついてるんじゃない?」

ウォークは自分の胸に眼をやり、スターは笑った。

「何を?」

「これがあたしたちなの。あたし、いまでもときどき感じるんだから」

「十五歳の気分を」

「人は年を取るんだぞ」

スターはみごとな煙の輪を吐き出した。「あたしは取らないの、ウォーク。あんたはどんどん老けていくけど、あたしはね、まだ人生を始めたばっかりなの」

ウォークは派手に笑い、やがて彼女も笑いだした。それが彼ら、ウォークとスターだった。三十年の歳月がみるみるほぐれ、あとには軽口をたたいてふざけあうふたりの高校生だけが残された。

ふたりはさらに一時間を、安らかな沈黙に包まれて過ごした。口にはしなくても、おたがいひとつのことしか考えていないのはわかっていた。ヴィンセント・キングが帰ってくる。

4

ウォークは片眼で海を、重なりあう金色と轟く寄せ波を見ながら車を走らせた。百六十キロ東のフェアモント郡矯正施設まで。

過ちを寄せあつめたように入道雲がわきあがり、運動場の男たちが立ちどまって空を見あげている。だだっ広い駐車場にパトロールカーを乗りいれると、エンジンを切った。ブザーの音、男たちの怒声、監禁された魂の放つ孤独な波が、神なき平野へと広がっていく。

事情はどうあれ、十五歳の少年が送られる場所ではなかった。判事は石のような顔をしたまま、苛烈な矯正の必要性を説いた。ラス・ロマスにある裁判所とはかけ離れた、更生の厳しい実情を。その晩のもたらした被害の大きさにウォークはときどき驚くことがあった。亀裂は八方に広がって新しいものを古いものに、みずみずしいものを朽ちたものに変え、多くの人生に暗い影を落とした。それはスターにも見て取れるし、スターの父親にも見て取れたが、誰よりもダッチェスにはっきりと見て取れた。ダッチェスは自分が生まれるずっと前から、その晩を背負っていた。

トランクをコンコンとたたかれ、ウォークは車をおりて所長のカディに笑いかけた。すらりとしていて、背が高く、にこにこしている。受刑者たちにもまれた非情な男の外見とは裏腹に、カディはいつも愛想がよくて親切だった。

「ヴィンセント・キングか」とカディは笑顔で言った。「仲間の面倒は自分たちで見るってわけだな。ケープ・ヘイヴンはどうだ？　いまでも楽園の面影があるか？」

「ええ」

「正直なところ、ヴィンセントみたいなやつがあと百人いてほしいよ。看守たちはあいつがいるのをたいていの日は忘れると言ってる」カディは歩きだし、ウォークもならんで歩きだした。

ゲートを通過し、もうひとつ通過して、緑がかった色に塗られた背の低いずんぐりした建物にはいった。カディが言うには、その色はどの季節も華やかにするという。「人間の眼にいちばん安らぐ色でね。許しと自己変革を表現してる」

ウォークは刷毛を手にしたふたりの男が口を結んで一心に幅木を塗っているのを見つめた。

カディはウォークの肩に手を置いた。「いいか。ヴィンセント・キングは刑期を務めあげたが、それを本人に納得させるのは容易じゃないぞ。困ったことがあったら電話をくれ」

ウォークは待合室に立って、広大な風景のなかで運動場を周回する男たちをながめた。みなカディから恥の罪を教えられたというように頭を起こしている。風景を暴力的に切り裂いている鉄条網さえなければ、息を呑むような光景だっただろう。麦畑に立つ農民と子供たちを描いたジョン・スチュアート・カリーの水彩画《我らがすばらしき大地》を髣髴させる。つなぎ服の男たちはみなかつては、迷える子供だったのだ。

ヴィンセントが面会者を受け入れなくなって五年がたっていたので、いまでも青いその眼がなければ、ウォークにはそれがヴィンセントだとはわからなかったかもしれない。ひょろりとして、がりがりに痩せ、血色も悪く、入所当時の生意気な十五歳の面影はどこにもなかった。

だがそこで、ヴィンセントがウォークに気づいてにっこりと微笑んだ。それは思い出せないほど多くのトラブルにウォークを巻きこみもすれば、救い出してもくれた笑みだった。ヴィンセントは健在だった。人は変わるものだと世間がいくら言おうと、友は健在だった。

ウォークは一歩近づき、抱きしめようとしかけたが、思いなおしてゆっくりと手を差し出した。

ヴィンセントはそれがたんなる挨拶だということを忘れたかのようにその手を見た。それから軽く握った。

「来るなと言っただろ」淡々とした静かな口調で言った。「でも、ありがとう」彼の動作には恭しさのようなものがあった。

「会えてうれしいよ、ヴィン」

ヴィンセントは書類に必要事項を書きこみ、看守がひとり、そばでそれを見守った。三十年ぶりに自由の身になる男など、とくに珍しくもないのだ。カリフォルニア州のありふれた一日。

三十分後、最後のゲートを通過したところでカディが現われ、ふたりはふり向いた。

「婆婆は厳しいぞ、ヴィンセント」カディはヴィンセントをすばやくしっかりと抱きしめた。ふたりのあいだに何かが交わされていた。三十年にわたる節度ある関係がついに破られたのだろうか。

「半数以上だ」カディはそのまましばらくヴィンセントを離さなかった。「半数以上がここに戻ってくる。そのうちのひとりになるなよ」

もったいをつけたその台詞を、カディはこれまでに何度口にしたのだろうか。

ふたりはならんで歩きだした。パトロールカーまで来ると、ヴィンセントはボンネットに手を置いてウォークを見た。

「制服のおまえは初めて見るな。写真をもらって気絶しかけたが、こうして実物を見ると、たしかにお巡りだ」

ウォークはにやりとした。「ああ」

「お巡りと仲よくできる自信はねえな」

ウォークは笑い、安堵のあまりへたりこみそうになった。

初めはゆっくりと運転した。ヴィンセントはほぼ何にでも眼をやり、窓をおろして風を受けていた。ウォークは話しかけたかったが、最初の数キロは夢の中にでもいるようにのろのろと車を走らせた。

「思い出すよ、セントローズ丸にこっそり乗りこんだときのことを」ウォークは努めてさりげない口調で言ったが、会話の始めかたを学ばないまま大人になってしまった気分だった。

ヴィンセントは顔をあげ、その記憶ににやりとした。

その日は十歳の夏休みの初日で、ふたりは早朝に待ち合わせた。海まで行くと、乗ってきた自転車を隠してトロール船に忍びこんだ。防水シートの下で荒い息をしているうちに日が昇り、光がシートの内側まで届いてきた。ダグラス船長と乗組員たちが果てしない海原へ船を向けたときのエンジンの鼓動を、ウォークはいまでも憶えていた。這い出していくと、船長は怒りもせずに、ふたりを一日預かると無線で連絡した。その数時間ほどウォークは熱心に働いたことはなかった。板や箱をごしごしこすった。魚の血のにおいもその気分には、見知らぬ暮らしの味にはかなわなかった。

「ダグラス船長はまだ働いてるぞ。アンドルー・ウィーラーという男はチャーター船をやってる。船長はもう八十歳にはなってるはずだ」

「あの日おれはお袋に八つ裂きにされたよ」ヴィンセントはそこで咳払いをした。「ありがとう。葬式のこと、何もかもやってくれて」

ウォークはバイザーをおろして太陽をさえぎった。

「じゃあ、あいつのことを教えてくれるか?」ヴィンセントは姿勢を変え、脚を伸ばした。ズボンの裾が二センチばかり長い。

ウォークは踏切で停まり、貨物列車が通過していった。錆色の鋼鉄の箱が次々に、キーキーと。線路を渡り、鉱山ができたときに一緒にできたような町にはいると、ようやくウォークは口をひらいた。「スターは元気だ」

「子供がいるんだろ」

「ダッチェスとロビンだ。憶えてるか、初めてスターに会ったときのこと？」

「ああ」

「ダッチェスを見たら、あのときへ逆戻りするぞ」

ヴィンセントは遠い眼をした。友の心がどこにあるのかウォークにはわかった。スターの父親が初めて岬にビュイック・リヴィエラを乗り入れてきた日だ。ふたりは自転車を漕いでいって、トランクに詰めこまれた家財を、窓に押しつけられた衣類やケースや箱を見た。〈ステルバー〉のハンドルを握ったまま、ならんでうなじを日に焼かれていると、まず父親がおりてきた。長身でがっしりしていて、おまえらが何を考えているかはお見通しだといわんばかりに、じろじろとふたりを見た。だが、ふたりはまだ子供で、ウォークの記憶にあるかぎり、関心があるのは、ヴィンセントの占い玩具〈マジック8ボール〉に告げられたとおりの幸運をつかんで、ウィリー・メイズの〈プロ〉カードを見つけることだけだった。それから父親は、まだ眠っている幼い女の子を、シシー・ラドリーを車から抱え出し、その子の頭を肩に載せたまま、初めての通りを見渡した。ふたりが向きを変えて帰ろう、ウォークの家の庭に造っているツリーハウスに戻ろうとしかけたとき、後ろのドアがあいて、見たこともないほど長い脚が現われた。ヴィンセントは悪態をつき、口をあけたままその少女を見つめた。自分たちと同い年ぐらいの、ジュリー・ニューマー級美人だった。少女はおりてくると、ガムを嚙みながらふたりを一瞥した。うっひゃあ《ホーリー・シット》、ヴィンセントはまた悪態をついた。それから少女は、父親に連れられてクラインマン夫妻の旧宅にはいっていったのだが、はいる直前に首をひねってふたりのほうを見た。にこりともしない冷ややかな一瞥だったが、その視線は炎となってヴィンセントの胸を貫いた。

「寂しかったよ。おまえがいいと言ってくれれば、面会に行ったのにな。毎週だって行ったのに」

ヴィンセントはいかにもテレビを介して人生を送ってきた男らしく、風景から眼を離さなかった。

セントラル・ヴァレー・ハイウェイにはいると、ハンフォード近郊の食堂に寄ってハンバーガーを食べた。ヴィンセントは食べかけのまま、窓の外に眼を向けて、母親と子供や、生きてきた年月をすべて背負っているかのような腰の曲がった老人を、じっと見つめていた。何を見ているのだろうかとウォークは気になった。名前を知らない多くの車か、テレビでしか見たことのない店か。一九七五年から千年紀の変わり目をはさんで今日まで、世の中の変化をそっくり見逃し、かつては空飛ぶ車やロボット・メイドの世界に思えた二〇〇五年に、いきなりやってきたのだ。

「家のほうは――」

「おれが様子を見てる。修理が必要だ。屋根、ポーチ、板の半分は腐ってる」

「そうか」

「ディッキー・ダークという開発業者がいて、夏前は毎月あそこをうろついてた。もし売る気があるのなら――」

「ない」

「そうか」言うことは言った。ヴィンセントが金を必要としているのなら、あの家を売ることはできる。海に面したサンセット・ロードに建つ最後の家を。

「じゃ、そろそろ家に帰るか？」

「おれはいま家を出てきたばかりだぞ」

「いや、ヴィン、それはちがう」

ふたりはファンファーレもないままケープ・ヘイヴンに帰りついた。親しい顔も、パーティも、ばか騒ぎもない。眼下に太平洋が、果てしない海がひらけると、ウォークは友が大きく息をついたのに気づいた。岬とそのむこうの松林に、豪邸が建ちならんでいるのが見える。

「建てちまったんだ」ヴィンセントは言った。

「ああ」

当初は反対もあったのだが、充分ではなく、金が落ちるという期待の声にかき消された。ミルトンのように商売をやっている連中が次々に発言し、努力も限界だと訴えた。エド・タロウも、自分の建設会社は事業を継続することが困難になっていると述べた。

ケープ・ヘイヴンは断崖に彫りこまれたのどかで変わらぬ町だ。アナハイムとはちがうのだ。ウォークは自分の子供時代の上に、なんとしても手放したくない思い出の上に、新たな煉瓦が積みあげられるたびにそう思った。

友の手を盗み見ると、無数の深い傷跡が拳を横切っていた。むかしから喧嘩っ早いやつだった。ついにパトロールカーは坂をのぼってサンセット・ロードにはいった。キング家の旧宅が、晴れわたった空の下に歓迎されざる暗い影のように建っていた。

「まわりの家がなくなってるな」

「落ちたんだ。崖がどんどん崩れてるんだよ、デューム岬みたいに。最後の一軒はきのうだ。フェアローン邸は。おまえのうちは崖からたっぷり離れてるし、二年前に防波堤が造られたからな」

ヴィンセントは犯罪現場さながらにテープを張りわたしてある現場を見た。そのむこうには、通りが孤立しない程度の距離に家が数軒あったものの、どれもかなり離れているため、いちばんすばらしい眺めは彼の家が独占していた。

ヴィンセントはパトロールカーをおりて家の前に立ち、腐った破風とはずれた雨戸をしげしげと見た。

「草刈りはしておいた」

「ありがとう」

ウォークはヴィンセントについて曲がりくねった小径を歩いていき、階段をのぼり、ひんやりした薄暗い玄関ホールにはいった。花柄の壁紙が七〇年代と無数の懐かしい記憶を呼びさます。

「シーツは敷いてある」

「ありがとう」

「冷蔵庫に食料も入れておいた。チキンと――」

「ありがとう」

「何度も言わなくていいよ」

暖炉の上に鏡があったが、ヴィンセントは見ずに通りすぎた。動きかたがむかしと変わったとウォークは思った。一歩一歩が、位置取りと判断についての教訓の賜物なのだと。最初の数年がつらいのはわかっていたが、それは夜ごと泣き明かすつらさではなく、ハンサムな少年が凶悪きわまりない男たちのなかにいるつらさだった。ウォークとグレイシー・キングは手紙を書いた。判事や最高裁判所ばかりか、ホワイトハウスにまで。せめて隔離してほしいと。だが、何もしてもらえなかった。

「一緒にいてほしいか？」

「帰って仕事をしろよ」

「あとで様子を見にくる」

ヴィンセントは戸口まで送ってくると、手を差し出した。

ウォークは彼を、帰ってきた友を引きよせて抱きしめた。ヴィンセントがたじろぐのは、体を硬くするのは、意識すまいとした。

そのときエンジン音が聞こえ、ふたりは通りを見た。キャデラック・エスカレードが停まった。ディッキー・ダークだ。

ダークがおりてきた。大きな体を似合わないスーツのようにまとっている。背中を丸め、下を向いて。服装はいつも黒ずくめだ。上着も、シャツも、ズボンも。きざで、わざとらしい。

「ヴィンセント・キングか」ダークの声は太く、重々しかった。「ディッキー・ダークだ」笑顔は見せない。決して。

「手紙は受け取ったよ」ヴィンセントは言った。

「町はさぞ変わっただろう」

「ああ。見憶えのあるものといえば願い事の木ぐらいだ。あの根元の穴によく煙草を隠してたのを憶えてるか、ウォーク？」

ウォークは笑った。「〈サム・アダムズ〉の六本パックもな」

ダークはようやく顔をあげると、ウォークの眼をとらえ、ぞっとするような眼つきでにらんだ。それから家をながめまわした。「最前列の最後の一軒だ。奥の土地もきみが所有している」

ヴィンセントはウォークの顔を見た。

「百万払おう。実勢価格は八十五万だ、現状では。市場は上向いてる」

「売るつもりはない」

「後悔するぞ」

ウォークは微笑んだ。「まあまあ、ダーク。この男は帰ってきたばかりなんだ」

ダークはなおもしばらくにらんでいた。それからふたりに背を向けると、大きな影を遠くまで落とし、悠然と帰っていった。

見送るヴィンセントの眼は、ウォークには見えないものが見えるかのように、じっとダークを追っていた。

＊＊＊

ダッチェスは幼稚園のドロレス先生と取り決めをして、自分の授業が終わるまで毎日三時間余計にロビンを預かってもらっていた。それは主としてウォークがあいだにはいって頼んだからだったが、ロビンが少しも手のかからない子だったからでもあった。

ロビンは姉の姿を見ると、持ち物をまとめ、鞄をつかんで駆けよってきた。ダッチェスはしゃがんでロビンを抱きしめてから、ドロレス先生に手を振って挨拶をした。

ロビンに鞄を背負わせ、中に絵本と水筒がはいっているのを確かめた。

「サンドイッチを食べなかったの」とダッチェスはにらんだ。

「ごめんなさい」

スクールバスが走り去り、ＳＵＶに乗った親たちが通りすぎ、教師たちが芝生に出てきておしゃべりをするそばで、生徒たちがフットボールをトスしはじめた。

「食べなきゃだめじゃん」

「だってさ……」

「なに？」

「なんにもはさんでないんだもん」とロビンはしぶしぶ言った。

「ばか言わないで」

ロビンは自分の靴に眼を落とした。

ダッチェスは弟の鞄のジッパーをあけてサンドイッチを取り出した。「いけね」

「いいんだよ」

「よくない」ダッチェスは弟の肩に手をかけた。「帰ったらホットドッグを作ってあげる」

ロビンはにっこりした。

ふたりはひとつの石ころを一緒に蹴りながら歩いていき、イースト・ハーニー通りのはずれまで来ると、ロビンがそれを下水溝に蹴りこんだ。

「みんな何か言ってた？　ママのこと」ダッチェスに手を引かれて通りを渡りだすと、ロビンは訊いた。

「なんにも」

「リッキー・タロウは言ってたよ。自分ちのママからうちのママのこと聞いたって」

「リッキーのママはなんて言ったの？」

ふたりは柳の枝をくぐり、フォーダム通りとデュポント通りのあいだの近道をたどった。

「リッキーはうちに来ちゃいけないって。ママがぼくたちのことちゃんと見ててくれないから」

「あんたがむこうに行けばいい」

「リッキーのママとパパはいつも怒鳴りあってるもん」

ダッチェスは弟の髪をくしゃくしゃにした。「あたしがリッキーのママと話をして、なんとかならないか訊いてあげようか？」

「うん」

ダッチェスはケープ・ヘイヴン警察のリーア・タロウを知っていた。警察はリーアとウォークしかいない。あとはルーアンという補助員がいるけれど、ルーアンはおばさんもいいところだ。あの三人が本物の犯罪をあつかうところなど想像もできない。

「リッキーはね、お兄ちゃんが大学へ行ったら、お兄ちゃんの部屋に引っ越すんだって。お兄ちゃんは水槽にお魚を飼ってるんだよ。うちも飼えない？」

「あんた、水中眼鏡を持ってるでしょ。お魚を見るなら海に行きな」

メイン通りまで来ると、〈ロージーのダイナー〉の外に少女たちの一団がいるのが見えた。いつものグループで、日向のテーブルをふたつ占拠してシェイクを飲んでいる。ふたりが通りすぎると、ささやきと笑いが聞こえてきた。

食料品店にはいると、アダムズ夫人がカウンターにいた。

ダッチェスはフランクフルトを見つけ、ロビンはパンを持ってきた。財布を出して一ドル札を三枚取り出す。それしか持っていなかった。

ロビンがダッチェスを見あげた。「マスタードも買える？」

「だめ」

「ケチャップは要るよ。つけるものがなくなっちゃうもん」

ダッチェスはソーセージとパンをカウンターに載せた。

「お母さんはいかが？」アダムズ夫人が眼鏡の縁ごしに見おろした。

「元気です」

「それはわたしの聞いた話とちがうわね」

「なら訊くんじゃねえよ」

ロビンが手を引っぱった。ダッチェスはアダムズ夫人に出ていけと言われる前に、三枚の紙幣をカウンターに放り出した。

「あんな汚い言葉使わないでよ」メイン通りを歩きだすと、ロビンが言った。

「お母さんの具合はどうだ？」

ダッチェスがふり向くと、肉屋のミルトンだった。店先に出てきて、血で汚れたエプロンで手を拭いた。

ロビンはウィンドウに近づいていって、喉を鉤に引っかけられた兎たちをながめた。

「元気です」ダッチェスは答えた。

ミルトンが一歩近づいてきたので、強烈なにおいが喉まではいりこんできた。血と死のにおいが。

「きみはものすごくお母さんに似てるね、知ってるかな」

「知ってる、前にも聞いたから」

びっしり生えた腕の毛のあいだに小さな肉片がぽつぽつ埋もれているのにダッチェスは気づいた。

ミルトンはしばらく我を忘れたように彼女を見つめていたが、食料品の袋とその中身を眼にして我に返り、チッチッと舌を鳴らした。

「そんなものはソーセージじゃない。実験室で育てるようなものだ。待ってなさい」

そう言うと、一歩ごとにゼイゼイいいながら中にはいっていった。

まもなく茶色の紙袋を持って戻ってきた。口を折りたたんで、血の指跡で封をしてある。「モルシーリャだ（ブラッド・ソーセージの一種）。誰からもらったのかお母さんに伝えるんだぞ。お母さんが正しい料理法を知りたがったら、うちへ来るように言ってくれ」

「ふつうに炒めちゃだめなの？」ロビンが言った。

「刑務所ならいいかもしれないがね。いろんな風味を踊らせたいなら、ダッチオーブンに精通する必要がある、わかるかな？　大事なのは圧力と――」

ダッチェスは袋をひったくり、ロビンの手をつかむと、ミルトンの視線を背中に感じながら急ぎ足でその場を離れた。

〈ロージーのダイナー〉まで戻ると、大きくひとつ息をしてからロビンを連れて中にはいり、少女たちの視線をシャットアウトした。店内はにぎやかで、避暑客がテーブルを埋め、コーヒーの香りが濃厚に漂っている。やかましいおしゃべり、別荘、夏の計画。

ダッチェスはカウンターのそばに立って、そこに置かれた広口瓶を見た。何かを注文すればただでもらえるケチャップの小袋がはいっている。すばやくロージーのほうを見ると、いそがしげにレジを打っていた。

ダッチェスはロビンのためにケチャップの小袋をひとつだけ取り、出ていこうとした。

「ケチャップをもらうには何か頼まないといけないんじゃない？」

ダッチェスは顔をあげた。同級生のキャシディ・エヴァンズだった。ロビンがもじもじしながら不安げに見守っている。

キャシディはにやりとした。リップグロスをつけた唇、つやつやの髪、いつものきつい顔。

「ひとつだけじゃん」

「ミス・ロージー、ケチャップをもらうには何か頼まなくちゃいけないんでしょう？」白々しい大声でキャシディは言った。

ざわめきがやみ、見知らぬ人たちの視線を浴びて、ダッチェスは顔が火照るのがわかった。

ロージーがカップを置いてカウンターにやってきた。ダッチェスが小袋を瓶に戻すと、瓶は床に落ちて砕けた。

ダッチェスはぎくりとし、ロビンの手をひっつかむと、待ちなさいというロージーの声を聞きながら、キャシディを振りきって店を飛び出した。

ふたりは黙りこくったまま静かな通りを選んで歩いた。

「ソースなんて要らないよ」とロビンが言った。「なくたっておいしいもん」

サンセット・ロードを歩いていくと、下の砂浜で子供がふたり、ボール投げをしているのが見えた。ロビンはその子たちをじっと見ていた。ダッチェスはよくロビンと遊んでやった。おもちゃの兵隊、自動車、魔法の杖に見立てた棒。ロビンはときどき、ママも来て、と大声でスターを呼ぶことがあったが、スターはたいていの日は、暗い居間でテレビの音を消して横になっていた。双極性障害、不安、依存、そんな噂をダッチェスは耳にした。

「どうしたんだろう？」ロビンが言った。

前方に少年が三人いて、ふたりのほうへ猛スピードで駆けもどってくると、横を走りぬけていった。

「キング邸だ」とダッチェスは言い、立ちどまって通りの反対側から様子をうかがった。正面の窓が割れ、大きな石ころぐらいの穴があいていた。

「教えてあげたほうがいいかな？」

ダッチェスは家を見つめ、中で人影が動くのを見て首を振った。それからロビンの手を取り、ふたたび歩きだした。

5

ウォークは観覧席のいちばん後ろに腰かけて、投げられたボールが五十ヤード先のエンドゾーンまで飛んでいくのを見ていた。レシーバーはボールを落とした。クォーターバックが手をあげ、レシーバーの少年は笑顔でそれに応えた。彼らはふたたびランを選択した。

ウォークは子供のころからずっと〈クーガーズ〉を応援してきた。ヴィンセントはそこでプレイしていたこともある。ワイドレシーバーとして。天性の能力、州代表の噂。その後の〈クーガーズ〉はあまりぱっとせず、連勝することなどめったになかった。それでもウォークは金曜の晩には、顔にペイントをして声を嗄らしている十代の少女たちのあいだに座っていた。勝ったあとはみな〈ロージーのダイナー〉に繰りこむ。選手もチアリーダーも。その雰囲気が彼は好きだった。

「あいつは強肩だな」ヴィンセントが言った。

「そうだな」

ウォークは〈ローリング・ロック〉の六本パックを買ってきていたが、ヴィンセントは自分の分をひと口も飲んでいなかった。勤務のあとに立ちよってみると、宵闇が迫っているというのにまだ家の修理をしていた。手にまめをこしらえ、口を結んでごしごしと紙やすりをかけ、裏手のデッキの塗装をあらかたはがしおえていた。

「あいつはプロになるな」ヴィンセントはその少年がもう一度ロングパスを投げるのを見守った。こんどはレシーバーもそれをキャッチして歓声をあげた。

「おまえもなれたかもな」

「訊きたいか？」

「何を？」

「何もかも」

ウォークはビールをひと口飲んだ。「おれには想像できないよ、どんなものだったのか」

「できるさ、したくないだけで。だけど、それはいいんだ。どんなものだったにしろ、おれのせいだったんだから」

「おまえのせいじゃない。あんな結末になったのは」

「あの子の墓に行ったよ。だけど、なんにも……手向けてこなかった。花もなんにも。そんなことをしていいかどうかわからなくてさ」

照明の下ではパスが次々に決まっていた。はるかむこう、いちばん遠くの隅に、野球帽を後ろ前にかぶったブランドン・ロックの姿が見えた。ブランドンは毎試合見にきている。

ヴィンセントがウォークの視線を追った。「あれはブランドンか？」

「ああ」

「あいつはいけると思ったんだがな。むかしは大したもんだったじゃないか」

「膝だよ。膝をぽっきりやって、ついに治らなかったんだ。元のようには。いまはタロウ建設で働いてる。営業のほうで。足を引きずるから、杖を使うべきなんだろうが、ブランドンがどんな男かはおまえも知ってるだろ」

「いまは知らない」

「いまだに親父さんのマスタングに乗ってるよ」

「思い出すな、あいつの親父があれを手に入れた日のこと。通りの半数が集まった」

「それをおまえは盗もうとした」

ヴィンセントは笑った。「借りたんだよ。借りただけだ」

「ブランドンはあの車を愛してる。あれにそういうものを見てるんだろうな。自分が幸せだった時代を。髪型も、服装も、あいつはいまだに七八年に生きてる。な？　変わってないんだよ、ヴィン。おれたちは誰も変わってないんだ、ほんとうには」

ヴィンセントはビールのラベルをはぎ取ったが、やはり飲まなかった。「で、マーサ・メイは？　彼女はずいぶん変わったか？」

マーサの名を出されて、ウォークはほんの一瞬だが言葉に詰まった。「マーサはビターウォーターで弁護士をやってる。離婚と家庭問題をおもにあつかってるらしい」

「おれはいつも、マーサはおまえにうってつけだと思ってた。たしかにおれたちはガキだったけど、おまえがマーサを見る眼ときたら」

「おまえがスターを見るみたいな眼だったか」

レシーバーがファンブルして、ボールがスタンドのほうに転がってきた。ブランドンがさっと立ちあがり、脚が悪いわりには敏捷に動いた。ボールをすくいあげると、レシーバーに放ってやるのではなく、四十ヤード先のクォーターバックに投げた。クォーターバックはそれを空中でキャッチした。

「あいつの肩はまだ衰えてないな」ウォークは言った。

「それはなおさらまずいかもだ」

「おまえ、スターに会いにいくつもりか？」

「会いにこさせるなと、スターに言われたんだな」

ウォークは渋い顔をし、ヴィンセントはにやりとした。「おまえの考えてることはいつだってお見通しなんだよ、ウォーク。スターには少し時間が必要だと思うとおまえに言われたとき……くそ、まだ足りないのかな。でもあのとき、おれはたしかにそのとおりだと思ったよ。なにせいろいろありすぎたからな。だけど、おまえとマーサは」

「マーサは……おれたちは、もう話をしないんだ」

「聞いてやるから話してみろよ」

ウォークは次のビールをあけた。「あの晩、判決のあと。おれたちは一緒に過ごした。で、マーサは妊娠した」

ヴィンセントはフィールドを見つめた。

「ところがむこうの父親は。牧師やら何やらだろ」

「まずったな」

「ああ」

「マーサも牧師になりたがってたしな、親父さんの志を継いで」

ウォークは咳払いをした。「で、マーサは……中絶させられた。まあそれがいちばん……おれたちはまだ高校生だったしな。だけどそういうことからは、立ち直れないもんだ。それに、親父さんだけじゃなくてマーサも、そんな眼でおれを見てたんだよ。過ちを見るみたいに」

「なのにおまえのほうはマーサに――」

「すべてを見てた。何もかもを。五十三年連れ添った、うちの両親みたいに。家と子供と暮らしを」

「マーサは結婚したのか？」

ウォークは肩をすくめた。「手紙を出したんだけどな、六年ぐらい前に。クリスマスのころで、むかしの写真が出てきたんでさ。返事は来なかった」

「いまからでもまだ関係は修復できる」

「同じことをおまえに言ってもいいんだぞ」

ヴィンセントは立ちあがった。「おれは関係を修復するには三十年遅すぎる」

＊＊＊

そのバーはサンルイスにあった。休耕地を切り裂いてアルタノン盆地へくだるハイウェイ沿いにぽつんとひらけた小さな町だ。

スターは向かいのミルトンから古いコマンチを借りていた。エアコンが壊れているので、ダッチェスとロビンは二頭の犬みたいに窓から顔を出していた。ふたりともうんざりしていたが、少なくとも月に一度はこれに耐えなくてはならなかった。

ダッチェスは学校の宿題を持ってきており、それをしっかりと抱えてスターのあとから駐車場を横切り、二台のピックアップトラックのあいだを通りぬけ、裏口から中にはいった。スターはおんぼろのギターケースを持ち、短く切りつめたデニムのショートパンツをはき、襟ぐりの深いトップスを着ていた。

「そんな格好しないほうがいい」

「まあそうだけど、チップが増えるから」

ダッチェスが小声で悪態をつくと、スターはふり返った。「お願い。今夜はうるさくしないで、弟のお守りをして、面倒を起こさないで」

ダッチェスはロビンを奥のブース席へ連れていくと、ロビンを先に滑りこませてから自分はその横に座って、弟をなんの用もない場所から遮断した。スターがふたりにソーダを一杯ずつ持ってくると、ダッチェスは宿題を広げ、ロビンには白紙を何枚か渡した。それからロビンの鉛筆入れを出して、ペンをならべてやった。

「ママはあの橋の歌を歌うかな？」ロビンが言った。

「かならず歌うよ」

「あれ好き。お姉ちゃんも一緒に歌うの？」

「歌わない」

「よかった。ママがステージで泣くときは嫌い」

あふれた灰皿から煙がただよっていた。壁は暗色の板張り、カウンターの上には旗。照明は充分に落としてある。笑い声が聞こえた。母親がふたりの男と酒をあおっていた。飲まないとステージにあがれないのだ。

ロビンがテーブルにあるナッツのボウルに手を伸ばすと、ダッチェスはその手を押しのけた。「おしっこだらけ」

ダッチェスはページをにらんだ。父親のために空けてあるスペースを、自分の家系に伸びる空欄のままの枝々を。前日キャシディ・エヴァンズが、みんなの前で自分の家系について説明したあと、自分からデュポント家（一八世紀末にフランスから亡命してきた一族で、化学メーカー〈デュポン〉社の祖。火薬製造で財を成した）までつづく一本の折れ曲がった高貴な線を、得意げにたどってみせた。火薬のにおいまでしてくるような、生き生きとした話しぶりだった。

「お姉ちゃんが描けれた」

「描けた」

ロビンが紙を押してよこすと、ダッチェスはにっこりした。「あたしの歯、こんなにでっかい？」

脇腹をつねってやると、ロビンはきゃあきゃあ笑い、ふり返ったスターが身振りでふたりを静かにさせた。

「もう一度ビリー・ブルー・ラドリーのこと聞かせて」ロビンは言った。

「あたしの読んだ話だと、ビリーは恐れを知らなかった。銀行を襲ったあと、千五百キロも保安官を引きまわしたの」

「悪い人みたいだね」

「ビリーは仲間たちを養ってあげてたの。手下たちを、家族みたいに」ダッチェスはロビンの胸に手をあてた。「それが、ここに流れてるあたしたちの血。あたしたちは無法者なの」

「お姉ちゃんはそうかも」

「あたしたちはおんなじ」

「でも、ぼくのパパとお姉ちゃんのパパ、おんなじじゃないじゃん――」

「こら」ダッチェスは弟の顔を軽くつかんだ。「ラドリーの血が流れてるんだから、あたしたちはおんなじ。父親たちがカスだっただけで……あたしたちはおんなじ。言ってみな」

「ぼくたちはおんなじ」

時間になると照明がさらに落ち、スターが客の前でスツールに腰かけてカバー曲を数曲と、自作の曲を二曲演奏した。スターが一緒に飲んでいたふたりのうちのひとりが、一曲ごとに口笛を鳴らしたり、野次ったり、卑猥な言葉を投げつけたりした。

「ふざけやがって」ダッチェスは言った。

「ふざけやがって」ロビンもまねをした。

「そんな言葉使っちゃだめ」

やがて男は腰を浮かせ、スターに向かって自分の股間をつかんでみせ、さらに何か言った。過去に何かあったみたいなことを。誘っておきながらやらせねえとは、レズじゃねえのかと。

ダッチェスは立ちあがり、ソーダのグラスをつかんで投げつけた。グラスは手前に落ちて、男の足元で砕けた。男はあんぐりと口をあけてダッチェスをにらんだ。ダッチェスもにらみかえし、腕を広げてみせた。来るなら来やがれ、あたしは逃げたりしないと。

「座ってよ」とロビンが手を引っぱった。「お願い」

ダッチェスは唖然として弟を見おろし、弟がおびえているのに気づくと、こんどは母親のほうを向いた。すると母親も、〝お願い〟と口の動きで伝えてきた。

男はダッチェスをねめつけた。ダッチェスは中指を突き立ててから腰をおろした。

ロビンがソーダを飲みおえたころ、スターが娘を呼んだ。**ダッチェス、前に出てきてちょうだい。うちの娘はね、ママより歌が上手なの。**

ダッチェスはブース席に沈みこんで母親をにらみ、何人にふり向かれても、手招きされても、拍手されても、かたくなに首を振った。むかしは歌ったこともあった。もっと小さかったころ、世の中のことを知る前は。よく家で歌ったものだった。シャワーでも、庭でも。

つまらない娘《こ》ね、スターはそう言いすてると、最後の曲に移った。するとロビンはペンを置いて、母親を最後の聖者でも見るような眼で見つめた。「これ大好き」

「知ってる」

歌いおわると、スターはステージからそっとおり、ギャラを受け取り、その封筒をハンドバッグに押しこんだ。五十ドルぐらいだろう。するとあの男がまたからんできて、こんどはスターの尻をぐっとつかんだ。

ダッチェスはロビンがやめてと懇願するまもなく立ちあがった。すばやく前のほうに出ていき、床からガラスのかけらをひろいあげた。

スターは男を押しのけた。男はいきりたって立ちあがり、こんどは拳を握りしめたが、そこでその視線に気づいた。自分にではなく自分の背後に向けられた視線に。ふり返ると、そこに少女が立っていた。小さな体で身がまえ、破片を高く突き出している。鋭い先端を男の喉に向けて。

「あたしは無法者のダッチェス・デイ・ラドリー、おまえはバーカウンターの腰ぬけだ。首を斬り落としてやる」

弟の懇願がかすかに聞こえてきた。スターに手首をつかまれて激しく揺さぶされ、ダッチェスはついにガラスを放した。ほかの男たちがやってきてあいだにはいり、騒ぎを収めた。酒が無料でふるまわれた。

スターはダッチェスをドアから押し出すと、ロビンを抱きあげてあとにつづいた。

暗くなった駐車場で三人はトラックに乗りこんだ。

スターはダッチェスをしかりつけ、あんたはばかだ、とわめいた。あの男に怪我をさせられていたかもしれない。あたしは自分のしていることぐらいわかっている。十三歳の娘に守ってもらう必要はないと。ダッチェスはそれが終わるのをじっと待った。

それから、スターはエンジンをかけようとした。

「いま運転しちゃだめ」ダッチェスは言った。

「あたしはしらふだよ」スターはミラーをのぞいて髪を直した。

「そんな状態のときにあたしの弟を乗せて運転しないで」

「もうしらふだってば」

「ヴィンセント・キングがしらふだったみたいにね」

手が飛んでくるのが見えたが、ダッチェスは顔をそむけず、そのビンタを平然と頰で受けた。

後ろでロビンが泣きだした。

ダッチェスは身を乗り出してイグニションからキーを抜くと、後ろの弟のそばに這いこんだ。髪をなでて涙を拭ってやり、パジャマに着替えるのを手伝った。

一時間眠ったあと、助手席に戻ってスターにキーを渡した。母と娘がならんで座り、三人は駐車場を出て家路についた。

「あのさ、こんどの週末はロビンの誕生日だからね」ダッチェスは静かに言った。

一瞬の間のあと、スターは答えた。「わかってるってば。ロビンはあたしの王子様なんだから」

ダッチェスは胃がきりきりした。自分のお金はいっさい持っていなかった。週末はいつも新聞配達をし、汗水たらしてペダルを漕いでいたけれど、大したお金にはならなかった。

「少しお金をくれたら、あとはあたしがやる」

「ママがなんとかする」

「だけど——」

「もう、ダッチェス、ママがなんとかするってば。ちょっとは信用してよ」

信用なんて、あたしの誕生日が忘れられたまま過ぎ去るたびになくなってる。ダッチェスはそう言いそうになった。

トラックはがたごとと走っていって道を曲がり、ハイウェイにはいった。

「おなか空いてる？」スターが言った。

「ホットドッグを作った」

「何かソースを買った？　ロビンはソースが好きなのよ」

ダッチェスは疲れた眼で母親を見た。スターは手を伸ばしてその頬をなでた。「あんた、今夜はステージに出てくるべきだったよ」

「酔っぱらいのために歌うなんて。そんなのプロにまかせる」

スターはバッグから煙草を一本抜き出して歯のあいだにくわえ、ライターをもてあそんだ。「ラジオをつけたら何か歌ってくれる？」

「ロビンが寝てる」

スターはダッチェスの肩に手をまわして抱きよせた。彼女が娘の頭にキスをするあいだ、トラックはフリーウェイをのろのろと走った。「今夜あそこにいた男の人、ヴァレーにスタジオを持ってるの。あたしに名刺をくれてね、電話してくれって。ついにチャンスがめぐってきたのかも」

ダッチェスはあくびをした。まぶたが重たくなり、街灯がかすんできた。

「ケープ・ヘイヴンの女公爵さま。あんた知ってる？ ママはね、娘を持つのがずっと夢だったんだよ。頭にかわいらしいリボンをつけた娘を」

その話なら何度も聞いた。

「ビリー・ブルー・ラドリーのこと知ってる？」

スターは微笑んだ。「あんたのおじいちゃんがよく話してくれたけど。作り話だと思ってた」

「ほんとにいたんだよ。ラドリー家の血筋なの」ダッチェスはもう一度父親のことを訊いてみようかとも思ったが、もうくたびれきっていて、とてもそこへ踏みこむ気にはなれなかった。

「あたしがあんたを愛してるのは知ってるでしょ？」

「うん」

「真面目な話だよ、ダッチェス。あたしのすることは全部……あたしがこうしてるのはすべて、あんたたちふたりのためなんだからね」

ダッチェスは夜の闇を見つめた。「でもさ……」

「なあに？」

「中間があればいいな、あたし。だってそこがみんなの暮らしてるとこだもん。すべてか無かでなくたっていいじゃん……沈むか泳ぐかでなくたって。たいていの人は水に浮かんでるだけだけど、それで充分じゃん。だってママは沈むときには、あたしたちまで一緒に引きずりこんじゃうんだもん」

スターは眼を拭った。「ママ、努力する。もっといい人間になる。けさはまた自己暗示の言葉を唱えたんだから。毎日唱える。あんたのためにそうなりたい」

「そうって？」

「無私になりたい。無私の行ないだよ、ダッチェス。それがあたしたちをいい人間にしてくれるの」

町を通りぬけたときには夜中の十二時近くになっており、ダッチェスはもうくたくただったが、そのとき私道にダークのエスカレードが見えた。

スターはトラックを停めた。門があいていた。ダークは庭で待っているのだろう、ポーチで。ダッチェスをぞっとさせるあの眼で、暗がりに何かが見えるとでもいうように、無をのぞきこんでいるのだろう。ダッチェスはダークが嫌いだった。やたらと静かで、やたらとでかくて、やたらと見つめてくる。学校の外に、フェンスのそばにいるのをよく見かけた。車の中に座って彼女をじっと観察しているのを。

「今夜は夜勤に行くんだと思ってたけど？」ダッチェスは言った。

スターはビターウォーターでオフィスの清掃をやっていた。

「それがね……ゆうべ行かなかったから、もう来なくていいって。心配しないで、ダークの店でバーテンをやれるから。ダークはきっとその話で来てるんだと思う」

「ママがあそこで働くのはいや」

スターはにっこりすると、それが何かの証明になるとでもいうように、またあの名刺を持ちあげてみせた。「運が向いてきたんだよ」

ダッチェスは弟を抱えあげた。弟は軽かった。手脚が細いのだ。髪が伸びていたが、メイン通りのジョー・ロジャーズのところに連れていく余裕はなかった。ほかの子たちはそこに行っていたが、幸いにも本人は幼すぎてまだ気づいていなかったし、ほかの子たちもそうだった。でも、じきに気づくはずだ。そのときがダッチェスは心配だった。

ふたりが一緒に使っている寝室。ダッチェスの貼ったポスター、理科と惑星、ロビンは頭のいい子になるだろう。棚には一冊の本。マックスはおなかを空かせて怒っているけれど、最後はちがう。そこがロビンは大好きだった。その夕食のおかげで、マックスが大切にされていることがわかるからだ。ダッチェスはその本（モーリス・センダック『かいじゅうたちのいるところ』）を三キロ離れたサリナスの小さな図書館から借りており、二週間おきに自転車を漕いでいっては借りなおしていた。

部屋の外から話し声が聞こえてきた。ダークは家主で、スターは家賃を滞らせている。それがどういうことか、ダッチェスはもうわかる年齢だったが、理解することはまだ避ける年齢だった。

宿題のことを考えた。完成させないとまずいことになる。居残りをさせられるわけにはいかない。ロビンを迎えにいく者がいなくなってしまう。スターはあてにならない。

夜明けまで仮眠してからやることにした。カーテンを少しあけた。通りは眠っていた。向かいのミルトンの家は、ポーチの電気がひと晩じゅうともり、蛾がひらひらと集まっている。狐が光の中から暗がりへ優雅に消えていった。そのとき、ブランドン・ロックの家のそばに男がいるのが見えた。ダッチェスの部屋の窓をじっと見つめている。ダッチェスは少し奥に立っているので、むこうからは姿が見えないのだろう。背の高い男だった。ダークほどではないけれど、それでも高い。刈りこんだ髪、プライドが滑り落ちてしまったような、丸まった背中。

ダッチェスはそのままじっとしていた。

まぶたが重たくなってきたころ、悲鳴が聞こえた。

母親の悲鳴だ。

ダッチェスは熟練した慎重さでそっと部屋を出た。夜の恐怖には慣れていた。母親が最悪の男たちに引っかかるのには。背後でドアを閉めた。ロビンは眠ったままだろう。たとえ起きたとしても、憶えてはいないだろう。いつもそうだ。

ダークの声が聞こえた。例によって泰然としている。

「落ちつけ」

ダッチェスはドアのむこうの部屋を見た。ドア枠に切り取られた地獄の一片を。倒れたフロアランプが、母親に影を投げかけている。母親は敷物の上に倒れていた。ダークは、鎮静剤をあたえたばかりの野生動物でも見るような眼でそれをじっと見ている。大きすぎた。その椅子にも小さな家にも大きすぎたし、斃《たお》すのにも大きすぎた。

ダッチェスはどうすればいいのかも、どの床板がきしむのかも心得ていたので、キッチンまで廊下をそろそろと歩いていった。九一一にかけるつもりはなかった。それでは記録が残ってしまう。ウォークの携帯の番号をダイヤルしていると、物音がした。ふり返ったときにはもう遅く、ダークに受話器を取りあげられた。

手に爪を立てて思いきり引っかいてやると、血が出てきたのがわかった。ダークはダッチェスの肩をがっちりとつかんでキッチンから連れ出した。ダッチェスは暴れ、サイドテーブルが倒れ、ロビンの写真が、幼稚園に入園した日の写真が、顔のそばに落ちてきた。

ダークが頭上に立った。「おまえを傷つけるつもりはない。だから警察は呼ぶな」人間とは思えないほど太く低い声だった。ダークの噂は、ほんの断片ばかりだったが、いくつか耳にしていた。ペンサコーラ通りで前に割りこんできた男を車から引きずり出して、顔をぐしゃぐしゃに踏みつぶしたとか。それを野次馬が呆然とするような冷静さで行なったとか。

ダークはダッチェスをいつものようにしげしげと見た。顔、髪、眼、口と。細かいところまでながめまわし、彼女をぞっとさせた。

ダッチェスは獰猛にダークをにらみ、小さな鼻に皺を寄せて歯をむきだした。「あたしは無法者のダッチェス・デイ・ラドリー、おまえは女を殴るろくでなしのディッキー・ダークだ」

尻を後ろに滑らせていき、ドアに頭をくっつけた。頭上のガラスから射しこむオレンジ色の街灯の光を浴びながら、母親が金切り声をあげてダークに突っかかっていくのを見ていた。

助けにいこうとはしなかった。そうしてはいけないのはわかっていた。立ちあがると、ガラスのむこうに人影が見えた。

背後では母親が拳を振りまわし、ダークがその手をつかんで押さえつけようとしている。

ダッチェスはすばやく心を決めた。外にいるのが誰であれ、中にいるやつ以上にたちが悪いはずはない。掛け金をはずしてドアをあけ、その男の顔を見あげた。脇によけると、男は中にはいってきてダークの腕をがっちりとつかみ、ふたりはもみあった。男は拳をふるい、ダークのこめかみを殴りつけた。

ダークはまったく平気だった。相手が誰なのかに気づいてぴたりと動きを止め、選択肢を秤にかけるように冷静に見つめた。ダークのほうが大きくて肩幅も広かったが、相手のほうはやる気満々のようだった。殴り合いを。

ダークはポケットからキーを取り出すと、悠然と家を出ていった。男もあとを追って出ていった。

ダッチェスも外に出ていき、去っていくエスカレードを、ライトが見えなくなるまで見送った。

男はふり返ってダッチェスを見た。それからダッチェスの背後を。傷んだポーチに、スターが荒い息をして立っていた。

「おいで、ダッチェス」

ダッチェスは何も言わずに母親のあとについて家にはいった。一度だけふり返ると、男はダッチェスを守るために遣わされたのだというように、まだそこに立っていた。

取っ組み合いのあいだにシャツが破れていたので、月が男を照らすと、それが見えた。赤く盛りあがった生々しい傷跡が、体を縦横におおっているのが。

6

全身をおおう疲労に、ダッチェスはさからわずに身をまかせた。足取りも呼吸も重く、眼はしょぼしょぼしたし、耳はわんわんしてときどきひどく遠くなるので、彼女は反応しないこともあった。手をちょんちょんと引っぱられたのがわかった。弟の真剣な顔。ロビンはひと晩じゅう夢の中だった。

「だいじょうぶ?」と心配してくれた。

ダッチェスはロビンの鞄と自分の鞄を持っていた。腕には、ゆうべ転んだせいで打ち身ができている。自分の鞄には半分しかできていない宿題がはいっていた。自分の家系図が。成績は真ん中ぐらいで、これ以上下がるわけにいかなかった。もう授業はサボらず、罰を受けないようにしていた。母親の巻き添えになる危険はいっさい冒せなかった。保護者懇談会は適当に言い訳するつもりだった。〝母は仕事を持ってるんです、わかるでしょ?〟と。昼食はひとりで食べた。自分が持ってきたものをほかの子たちに見られるのが怖かった。ときにはバターを塗ったパンだけということもあった。それも、ぱきんと割れそうなほど古くなったパンだ。もっとひどい子もいた。それは知っていたけれど、仲間になりたくはなかった。

「あんたのベッドで寝たら、あんたに夜どおし蹴られたの」ダッチェスは言った。

「ごめん。なんか音が聞こえた気がしたの。夢だったのかな」

ロビンはちょっと先へ走っていって隣家の前庭にはいり、犬みたいに棒切れをひろってきた。それを杖のようについて、ダッチェスが笑うまで老人のまねをしてみせた。

すると玄関のドアがあいた。ブランドン・ロック。ブランドンは自分のマスタングをひどく大切にしており、スターに言わせれば、別れた奥さんにこそ示すべきだったような愛情を、その車にそそいでいた。

着ているスタジアム・ジャンパーはすっかり色褪せ、袖がきつくなりすぎて前腕の途中までしかあがっていない。ブランドンはロビンをにらみつけた。「おれの車に近づくんじゃねえ」

「近づかなかったよ」ダッチェスは言った。

ブランドンは芝生を渡って近くまでやってきた。「あのカバーの下に何があるのかわかってんのか？」と青い防水シートでぴっちりとくるんだ車を指さした。ダッチェスは毎晩、ブランドンがその車を赤ん坊みたいに寝かしつけるのを見ていた。

「母さんはペニスの延長だって言ってた」

ブランドンの頬がさっと赤らんだ。

「六七年式マスタングだ」

「六七年って、そのジャンパーが作られたのとおんなじ年じゃん」

「それはおれの背番号だ。母ちゃんにおれのことを訊いてみろ。州の代表だったんだぞ。雄牛の突進《ブル・ラッシュ》と呼ばれたもんだ」

「おまたの発疹《ボール・ラッシュ》？」

ロビンが戻ってきて手をつかんだ。ダッチェスは通りを歩いていくあいだじゅうブランドンの視線を感じていた。

「あの人、なにあんなに怒ってるの？　マスタングにはぼく、近づかなかったのに」

「恨んでるだけだよ、ママとデートしたかったのに相手にされなかったもんだから」

「ゆうべダークがうちに来た？」

前方には朝日が射し、店主たちがシャッターをあげて開店の仕度をしている。

「なんにも聞こえなかったよ」

冬のケープ・ヘイヴンのほうがダッチェスは好きだった。冬は謙虚さが虚飾をはぎ取り、町はふつうの町になる。夏は長くて美しくて醜悪で、耐えがたい。

〈ロージーのダイナー〉の外にキャシディ・エヴァンズたちが座っているのが見えた。短いスカートに日焼けした脚、たがいに髪をくしゃくしゃにして、口をとんがらせあっている。

「ヴァーモント通りを行こう」とロビンが言い、先に立ってメイン通りと、自分たちを笑いものにする少女たちから離れた。「今年の夏は何する？」

「いつもの夏とおんなじこと。ぶらぶらして、砂浜に行く」

「ふうん」

ロビンは下を向いたままだった。「ノアは〈ディズニー〉に行くって。それにメイソンは、ハワイに行くんだよ」

ダッチェスはロビンの肩に手をかけてぎゅっとつかんだ。「あたしが何か考えてあげる」

ロビンはフォーダム通りの街路樹のほうへ走っていった。見ていると、柳の枝を掻き分けて下にはいりこんだ。低い枝によじ登るつもりなのだろう。

「おはよう」

ダッチェスはふり向いた。疲れきっていてパトロールカーの音が聞こえず、ぼんやりしていてウォークが横に停まったのにも気づかなかったのだ。

ダッチェスは立ちどまり、ウォークはエンジンを切った。サングラスをはずして、やけにしげしげと見つめてくる。

「問題はないか？」

「うん」ダッチェスはダークの手と母親の悲鳴を頭から追いはらった。

ウォークはその言葉を宙ぶらりんにしたまま無線をいじり、ドアを指先でコツコツとたたいた。

「ゆうべはだいじょうぶだったのか？」

このおっさんは、かならず知っている。「あたし、いま答えたよね」

ウォークはそこでにっこり笑った。どんなことでも絶対にしつこく追及したりはしない。警戒はしているけれど、大人というのはときとして、警戒とは遠くまで波紋を広げるようなまねをしないことだと考えることがある。

「いいだろう」とウォークは言った。

手が震えていた。親指と人差し指がひくひくと触れあっている。

ダッチェスに気づかれたのを知って、ウォークは手を車内に引っこめた。いったいどのくらい飲んだのだろう。

「わかってるだろうが、話してくれていいんだぞ、ダッチェス」

ダッチェスはウォークにうんざりした。そのぽっちゃりした優しい顔と、飲みすぎの眼に。ウォークはやわだった。ゼリーかプディングだ。やわな笑み、やわな体、こちらの世界に向けるやわなまなざし。ダッチェスはやわになど用はなかった。

学校に着くと、ロビンが幼稚園にはいっていくのを見届け、ドロレス先生に手を振って歩きだした。学年末まであと数日、無難にやり過ごさなくてはならなかったが、問題はあの宿題だった。家系図のせいでまずいことになりそうだった。これまで宿題をやってこなかったことはない。胃がきりきりしてきたのでおなかに手をあてると、悪いことが起こる予兆のようにすっかりこわばっていた。みんなの前に立って、父親が誰なのかわからないなどと言うわけにはいかなかった。それはできない。

廊下で自分のロッカーを見つけ、隣の子に微笑みかけてみたが、何も返ってこなかった。もう長いあいだそんなふうだった。ほかの子たちは知っているようだった。重責に押しつぶされそうになっているダッチェスには、彼女らが友達に望むようなことに割く時間などないことを。

ダッチェスは教室にはいって自分の席に座った。真ん中の窓ぎわで、校庭が見渡せる。小鳥たちが土を耕していた。

ロビンのことを考えた。自分が居残りをさせられたら誰が迎えにいくのか。誰もいない。誰ひとり。目頭が熱くなり、こみあげてくるものを呑みこんだ。泣きはしなかった。

教室の戸があいたが、ルイス先生ではなかった。老婦人がスタイロフォームのカップを手にそろそろとはいってきた。立ちのぼる湯気、コーヒー、首から下げた眼鏡。代理の先生だった。

教科書を出してしばらく静かに自習しなさい。老婦人がみんなにそう告げると、ダッチェスは机につっぷした。

＊＊＊

ウォークは更地になった現場でダークを見つけた。フェアローン邸はもはやただの瓦礫だった。作業員たちが跡地を片付けて安全にし、重機が材木やスレートをトラックに積みこんでは、記憶を運び出す準備を整えている。

ダークはそれを見守っていた。ダークがそこにいるだけで、作業員たちはきびきび働いた。ウォークに気づくとダークはちょっと背筋を伸ばしたので、ウォークは思わず一歩あとずさった。

「いい天気だな。あんたから署に電話があったとリーアから聞いたが。またクラブで揉めごとか？」

「いや」

雑談はなし。ウォークがいくら頑張っても、この男はあくまでも必要最低限のことしかしゃべろうとしない。

ウォークは震える手をポケットに突っこんだ。「じゃあ、なんの用だ？」

ダークは背後の家を指さした。「おれはあそこを所有している」

それは小さな家だった。鎧戸のペンキははげ、ポーチは腐りかけており、なんとかしようという努力はうかがえるものの、いつ取り壊されて建て替えられてもおかしくない。

「あれはディー・レインのうちだ」窓辺にディーが立っているのが見えた。ウォークは手を振ったが、ディーはまっすぐウォークの背後を、そこに出現した海を見つめていた。自然の無情な息吹のなかにひらけた百万ドルの絶景を。

「あそこは借家だ。あの女は出ていこうとしない。おれは期日までに書類を送った」

「わたしが話してみるよ。知ってるだろうが、ディーは長年あそこに住んでるんだ」

無言。

「それに娘たちもいる」

ダークは顔をそむけて空を見あげた。待っていたものがようやく降りてきたのかもしれない。

その隙にウォークはダークを観察した。黒のスーツ。シンプルな腕時計と、ウォークの足首ほどもある手首。ベンチプレスでいったい何をあげているのだろう。ファミリーカーか？

「どうするつもりなんだ、あの家を？」

「建て替える」

「許可は申請したか？」ウォークは申請をチェックし、変更には毎回かならず反対している。「ゆうべちょっとした揉めごとがあったそうじゃないか。ラドリー家で」

ダークはウォークを見つめた。

ウォークはにっこりした。「小さな町だからな」

「それもあとわずかだ。ヴィンセント・キングとはもう一度話してくれたか？」

「話したが……あいつはその、出所したばかりなんで、当分のあいだは……」

「はっきり言ってかまわないぞ。なんて言ってたんだ？」

ウォークは咳払いをした。「自分の尻でもファックしてろとさ」

ダークの顔が悲しみの仮面になった。それともただの失望だろうか。拳をぽきりぽきりと、銃声のような音を立てて鳴らした。この男に三十四センチのブーツで踏みつけられたらどんな結果になるかは、想像したくもなかった。

ウォークはそのまま敷地を、でこぼこの土地を歩きだした。重機の男たちは煙草をくわえたまま、太陽に眼を細めている。

「ウォーカー署長」

ウォークはふり向いた。

「ミス・レインにはあと一週間猶予をあたえる。おれは倉庫を持ってる。持ち物があるなら家の前に置いていけと、そう伝えてくれ。おれが回収して保管してやる。無料でな」

「それはまた親切なことだ」

ディーの家の庭には小さなデッキと、いくら小さくてもそこが最高の場所だとわかるような、こぎれいな縁取り花壇があった。ウォークは二十年前からディーを知っており、ディーは二十年間ずっとフォーチュナ・アヴェニューのその家に住んでいた。結婚していたのだが、夫は女をこしらえたあげく、借金と幼いふたりの娘を残して出ていってしまった。

ディーは網戸のところでウォークを出迎えた。「あいつ、ぶち殺してやる」小柄で、百五十五センチぐらいしかないが、過ぎた歳月にもとの人格を射殺されたような、ある種の厳しい魅力がある。ディー対ダーク、ミスマッチもいいところだ。

「わたしが代わりの家を見つけて――」

「やめて、ウォーク」

「ダークの言うとおりなのか？　今日なのか？」

「今日だけど、だからってあいつが正しいわけじゃない。あたしはかれこれ三年この家をあいつから借りてる。あいつがローンを引き受けて……銀行と話をつけてくれたあと。ところがフェアローン邸が倒壊して、うちの眺めがひらけたら、これが郵便で送られてきた」ディーは書類の束からその手紙を見つけ出して、ウォークに突きつけた。

ウォークはそれを注意深く読んだ。「気の毒だが、どうしようもないな。誰か相談する相手はいるか？」

「あんたに相談してるじゃない」

「わたしの考えだと、法的には……」

「あいつ、ここに住んでていいって言ったんだよ」

ウォークはその手紙をもう一度読み、つづいて通知書を読んだ。「荷造りを手伝うよ。娘さんたちは知ってるのか？」

ディーは眼をつむり、涙とともにまたひらくと、首を振った。オリヴィアとモリー、十六歳と八歳。

「ダークはあと一週間猶予をくれるそうだ」

ディーはそこで大きく息をついた。「あたしが一度あいつとデートしたのを知ってる？……ジャックのあと」

知っていた。

「初めはあたし……ていうかダークってさ、見てくれはいいけど、めちゃめちゃ異常だよ。何かが欠けてる。何かはよくわかんないけど、あの男はなんか冷たい感じがする。ロボットみたいに。あたしに触ろうともしなかった」

ウォークは怪訝な顔をした。

「わかるでしょ、どういう意味か」

ウォークは自分が赤面するのを感じた。

「あたし、別に飢えてるわけじゃないけど、五、六回はデートをするのがふつうでしょ。でも、あいつとはそんな気にならなかった。ディッキー・ダークにはふつうのところがまるでない」

前庭に積まれた箱を見て、ウォークはそれを取りにいこうとしたが、ディーはそのままにしておいてと言った。「あれは全部ごみ。あたし、けさから人生を箱詰めしはじめたの。それで何を痛感したと思う?」

ディーは泣きだした。声も立てず、しゃくりあげもせず、ただはらはらと涙をこぼした。

「自分はだめな母親だったってこと」

ウォークは口をひらこうとしたが、彼女は手をあげた。いまにも壊れそうだった。「あたしはだめな母親だった。もうあの子たちが住む家もない。なんにもない」

＊＊＊

その晩、ロビンと母親が眠ってしまうと、ダッチェスは寝室の窓から外に出て、自転車で家をあとにした。

黄昏。憂鬱な一日が終わって、ごみ缶が出され、バーベキューのにおいが漂っている。ダッチェスは空腹だった。食事はいつも足りなかった。ロビンに食べられるだけ食べさせていた。

メイアー通りに曲がると、低い丘はくだりになり、ダッチェスは片側のハンドルから紐飾りをなびかせて惰力で坂をおりた。ショートパンツにサンダルばきで、上着のジッパーを閉めただけ。ヘルメットもかぶっていない。

サンセット・ロードへの曲がり角まで来ると、スピードを落とした。

キング邸はむかしから彼女のお気に入りだった。ぼろぼろのまま周囲に中指を突き立ててみせているそのたたずまいが。

すぐにあの男が見えた。

ガレージの扉があげてあり、男は梯子にのぼって屋根のスレートを丁寧にはずしていた。半分はすでにはがされ、タール紙がひと巻き置いてある。ハンマーや鶴嘴といった道具や、埃まみれの砂利を満載した手押し車も見える。男はライトを持っており、それが必要なだけの光を投じていた。

ダッチェスはシシーの写真を見たことがあった。自分に似たところのある少女だった。明るい色の髪と眼や、小さな鼻のてっぺんに散らばるそばかすなど。

両脚を伸ばし、ゆっくりと近づいていった。左右にふらつきながら、片足で地面を蹴って。

「あんた、うちに来たでしょ」

男はふり向いた。「おれはヴィンセント」

「知ってる」

「むかしきみのお母さんと知り合いだった」

「それも知ってる」

そこで男は微笑んだが、それは要求されたもののような、もう一度何かになるのを練習しているような、まがいものの笑みだった。彼女は笑みを返さなかった。

「お母さんはだいじょうぶだったか？」

「母さんはいつだってだいじょうぶ」

「きみはどうだった？」

「そんなこと訊かなくても平気。あたしは無法者なんだから」

「じゃ、おれはおびえたほうがいいかな？　無法者ってのは悪いやつだろ？」

「ワイルド・ビル・ヒコックは、人をふたり殺したあとで保安官になったからね。あたしもいつか改心するかも。しないだろうけど」

ダッチェスはもう少し近づいた。男は汗を掻いており、Tシャツの胸と腋が黒ずんでいた。ガレージの扉の上には、網のなくなった古いバスケットゴールがあった。この人はあれで遊んだことを憶えているのだろうか、むかしのことを何か憶えているのだろうか。

「自由ってさ」とダッチェスは言った。「奪われたらいちばんつらいもの？　どんなものよりつらいもの？　たぶんそうだよね」

男は梯子をおりてきた。

「腕に傷があるよ」

男は前腕を見た。傷は縦に走っていて、腫れてはいない。ただの傷跡だ。

「ていうか、体じゅう傷だらけじゃん。中でぼこぼこにされたの？」

「きみはお母さんにそっくりだな」

「だまされちゃだめ」

男に見つめられてダッチェスは自転車をちょっとバックさせ、髪につけた小さなリボンをいじった。

「それは世をあざむく仮の姿。ただの女の子に見えるけど、ちがうんだから」

ダッチェスは自転車を前後に転がした。

男はドライバーを見つけると、ゆっくり近づいてきた。「ブレーキが接触してる、だからペダルが重いんだ」

ダッチェスは用心深く男を見た。

男は彼女の脚の横にひざまずいて、肌に触れないように気をつけながらしばらくブレーキをいじると、立ちあがって後ろに下がった。

もう一度自転車を前後に転がしてみると、タイヤの動きが軽くなっていた。顔をあげると月があたりを照らし、男と古い家の背後に星空が見えた。

「二度とうちに来ないで。あたしたち、誰の助けも要らない」

「わかった」

「あんたを痛めつけるはめになるのは気が進まないから」

「おれも気が進まないよ」

「そこの窓を割った子、ネイト・ドーマンていうやつだよ」

「教えてくれてありがとう」

ダッチェスは向きを変えてゆっくりと男から離れ、家のほうへ漕ぎだした。

自宅のある通りまで来ると、あの車が見えた。ボンネットが長すぎて、家の私道から突き出している。ダークが来ているのだ。また。

全力で自転車を漕いでいって芝生に乗りすてた。出かけたりしてはいけなかったのだ。家の裏手にまわり、キッチンのドアからそっと中にはいった。汗が背筋を伝い落ちる。壁の電話から受話器をはずしたとき、笑い声が聞こえてきた。母親の笑い声が。

ふたりから見えない暗がりからダッチェスは居間をのぞいた。コーヒーテーブルに半分空になったボトルが一本、赤い花がひと束。ペンサコーラ通りのガソリンスタンドで売っているようなしろものだ。

ふたりをそのままにして外に出ると、窓を乗りこえて寝室に戻り、部屋のドアの鍵がまだかかっているのを確かめた。ショートパンツを脱ぎ、ロビンの頭にキスをすると、カーテンをあけて、弟のベッドの足元に横になった。あの大男が帰るまでは眠らないつもりだった。

7

「あの子のことを教えてくれ」ヴィンセントが言った。

ふたりは古い教会の後ろの席に座っていた。窓のむこうには墓地が、そのむこうには海が見えるが、どちらもステンドグラスの色に染まっている。ここへ来る前にウォークはヴィンセントとともにシシーの墓に立ちより、友をしばらくひとりにしておいた。友は携えてきた花を供え、膝をついて墓石を読み、ウォークがやってきてそっと肩に手を置くまで、一時間そこにいた。

「ダッチェスか、あの子はやたらと大人びてる。わかるだろ」たいていの人間よりよくわかるだろう。ウォークはそう思った。

「ロビンのほうは？」

「ダッチェスが面倒を見てる。母親のやるべきことをあの子がやってるんだ」

「父親は？」

ウォークはならんだ古いベンチを見た。白ペンキで塗られ、しずくが石の床にまで垂れている。天井は高く、アーチが複雑に交わっており、別荘客がやってきては写真を撮り、日曜日ごとに会堂を満員にする、そんな美しさがある。

「よくわからない、どっちも。あのころスターは何人かの男とつきあってて、しょっちゅう出かけてたんだ。朝方に帰ってくるのをよく見かけたよ」

「こっそりご帰還か」

「こっそりなもんか。スターが気にかけると思うか？」

「そもそもおれはスターのことを知ってるとは思えない」

「知ってるさ。いまでもおまえがジュニア・プロムに連れてったのと同じ娘《こ》だよ」

「おれはハルに手紙を書いたんだ。スターの父親に」

「あの人は返事をくれたか？」

「くれた」

そう答えたきり十分が過ぎた。どんな返事だったのか、ウォークは気になりはしたものの、知りたくはなかった。スターの父親は厳しい人だった。モンタナに農場を持っていて、つらい思い出のある岬を再訪することはついになく、孫たちには会ったこともなかった。

「最初は死ねと言われた」

ウォークはステンドグラスを見た。最後の審判と赦しの場面を。

「あのままだったらおれは死んでたかもしれない。だけど、そこであの人は考えなおした。死ぬなんて生ぬるいと。写真を送ってきたよ」ヴィンセントはそこで唾を呑みこんだ。「シシーの写真を」

ウォークは眼を閉じた。日が射しこんできて説教壇を照らした。

「町へはもう行ってみたか？」

「ここはもうおれの知らない町だ」

「また知ればいい」

「〈ジェニングス〉に行ってペンキを買ったんだけど。いまもアーニーが経営してるんだな」

「嫌がらせをされたのか？　おれが話してやってもいいぞ」アーニーはあの晩、捜索隊の一員だった。

ウォークが手をあげたのにまっさきに気づき、まっさきに駆けもどってきて、少女の姿を見てぴたりと立ちどまり、体を折って嘔吐したのだった。

ふたりは連れだって外に出ると、傾いた墓石のならぶ緑の草地を通りぬけた。崖の縁まで行くと、五十メートル下のごつごつした岩場に波が砕けるのを見つめた。

その光景にウォークはめまいを覚えた。「よく考えるんだけどさ。あのころのおれたちのことを。ケープ・ヘイヴンの子供たちを見るだろ、ダッチェスとか。そうすると思い出すんだよ、おれとおまえとスターとマーサのことを。スターはいまでも十五歳みたいな気分になることがあると言ってた。おれたちはまた集まれるさ、おれたち三人は。じきに元通りになれる。あのころはもっと単純だったじゃないか。もっと――」

「なあ、ウォーク。この三十年間のことについて、おまえが何を知ってるにせよ――というか、何を知ってると思ってるにせよ、おれはもうむかしのおれじゃない」

「なぜおれに会ってくれなくなったんだ、お袋さんが亡くなったあと？」

ヴィンセントは聞こえなかったかのように風景をながめつづけた。「あの人は手紙をくれた。ハルは。毎年。シシーの誕生日に」

「いやなら無理に――」

「短いものもあった。おれに思い出させるだけのものも。まるでおれが忘れてるみたいに。かと思えば、十枚も書いてくることもあった。怒りばかりじゃなくて、人は変わるもんだとか、おれに何ができるかとか、どうすれば他人の生きかたを尊重して、足を引っぱらずにすむかとか」

そこでウォークは悟った。これはいかなる自己防衛でもないのだ、自分は思いちがいをしていたと。

「過ちを正せないのなら、どうしても正せないのなら……」

ふたりは一隻のトロール船を見つめた。サン・ドリフト丸、その船をウォークは知っていた。錆の浮いた青い塗装、曲線を描く鋼鉄とワイヤー。それがふたりのいるところから音もなく、波も立てずに海面を切り裂いていく。

「ものごとには、とにかくそうなってるってものがあるんだ。理由はかならずあるんだが、おしゃべりじゃそれは変わらない」

この三十年の友の人生について訊きたいことは山ほどあったが、両手首の傷跡を見れば、想像もつかないほどつらいものだったようだということはわかった。

ふたりは無言のまま徒歩で町へ戻った。ヴィンセントは脇道ばかりを選んで歩き、つねに顔をうつむけていた。「じゃあスターは、大勢の男とつきあってたわけか？」

ウォークは肩をすくめ、ヴィンセントの声にほんの一瞬だが嫉妬の響きを聞いたように思った。

それから友がサンセット・ロードのほうへ、がらんとした古い家を修理するために歩いていくのを見送った。

昼食のあと、ウォークはヴァンカー・ヒル病院まで車を走らせた。

エレベーターで四階に上がり、待合室に腰をおろして雑誌のページをめくった。持ち主と同じくらいミニマリストの殺風景な家々、間接光、やたらと清潔な化粧漆喰。ずっと下を向いていたが、もうひとりの若い女もウォークと同じようにかたくなに、自分を裏切る体の内に、心を押しのけて閉じこもっていた。

名前を呼ばれ、ウォークは足早に診察室にはいった。痛みがいくらひどくても、外には表わさなかった。ほんの数時間前までは立っているのもやっとだった。

「あの薬は効きませんね」そう言いながら座った。室内は画一的で、個人的なものといえば裏を向けた写真立てしかない。医師はケンドリックといった。

「また手？」ケンドリックは言った。

「どこもかしこもです。起きるのに毎朝三十分かかります」

「でも、ほかはまだもたつかないでしょ？　歩くのは？　笑うのは？」

ウォークは思わずにやりとした。彼女も笑いかえした。

「手だけです。手と腕のこわばり。それだけですが、来るのはわかってます」

「なのに誰にも話してないの？　まだ」

「周囲からは大酒飲みだと思われてます」

「それでも平気なの？」

「わたしの仕事じゃ、むしろ好都合でしょう？」

「いずれは誰かに話さなくちゃならないわよ」

「話してどうなります？　わたしはデスクの前に座るつもりはないんです」

「ほかのことに挑戦してみたら？」

「お言葉ですが、わたしが釣り船でぐうたらしてるのを見かけたら、遠慮なく撃ち殺してください。警官でいるのは……わたしはこの仕事が好きなんです。人生が好きなんです。どっちも手放したくない」

ケンドリックは悲しげに微笑んだ。「ほかには？」

ウォークは窓の外を見つめ、それをたんなる風景以上のもの、自己を忘れるためのよすがとして、心を空にしたまま、言う必要のあることをひとつひとつ伝えた。小便が少々出にくい、大便が少々出にくい、眠るのがかなり難しいと。ケンドリックはそれを通常のことだと言い、いくつか提案をした。多少の減量、食餌療法、セラピー、薬の変更、レボドパ（パーキンソン病治療薬）。どれもウォークの知っていることだった。彼はやみくもに薬物治療に突入する人間ではない。空き時間を図書館で過ごして、調べあげていた。この病気の五つの段階から、ブラークの仮説や、一九世紀のジェイムズ・パーキンソンまで。

「くそ」とウォークは言い、そこで片手をあげた。「すみません。いつもは悪態なんかつかないんですが」

「くそよ」とケンドリックも同意した。

「わたしは失職するわけにいかないんです。絶対に。みんなに必要とされているので」ほんとうだろうか？「右半身だけです」と嘘をついた。

「自助グループがあるの」

ウォークは立ちあがった。

「読んでみて」とケンドリックは言い、ウォークはそのパンフレットを受け取った。

＊＊＊

ダッチェスは膝を抱えて砂浜に座り、踝の深さのところで貝殻を探しているロビンを見守っていた。もうかなり集めており、大半はかけらだったが、両のポケットがはち切れそうだった。

左のほうには、同じ学校の子たちの集団がいた。女子は水着姿で、男子はボールを投げあっている。騒々しい声が漂ってきては、そのまま体を通りぬけていく。そういう能力が彼女にはあった。人であふれた砂浜でも、生徒たちでいっぱいの教室でも、完全にひとりきりになれる能力が。母親から受け継いだものだったが、ダッチェスは全力でそれと闘っていた。ロビンに必要なのは安定であって、くそまみれの人生をぴりぴりと生きていくひねくれた十代の姉ではないのだから。

「もうひとつ見つけた」とロビンが声をあげた。

ダッチェスは立ちあがって歩いていった。水は一瞬だがひやりとし、左右には岩だらけの海岸線が遠くまで延びている。ロビンの日よけ帽を直し、腕に触ってみる。熱い。ローションを買う余裕はない。「日焼けしないでよ」

「うん」

ダッチェスは貝殻探しを手伝い、澄みきった浅瀬から完璧なタコノマクラをひろいあげて、弟が笑顔になるのを見ていた。

ロビンはリッキー・タロウを見つけて駆けよっていき、挨拶のハグを交わした。微笑ましい光景だった。

「あら、ダッチェス」リーア・タロウだった。リーアは地味で、ダッチェスがときどき自分の母親もそうだったらなと思うような平凡な顔だちをしていた。胸とお尻を見せびらかすバーの歌手でも、一緒に砂浜を歩くと男たちの視線を集めるような女でもない、ふつうのママだ。

「あたしたちもう帰らなくちゃいけないんです」

ロビンはうなだれたが、何も言わなかった。

「あなたが帰らなくちゃいけないのなら、ロビンはわたしたちが送ってってあげるけど。うちはどこなの？」

「アイヴィー・ランチ・ロードだ」リッキーの父親だった。年寄りでもないのに髪はもうすっかり灰色で、眼の下のたるみは見かけるたびに重たくなっているように見える。

リーアは鋭い眼で夫を見た。

夫は眼をそらすと、砂遊びの道具を袋からガラガラとあけた。ロビンは口を結んだままそれをじっと見ていたが、せがんだりはしなかった。ダッチェスはそれがいやだった。せがまない弟が愛おしくはあったが、それでもいやだった。

しばらく悩んだ。「いいんですか？」

「もちろん。リッキーの兄もあとで来るはずだから。ふたりにボールの投げかたを教えてくれるかもよ」

ロビンが眼をまんまるにしてダッチェスを見あげた。

「夕食の前には送っていってあげる」

ダッチェスはロビンを脇に連れていき、砂に膝をついて両手で顔をぎゅっとはさんだ。「いい子にするんだよ」

「うん」ロビンは後ろをふり向いた。リッキーはもう運河を掘りはじめていた。「うん、いい子にする。約束する」

「みんなと離れないこと、どこかへ行かないこと、お行儀よくすること。ママの話はしないこと」

ロビンがとっておきの真剣な顔でうなずくと、ダッチェスはその頭にキスをし、リーア・タロウに手を振り、熱い砂浜のむこうに自転車を取りにいった。

サンセット・ロードにたどりついたときには汗だくで、最後の五十メートルはおりて押した。キング邸の向かいまで行くと立ちどまった。

ポーチでヴィンセントが紙やすりをかけていた。背中を丸め、顎から汗をしたたらせている。ダッチェスはしばらく見ていた。ヴィンセントの腕の筋肉は、浜で見かけるようなやたらとふくれあがった筋肉とはちがい、きゅっと引き締まっている。ダッチェスは通りを渡り、私道の入口でまた立ちどまった。

「手伝いたいか？」ヴィンセントは作業を中断して、紙やすりを巻いたブロックを手に腰をおろし、もうひとつを差し出した。

「手伝いたいわけないじゃん、そんなの」

ヴィンセントは作業に戻った。ダッチェスは自転車を柵に立てかけてもう少し近づいた。

「何か飲むか?」

「あんたは知らない人だもん」

ヴィンセントが腕を伸ばしたときにダッチェスはTシャツの袖から刺青がのぞいたのに気づいた。

それから十分、ヴィンセントは作業をつづけた。

ダッチェスはまた少し近づいた。

ヴィンセントは手を止めてふたたび腰をおろした。「あの男……このあいだの晩の。知り合いか?」

「知り合いみたいな顔であたしを見るけどね」

「よく来るのか?」

「このごろやたらと」ダッチェスは手の甲で額の汗を拭った。

「おれからウォークに伝えてやろうか?」

「あんたからはなんにも要らない」

「ほかに電話できる相手はいるか?」

「あたしは無法者だよ、記録にそう書いてある」

「またああいうことが起きたら、おれに電話してくれ」

「ダラス・スタウデンマイアーは五秒で三人殺したんだから。ひとりぐらいあたしでも始末できると思う」ダッチェスはいったん片脚に体重をかけて腰を突き出してから、さらに近づいていって階段のいちばん下に、ヴィンセントから五段下に腰かけた。

ヴィンセントは背を向けてかがみこみ、ふたたびごしごしと、手を左右に均等に動かしてやすりがけを始めた。ダッチェスはもうひとつのブロックに手を伸ばすと、それをつかんで自分のいる段をこすりはじめた。

「こんなぼろっちい家、売っちゃえばいいのに」

ヴィンセントは古い家の前に、祈りでも捧げるようにひざまずいた。

「みんな言ってるけど……ていうか〈ロージー〉で聞いたんだけど、あんた、百万ドルだかなんだか、とんでもないお金をもらえるはずなのに、ここに住みたがってるんだって?」

ヴィンセントは家を見あげ、ダッチェスには見えないものが見えるかのように長いあいだそうしていた。「この家はおれのひいじいさんが建てたんだ。ウォークの運転でこの町に、ケープ・ヘイヴンに戻ってきたとき、おれは自分の知ってるところがまだ残ってるのがうれしかった。町が変わったのは別荘客のせいだけじゃなくて……」どう言っていいかわからないというように彼は口ごもった。

「おれはあのころ、自分がそんなに悪いやつだと思ってなかった。考えてみると、当時をふり返ってみると、そんなに悪くないやつが見えるんだ」

「じゃ、いまは?」

「刑務所ってのは光を消しちまうもんだ。だけどこの家は……もしかしたら小さな炎なんだ。小さいけれどまだ燃えてる炎なんだよ。そいつを、その最後の光を消しちまったら、あとは真っ暗になって、もうおれにはそれが見えなくなっちまう」

「何が?」

「みんながきみを見ていても、ほんとのきみは見えてないと思うことはないか?」

ダッチェスは答えなかった。リボンをいじり、靴紐をスニーカーの中に押しこんだ。「シシーに何があったの?」

ヴィンセントはまた手を止めると、こんどはゆったりと腰をおろして片手で日射しをさえぎり、眼を細めてダッチェスを見た。「お母さんに教えてもらわなかったのか?」

「あんたに教えてほしいの」

「おれは兄貴の車を持ち出したんだ」

「お兄さんはどこいたの？」

「戦争に行ってた。ヴェトナムのことは知ってるだろ」

「うん」

「おれはある女の子にいいところを見せたかったんで、その娘《こ》を乗せて出かけた」

その娘が誰なのかダッチェスは知っていた。

「その娘を家まで送りとどけたあと、カブリロ・ハイウェイを走った。町の看板のそばのカーブを知ってるか？」

「うん」

ヴィンセントは静かに言った。「知らないうちにシシーをはねてた。スピードを落としもしなかった」

「シシーはなんで外にいたの？」

「姉さんを捜してたんだ。きみのおじいさんはときどき夜勤をやってた。あの工場で。タロウ建設で。あの会社はまだあるか？」

ダッチェスは肩をすくめた。「かろうじてね」

「だからおじいさんは、昼間はずっと寝てた。スターがあの子の面倒を見てたんだ」

「でも、スターはいなかった」

「おれが呼び出したからな。おれたちはビールを二、三本飲んだ。おれとスターと、ウォークとマーサ・メイで。マーサは知ってるか？」

「知らない」

「おれは時間のたつのを忘れた。スターはシシーをテレビの前に置いてきてたんだ」ヴィンセントの声に深みがなくなり、空っぽになったのだろうかと思うような暗唱口調になった。

「どうしてあんただってばれたの？」

「ウォークのやつはあのころからもう警官だったんだな。その夜うちに来て、車に気づいたんだ。へこみに」

ふたりは無言で作業を再開した。ダッチェスは歯を食いしばって、肩が痛くなるほど強く板をこすった。

「用心したほうがいいぞ」とヴィンセントが言った。「おれはああいう手合いを知ってる。ダークみたいなやつを。何人も見てきたからな。眼つきがちがう、まともじゃない」

「怖くないよあたし。タフだもん」

「わかってる」

「わかってない」

「きみは弟を守ってやらなきゃならない。責任重大だ」

「寝室に鍵をかけとくから、あの子はなんにも見ない。聞こえるものはなんでも、悪い夢だったと思いこむし」

「寝室に閉じこめるか。それは安全か？」

「外にあるものよりは安全だよ」

ダッチェスはそこでヴィンセントを見た。ヴィンセントは遠い眼をして、何か重大なことを思案しているようだった。

やがてヴィンセントはダッチェスの眼を見た。「きみは無法者だって？」

「そうだよ」

「なら、ちょっと待っててくれ。渡したいものがある」

ダッチェスはヴィンセントが家にはいっていくのを見送ると、赦しとはなんだろうと考えた。猶予というのが一時的なもの、ひどくはかないものだということは知っていたので、ヴィンセントが戻ってくるのが見えると、まるで死刑囚を見ている気がした。

8

「ときどきあたし、あの子に嫌われてると思うことがある」

ウォークはスターのほうを見たが、スターは前を向いたままだった。その朝のスターには穏やかさがあったものの、長続きしないのはわかっていた。

「あの子もティーンエイジャーなんだよ」

「ほんとにそれだけだと思ってる？　気休めなんか聞きたくないな、あんたからは」

ブランドン・ロックの家の前にさしかかると、カーテンが動くのが見え、ブランドンが出てきた。口を結んで跛行と闘いながら庭を横切ってくる。ウォークは立ちどまり、スターは溜息をついた。

「おはよう」ブランドンはスターに笑いかけた。

「あんた、また通りの半分を起こしちゃったよ、ブランドン。さっさとあのエンジンを直さないと、ダッチェスが出てきてあんたのかわりにやっちゃうからね」

「あれは六七年式の――」

「どんな車なのかは知ってる。あんたのお父さんの車で、あんたがこの二十年ずっといじりまわしてきたポンコツ。それについてあんたが地元紙でしゃべってる記事も見た」

それは素人じみたつくりの全面記事で、求人広告ページのそばに埋もれた地元人紹介のひとつだった。ブランドンは半ページにわたってピストンのことをしゃべったあと、ボンネットの上に寝ころんでみせていた。もさもさの長髪で、口をとがらせて。ダッチェスはそのコピーにマーカーで落書きをしてから、ブランドンの家の門に貼りつけていた。

「独立記念日までには直すからさ。どうだろう、クリアウォーター入江までドライブしないか？　おれが弁当をこしらえてやるよ。まずトゥインキーな。トゥインキーは好きだろ。それにパイナップル・チキン。フォンデュ鍋だって持ってるぜ」ブランドンはダンベルを手にしており、右腕の血管をふくれあがらせながら、それをくいくいと持ちあげた。

「あんたとはデートしたくないの、ブランドン。高校のときから誘われつづけて、もううんざり」

「そうかよ、いまにかならずおまえなんか見切りをつけてやるからな」

「それを書面にしてもらえる？」

スターはウォークの腕を取り、ぶらぶらと歩きだした。

「あいつ、いまだにあたしたちを高校生だと思ってるんだから」スターは言った。

「で、いまだにきみをヴィンセントに取られたのを悔しがってる」

アイヴィー・ランチ・ロードのはずれまで来たところでウォークがふり返ると、ブランドン・ロックはまだ庭先に立ってふたりを見つめていた。

ふたりは散歩をした。十年近くつづく毎週の習慣だった。月曜日の朝にウォークが家に立ちよってスターを連れ出し、世間話をするのだ。大したことではないが、スターのためにはなっている。ウォークはそう思っていた。精神科医と話したくないのなら、おれと話せばいいと。

「で、あいつはどう？」

「怪我はしてない」

スターは眼を細くした。「何それ？　怪我ってどういうこと？　それだけじゃわかんない」

「聞いたよ。このあいだの晩のこと」

「あたしのヒーローのことね。あたし、うまく対処してたんだから。ヴィンセント・くそったれ・キングが現われて、かわりに戦ってくれる必要なんてなかったんだよ」

「あいつはいつもおれたちのかわりに戦ってくれたからな。憶えてるか、ジョンソンのやつがおれに自転車を盗まれたと思いこんだときのことを」

スターは笑った。「あんたがものを盗んだことがあるみたいにね」

「ジョンソンは図体がでかかった」

「ヴィンセントに勝てるほどじゃなかったけどね。あたしヴィンセントのそこが好きだった。乱暴だったけど、あたしたちにだけはその奥にあるものが見えた。シシーはヴィンセントが大好きだった。あたしがヴィンセントとカウチに座ってると、あいだに割りこんでくるの。ヴィンセントはよくあの子と遊んでたんだよ。あの子の描いた絵を持って帰って、取っておいたりね」

「憶えてる」

「あんた、なんでも憶えてるんだね、ウォーク」

「どうしてあの男をつきまとわせておくんだ？　ダークを。あいつはやばいぞ」

「だいじょうぶ、あんたが考えてるようなことじゃないんだから。あたしがダークに腹を立てただけ。始めたのはあたし。もうすんだことだよ。今夜はあたし、クラブのシフトにはいってるし」

サンセット・ロードの角でウォークはちょっと足を止め、スターはウォークの体越しにキング邸をちらりと見た。どちらへ行くかはスターにまかせると、スターはキング邸に背を向けて浜のほうへくだっていった。車が何台か通りすぎたあと、一台のＳＵＶが通りかかった。乗っているのがエド・タロウだと気づいて、ウォークは手をあげたが、エドはスターから眼を離さずに通りすぎていった。

ウォークはネクタイをゆるめ、スターはサンダルを脱ぎすてて熱い砂浜におりた。ウォークが靴の中を砂だらけにしてついていくと、スターは足の裏を焼かれて踵をぴょんぴょん蹴りあげながら、水際へ駆けていった。そして踝の深さのところで立ちどまり、もたもたと歩いてくるウォークを見て笑った。

ふたりは渚をぶらぶらと歩いた。

「自分がだめな女なのはわかってるよ、ウォーク」

「いや、きみは――」

「きちんとやらなくちゃいけないことを、めちゃめちゃにしてるよね」

「ダッチェスはきみを愛してる。問題児ではあるけれど、あの子なりにきみを気づかってるんだ。おれにはわかる。それにロビンは――」

「ロビンはいい子だよ。あの子は……あたしの宝物。王子様」

ふたりは砂に腰をおろした。

「三十年だよ、ウォーク。三十年もたっていきなり、出てった町に帰ってくるなんて。あたし、長年あいつのことを考えて、もう考えすぎちゃった。でも、あんたはそれが好きだったんだよね。むかしみたいにあいつのことを話したかったんだよね、みんながいまでも同じ人間みたいにさ」

ウォークは急に暑さを感じた。背中に汗を。「きみだってそうだ。酔っぱらったりハイになったりして死にかけても、またおれと散歩をして、おしゃべりをして、とくに何も変わらないじゃないか」

「あんたはむかし病的に正直だった。自分では気づきもしない影響力を持ってるの。ダッチェスが尊敬してるのは、あたしじゃなくてあんただよ」

「そんなことはない――」

「あんたはね、あの子にいいことをみんな思い出させるの。あの子の大切な人なんだよ。嘘をついたりも、人をだましたりひどい目に遭わせたりもしない人。口には出さないけど、あの子はあんたを必要としてるの。だから絶対にあの子を失望させないで。それは明かりを吹き消すようなものだからね」

「きみはうまくやれるよ。あの子にとってそういう人間になれる」

スターは砂をもてあそび、すくいあげ、指のあいだからさらさらと落とした。「あたし、どうしたらいい？　どうしたらこんなあたしをやめられる？」

「ヴィンセントに会えよ」

「あいつを赦せってこと？」

「そんなことは言ってない」

「あたしがつまずいたり転んだりしたときって、いつもあいつのことを考えてたときなんだよ。あたしはそこまで強くないの。そんなことになったら、もう一度自分の人生にあいつを加えたりしたら、とても対処できないよ。あたしひとりの人生じゃないんだし」

「あいつはディッキー・ダークよりはましだ」

「ああもう、ウォーク。あんたまるで子供だね。ましか、ましじゃないか。いいか、悪いか。人間てのはどっちかひとつじゃないの。自分がしてきた最良のことと最悪のことの寄せ集め。ヴィンセント・キングは人殺しなんだよ。あたしの妹を殺したんだよ」スターの声が震えた。「あたし、引っ越せばよかった。マーサみたいに引っ越して、岬を出ていけばよかった」

「おれはずっときみのことを気にかけてたんだぞ。子供たちのことも」

スターは彼の手を握りしめた。「それにはすごく感謝してる。あんたみたいにいい友達はほかにいない。すべては壮大な計画の一部なんだよ、ウォーク。宇宙の力が働くの、原因と結果が」

「そんなことを本気で信じてるのか？」

「宇宙はね、かならず善と悪のバランスを取る方法を見つけるの」スターは立ちあがって体から砂を払った。「あいつに訊かれたら、あたしはもうとっくのむかしにあいつとは縁を切ったと、そう伝えといて。だから二度とあいつのことは口にしないで。大切なのはダッチェスとロビンだけ。それをあたし、全力であの子たちに証明してやるつもり」

帰っていくスターを見送ると、ウォークは海のほうに向きなおった。これまで何度も聞いた台詞だったが、こんどこそ本気でありますようにと、心から祈った。

＊＊＊

真夜中に低いエンジン音が聞こえ、ヘッドライトが寝室をよぎった。扉のないクローゼット、抽斗の壊れた箪笥。

自分のポスターは一枚もなかった。装飾品も。十三年の人生を示すものは何も。すりきれたカーペット、ナイロン繊維の下からのぞく床板、弟のベッドと、その横で自分が苦悩の数時間を眠る小さなベッド。

ロビンの様子を確かめた。シーツをはねのけてぐっすり眠っており、空気が暖かいので髪がつやつやしている。ダッチェスはドアをきっちり閉めると、玄関に行ってチェーンをかけたままドアをあけてみた。

枯れた芝生にスターが倒れていた。

恐る恐る近づいた。

通りの先でブレーキランプが光り、エスカレードが道を曲がって走り去った。

ダッチェスは母親をあおむけにした。スカートが淫らにずりあがっている。

「スター」

眼のそばに痣。唇が腫れあがり、皮膚がかろうじて血を堰きとめている。

「スター、起きて」

通りの向かいでカーテンが動き、肉屋のシルエットが見えた。いつだってのぞいているのだ。つづいて隣のブランドン・ロックの家で防犯灯が点灯し、おおいをかけられたマスタングを強烈に照らし出した。

「お願い」ダッチェスは母親の頰をひっぱたいた。

十分がかりでようやく立ちあがらせ、さらに十分かけて家の中へ。スターは廊下で吐いた。真っ黒な自分の魂でも吐き出すかのように、激しくげえげえと。

母親をベッドまで連れていき、知っているとおりうつぶせに寝かせると、ヒールを脱がせ、煙草の煙や甘ったるいアルコールと香水のにおいを消すために窓を細くあけた。母親はときどき、ダークの店のバーテンの仕事から夜更けに千鳥足で帰ってきて、ダッチェスを目覚めさせることはあった。けれど、殴られて帰ってきたのは初めてだった。

キッチンからバケツに水をくんでくると、吐物を掃除して弟の眼に触れないようにした。それから手を洗い、ジーンズとスニーカーをはいた。

寝室に戻ると、ロビンが寝ぼけ顔で起きあがっていた。ダッチェスはもう一度弟を寝かしつけると、ボタンを押して寝室のドアをロックし、窓をあげて外に出た。

ケープ・ヘイヴンは眠っていた。ダッチェスは慎重に自転車を走らせ、メイン通りとサンセット・ロードは避けた。ウォークがときどき車内から監視していることがある。母親とウォークのこと、世間を狭くするアルコールとドラッグの誘惑のことを考えた。

三十分後、町を出てカブリロ・ハイウェイを一キロ半走ると、腿がくたびれてきた。

クラブが見えた。〈エイト〉が。ダッチェスがそこを知っていたのは、学校の子たちがみんな知っていたからだ。予備選挙が行なわれる年にはいつも、市長候補が健全票を獲得しようとして、閉鎖を迫る軽い圧力がかかった。

月曜の夜で時刻も遅かったので、駐車場は空っぽだった。店は闇にまぎれ、ネオンは消え、砂利の上には空き瓶が転がっている。

カブリロ・ハイウェイのむこう側には断崖が見えた。形のわからない岩場、こちらに揺れながら海風を濾しているひと叢の木々。夜の海はあまりに遠くて暗いので、そこが世界の果てのように感じられた。一艘の船も一台の車も通りかからず、自分しかいない。自転車を乗りすて、駐車場を横切り、大きな木のドアをあけようとしてみたが、施錠されているのはわかっていた。窓はみな黒いフィルムを貼ってあったが、一カ所だけ端をはがしてあり、〝二時から七時までハッピーアワー〟というボードが見える。真っ昼間からいったいどんな連中が飲みにくるのか。

上にはネオン管、脚とお尻の輪郭。だが、いまは消えている。脇で石ころを見つけて窓に投げつけ、ひびがはいったのを見てもう一度投げつけた。ガラスが割れ、一瞬ものすごい音がしたが、あとは何も起きない。息を詰めていると、一拍遅れで警報が鳴りだし、そのけたたましさにダッチェスはあわてて動きだした。紙マッチのはいった鞄を持ち、ぎざぎざの穴をくぐって中にはいった。腕を引っかけて切ってしまっても、声は立てなかった。あたりを見まわすと、そこは薄暗い明かりのともる楽屋だった。電球つきの鏡、スツール、化粧品、見たこともないような衣装。汗くさいけれど衛生的なにおい。

ロッカーがやたらとたくさんならんでおり、どれにも写真が一枚ついていた。そこに写っている顔と、挑発的に突き出された唇、後ろになでつけられた髪を見ていく。写真の横には、いかにもうぶで汚《けが》れのなさそうな名前。羽根飾りやコルセットに指を走らせながら、その前を通りすぎた。

バーに行くと、鏡張りの壁の前にグラスと瓶がずらりとならんでいた。クルボアジェを一本取り、中身を革張りのブース席に空ける。鞄からマッチを出し、火をつけて落とし、青い炎が広がるのをうっとりと見つめた。

あまりに長く見つめていたので、自分でも気づかないうちに頬が火照り、息苦しくなって咳きこんだ。あわててあとずさると、火はどんどん広がり、大きくなっていく。腕をつかむと、指は血だらけになり、炎は上と外に、照明やテーブルに燃えひろがった。

出口まで来たところで、ダッチェスは大事なことを思い出した。

Tシャツを鼻の上まで引っぱりあげて朦々たる煙の中を駆けもどり、かたっぱしからドアをあけてオフィスを見つけた。天板に緑の革を張ったマホガニーのデスク、小型のバー、クリスタルのグラスと葉巻の箱。かたわらにモニターがならんでいた。その下のキャビネットをあけ、デッキから防犯カメラのテープを取り出して鞄に突っこんだ。

炎に追われ、姿勢を低くしたまま大急ぎで戻った。

夜気の中に出ると、あえぎながら自転車に飛び乗った。Tシャツには、にっこり顔の半月と星々。後ろからは、パチパチという業火の音。それからようやく、警報装置の通報に応えるサイレンの音が聞こえてきた。

ダッチェスは猛然とペダルを漕いだ。カブリロ・ハイウェイはなだらかにくだったあと、のぼりになった。車を一台、頭を低くしてやりすごすと、木々と連れだってカブリロを離れ、ケープ・ヘイヴンにはいった。サンセット・ロードをひた走り、フォーチュナ・アヴェニューにはいり、ガラクタの山のそばで止まった。古びたサイドテーブルと、あふれそうなごみ袋や段ボール箱が、収集車に積みこまれるのを待っていた。ダッチェスは自転車をおり、駆け足で道を渡って、ごみ袋のひとつにテープを押しこんだ。

証拠を隠したのだ。抜け目はなかった。

自宅の通りと自宅の庭まで来ると、音を立てないようにして自転車を立てかけ、窓から中にはいった。家はまだ眠っていた。寝室で服を脱ぐと、怪我は放っておいて、裸のままそっと洗濯機の前に行って洗濯をした。

それがすむと浴槽にはいり、シャワーヘッドから水を流して石鹸で体を洗った。そのあと、鏡を見ながら一センチほどのガラスのかけらを腕から引き抜き、血があふれ出てくるのを見つめた。その赤さを、そこにひそむ歴史を。心を鋼にしてくれる無法者の家系を。

薬品戸棚も救急箱もない家だったが、一年前に自分が買った子供用のバンドエイドをひと箱見つけた。いちばん大きいものを選んでしっかりと貼りつけ、それが赤く染まるのを見つめた。

それから弟のベッドの足元に横になり、猫のように丸まって眠りを待ったが、眠りは訪れなかった。

夜明け。暑い一夜は去り、彼女は不安になった。次は何が起きるのだろう。

悪いことに決まっている。

自分を思いきりののしった。

9

ウォークは断崖の縁でヴィンセントを見つけた。裏手のフェンスは引き倒されており、ヴィンセントは岩から爪先を突き出して立っていた。少しでも風が吹いてきたら三十メートル下に落下しそうだ。ジーンズに古びたTシャツという格好で、くたびれきった眼をしている。ウォークも気分は同じだった。一時過ぎまで眠れずにいたところへ、ダークのクラブのことで電話があった。制服を着て一キロ半パトロールカーを走らせると、空が赤く染まっていた。独立記念日の再現。熱気と騒音と光のほうへ進んでいき、パトロールカーを横向きに駐めて上下車線をふさいだ。多少は渋滞が生じたものの、大半の連中は引き返す分別を持っていた。

ダークは野次馬から離れたところに立っていた。立ちのぼる煙が空を灰色に変えるなか、無表情で。

「崖から下がってくれないか、ヴィン？　そこにいるとなんだか落ちつかない」

ふたりは連れだって家の日陰まで戻った。

「お祈りでもしてたのか、あんなところに突っ立って？　飛びおりる気かと思ったぞ」

「祈りと願い事にちがいなんてあるか？」

ウォークは制帽を脱いだ。「欲しいものを求めるのが願い、必要なものを請うのが祈りだ」

「ならおれの願いと祈りは同じものだ」

ふたりは裏のデッキの階段にならんで腰をおろした。かたわらに、まだステインを塗っていない新しい板が何枚も立てかけてある。この家を修復するには長い時間がかかるだろう。

「おまえ、あの男を知ってるよな、ディッキー・ダークを？」

「ほんとに知ってるやつなんか、おれにはいないよ、ウォーク」

ウォークは急かさずに待った。

「あの女の子とスターがさ。あいつにやられてたんで、おれが止めにはいったんだ。おれしかいそうになかったんで」

ウォークはその説明を受け入れた。「スターはあの男を友達だと言ってる。訴えないとさ」

「友達か」

ウォークはまたそれを、あのかすかな嫉妬の響きを聞き取った。ヴィンセントはいまだに気にかけているのだ。

「あの男の店がな、ゆうべ火事になったんだ」

ヴィンセントは無言だった。

「ダークはカブリロ・ハイウェイにクラブを持ってるんだよ。金の成る木を。あいつがおまえの名前をあげたんで、おれとしてはいちおう――」

「いいんだよ、ウォーク、そんなことは気にしなくていい」

ウォークは手すりに手を這わせた。「じゃ、ゆうべおまえは家にいたわけだ」

「ああいう男に恨みを持つ人間は、きっと大勢いるんじゃないか」

「それがな、話を聞かなくちゃならない相手は、ほぼ見当がついてるんだ」

ヴィンセントはウォークのほうを向いた。

「通報があったんだよ、車で通りかかった人物から。自転車に乗った子供を見かけたと」

「できれば……できればだが、ほっといてやってくれないか？　自分が何を言ってるのかはわかってる、おれが口をはさむような問題じゃない。だけど、あの子はまだ子供だ。スターの子供だ」

「たしかにな。ま、いずれにせよ、犯人はぬかりなく防犯カメラのテープを持ち去ってる。そいつが口をつぐんでるかぎりは……」

「そうだな」

それでおしまいだった。ヴィンセントはそれ以上何も言わず、ウォークもそのままにしておいた。その会話はきちんと記録しており、職務は果たしていた。職務はつねに果たすつもりだった。

ヴィンセントと別れたあと、ウォークは問題の少女と男の子をセイアー通りで見つけた。メイン通りを避けた遠まわりの道だ。ロビンは先に立って家々の庭先を横切りながら、ときどきふり返っては、自分がひとりぼっちになっていないのを確かめている。ダッチェスのほうは、いつものあの用心深い態度で絶えずトラブルを警戒し、耳を澄ましている。ウォークがパトロールカーを寄せて停めると、ダッチェスはふり向いて、ヴィンセントが見せるのと同じ平静さでウォークを見つめた。

ウォークはエンジンを切り、パトロールカーをおりた。太陽は板張りの一軒家の上に顔を出している。けさは手が震えなかった。ドーパミンのおかげだ。新しい薬の。だが、猶予は長くつづかないだろう。

「おはよう、ダッチェス」

ダッチェスもまた疲れた眼をしていた。自分の鞄と弟の鞄をふたつとも持っている。身につけているのはジーンズに古びたスニーカー、片方の腋の下に小さな穴のあいたTシャツ。髪はくしゃくしゃだが、母親ゆずりのブロンドで、いつものようにリボンをつけている。これだけの美人なら、男の子が行列をつくってもおかしくはないが、男の子たちは知っているのだ。町じゅうが知っているのだ。

「ダークの店のことは聞いたか？」

ウォークは表情をうかがったが、ダッチェスはぼろを出さなかった。彼はそれがうれしかった。正しく演じてくれ、こちらの望むような答えをあたえてくれ、そう念じていた。

「ゆうべ火事になったんだ。そのころ、自転車に乗った子供を見た人がいるんだが、知ってるか？」

「知らない」

「きみじゃないのか？」

「あたしはひと晩じゅう家にいた。母さんに訊いてくれてもいい」

ウォークはふくらんだ腹に手を載せた。「わたしはこれまでいろいろともみ消してきたが、そのたびに悩んだ。きみが盗みでつかまるたびに――」

「食べ物じゃん」とダッチェスは悲しげ言った。「食べ物だけじゃん」

「今回はちがう。大金だし、中に人がいたら死んでいたかもしれない。わたしがきみを守ってやれないことだってあるんだぞ」

ふたりがそこに立っていると、車が一台通りすぎていった。近所の老人が。ふたりをちらりと見たが、そのまま行ってしまった。スターの娘だ、別に驚くことではない。

「わたしはダークのことも、ダークがどんな男かも知っている」

ダッチェスは眼をおおった。疲れきっていた。体じゅうの筋肉がこわばっていた。「あんたなんか」

なんにも知らないよ」静かな口調だったが、ウォークはショックを受けた。「メイン通りで別荘客の犬のお守りでもしてれば」

ウォークは何か言おうと言葉を探したが、結局、芝生に眼を落としてバッジをいじった。役立たずでいることは第二の皮膚のように体になじんでいた。

ダッチェスはくるりと背を向け、ふり返りもせずに歩きだした。ウォークにはわかっていた。ロビンがいるからダッチェスは道を踏みはずさないのだ。ロビンがいなかったら自分は休む暇もなくなるはずだ。

学校の門の前でダッチェスはその車に気づいた。暗い窓で世界を遮断した黒のエスカレードが、エンジンをかけたまま停まっていた。生徒たちは気づかずに通りすぎていき、黄色いバスが花壇のようにならんでいる。

こうなることはわかっていたのだ。スターからいつも善悪のバランスについて、原因と結果について聞かされていたのだから。ダッチェスは弟に手を振り、弟が赤い扉の奥にはいっていくのを見送った。

空中ではまだ火が燃えていて、漂う火の粉が腕を焦がし、鼻に付着した。あんな時間に誰に姿を見られたのだろう。品行方正な人間はみんな自宅で完璧な一日を終えて、眠りについていたはずなのに。運が悪かったというしかない。けれど、それを喜ぶ気持ちも彼女のなかにはあった。ディッキー・ダークをコケにしてやれるのだから。

ダッチェスは通りを渡り、学校に面したほうの窓まで歩いていった。そこなら安全だ。先生や親たちが部外者にかならず気づいてくれる。

窓が下がった。ダークの眼は腫れぼったく、水死体みたいにふくらんでいた。ただし、体内を満たしているのは海水ではなく、金銭と強欲だ。

ダッチェスは不動のまま立っていた。ジーンズの下で膝が震えていたけれど、鋭い視線でダークを見すえた。

「乗れ」怒ってもいないし、大声でもない。

「いやだね」

同級生の一団が通りすぎていったが、学年の最終週でみんな興奮していて、誰もダッチェスには気づかなかった。もう少しふつうでいるのは、もう少し平凡でいるのはどんな気分だろう。ときどきそう考えることがあった。

「エンジンを切ってキーを抜いて」

ダークは言われたとおりにした。

ダッチェスは反対側にまわった。「ドアはあけとくからね」

ダークはハンドルを握った。太い指、ばかでかい拳。

「おれは知ってるし、おまえも知ってる」

ダッチェスは空を見つめた。「そうだね」

「報いというものを知ってるか？」ダークはひどく悲しげに見えた。ひどく大きくて、乱暴で、悲しげに。この世のものならぬ生き物。

「やってみれば」

「おまえは自分のしたことがわかってない」

床に吸い殻が一本落ちていた。無頓着にマットに押しつけてもみ消してある。母親の吸っている銘柄。

「おまえは母親には似ていない」

ダッチェスは一羽の鳥を見つめた。不動のまま空を舞っている。

ダークはハンドルをぐるりとなでた。「母親なら解決できる。家賃をためてるからな。おれの頼みを聞いてもらう」

「母さんは売春婦じゃない」

「おれがポン引きに見えるか？」

「あんたはチンカスに見える」

その言葉はしばらく宙を漂った。

「それはかまわん。ほんとうのおれのように見えないかぎりは」その淡々とした口調がダッチェスをぞっとさせた。

「ゆうべおまえは、あるものを持ち去った」

「あんたは充分に持ってるじゃん」

「充分というのがどのぐらいか誰が決めるんだ？」

ダッチェスは空を見つめていた。

「おまえの母親はこれを解決できる。母親に頼め。それで多少は釣り合いが取れる」

「やだね」

「テープを返せ。あのテープがないとまずいことになる」

「どうして？」

「〈トレントン・セヴン〉。知ってるか？」

「保険会社でしょ。看板を見かける」

「そこが金を払おうとしないんだ。テープが行方不明なんで、あいつらはおれが火事と関係があると考えてる」

「関係あるじゃん」

ダークは深々と溜息をついた。

ダッチェスは歯を食いしばった。

「憶えとくぞ」

ダッチェスはダークと眼を合わせた。「憶えとけば」

「おまえのところに押しかけるのは気が進まない」その口調には本気なのだと信じさせる何かがあっ

た。

「でも、押しかけてくるんだよね」

「ああ」

ダークは彼女の前に手を伸ばして、グラブコンパートメントからサングラスを取り出したが、その前にダッチェスは、そこにはいっているものを見てしまった。銃身が彼女のほうを向いていた。

「一日だけ時間をやる。自分のしたことを母親に言え。母親なら解決できる。いやなら、おれが言うぞ。それからテープを持ってこい」

「ウォークに渡すつもり？」

「いや」

「保険会社は警察に知らせるよ」

「かもしれんが。おまえはひとつ自問しなくちゃならないぞ」

「何を？」もしかしたら声の震えに気づかれたかもしれない。

「警察に捜しにこられるのと、おれに捜しにこられるのと、どっちがいいか」

「あんたは人を踏み殺したんだってね」

「あいつは死んじゃいない」

「どうしてそんなことしたの？」

「仕事さ」

「そのテープ。あたし、渡さないかもよ」

ダークはあの深く刺すような眼で彼女をにらんだ。

「母さんに近づかなければ、いつか返してあげてもいい」

ダッチェスは車をおり、ふり返った。ダークは彼女を見つめ、ながめまわし、顔の隅々までじっくりと記憶にとどめた。何を見ていたのだろう。そう思いながら、彼女はほかの生徒たちとともに校舎にはいった。ほかの子たちの人生は、めまいがするほどお気楽だった。

一日はのろのろと過ぎた。ダッチェスはしきりに時計に眼をやり、窓の外ばかりながめていて、教師の言葉は耳にはいってこなかった。ひとりで昼食を食べ、フェンスごしにロビンを見守り、自分がかろうじて持っていたなけなしの安定まで手から滑り落ちていくのを感じた。ダークの言うとおりにしないと、どんな目に遭わされるかわからなかった。あのテープが必要だ。ダークはあれを絶対にウォークのところには持っていかないはずだ。ダッチェスはそう思った。彼女の考えるところ、この世には二種類の人間がいるからだ。警察を呼ぶ人間と、呼ばない人間が。

ベルが鳴ると、ほかの生徒たちはぞろぞろと校舎にはいっていき、ボールで遊んでいた子たちは最後のプレイを試み、キャシディ・エヴァンズは仲間を連れて歩きだした。

ダッチェスは本館の横をすりぬけて、駆け足で駐車場を横切り、フォードやボルボやニッサンのあいだを用心深く通りぬけた。ばれるのはまちがいなかったが、母親に気分が悪かったとか生理だとか言っておけば、学校側も追及してこないはずだった。

通りすぎる人々の視線をいちいち感じながら、足早に道を歩いていった。ウォークが警察署から外を見ているとまずいので、メイン通りは迂回した。暑かった。あまりにくそ暑いので、息もまともにできなかった。全身汗だくで、Tシャツが湿っていた。

フォーチュナ・アヴェニューまで来ると、あの家が見えた。こんどばかりは自分がヘマをしたことがうれしかった。テープを破棄する時間がなかったことが。

けれども庭をよく見ると、ガラクタはすべて片付けられていた。ごみ収集車が来てしまったのだ。テープはなくなっていた。

ダッチェスは最後の希望に見放されたように息を荒くしてあたりを見まわした。

午後は砂浜に座って海を見つめて過ごした。胃がきりきりして、おなかを押さえた。痛みは激しく絶え間なく、ロビンを迎えにもどるあいだもずっとついてきた。

ロビンは家に帰るあいだじゅうしゃべっていた。自分の誕生日のこと、六歳になること。そしたら自分にも家の鍵を持たせてほしいこと。ダッチェスはにっこりして弟の髪をなでたものの、心はよそにあった。ロビンには決してついてきてほしくない場所に。誰もいない家にはいると、スクランブルエッグを作り、テレビの前で一緒に食べた。日が沈むと、ロビンをベッドに入れて本を読んでやった。

「ぼくたちもいつか、緑の卵をもらえるかな？（ドクター・スース『緑の卵とハム』の話題）」

「もちろん」

「ハムも？」

ダッチェスは弟の頭にキスをして電気を消し、しばらく眠ってから、闇の中で眼を覚ました。寝室から出ていって明かりをつけると、外から音楽が聞こえてきた。

デッキに出てみると、塗りなおしが必要な古いベンチにスターが腰かけていた。月に照らされて、古いギターを爪弾いている。ふたりの歌を。歌詞が胸に刺さり、ダッチェスは眼を閉じた。

自分のしたことを母親に話さなければならなかった。マッチをすって、自分たちを荒波から遠ざけてくれるその橋を燃やしてしまったと。いまは浅瀬にいるけれど、じきに深みが迫ってくる、自分たちはそれに呑みこまれて、月の光すら射しこまない海の底に沈んでしまうのだと。

ダッチェスは裸足のまま、棘にも気づかずに近づいていった。

柔らかな和音がかき鳴らされる。「一緒に歌って」

「いや」

ダッチェスは母親にすり寄ってその肩に頭を載せた。何をしでかそうと、いくらタフな無法者だろうと、彼女には母親が必要だった。

「どうして歌うと泣くの？」ダッチェスは訊いた。

「ごめんね」

「謝んなくていい」

「あの男に電話したらね、バーにいたあの音楽関係の男に。会って一杯やりたいって言うの」

「で、行ったわけ？」

　スターはゆっくりとうなずいた。「男なんて」

「ゆうべ何があったの？」そういうことはめったに訊かなかったが、こんどばかりははっきりさせる必要があった。

「酒癖の悪いやつがいたっていうだけ」とスターは隣家に眼をやった。

「ブランドン・ロック？　あいつが殴ったの？」

「わざとじゃなかった」

「あいつ、拒絶されたのが我慢できなかったんだね」

　スターは首を振った。

　ダッチェスは夜空を背に揺れる高い木々を見つめた。「じゃ、ダークは何もしてないんだ、今回は」

「あたしの最後の記憶は、ダークに助けられて車に乗りこんでるところ」

　訪れた理解は冷え冷えとしていて、ダッチェスはしばらく口がきけなかった。だがそこでダークのことを、肩をつかむあの男の手を思い出した。彼女は歯を食いしばり、心を鋼にした。悪いやつらには悪いことが起きるものなのだ。

「ねえ、朝になったらロビンの誕生日だよ」

　スターは惨めな顔をした。打ちのめされたとまでは言えなくとも、それに近い表情を。唇はまだ少し腫れ、眼にはまだ痣が残っており、苦悩がなおさらきわだった。弟へのプレゼントはないのだ。母親は忘れていたのだ。

「あたし悪いことをしちゃったんだ、ママ」

「人はね、みんな悪いことをするものなの」

「あたしの力じゃ解決できないと思う」

スターは眼を閉じて歌いつづけ、ダッチェスは母親にそっと寄りかかっていた。

一緒に歌いたくてたまらなかったが、彼女は声変わりしはじめていた。

「ママが守ってあげるよ。それが母親の務めだもんね」

ダッチェスは泣かなかったが、これには泣きそうになった。

10

ぶざまに転んだとき、ウォークはひとりだった。

不幸中の幸い。いま歩いていたと思ったら、次の瞬間にはあおむけで空を見あげていた。左脚が突然、体を支えるのをやめたのだ。

ウォークはいま、病院の駐車場でパトロールカーの運転席に座っていた。中にははいらなかった。ケンドリック医師からバランスに問題が生じるかもしれないと言われてはいたものの、体が急に思うように動かなくなったのは、やはり恐ろしかった。

無線は穏やかだった。雑音とおしゃべり、ブロンソンで2‐11（強盗）、サンルイスで11‐54（不審車）。床には〈ロージーのダイナー〉のコーヒーカップと、ハンバーガーの包み紙。シャツを突きあげている腹に両手を載せた。暇なシフトだった。さきほどヴィンセントの家の前を通ってみたら、家は少しずつ息を吹きかえしていた。鎧戸がはずされ、古いペンキを削りとられ、塗りなおす準備ができていた。

夜空に星を探し、病気のことを考え、それが自分の骨に、血に、心にひそんでいるのを感じた。シナプスからの放出が不活発で、伝達が、行なわれないのではなく遅れるのを。

零時少し前、無線の声ではっとしてまどろみから覚めた。

アイヴィー・ランチ・ロード。

ウォークは唇から乾きをなめ取った。

そこでもう一度呼び出し。

無線に応答しながらエンジンをかけ、ライトをつけて通りを照らし、ケープ・ヘイヴン方面に戻りはじめた。通報者は詳細を伝えず、とにかく警察を呼んでいた。大したことではありませんように。スターがまた酔っぱらっただけでありますように。ウォークはそう祈った。

アディソンを通過。メイン通りの閑静な一角、明かりはまったくついていない。

アイヴィー・ランチ・ロードにはいるとスピードを落とし、眠りについている家々のほかは何もないのを見て、詰めていた息を吐いた。

スターの家の前に車を停めた。そこまでは冷静だったが、戸口があいているのを見たとたん、あの感覚が、胃が痛くなり肺が空っぽになる感覚が襲ってきた。車をおりて、銃に手を伸ばした。憶えているかぎり、そんなことをしたのは初めてだった。

まずブランドン・ロックの家に、つづいて向かいのミルトンの家に眼をやる。人の気配はまったくない。梟の声、少し離れたところに倒れているごみ缶。アライグマのしわざだろう。ウォークは一歩でポーチに駆けあがり、ドアを押しあけた。

廊下。電話帳が載ったサイドテーブルと、乱雑にならんだスニーカー。壁には何枚かの写真と、ロビンの描いた絵。それがダッチェスによって画鋲で留められている。

鏡がひび割れていた。ウォークは自分の眼を見た。見ひらかれ、おびえている。銃を握りなおし、安全装置をはずした。声をかけようかとも考えたが、黙っていた。

廊下を進んでいく。寝室がふたつ。ドアはあきっぱなしで、散らばった服と、倒れた化粧テーブルが見える。

浴室。蛇口からちょろちょろと水が流れ、洗面台からあふれている。ウォークは水たまりに踏みこんで水を止めた。

キッチンにはいる。たゆみない時計の針だけが、静寂を切り裂いている。ゆっくりと室内を見まわした。例によって散らかっている。シンクにバターナイフと、皿が何枚か。ダッチェスが洗うのだろう。いつもそうだ。

最初はその男に気づかなかった。小さな食卓の前に座り、抵抗するつもりはないというように、両の手のひらを上に向けていた。

「まず居間に行ってみてくれ」ヴィンセントは言った。

その額の汗を見て、ウォークは自分が幼友達に銃を向けているのに気づいたが、おろすつもりはなかった。アドレナリンに駆り立てられていた。

「何をしたんだ？」

「もう手のほどこしようはない。だが、おまえはまず居間に行け、行って通報しろ。おれはここにいる。どこへも行くつもりはない」

銃が震えた。

「おれに手錠をかけたほうがいい。それが手順だろう。きちんとやる必要がある。こっちへ放ってくれたら、おれが自分でかける」

口がからからでウォークは満足にしゃべれなかった。「おまえに――」

「ウォーカー署長、手錠をよこせ」

署長。自分は警察官なのだ。ウォークはベルトの手錠を取り、テーブルに放った。

それから居間にはいった。

汗が眼に流れこんだ。

光景が襲いかかってきた。

「くそ」ウォークは足早に近づいて膝をついた。「どうしたんだ、スター」

スターはあおむけに倒れていた。何か悪いものを飲んだのだ、前にもあったことだ。一瞬そう思ったが、そこでそれに気づき、あとずさりしてまた悪態をついた。

血だった。それも大量の血。あわてて無線をつかみ、滑る指で通報した。

「なんてことだ」原因を突きとめようとしてスターの服を探ると、傷口が見つかった。穴が。裂けた肉が。心臓の上に。

顔から髪を掻きのけてみると、血の気がすっかり失せていた。探ってみても脈はなかったが、それでも心肺蘇生術を始めた。手を動かしながら、あたりを見まわした。倒れたフロアスタンド、床に落ちた絵、ひっくりかえった小さな本棚。

血が点々と壁を這いのぼっている。

「ダッチェス！」そう叫んだ。

汗がしたたり、筋肉がくたびれてきても、ウォークは手を動かしつづけた。

警官と救急隊員らが到着して、ウォークをそっと押しのけた。スターはどう見ても死んでいた。

キッチンで怒鳴り声がし、ヴィンセントが床に押しつけられ、それから連れていかれた。

ウォークは呆然と立ちあがり、世界が逆に回転しているのを感じながら外に出た。近所の人々が集まりだしていた。赤と青の光でそれを見ながら、ポーチに腰をおろして空気をむさぼった。顔と眼をこすり、胸を何度かたたいてこれが現実なのを確かめた。

警官たちは、ウォークが車にたどりつく前にヴィンセントを連れ去ってしまった。ウォークはあとを追いかけたものの、すぐに息が切れて膝をついた。人生が一年ずつ崩れていった。

一隊が群衆整理を始め、指揮権をウォークから奪い、テープを張りめぐらして人々を充分に下からせた。テレビ局のバン、ライト、レポーター。端のほうに鑑識のバンが割りこんできて停まった。そこは犯罪現場であり、警察がきちんと管理していたが、やがて家の中から騒ぎが聞こえてきた。

ウォークは立ちあがり、まだ呆然としたまま人を掻き分けていって、テープをくぐった。家の中にはいってみると、州警のボイドと、サトラー郡の警官がふたりいた。

「どうした?」

警官がふり返った。眼に怒りがこもっている。「子供ですよ……男の子です」

ウォークは後ろによろけて壁にぶつかった。両脚から力が抜け、視野がせばまるのを感じながら、やってくるものに備えた。

ボイドが手を振って警官たちを少し下がらせた。

すると少年が見えた。まぶしそうに眼を細め、毛布を肩に巻きつけている。

「だいじょうぶか?」ウォークは言った。

ボイドが慎重に少年をチェックした。「寝室のドアには鍵がかかってた。たぶん眠ってたんだろう」

ウォークは少年の横にひざまずいたが、少年はあらぬほうを見ていた。「ロビン、お姉ちゃんはどこだ?」

＊＊＊

ダッチェスは町からつづく夜道を五キロ、自転車で走ってきた。対向車がビームを下げたり上げたり、クラクションを鳴らしたりしてやってくるたび、息を止めてやりすごした。もっとましな通りを行くこともできたが、二キロ近く長くなるし、もうくたくただった。

ペンサコーラ通りの〈シェヴロン〉、灰色の柱に取りつけられた青い看板。石炭入れに自転車を立てかけ、店のほうへ歩いていった。古いセダンがなげやりに駐まっていて、持ち主が給油しようとしている。

ロビンはあした六歳になる。目覚めたときに何もなかったら、がっかりするだろう。

十一ドル、スターの財布からくすねてきた。ダッチェスは母親をたいていは憎み、ときどき愛し、つねに必要としていた。

店内にはいると、警官がコーヒーマシンの前に立っていた。黒っぽいネクタイにズボン、こざっぱりした口ひげ、胸にはバッジ。じろじろ見られたが、そ知らぬ顔をしていると、無線がガリガリと何かつぶやき、警官はカウンターに一ドル札を二枚放り出して出ていった。

ダッチェスは通路にそびえる冷蔵庫の前を歩いていった。〝ビール〟〝ソーダ〟〝栄養ドリンク〟と。

バースデイケーキはなく、〈エンテンマン〉のカップケーキがひと箱だけあった。ピンクのフロスティングのかかっているやつが。ロビンは怒るだろう、少なくとも内心では。でも、恩知らずだと思われるようなことは口にしないはずだ。ダッチェスはそのカップケーキを買うことにし、蠟燭を見つけた。残り六ドル。

カウンターの奥にいるのは十九ぐらいの少年だった。頬はにきびだらけで、やたらとピアスをつけている。

「おもちゃはある?」

少年はダッチェスが見たこともないほどしょぼいおもちゃラックを指さした。ダッチェスはそこにならんでいるものをじっくりと見ていった。手品セット、うさぎの縫いぐるみ、色とりどりのヘアバンド、キャプテン・アメリカに似ていなくもないフィギュア。それをしっかりとつかんだ。見つけものだ。ただし七ドル。

それを持ってケーキのところへ戻り、三つのうちどれが欠けても特別なものにはならないのを見て、またしても母親を呪った。薄暗い黄色のストリップライトの下に立っていると、闘志も失せた。蠟燭をちょろまかそうかとも考えたが、カウンターの奥の少年が悩める心の内を見透かすように眼を光らせているのが見えた。ダッチェスはケーキの箱をぎゅっとつかんで軽くへこみを作った。

それからカウンターに行って、そこにけちをつけた。傷んだ箱を見せ、一ドル負けてほしいと頼んだ。少年は初め拒んだが、箱の皺が大きくなってくると、渋い顔で金を受け取った。

ダッチェスは袋をハンドルにかけて家路についた。ゆっくりとペダルを踏んでいると、別のパトロールカーが彼女を追い越していった。ライトを点滅させ、けたたましいサイレンで暖かい夜の闇を引き裂きながら。

あとで事態を知ったとき、ダッチェスはその最後の道中をふり返り、それを、そのすべての最後となった夜を、もっと味わっておけばよかったと悔やんだ。遠まわりの海岸通りを選んでいればよかった。広大な海と夜の歌に、メイン通りの街灯一本一本の完璧な光に、心を向けておけばよかった。日常の最後の瞬間を深く吸いこんで、胸にとどめておけばよかったと。なぜなら彼女の日常は、大半がろくでもないものではあったけれど、彼女が自分の通りに帰りついたとき、これまでとは一変してしまったからだ。近所の人たちが彼女に命じられでもしたように、彼女がたいへんな権力者だとでもいうように、彼女の自転車に道をあけてくれたときに。

パトロールカーが見えたときにまず感じたのは、逃げようという衝動だった。一時間前、自転車を押して家の横手から道に出たあと、ダッチェスはブランドン・ロックの家の前でいったん停まった。よくとがった石ころを見つけ、ブランドンの庭にはいっていってマスタングのカバーをめくり、ドアとフェンダーを思いきり深く引っかいた。下の銀色が見えるほど力いっぱい。ブランドンは母さんを殴ったのだ。知ったことか。

でも、これはパトカーが多すぎた。騒ぎが大きすぎた。ウォークひとりだけではない。ウォークにあのまなざしで見られるだけでは。

ダッチェスは自転車を乗りすて、袋を落とし、警官が前をふさごうとすると蹴とばした。警官が引きさがったので、ふつうではないのがわかった。

家に向かって駆けだした。テープをくぐり、別の警官をかわし、誰かれかまわずののしった。知っているかぎりの汚い言葉で。

弟を見つけ、ウォークに見つめられると、ダッチェスは静かになった。ウォークの口はきっと結ばれていたが、眼がすべてを物語っていた。何もかも。ウォークは頑としてダッチェスを居間に入れなかった。いくら腕を振りまわしても、その手がウォークの眼にぶつかっても、どんな言葉をぶつけても、弟がどんなに激しく泣きわめいても。

ウォークはダッチェスを抱えるようにして庭へ、野次馬から見えないところへ連れ出した。地面におろされると、彼女はウォークをくそったれと呼び、ロビンはその横でこの世の終わりのようにおいおい泣いた。

見知らぬ人間がいたるところにいた。制服の男、スーツの男。

もう落ちついただろうと男たちが思ったころ、ダッチェスはいきなり駆けだして、そいつらをかわした。あまりのすばやさに誰も止められなかった。ドアにたどりつき、中に飛びこみ、家の奥へ、その中心となった現場へ突進した。

スターが見えた。

母親が。

体に腕をまわされても、ダッチェスはもう暴れなかった。蹴ったり悪態をついたりもせず、おとなしくウォークに子供みたいに抱きかかえられた。実際、彼女はまだ子供だった。

「きみとロビンは、今夜はわたしのうちに泊まりなさい」

ウォークのパトロールカーに着くまで、ロビンは彼女の手をつかんで放さなかった。近所の人たちに見つめられても、テレビカメラに照らし出されても、にらみつける力はもう残っていなかった。ミルトンが自宅の窓辺にいるのが見えた。眼が合ったが、そこでミルトンは顔をそむけ、奥の暗がりに消えた。

ダッチェスは庭から袋をひろいあげた。中にはまだ、ケーキと人形と蠟燭がはいっていた。

ふたりは長いこと車内に座っていた。やがて時間が重くのしかかってきて、ロビンは姉の横で落ちつかない眠りに落ちた。弟がうめいたり叫んだりするたび、ダッチェスは髪をなでてやった。

ウォークはゆっくりとふたりの住んでいた通りをあとにした。ダッチェスは自分の家だったまばゆい光が、自分の暮らしだった風景が遠ざかっていくのを、いつまでも見つめていた。

第二部

大空

11

ウォークは片腕を日にさらしてパトロールカーを走らせていた。平原は起伏を繰りかえしつつプレイリーからステップへ、ステップからそのむこうの草原へとつづいており、東には四つの州を経て太平洋にそそぐ川が流れていた。

ラジオは消していた。何キロものあいだ、聞こえるものといえばコオロギの声ばかり、すれちがうものといえばポンコツのトラックと胸をはだけた運転手ばかりだった。軽く会釈する者もいれば、やましいことがいろいろあるのか、じっと前を見ている者もいた。ウォークはあまりスピードを出さなかった。ずっと寝ていなかった。ゆうべはモーテルに泊まり、ふたりの部屋につながるドアをひと晩じゅう細くあけておいた。飛行機で行こうと提案したのだが、ロビンが怖がったのだ。それはウォークにはむしろありがたかった。飛行機はむかしから嫌いだった。

ふたりは後ろの席で外をじっと見つめ、外国の風景でも見るように土地をながめていた。ロビンはあの晩のことをいっさい語らなかった。ウォークにも姉にも、派遣されてきた専門の警官にも。その警官たちは同情を武器に、笑顔の動物たちの絵であふれたパステルカラーの部屋にロビンを連れていった。ペンと紙をあたえ、腫れ物にでも触るようにロビンをうながした。まるで彼がもはや一個の人間ではなく、ばらばらに砕けているといわんばかりに。姉は腕組みをしてそれを冷ややかに見つめ、彼らが口にするたわごとは好きになれないというように、鼻に皺を寄せていた。

「だいじょうぶか、おふたりさん？」ウォークは声をかけた。

返事はなかった。

いくつもの町や、給水塔や、錆びた足場を通りすぎた。八十キロほどは鉄道が並走し、焦げた枕木の上には、最後の列車が駅を出たのは遠いむかしであるかのように枯れ草が伸びていた。

ウォークは一軒のメソジスト教会の前をゆっくりと通りすぎた。白い板壁と淡い緑の屋根、無窮を指す矢を思わせる尖塔。

「おなかは空いてないか？」返事がないのはわかっていた。長い旅だ。千六百キロの。焼けこげたネヴァダの広大な大地、果てしない八十号線、空気と同じくらい乾いた土。延々と走ってようやく世界が茶色から緑に変わり、アイダホにはいった。すぐむこうはイエローストーンとワイオミングだ。ダッチェスはしばらく興味を惹かれていた。

ツイン・リヴァー・ミルズで一軒のダイナーに立ちよった。

破れたブース席でウォークがハンバーガーとミルクシェイクを注文して、三人は通りの向かいのガソリンスタンドをながめた。レンタカーのトラックで引っ越し中の若い家族がいた。小さな女の子はべとべとのチョコレートだらけで、母親が笑いながらウェットティッシュを持って追いかけている。

ロビンは食べるのをやめて見ていた。ウォークが肩に手をかけると、ふたたび自分のシェイクに眼を落とした。

「だいじょうぶ、何もかもうまくいくさ」

「どうしてそんなことわかんの？」ダッチェスがまるで予期していたようにすかさず食ってかかった。

「きみらのおじいさんのことは憶えてる。子供のころのことだが。いい人だった。四十ヘクタールの農場に住んでるらしい。たぶんきみらも気にいるさ。空気は澄んでるし」自分でも何を言っているのかわからなかった。口をつぐみたかった。「土地は豊かだし」ますますひどくなった。

ダッチェスは呆れた顔をした。

「ヴィンセント・キングから話を聞いた？」彼女は顔をあげずに言った。

ウォークはナプキンで口を拭った。「わたしは……州警の補助をすることになったんだ」

州警は翌朝ウォークを捜査から締め出し、現場保護の手配をさせておいた。自分たちが仕事を終えるまで二日間。鑑識のバンや捜査員たちがせわしなく出入りするなか、ウォークは地元警察と連携してアイヴィー・ランチ・ロードを半分閉鎖した。州警がヴィンセントの家に移動すると、そこでもまた現場保護に残された。彼らはウォークを田舎者だと見なしていた。ケープ・ヘイヴン警察は小さすぎて何もできないと。ウォークは反論しなかった。

「あいつは死刑にされるよ」

ロビンは姉のほうを見た。疲れてはいても鋭い眼で、消えかけた炎が最後に燃えあがるように。

「ダッチェス――」

「それがふつうじゃん。あんな男、絶対に戻ってこれない。武器も持ってない女を撃ったんだから。眼には眼をだよ、そうでしょ、ウォーク？」

「どうかな」

ダッチェスはポテトをケチャップにつけ、ウォークに失望したというように首を振った。彼女はしきりにヴィンセントのことを口にした。母親を撃ち殺し、弟を寝室に隠れさせていた男のことを。

「ハンバーガーを食べな」とダッチェスはロビンに言い、ロビンはハンバーガーにかじりついた。

「葉っぱもね」

「でもさ――」

ダッチェスはにらんだ。

ロビンはレタスの切れ端をつまんで、隅をちょっぴりかじった。

一時間後、ディアマン刑務所の看板が見えた。四百メートルにわたる有刺鉄線が、かっとなりやすい連中を世間から隔離していた。監視塔の看守が鍔広の帽子の下から眼を光らせ、片手をライフルに載せている。ミラーを見ると、パトロールカーは平穏をかき乱したように土埃をあとに引いていた。

ロビンは自分の座席で顔をゆがめて眠っており、夢も彼の日々と歩調を合わせているようだった。

「あれ、刑務所だよね」ダッチェスが言った。

「そうだ」ウォークは答えた。

「ヴィンセント・キングが入れられてたみたいな」

「ああ」

「あいつは刑務所でぶん殴られる？」

「刑務所は楽しいところじゃない」

「めちゃくちゃレイプされるかもね」

「そんなこと言うもんじゃない」

「うるさいな」

その憎しみは充分に理解できたが、それがこの娘に、この熾火《おきび》にどんな影響をおよぼすかがウォークは心配だった。わずかな風さえあれば燃えあがるだろう。

「あんなやつ、ぼこぼこにされちゃえばいい。眼に浮かんできちゃうんだよ。夜、横になってると、あいつの顔が眼に浮かんできちゃうんだよ。ぼこぼこにされて、跡形もなくなっちゃえばいい」

ウォークは座席に深々ともたれた。骨が痛み、手が震えた。その朝は、横になったまままったく動けず、このままではダッチェスに助けを呼んできてもらうほかないのではないかと不安になった。思い返してみれば、最初は肩の痛みだった。たんなる肩の痛みだったのだ。

「あたし、ケープ・ヘイヴンを忘れちゃうんじゃないかな」ダッチェスは通りすぎていく風景に向かってつぶやいた。

「手紙を書いてあげるよ。写真を送ってあげる」

「岬はもう故郷じゃない。これから行くところも故郷じゃない。あいつにみんな奪われちゃった」

「だいじょ……」ウォークは口をつぐんで言葉を呑みこんだ。

ダッチェスは体をひねって、刑務所が土埃のかなたに消えるまで見つめていた。それから眼をつむり、移り変わる世界とウォークを締め出した。

暑さは一時間前に峠を越えた。熱気が波になって押しよせてくるあいだ、子供たちはどちらも眠っていた。ダッチェスの眼は落ちくぼみ、泣かないがゆえのストレスで腫れぼったい。彼女はショートパンツをはいており、すりむけた膝小僧と青白い腿が見えた。

この百五十キロのあいだに大地は起伏を繰りかえし、荒寥は緑に変わり、渇きは海から救いを運んでくる西風に癒やされた。モンタナはファンファーレもなく、〝歓迎〟という青と赤と黄色の看板だけをしたがえて現われた。ウォークは首筋をこすってあくびをすると、頬の無精ひげをなでた。事件以来あまり食べていなかった。体重が二キロ落ちていた。

さらに一時間後、ミズーリ川のほとりで曲がった。ヘレナを過ぎると空は一枚の広大なキャンバスになったが、神の御業すらその午後は憂鬱を忘れさせてくれなかった。やがて一本の小道にはいった。農場は風景にしっくりと溶けこんでいて、繊細な筆づかいでそこに描きこまれたように見えた。白い屋根を載せた赤茶色の納屋が都合三棟、杉の木立に包まれたサイロが二基。母屋は間口が広く、ベンチやブランコのあるポーチは節くれだった美しい木材でできている。ウォークはダッチェスがあたりを見ているのに気づいた。訊きたいのに、口を固くつぐんでいる。

「ここだ」と彼は教えてやった。

「どこかに人はいるの？」

「コパーフォールズにな。ほんの数キロだ。映画館もある」前の晩にすっかり調べておいたのだ。

ゴムの木々が両側でもつれあって日射しをさえぎり、白い木の柵は塗りなおしが必要だった。カーブした小道をたどっていくと、ハルの姿が見えた。こちらを見つめてじっと立っており、笑ったり手を振ったりはしていない。

ダッチェスは首を伸ばし、シートベルトをはずしながらウォークの肩越しに顔を突き出した。

パトロールカーを駐めるとウォークはおりたが、ダッチェスはおりてこなかった。

「どうも」ウォークは近づいていって手を差し出した。

ハルはごつごつした荒れた手でそれを握った。青い眼は年齢を感じさせないほどきらきらしていたが、微笑んではいなかった。だがそれも、孫娘がパトロールカーから現われてじっと立つまでだった。母親に生き写しだった。

祖父と孫はたがいを見つめ、評価をくだしあった。ウォークが彼女を手招きしようとすると、ハルは首を振った。心の準備ができたら来るだろう。

「長いドライブでした。ロビンは眠ってます。起こしていいかどうかわからなかったもので」

「あしたは早起きしてくれるだろう。農場には農場の時間があるからな」

ウォークはハルのあとについて母屋に行った。

老人は背が高く、筋肉質で、足取りはいかめしかった。頭を起こし、顎を反らしぎみにして歩いた。

ここはおれの土地だと。

あとに残されたダッチェスは、ぶらぶら歩きながら、遠くまで広がる世界をながめた。新たな人生は早くも古びてきた。かがんで草に手を触れ、納屋まで行ってひんやりした暗がりをのぞいた。強烈なにおい、動物と糞のにおいがしてきたものの、顔はそむけなかった。

ハルはウォークにビールを持ってきてくれた。よく冷えていたので、とても断われなかった。制服を着ていたのだが、ならんで硬い木の椅子に腰をおろした。

「お久しぶりです」

「そうだな」

モンタナ、縦画面から横画面へ、生命を吹きこみきれないほどの広がり。

「なんたる騒ぎだ」ハルは言った。格子縞のシャツを着て、隆々たる前腕の上まで袖をまくりあげている。

冷たい言いかただったが、まさにそのとおりだった。

「見たのか、あの子は?」

ウォークはハルのほうを向いたが、老人は農地を見つめていた。「見たと思います。あとで。警官たちを突破して居間まで行ってしまいましたから」

ハルは指をぽきりと鳴らした。傷だらけの手、錆びた声。「坊主のほうは?」

「いいえ。悲鳴とか、銃声とか、何か聞いたかもしれませんが、話そうとしないんです。寝室に閉じこめられてたんですよ。二度ばかり医者に診てもらいました。こっちでも誰かに診てもらう必要がありますから、連絡先を教えましょう。あの子には必要です。思い出すかもしれませんが、思い出さないほうがいいのかもしれません」

ハルはビールをひと息で半分飲んだ。シンプルな腕時計をはめた太い手首は、広大な空の下で長年働いてきたため日に焼けている。「あの子たちには全然会ってないんだ。ダッチェスは……おれが最後に娘に会ったときには、まだ赤ん坊だった。ロビンのほうは……」最後まで言わなかった。

「ふたりともいい子ですよ」陳腐な言葉だった。空疎でないときでも空疎に聞こえる。そうでない子供がこの世にいるだろうか。

「行きたかったんだ、埋葬には。だが、約束したんでね」ハルはそれ以上説明してくれなかった。

「あっという間でした。棺を……スターをおろしたらそれで終わりです。リトルブルック教会でささやかな式を執りおこなったあと。妹さんの横に」ダッチェスは弟の手を握り、泣きもせずに棺を見つめていた。そこにはいればみな平等だというように。

ふたりはダッチェスが納屋から出てくるのを見ていた。鶏が一羽あとをついてくる。彼女はそれがついてきているかどうか、後ろをふり返った。

「母親に似ているな」

「ええ」

「部屋をひとつ用意しといた。一緒に使わせる。あの坊主、野球は好きかな」

ウォークは微笑んでみせたが、知らなかった。

「ボールとグローブを買っといた」

ダッチェスはパトロールカーをのぞきこんでロビンの様子を見ると、なおも鶏を気にしつつ納屋のほうへ戻っていった。

ハルは咳払いをした。「ヴィンセント・キング。この名前を口にするのは久しぶりだ。二度と口にしたくないと思ったもんだが」

「あいつはまだ何もしゃべってません。わたしが駆けつけてみると現場にいたんです。キッチンに。通報したのはあいつなんですよ。わたしはいろいろ疑問を持ってます」ウォークはそう言いながらも、この事件が自分の手にはあまること、州警にほとんど蚊帳の外に置かれていることを、ハルには見抜かれているのではないかと思った。

「しかし、逮捕されてるんだろ？」

「別件ですよ。保釈条件違反でつかまったんです。門限違反で」

「だが、ヴィンセント・キングだ」

「どうでしょうね。ヴィンセントのしたこととこれとはちがう気がします」

「おれは教会に行くが、神は信じてない。あいつは刑務所に行くが、犯罪者じゃないか」

ハルの顔に刻みこまれた皺の深さ、それが三十年前に始まった物語を語っていた。

ハルはまた指をぽきりと鳴らした。「われわれは終わりから始めるんだと牧師は言う。だとしたらこの歳月をおれはもう少し穏やかに過ごせたはずだ。シシーがいるのはちっぽけな木の箱なんかじゃなくて、もっといいところだと一秒でも思えたら。努力しちゃいるんだがな、日曜のたびに努力しちゃいるんだが」

「お気の毒です」

「きみには関係の——」

「シシーだけじゃなくて。奥さんのことも。言う機会がありませんでしたから、あのあとは」

それは地元のニュースになった。スターの母親が初めて人前に姿を見せたのは裁判の初日だった。マギー・デイはふらふらと法廷にはいってきた。人目を引く髪型と眼をしていたが、やつれた様子がその華やかな美しさを押しのけていた。

「マギーはヴィンセントのことで心を痛めてた。子供が大人の判決を受けるのを見て、もう一度打ちのめされたと言ってな」ハルはビールを飲みほした。「その晩スターがマギーを見つけたとき。うちには絵があったんだ。印刷の〈テメレール号〉が。知ってるか？」

「船の絵ですね」

「マギーはその下に座ってた。頭をのけぞらせて。あの不穏な空の下で、その一部みたいに」

「お気の毒です」

「マギーはシシーのところへ行きたかったのさ」とハルはあっさり言った。妻であり母親である女の自殺とは、まったく簡単なことなのだといわんばかりに。「ヴィンセント・キングはわが家の癌だ」

ウォークは冷たい瓶を額に押しつけた。「実はですね。ディッキー・ダークという男がいまして。そいつは……そいつとスターですが。そいつはスターを手荒にあつかってました」老人を見ると、口を固く結んでいた。「で、ダッチェスに何があったのか知りませんが、そいつの店が放火で全焼したんです。ストリップ・バーが」

ハルは広大な農場にぽつんと立っている孫娘を見やった。

「わたしはそいつがあなたがたを捜し出そうとするとは思いません。こんなことがあったんですから」

「ここへ来るかもしれないのか？」

「わたしは来ないと思いますが、ダッチェスは来ると思ってます」

「あの子がそう言ったのか？」

「実際には何も言ってません。ダークは自分たちをここまで捜しにくるだろうかと、そう訊いただけです。理由は言おうとしません。あの男がスターの事件と関係がある可能性は除外できません」

「あったとしたら？」

ウォークは大きく息を吸って、少年が眠っているパトロールカーを見た。おそらく唯一の目撃者だ。

「ここは見つけられないはずだ。おれの名前は電話帳に載ってないし、この土地は……抵当にはいってる。悪い年が何年かあってな。あの子の安全は守れる。あの子と坊主の安全は。それだけはおれにもできる」

ウォークは家に沿って歩いていき、それから柵のところまで行った。池と呼ぶには大きすぎ、湖と呼ぶには小さすぎる湖があった。水面を見ると、空と林と、細波にゆがんだ自分の顔が映っていた。

「こんなところで暮らしたくない」

ふり返るとダッチェスがいた。

「あんなじじい、誰なのかも知らないし」

「ほかに行くところはないんだ。ここか施設かだ……施設なんかへロビンを行かせられるか？」

ウォークはダッチェスの手を取って甘い嘘をつきたかった。

「電話はしてこないで、ウォーク。手紙ならまあいいかも。ロビンは、あの精神科医が言ってたけど、忘れる必要があるんだから。当分のあいだはね。あの子にはつらすぎるもん。子供には無理だもん」

きみも子供じゃないか。そう言いたくなった。

そのあと、ウォークは地面に膝をついてロビンの髪をくしゃくしゃにし、おびえた眼を見つめた。ロビンはウォークの背後を、古い家とハルを見た。ウォークは立ちあがり、ダッチェスのほうを向いて言葉を探した。

「あたしは無法者なんだよ」ダッチェスは言った。

ウォークは溜息をついた。悲しみがこみあげてきた。

「あんたは法律側の人間だろ」

彼はうなずいた。「そうだ」

「だったら、とっとと帰れよ」

ウォークはパトロールカーに乗りこんで、ゆっくりとふたりから離れた。

太陽は死に、ウォークはのろのろと湖のほとりを、ゴムの木々の下を通りすぎた。見ていると、ダッチェスは弟の肩に手をかけてゆっくりと、用心深く老人のほうへ歩いていった。

12

農場での最初の晩、ダッチェスは何も食べなかった。

食べずにロビンを見ていて、残さずに食べさせた。それはシチューのようなもので、ロビンはあの泣きたいと訴えるような眼で姉を見た。ダッチェスは最後のひと口をみずから口に運んでやった。

ハルはぎこちなく立ってしばらく見ていたが、やがて流しの前に行って窓の外をながめた。ダッチェスから見てもハルは大きかった。がっちりして、たくましくて、堂々としていた。ロビンからすれば巨人のように見えるにちがいない。

ダッチェスは自分たちのボウルを流しに運んだ。

「おまえも食べなくちゃだめだ」ハルは言った。

「あたしに何が必要かなんてあんたにはわかんない」ダッチェスは自分の食事をごみ捨てに空けると、弟を連れて台所からポーチに出た。

夕暮れ。焼けた靄《もや》がなだらかに起伏する土地をおおい、湖に弾きかえされていた。動物たちが遠くに集まり、エルクの群れが夕陽に顔を向けている。

「遊んでおいで」ダッチェスは弟を押しやった。

ロビンは姉を置いて低い丘を登っていき、棒切れを見つけて地面を引っかいた。反対の手にはキャプテン・アメリカを握りしめている。あの朝ウォークの家で眼を覚ましてからというもの、かたときも手元から離さない。

ダッチェスはすでにロビンに尋ねていた。夜が更けてウォークが眠ったあと、その晩のことを尋ね、何か聞いたのなら話してくれていいんだよと伝えた。ロビンは何も話さず、憶えていることがあったとしても、それはまったくの闇に包まれていた。

ダッチェスはまだ母親の死を、葬儀を、リトルブルックの崖の上にあるシシーの墓とならんだ新しい墓を、受け入れられずにいた。泣きたかったが、泣いてしまったら悲しみが胸に居すわってしまうのはわかっていた。強さがいちばん必要なときに息ができなくなってしまうのは。弟のためにここにいることにした。自分たちはふたりきりなのだ。無法者とその弟のふたりきりなのだ。

「あの子のためにボールを買っといたぞ」

ダッチェスはふり向かず、ハルを認めなかった。ハルを家族だと考えるのを、ハルとの血のつながりを。この男は必要とされているときにいなかったのだ。しょっちゅう必要とされていたのに。ダッチェスは地面に唾を吐いた。

「たいへんだったのはわかってる」

「クソほどもわかってないよ」その言葉を彼女は黄昏の空気の中に長いあいだ漂わせておいた。闇が急速に迫ってきて、瞬きしたらもう色彩が消えていたような気がした。

「おれの家で汚い言葉を使ってほしくないな」

「おれの家。ウォークはあたしたちのうちだって言ってたけど」

ハルはしまったという顔をし、彼女は内心にやりとした。

「明日からはまったくちがう暮らしが始まる。好きになるものもあれば、ならないものもあるだろう」

「あんたはあたしの好きなものも嫌いなものも知らない。弟のもね」

ハルはブランコに腰をおろし、一緒に座れという仕草をしたが、ダッチェスは行こうとしなかった。古い農家から魂を絞り出すように鎖が杉材を締めつけた。母親は魂のことを教えてくれた。植物的な魂から理性的な魂までさまざまな段階があるのだと。生命のいちばん基本的な形態のどこが理性的なのか、ダッチェスにはよくわからなかったが。

ハルが葉巻に火をつけ、煙が流れてきた。よけたかったが、よけようとはしなかった。サンダルに根が生えていた。内心ではハルに訊きたかった。母親のこと、叔母とヴィンセント・キングのこと。ここはいったい世界のどこなのか。風景はまるでちがうし、空はむやみに広いと。ハルはきっとそれを喜ぶだろう。孫娘と話すのを、絆ができるみたいに。彼女はまた地面に唾を吐いた。

寝る時間より一時間も早く、ハルはふたりを二階に追いやった。ダッチェスはスーツケースをえっちらおっちら運びあげた。ハルに手伝わせるつもりはなかった。

ロビンをパジャマに着替えさせると、殺風景な寝室の隣にある小さな浴室で歯を磨いてやった。

「うちに帰りたい」ロビンは言った。

「そうだね」

「怖い」

「あんたは王子様だよ」

ダッチェスは傷だらけの木の床に置かれたナイトテーブルを引きずり出すと、ベッドの片側を持ちあげて押し、二台をくっつけた。

「お祈りをするんだぞ」ハルが戸口から言った。

「するかよ、そんなもん」ダッチェスは言い返した。ハルはそれを聞きながした。たじろぐところを見てやりたいと思ったが、ハルは平然としていた。戸口に立って、口を真一文字に結んでいる。その顔に、ダッチェスは自分と弟と母親の面影を探した。全員の面影が少しずつ見えた気もしたし、ただの見知らぬ老いぼれでしかない気もした。

数分後には、ロビンは完全にダッチェスのベッドに移動していた。彼女の腕を取って自分の体にまわし、眠りに落ちるまでそうしていた。

すぐに、間断のないブザーの音が夢の中にはいりこんできた。ダッチェスは手を伸ばして目覚まし時計をひっぱたくと、ぱっと起きあがり、一瞬ではあるけれど母親を呼びそうになった。

ロビンはまだ横で眠っており、ダッチェスはシーツをかけてやった。すると下から物音が聞こえてきた。薬缶の鳴る音と、ハルの重たいブーツの音が。

ふたたび横になって眠ろうとしたが、廊下の光が室内に射しこんできた。ハルが階段をのぼってきてドアをあけたのだ。

「ロビン」老人の声に弟は身じろぎをした。「動物たちが朝ごはんを待ってる。手伝ってくれないか?」

ダッチェスは弟を見た。弟の思考パターンはわかりやすかった。きのうは好奇心いっぱいの眼で納屋や鶏を、大きな雌牛や馬たちを見つめていた。ロビンはベッドから出ると、ダッチェスのほうを向き、彼女が歯ブラシを取ってきてやるまでそうしていた。

階下にはポリッジが用意されていた。ダッチェスは自分の分をごみ捨てに空けると、砂糖を見つけてロビンのボウルにひと匙かけてやった。ロビンは黙々と食べた。

ハルが戸口に現われた。そのむこうには、地面の下で火が燃えてでもいるかのように朝靄が薄く立ちのぼっていた。

「用意はできたか」質問ではなかった。

ロビンはジュースを飲みほすと、椅子からぴょんと飛びおりた。ハルが手を差し出すと、それをつダッチェスはふたりが納屋のほうへ歩いていくのを窓から見ていた。ハルは何やら話しており、ロビンはこの六年間などもはや無価値になったかのように老人を見あげていた。

ダッチェスは上着を着てスニーカーをはくと、夜明けの空気の中に出ていった。

山の端に朝日が顔を出しており、新たな変化の予兆が胸に重くのしかかってきた。
＊＊＊

ウォークは徹夜で車を走らせた。どの州もどの風景も闇の中ではほぼ同じで、標識が距離を伝え、休憩を取れだの、疲労は事故のもとだの、教えてくれるだけだった。家に帰りつくと、電話のプラグを抜き、カーテンを閉めきって横になり、眠るのではなく、ひたすらスターとダッチェスとロビンのことを考えていた。

朝食は二錠の鎮痛薬と一杯の水だった。シャワーは浴びたものの、ひげは剃らなかった。

八時に署の駐車場に車を乗り入れると、記者が待ちかまえていた。《サトラー郡トリビューン》紙のキップ・ダニエルズが。キップの横には別荘客と地元の人間も二、三人いる。ウォークは署まで来るあいだにそのニュースを聞いていた。カリフォルニア州がヴィンセント・キングをスター・ラドリー殺害の容疑で起訴する方針を固めたというのだ。彼はそれを眉唾だと思っていた。マスコミがニュースのネタにしようとしているだけだと。

「とりたてて話すことはないぞ、残念ながら」

「凶器については?」キップが叫んだ。

「何もない」

「罪名は?」

いた。

「噂を何もかも信じちゃだめだ」

ヴィンセントはフェアモント郡矯正施設に戻されていた。彼が何も話そうとしないこと、現場にいたこと、それが謎を単純にしていた。ほかに容疑者はいないのだから。ボイドたち州警の連中が奥のオフィスを占領し、地元警察も交じえて騒々しく働いていた。だが、それもすでに終わりに近づいていた。

署にはいっていくと、リーア・タロウが受付デスクにいて、電話のランプがてんでに瞬いていた。

「朝からてんやわんやです。ニュースは聞きました？」

ウォークはリーアが次の電話を受けてノーコメントだと伝えるのを見ていた。補助員のルーアン・ミラーも呼ばれていた。ウォークより十歳年上のルーアンは、自分のデスクでナッツを食べており、この騒ぎにも沈黙したままの電話機の横に、小さな殻の山を築いていた。

「おはよう、ウォーク。今日はにぎやかよ。肉屋が呼ばれてる」

ウォークは立ちどまって頬の無精ひげを掻いた。「どこに？」

「取調室」

「呼ばれた理由は？」

「あの連中があたしに教えると思う？」ルーアンはもうひとつナッツを食べ、ちょっと喉に詰まらせてコーヒーで流しこんだ。「あんた、少しは寝なさい、ウォーク。それにひげも剃ったほうがいい」

ウォークは署内を見まわした。ふだんどおりの光景を。リーアの妹がメイン通りで花屋をやっていて、毎週生花を届けてくれる。青いアジサイと、ユリズイセンと、ユーカリ。ウォークはときどき、ここはセットに似ていると思うことがあった。昼間の警察ドラマあたりのセットに。自分たちはそこで自分の役を演じているのだ。たんなる背景の一部を。

「ボイドはどこだ？」

ルーアンは肩をすくめた。「自分が戻るまでは肉屋から話を聞くなと言ってたけど」

ミルトンは署の奥にある小部屋にいた。取調室ということになってはいたものの、供述を取る必要に迫られたことなどなかった。ミルトンは胸を押さえ、心臓を再始動させようとでもするようにさすっていた。エプロンをしていなくても、全身をおおう体毛の一本一本ににおいがからみついているのか、あいかわらず血のにおいがした。

ウォークは両手をポケットに深く突っこんだ。そうすることが増えたのに気づいた。あの薬もやはり効かない。

ミルトンは立ちあがった。「なぜ待っていろと言われたのかわからないんだ。もう帰らないと。だいたいおれのほうから来たんだぞ」

「なぜ？」

ミルトンは靴を見おろし、襟をくつろげ、袖口のボタンをはずした。よそ行きの服を着ていた。

「思い出したことがあったんだ」

「というと？」

「おれは外を見るのが好きじゃないか。海や空をながめたり、〈セレストロン〉を買ったり。もうコンピューター化したから、一度来てくれよ、一緒に――」

ウォークは片手をあげてさえぎった。疲れていて我慢できなかった。

「あの晩、銃声がする前だけど。わめき声が聞こえたと思うんだ。おれは窓をあけて小兎を炙ってたからさ。ほら、ひと晩そうやって、骨を柔らかくするんだ」

「聞こえたと思う？」

ミルトンは照明を見あげた。「聞こえたんだ。言い争う声が」

「なのにそれを、いまごろになって思い出したのか？」

「まだショックを受けてたのかもな。それが収まってきたのかもしれない」

ウォークはミルトンを見つめた。「あの晩ダークを見かけたか？」

一瞬の間があってからミルトンは首を振った。二秒ぐらいだったかもしれないが、ウォークは見逃がさなかった。ディッキー・ダークの名前は関係者としてあがっていたものの、あげたのはウォーク自身だった。ダッチェスはいっさいダークのことを持ち出そうとしなかった。おびえているのかもしれない。

「ブランドン・ロックのことだけど」とミルトンは胸をふくらませた。「あの車……ゆうべもだ。こっちは朝が早いってのに、あの男はどんな時間でも帰ってきやがる。おれは眠らなくちゃならないんだ、ウォーク」

「ブランドンに言っておくよ」

「実はな、監視団からまたひとり抜けたんだ。もう近隣のことなんか誰も気にかけてないみたいだ」

「これで何人になったんだ？」

ミルトンは鼻で嗤った。「おれとエッタ・コンスタンスのふたりきりさ。だけどエッタは片眼だから、あんまり見えないんだよ。端っこのほうが」と手をぐるりと振ってみせた。

「きみらふたりが見張っててくれると思えば、枕を高くして眠れるよ」

「おれは全部記録して保管してるんだ。ベッドの下のでかいスーツケースに」

どんな記録をつけているのかは、想像したくもなかった。

「テレビドラマを見てたら、警官が民間人を同乗させてたんだけどさ。あんた、そういうことは考えたことないか？　なんならおれ、コテキーノ・ソーセージを少し持ってってもいいぞ……車内をスパイスアップできる。で、そのあとは一緒に――」

部屋の外で物音がしたのでふり返ると、ボイドが戸口をふさいでいた。がっちりした肩、短く刈りあげた髪、兵隊あがり。

ウォークはボイドのあとについて部屋を出た。

ボイドは先に立って自分のオフィスに行くと、どさりと椅子に腰をおろした。

「どうなってるのか教えてもらいたいですね」ウォークは言った。

ボイドは背もたれにもたれて脚を伸ばすと、肩を大きく盛りあげて首の後ろで手を組んだ。「いま地区検事局に行ってきたところだ。ヴィンセント・キングをスター・ラドリー殺害容疑で起訴することになった」

そうなることはわかっていたが、ボイドの口からじかに聞くと、ウォークはやはり動揺した。

「肉屋は数日前の晩、ヴィンセント・キングがディッキー・ダークに殴りかかるのを見たと言ってる。近づくなと警告しているように見えたと。嫉妬から。ラドリー家のすぐ外で」

「ダークはそれについてなんと言ってるんです？」

「その話を裏づけてる。弁護士をともなってやってきたよ。でかい野郎だな。被害者とつきあってたみたいな口ぶりだった。たんなる友達だったたと言っちゃいたが」

「肉屋のミルトンは、これまでいろんなことを通報してきてます。町を見張るのが好きなんですよ。ただ……興奮しやすくて、ありもしないようなことまで見てしまうんです」

ボイドは歯をなめて唇をすぼめた。じっとしていると腹が迫り出し、生えぎわが後退するとでもいうように、絶えずどこかを動かしている。コロンが強く香る。ウォークは窓を見つめ、あけたくなった。

「ヴィンセントは現場でつかまってるし、指紋もある。ＤＮＡも死体に付着してた。死体は肋骨が三本折れてたし、あいつは左手が腫れてた。否認しようともしないし、何もしゃべろうとしない。簡単だよ、ウォーカー」

「でも、発射残渣がない。銃も。残渣も銃もないんですよ」ウォークは言った。

ボイドは顎をなでた。「きみの話だと、蛇口から水が流れてたんだよな。手を洗ったのさ。銃のほうは、すでに八方を捜索させたが、いずれ見つかる。あいつは彼女を殺して、銃を捨ててきてから、通報したんだ」

「不自然です」

「鑑識の報告書が出てる。摘出された銃弾は三五七マグナム、とんでもないしろものだ。住所を入力したところ、ヴィンセント・キングの父親が、七〇年代半ばに銃を一挺登録してることが判明した」

話の進んでいる方向が気に食わず、ウォークは相手を見つめた。キング家に深刻なおどしが二度ほどあって、ヴィンセントの父親が家に銃を置くようになったことは憶えていた。

「そいつの口径をあててみてくれ、ウォーカー」

ウォークは平静を装ったものの、胃がひっくりかえりそうだった。

「検事はまだ不足だと言ったが。これでわれわれは動機と、凶器の入手経路をつかんだことになる。死刑を狙うつもりだ」

ウォークは首を振った。「まだ話を聞く必要のある連中がいます。ディッキー・ダークのアリバイも洗いなおしたいし、ミルトンとも話をしたいし、わたしはヴィンセントが――」

「余計なことをするな、ウォーカー。こいつは単純明快だ。ネタはそろってる。週末までには検事に引き渡したいんだ。そしたらもうきみの邪魔はしないよ」

「でも、わたしにはどうしても――」

「あのな。きみがここでどんな仕事をしようと、それはかまわない。おれの従弟でオールソン・コーヴ警察に勤めてるやつがいるんだが、そいつはそこを愛してる。ペースはのんびりしてるし、仕事はちょろいしな。それは別に悪いことじゃない。しかし、きみが最後に本物の事件をあつかったのはいつだ？　軽罪じゃないものをあつかったのは」

ウォークがあつかったものといえば、条例違反ぐらいだった。

ボイドは手を伸ばしてウォークの肩をぐっとつかんだ。「ぶち壊しにしないでくれ」

ウォークはぐっとこらえたが、頭は猛烈に回転していた。「あいつが抗弁したら。わたしがあいつに抗弁させることができたら？」

ボイドはウォークの眼を見つめた。言わなくても、言いたいことは伝わった。

ヴィンセント・キングはこの件で死刑になる。

13

背後の山から雲が滝のように流れ落ちてきて、母屋はさながら版画の風景のように見えた。

ダッチェスは働いた。脚は重く、手袋の下の皮膚は裂けた。

家畜の糞の始末、家のまわりに伸びた長い蔓の刈り込み、曲がりくねった私道に落ちた枝の掃除、あたえられた仕事はすべて、静かな憎しみをこめて行なった。ハルはいまごろになって祖父を演じはじめていた。娘が地中深く埋葬されたいまごろになって。

葬儀は惨めなほど静かだった。ウォークはロビンのために古いネクタイを引っぱり出してきた。ウォーク自身が自分の母親の葬儀のときにつけたものだ。ロビンは式のあいだじゅうダッチェスの手を握っており、牧師はふたりを崩壊した生活から導こうとして、神はまたひとり新たな天使を必要となさったのだと、神に召された当の悩める魂のことなど何ひとつ知らないかのように説いた。

「昼休みにしよう」老人の声がダッチェスを思い出から引きもどした。

「おなかは減ってない」

「食べなきゃだめだ」

ダッチェスは老人に背を向けると、箒をつかんでせっせと、ひび割れた私道のごみを掃きはじめた。

十分後、箒を放り出して私道をのろのろと戻りはじめた。母屋に着くと、ポーチにあがって窓から中をのぞいた。ハルは背を向けており、弟はテーブルの上に顔だけのぞかせてサンドイッチを食べていた。ミルクのカップが置いてある。

ダッチェスは裏口からキッチンにはいった。頬がかっと火照っていた。テーブルまで行くとロビンのカップを取りあげ、ミルクを流しにあけてカップをすすぎ、冷蔵庫からジュースのカートンを取り出した。

「ぼく、お昼にミルク飲めるよ、平気だよ」ロビンは言った。

「だめ。ジュースを飲みな。うちじゃいつもそうしてたでしょ――」

「ダッチェス」とハルが言った。

「うるさいな」ダッチェスは老人のほうを向いた。「あたしの名前を口にするなよ、二度と口にするな。あたしのことも弟のことも、なんにも知らないくせして」

ロビンが泣きだした。

「もうやめなさい」ハルは優しく言った。

「あたしに指図すんな」息ができず、体が震え、熱い怒りがこみあげてきて、どうにも抑えられなかった。

「やめなさいと――」

「**うるせえ！**」

ハルはついに立ちあがり、テーブルを思いきりひっぱたいた。衝撃で彼の皿が石の床に落ちて砕け、ダッチェスはぎくりとした。それから身をひるがえして駆けだした。湖を過ぎ、私道を過ぎ、背の高い草地を横切って荒地にはいり、腕を振り振り林のほうへ走っていった。

それ以上走れなくなるまで走りつづけ、ついに膝をついて暖かく湿った空気を何度も呑みこんだ。ハルをさんざんにののしり、太いオークの木を蹴りつけると、衝撃が体を逆に駆けぬけた。木々に向かってわめきちらしたので、驚いた鳥たちが点々と雲に散らばった。

家のことを思い出した。葬儀のあくる日、わずかばかりの所有物はすべてウォークによって箱詰めされた。口座はからっぽ、母親の財布には三十ドル、遺されたのはそれだけだった。

二キロほど歩いていくと、樅の木々がまばらになってきた。体は汚れて汗まみれで、髪は湿ってもつれていた。少しペースを落とし、道路のセンターライン上を、破線を数えつつ歩いていった。かたわらには草木がじりじりと迫り、遠くには川が延々と流れ、空にはどこまでも青い赦しが広がっている。ときどき彼女はほかのものを、手がかりを求めてあたりを見まわした。萎れかけたり、灰色になったり、途絶えたりしているものを。母親が死んだいま、世界はちがう場所になったのだと教えてくれるものを。

町の名を告げる看板が現われた。モンタナ州コパーフォールズ。一列にならんだ商店、新しすぎて風景になじまない茶色の煉瓦、平らな屋根と白ちゃけた日よけ、だらりと垂れさがった旗。放置されてすっかり退色した去年の大統領選のポスター、ブッシュとケリー、星条旗。食堂、〝ハンター歓迎〟、コンビニエンスストア、薬局、コインランドリー。ベーカリーを見たとたん、涎が湧いてきた。立ちどまって中をのぞくと、どの席にも老夫婦が座っていて、コーヒーを飲みながらペイストリーを食べていた。外に男が座って新聞を読んでいる。床屋の前を通りすぎた。ガラスのサインポールがあって、ひげ剃りもしてくれるような、昔風の床屋だ。隣には美容室があった。女たちが椅子に座り、あけはなしたドアの外まで熱気が届いてくる。

通りのはずれには、大きなものならこのあたりにはいくらでもあるぞという戒めか挑戦のように、地平線を形づくる山がどっしりとそびえている。

痩せっぽちの小柄な黒人少年の前を通りすぎた。このくそ暑いのに上着を腕にかけ、歩道に突ったったままダッチェスをじっと見つめている。長ズボンに蝶ネクタイというでたちで、白い靴下がむきだしになるほどズボンをサスペンダーで吊りあげている。

ダッチェスがいくらにらんでも、眼をそらそうとしない。

「何を見てやがるんだよ」

「天使みたいなもの」

ダッチェスは蝶ネクタイをまじまじと見て首を振った。

「ぼく、トマス・ノーブル」

少年はなおも口を半開きにして彼女を見つめた。

「見るんじゃねえよ、気色悪いな」ダッチェスは少年を押した。

少年は尻もちをつき、分厚い眼鏡ごしにダッチェスを見あげた。「平気だよ、きみに触ってもらえたんだから」

「おえ。この町のやつらはみんな変態かよ」ダッチェスは少年の視線を感じながら通りのはずれまで歩いていった。

ベンチに腰をおろして町の様子を観察した。あまりののどかさに、まぶたが重くなってきた。

六十がらみの女がそばで立ちどまった。なんとも派手でリッチな感じの女なので、ダッチェスはちらちら盗み見をした。高いヒール、口紅、ぷんぷんにおう香水。髪には、たったいま美容室から出てきたばかりのようなウェーブ。

シャネルのバッグをおろして、横に割りこんできた。

「暑いったらないわね」

ダッチェスの知らない訛り。

「エアコンを直してちょうだいってビルにさんざん言ってるのに、直してくれたと思う？」

「あたしにはどうでもいいって思う。ビルもそう思ってんじゃない？」

女は笑い、煙草をホルダーに挿して火をつけた。「まるであの人のことを知ってるみたい。それとも、あの人みたいなお父さまがいるのかしら。何か始めてもすぐに飽きちゃうんだから。男なんてみんなそう」

ダッチェスは女を追いはらえることを願って、大きく溜息をついてみせた。

女は買物袋に手を突っこんで、小さめの紙袋を引っぱり出した。そこからドーナツをひとつ取り出すと、ダッチェスにも勧めた。

ダッチェスは無視しようとしたが、女は警戒心の強い動物でもおびきよせるみたいに、袋を軽く振ってみせた。「〈チェリー〉のドーナツを食べたことある？」しつこく袋を振るので、ダッチェスはとうとうひとつ取って、砂糖をジーンズにこぼしながらそっとかじりついた。

「いままでで最高のドーナツでしょ？」

「ふつう」

女はダッチェスが冗談でも言ったみたいに笑った。「わたしは一ダースぐらい食べられる。唇をなめずに全部食べようとしたことはある？」

「あるわけないじゃん」

「ならやってみましょう。思ったより難しいわよ」

「年寄りのおばさんにはね」

「年齢なんて気の持ちよう。女のほんとの歳はいま触れている男の歳だって、よく言うじゃない」

「ビルはいくつ？」

「七十五」大きな笑い。

ダッチェスはドーナツを食べた。唇に砂糖がついたが、なめなかった。女も食べ、しばらくはそのむずがゆいような感覚に耐えていたが、やがてぺろりと唇をなめた。ダッチェスが指摘すると、女はダッチェスが笑みをこらえるのに苦労するほどけたたましく、あっはっはと笑った。

「それはそうと、わたしはドリー。ドリー・パートンと同じ。まあ、胸はないけどね」

ダッチェスがしばらく何も言わずにその言葉を放置していると、ドリーが彼女のほうを見て、また眼をそらすのがわかった。

「あたし、無法者だからさ。一緒にいるのを見られるとまずいと思うよ」

「あなたには矜恃がある。そういう人間は世の中に少ない」

「クレイ・アリソンの墓にはこう刻まれてる。〝彼は殺す必要のない男はひとりも殺さなかった〟それが矜恃」

「で、その無法者は名前を持ってるの？」

「ダッチェス・デイ・ラドリー」

憐れみではないにしても、それに近い表情。「わたし、あなたのおじいさまと知り合いなの。お母さまのことはほんとうにお気の毒だったわね」

そう言われたとたん、ダッチェスは息ができなくなったみたいに胸がきゅっと締めつけられた。目頭がひどく熱くなり、うつむいて自分のスニーカーを見つめた。

ドリーは煙草をもみ消した。結局、ひと口も吸っていなかった。

「吸わなかったじゃん」

ドリーはにっこりした。こぎれいな、まばゆいほど白い歯。「煙草は体に悪いの。ビルに訊いてごらんなさい」

「じゃ、なんで？」

「煙草を吸ってるところを一度父につかまってね。ひどく殴られた。でも、わたしはこっそり吸いつづけた。おいしいなんて全然思わなかったけれどね。きっといかれた婆さんだと思うでしょうね」

「うん」

誰かの手を肩に感じた。見ると、弟がにこにこしながら立っていた。巻き毛が汗でもつれ、爪の下に土がはいりこんでいる。

「ぼく、ロビン」

「初めまして、ロビン。わたしはドリー」

「ドリー・パートンとおんなじ？」

「おっぱいはないけどね」ダッチェスは言い足した。

「ママはドリー・パートンが好きだったよ。よくあれを歌ってたもん、あの九時から五時まで働くっていう歌」

「皮肉だよね、ママはどんな仕事も長続きしなかったんだから」

ドリーはロビンと握手をして、あなたみたいなハンサムな男の子に会うのは初めてよと言った。

ダッチェスはハルが通りの向かいで、古びたトラックのボンネットに寄りかかっているのに気づいた。

「じゃあ、また近いうちに会いましょう」ドリーはロビンにドーナツをひとつ手渡すと、ふたりを残して通りを戻っていき、ハルにうなずいてみせながら歩き去った。

「おじいちゃん、あわててたよ。お願いだからトラブルを起こさないで」

「おれは無法者なんだぜ、若いの。トラブルのほうからやってくるんだ」

ロビンは悲しげな眼で姉を見あげた。

「そのドーナツ、唇をなめずに食べてごらん」

ロビンはドーナツを見た。「簡単じゃん」

「じゃ、やってみな」

ロビンはひと口かじると、すぐに唇をなめた。

「ほら、なめた」

「なめてない」

ふたりは歩道を戻りはじめた。空はいつのまにか曇ってきて、雲がうねりながら一日を急速に追い払っていた。

「あのおばさん、また会いたいな」

ダッチェスは弟の手をぎゅっと握った。自分も同じ気持ちかどうかは、まだ決めかねていた。

＊＊＊

同じ部屋に三十年、スチールの便器と流し、えぐられ、落書きされた壁。毎日定刻に開閉されるスライドドア。

ウォークはフェアモント郡矯正施設の外に立って太陽にあぶられていた。何月だろうが、ぎらぎらと無慈悲だ。カメラに眼をやり、運動場の男たちをながめた。金網フェンスが彼らをどこにもはまらないパズルのピースに変えている。

「この色にはどうしてもなじめませんね。何もかも洗い立てられたみたいで」

カディは笑った。「きみらの制服のブルーが恋しいか」

カディは煙草に火をつけると、ウォークにも一本勧めたが、ウォークは手をあげて断わった。

「吸わないのか？」

「試したこともないです」

ふたりは胸をはだけた汗まみれの男たちがバスケットゴールにシュートを放つのをながめた。ひとりが転倒し、立ちあがって殴りかかろうとしたが、カディがいるのに気づいてすぐにやめた。ゲームはつづいた。生か死のみで中間のはいる余地のないその凶暴さは。

「こたえたよ、今回のことは」とカディは言った。

ウォークはカディのほうを見たが、カディはゲームから眼を離さなかった。

「むかしはおれも、こんな場所にはそもそもふさわしくない人間がいると考えてた。駆け出しのころ、まだ平の看守だったころは。弁護士やら銀行員やら、ホワイトカラーの連中が連れてこられるのを見ると、ここに入れられるような人種じゃないと思ったもんだ。しかし考えてみれば、悪に程度などないのかもな。一線をどのくらい越えたかなど、問題じゃないのかもしれん」

「たいていの人間はその一線に近づくもんです。少なくとも一生に一度は」

「きみはちがうがな」

「まだわかりませんよ」

「ヴィンセントは十五のときそれを越えた。うちの親父が勤務についていた晩に、あいつは連れてこられたんだ。報道陣も来た。たしか評決が出たのは夜遅くだった」

それはウォークも憶えていた。

「親父は言ってた。あれは人生最悪の晩だったと。あいつが眼にしたものは想像するしかない。子供が収監されるところなど。男たちがならんでるんだ。格子のあいだから手を伸ばして声をかけてくるやつらが。何人かはましなのもいた。励ますやつらも。しかし大半はな。はやしたてて、そういうふうにあいつを歓迎したんだ」

ウォークは金網に指を突っこんでフェンスをつかんだ。そのむこうの空気もやはり息苦しかった。

「おれは十九のときに初めてここへ来た」カディは煙草をもみ消して、そのまま吸い殻を持っていた。「ヴィンセントより四つ年上だ。あいつの棟の担当だった。三階の。あいつを見るたびに、子供が見えたもんだ。どこにでもいるような高校生が。自分の学校の生徒でも、弟でも、なんでもおかしくなかった。すぐにあいつが好きになったよ」

ウォークは微笑んだ。

「よくあいつのことを考えた。家にいても、休暇で出かけていても、好きな女の子と映画を見ていても」

「ほんとに？」

「あいつの人生とおれの人生。そんなにちがいはないんだよ、たったひとつの過ちをのぞけば。ところがその過ちがあれだった。ひとりの子供の命だった……いや、ヴィンセントをふくめれば、ふたりの子供だ。あいつがここに戻ってきてしまったのなら、なんにもならなかったのなら、悲劇も倍だ。そうだろ？　無駄はひとつじゃすまないんだから」

ウォークはそんな考えを頭から締め出そうとしてきた。

「きみがあいつを迎えにきてくれたときはうれしかったよ。長い一章がやっと終わったんだ、新たな一章が始まるんだと、そう思った。あいつにはその時間があったんだ、ウォーク。おれたちはまだそんなに年寄りじゃないんだから。そうだろ？」

「そうですね」ウォークは病気のことを考えた。その病気が自分をゆがめて、まだなる覚悟のできていない別人に変えつつあることを。

「文句を言われたこともあった。あいつを依怙贔屓している、運動時間を余計にあたえてると。そのとおりだった。おれはできるかぎりのことをして、あいつにあたえたんだよ、人生を。というか、少なくとも人生の一部を。有罪かどうかを問うのはおれたちの仕事じゃない。おれたちにはおれたちの仕事がある、そうだろ？」

「そうです」

「だからおれは絶対にそれは訊かないんだ。一度も訊いたことがない。三十年ここに勤めていて一度も」

「あいつはやってませんよ」

それをずっと質問したかったというように、カディは重々しく溜息をついた。それから向きなおってゲートをあけた。

「部屋を用意しておいた」

「助かります」電話越しには話したくないと思いながら来たのだ。プレキシガラスで隔てられたままはいやだと。

カディはウォークをオフィスのひとつに案内した。金属テーブルがひとつと、椅子が二脚あるきりで、あとは何もない。弁護士と依頼人のための場所だ。台詞の指導、上告と希望、次はどの回路を試すか。

ヴィンセントがはいってくると、カディは手錠をはずしてやり、ウォークのほうを見てから出ていった。

「いったいどういうつもりだよ？」ウォークは言った。

ヴィンセントは向かいの椅子に腰をおろして脚を組んだ。「おまえ、痩せたな」

また一キロ。今日は朝食を食べたきりで、あとはコーヒーしか飲んでいない。胃に痛みがあったのだ。鋭い痛みではなく、体がまた内向していくような、しくしくとした絶え間ない痛みが。新しい薬はまだ役割を果たしており、彼を転ばないように、立って歩けるようにしてくれたうえ、その両方をほぼあたりまえのことだと思わせてくれていた。

「どういうことなのか話してくれないか？」ウォークは言った。

「おまえに手紙を書いたろ」

「読んだよ。悪いが、断わる」

「おれは本気なんだ」

「そのほかのこともか」

「本気だ」

「あの家は処分しないよ、ヴィン。裁判がすんでからならともかく、先のこともわからないのに」

ヴィンセントはいらだたしげな顔をした。頼みごとをしておいたのに何もしてもらえなかったという顔だ。ヴィンセントの意思は明確だった。手紙の趣旨は。なんとも優美な筆跡だったので、ウォークはそれを二度読んだ。家を売る。申し出を受け入れる。ディッキー・ダークからの百万ドルを。

「小切手はもうもらってある。おまえには手続きをしてもらいたいだけだ」

ウォークは首を振った。「もう少し待ってから――」

「おまえ、ひでえ顔をしてるな」ヴィンセントは言った。

「おれは元気だよ」

ふたりは黙って椅子にもたれた。

「ダッチェスとロ……あの子、あの坊や」自分にはふたりの名を口にする資格はないというように、ヴィンセントは静かに言った。

「おまえには何か助けが必要だ、ヴィンセント。何ができるか話し合おう、何か手を考えよう。だけど、少し時間をかける必要があるんじゃないか」

「時間ならおれにはいくらでもある」

ウォークはポケットからガムを取り出して、一枚差し出した。

「違反だぞ」ヴィンセントは言った。

「まあな」

ウォークはヴィンセントをじっと見つめ、自分には見えない何かを探した。罪の意識でも、後悔でもないものを。塀の中の暮らしを懐かしんでいるのだろうかとも考えてみたが、それはありえない気がした。まったく腑に落ちなかった。ヴィンセントはずっとよそを見ており、ウォークと眼を合わせるのはほんの一瞬だけだった。

「わかってるんだよ、ヴィン」

「何がだよ？」

「おまえがやったんじゃないことは」

「罪ってのは、それが犯されるずっと前から決まってるんだよ。みんなそこがわかってない。選べると思ってる。あとからふり返って、ちがう道を行ってみたり、別のドアをあけてみたりする。だけど実際には、選べやしなかったんだよ」

「おまえが黙秘するのは、おれに矛盾を衝かれるのがわかってるからだ。嘘をつけばかならずボロが出る」

「それはちがう——」

「おまえがやったのなら、銃はどこにあるんだ？」

ヴィンセントは言葉に詰まった。「おれに必要なのは、弁護士を雇ってもらうことだ」

ウォークは大きく息を吐いてにっこりし、テーブルを手のひらでぽんぽんたたいた。「よし、わかった。ふたりばかり知り合いがいる、優秀な法廷弁護士が」

「マーサ・メイにしてくれ」

ウォークはたたくのをやめた。「なんだって？」

「マーサ・メイだ。ほかのやつは要らない」

「マーサの専門は家族法だぞ」

「おれの望む弁護士はマーサだけだ」

ウォークはしばらく友を落ちつかせた。

「おまえ何を考えてるんだ？」

ヴィンセントは眼を伏せていた。

「いったいどうしたっていうんだよ？　おれは三十年おまえを待ってたんだぞ」ウォークはテーブルをひっぱたいた。「なあ、ヴィンセント。おまえだけが……おまえの人生だけが保留になってたわけじゃないんだ」

「おれたちが同じような人生を送ってきたと思ってんのか？」

「そんなことは言ってない。みんなつらかったんだ。スターも」

ヴィンセントは立ちあがった。

「待てよ」

「なんだ？　まだ言いたいことがあるのか？」

「ボイドと検事。あいつらは死刑を狙ってる」

その言葉は宙を漂った。

「マーサに会いにきてくれと伝えてくれ。書類にサインするから」

「おまえ、死刑になるかもしれないんだぞ。おい、ヴィンセント。自分が何をしてるのかわかってるのか」

ヴィンセントはドアをノックして看守に合図した。「じゃあな、ウォーク」

またしてもあのにやりという笑み。その笑みはウォークを三十年前に連れもどし、友を見放すことを不可能にした。

14

初めての日曜日、ふたりは八時まで寝ていた。

ダッチェスが先に起きた。ロビンは彼女にぴったりと体を押しつけて、顔を金色に輝かせている。

ロビンはどんどん日焼けしていた。

ベッドから出て浴室にはいり、鏡で自分の顔を見た。体重が減っていた。もともと痩せっぽちだったけれど、いまは頬がこけ、鎖骨が浮き出ている。日を追うごとに母親に似てきており、ロビンに、何か食べなくちゃだめだよと言われていた。

寝室から廊下に出るとそれが眼にはいった。花模様のワンピースが。たぶんヒナギクだ。その横のハンガーには、きちんとした木綿のシャツと黒いズボンがかけてある。まだタグがついていた。サイズ4-5。

ダッチェスは古い家の階段をゆっくりとおりた。きしむ個所はまだ頭にはいっていなかった。キッチンの入口で立ちどまってハルを見た。磨きたてた靴、ネクタイ、糊のきいた襟。物音は立てなかったはずなのに、ハルはふり向いた。

「外にワンピースを置いといたぞ。日曜日は教会に行く。キャニオン・ヴューに。欠席はしない」

「あんたはね。あたしたちはちがう」

「子供はみんな教会に行くのが好きだ。あとでケーキをもらえる。ロビンに話したら、行ってもいいと言ってたぞ」

ロビンの裏切り者、ケーキのためならどんなことでもする。

「ひとりで行って。あたしたちはここにいるから」

「おまえを放っとくわけにはいかない」

「十三年間ほっといたじゃん」

ハルは聞きながした。

「あんたは正しいサイズを買ってもいない。ロビンは六歳だよ。あんたの買ったのは四、五歳用。孫の歳も知らないじゃん」

ハルはぐっとこらえた。「すまん」

ダッチェスは奥へ行って自分のコーヒーをついだ。「だいたい、どうして神がいるなんて思うわけ？」

ハルは窓のほうを指さした。ダッチェスはそちらを向いて外を見た。

「なんにも見えないけど」

「見えてるさ。ちゃんと見えてる。わかってるぞ」

「じゃ、何が見えてるか教えてあげるよ」

なんでも言ってみろというように、ハルはやや緊張して顔をあげた。

「あたしに見えてるのは抜け殻になった男。そいつは自分の人生をすっかり台なしにしちゃって、友達も家族もいなくて、ばったり倒れて死んでも、誰からも屁とも思ってもらえない」ダッチェスは白々しくにっこり微笑んだ。「倒れるのはきっと自分の畑、神の色に塗りたくられた特別なそったれの土地。そこに倒れてると、そのうち顔が緑色になっちゃって、しまいにタンクローリーがやってきて、配達の人が烏に気づくの。小麦畑に烏がわんさか群がってるのに。そのころにはもう、動物たちにずたずたにされちゃってるけど、それは平気。動物たちが直接土に還してくれるから。悲しむ人なんかいない」

コーヒーを手に取るハルの手が、かすかに震えているのがわかった。ダッチェスはもっと言いたかった。叔母のことをしゃべりたかった。愛すべき美しい叔母のことを。お墓はほったらかしのままだったんだよと。だって母さんはどうしてもそれに向き合えなかったし、あんたは完全に放置してたんだから。あたしがいなかったら、あたしが丘のてっぺんまで自転車を漕いでって野の花を摘んであげなかったら、シシーはひとりぼっちで腐ってたはずなんだよと。だがそこでふと顔をあげると、戸口に弟が立っていた。

ロビンはハルの向かいの椅子によじ登った。「ケーキの夢を見た」

ハルはダッチェスを見ていた。

「教会に行くでしょ?」とロビンはダッチェスを見つめ、ダッチェスは弟の眼にそれを、自分に対するあのすがるような思いを見てとった。「お願い、お姉ちゃん。神様のためじゃなくて、ケーキのためにさ」

ダッチェスは二階にあがり、寝室のドアにかかっていたワンピースをハンガーからひったくった。部屋にはいると、戸棚をあけて中を引っかきまわし、バンドエイドや石鹸やシャンプーのあいだから鋏を見つけ、作業にかかった。

裾を短く切って、ヒナギクの花模様を青白い太腿のあたりで終わらせた。それから前と後ろを適当に切り裂き、背中とおなかをのぞかせる。髪はブラシをかけず、掻きまわしてくしゃくしゃにした。ベッドの下から古いスニーカーを引っぱり出し、新しいサンダルを部屋のむこうへ脱ぎすてた。膝小僧には切り傷、腕には背丈ほどもある作物による擦り傷と、治らないとわかっている傷跡がひとつ。

胸があったら、ワンピースの前を深くカットしていたところだ。

おりていくと、ふたりはもう外にいた。ハルは前日にトラックを洗っており、ロビンもそれを手伝っていた。ふたりで一緒に夕陽を浴びながら、洗剤で車体を洗いたて、水で流し、くたびれたセーム革で拭いたのだ。

「うわ、ひどい」ロビンはダッチェスの姿を見るなり言った。

ハルは立ちどまり、見つめ、ぐっとこらえると、トラックに乗りこんだ。

トラックは別の農場の前を通り、赤錆の浮いた白い鉄塔の列を通過した。送電線の絶え間ないうなりが、トラックのエンジン音のむこうからかすかに聞こえてくる。東の地面から、降りだした雨を感じ取ったミミズのように一本のパイプが出現し、地表を五百メートル走ったあとふたたび地下に潜った。

十分後、地面に打ちこまれた横長の看板の前を通過した。〝宝の州《トレジャー・ステイト》〟

「〝たから〟って書いてあった?」

ダッチェスはロビンの膝を優しくたたいた。毎晩十分ずつ、一緒に本を読んでいるのだ。ロビンは頭がいい。早くもそれがわかる。自分や母親とは比べものにならないほど頭がいいのが。勉強が遅れるのが心配だった。古い暮らしが、からみついた蔓のように弟の足を引っぱるのが。

「鉱物がとれるんだ」ハルがハンドルに片手をかけたまま、すばやく後ろをふり返ってロビンに眉をあげてみせた。「〝オーロ・イ・プラータ〟(モンタナ州の標語)、つまり金と銀が」

ロビンはひゅうと口笛を鳴らそうとしたものの、あまりうまくいかなかった。

西にはフラットヘッド川が流れていたが、バッファローがいるかどうかは遠すぎてわからなかった。草原に何かがたくさんいるのが見えたけれど、たぶん牛だろう。

「それに源流だな。この国のいちばん下まで流れていくあのコロラド川は、ここから始まってるんだ」

ロビンはそれには口笛を鳴らさなかった。

トラックは駐車場にはいった。看板によれば、そこは〝キャニオン・ヴュー・バプテスト教会〟という名だった。ダッチェスに見える眺め《ヴュー》といえば、さらなる茶色だけだったが。

教会は素朴な白い木造で、正面の破風はひびわれているし、鐘楼は石を投げればあたるほど低い。

「こんなしょぼい教会もないんじゃない？」

小さな駐車場には乗用車やトラックが駐まっていた。ダッチェスは日射しの中におりてあたりを見まわした。はるか遠くで風力発電機がいくつもまわっている。

老婦人がにこやかな笑顔で近づいてきた。しみだらけの垂れさがった皮膚。大地はその肉体を呼んでいるのに、本人の脳が、埋葬されるのを頑として拒んでいるように見える。

「おはよう、アグネス」とハルが言った。「ダッチェスとロビンだ」

アグネスは骸骨のような手を差し出し、ロビンは恐る恐るその手を握った。うっかりすると引っこ抜けるのではないか、そうしたら自分がそれを直せと言われるのではないか、そう思っているようだった。

「あらまあ、すてきなワンピースね」アグネスは言った。

「この古着。あたしはちょっと短いかなと思ったんだけど、ハルが牧師さんはすごく喜ぶって言うから」

アグネスはまだ笑みを浮かべていたものの、困惑が激しくそれを押しのけようとしていた。

ダッチェスはロビンを連れて教会のほうへ逃げた。横手の窓のそばに子供が集まっていた。こぎれいな髪をして、ひとり残らずにこにこしている。

「きっとおつむが足りないんだ」ダッチェスは言った。

「一緒に遊んでもいい？」

「だめ。あいつらはあんたの魂を盗もうとするから」

ロビンはダッチェスを見あげて笑みを探そうとした。ダッチェスは真顔のままだった。

「どうやって盗むの？」

「非現実的な理想であんたを釣るの」

ダッチェスは乱れてもいない髪を直してやると、ロビンを子供たちのほうへ押しやり、ロビンがふり返ると、うなずいてみせた。

「あんたのお姉ちゃんのワンピース、ひどおい」小さな女の子が言った。ダッチェスが近づいていくと、子供たちはこわごわとダッチェスを見た。女の子はダッチェスの後ろのほうに眼をやり、紫のアイシャドウをつけた大柄な女に手を振った。

「あれがあんたのママ？」声に棘が混じった。

女の子はうなずいた。

ロビンがダッチェスを見あげ、眼で懇願している。

「そろそろ中にはいるよ」ダッチェスは自分を抑えながら言った。

ロビンは詰めていた息を吐いた。

三人はいちばん後ろのベンチに腰かけた。

ドリーがハイヒールと香水の香りとともに颯爽とはいってきて、ダッチェスにウィンクしてみせた。

ロビンはふたりのあいだに座って、ハルに神様についてあれこれと、生きている者には答えられない質問をした。

牧師が説教を始めた。遠くの土地のこと、戦争と飢餓のこと、神の優しさに対する冒瀆のこと。全部聞きながしていると、やがて牧師は死と新たな始まりについて触れた。ひとつの死とは、ひとつの御計画の頂点であり、まことに壮大なものであって、人はそれを理解しようとしたり疑問を持ったりしてはならないと。見るとロビンはうっとりしており、何を考えているのか手に取るようにわかった。みんなが頭を垂れて祈りはじめると、ダッチェスの眼の奥にスターの面影が浮かんだ。それがあまりにありありとしていて穏やかに見えたので、ダッチェスは大声で泣きたくなった。涙がこみあげてきたので、こぼれないように眼をぎゅっとつむった。老牧師がふたたび話を始めても、頭を垂れたまま、出口を鎖したままでいた。最後の面影が消えてしまうのが怖かった。まだその覚悟はできていなかった。

すると肩に手が置かれた。大きな手が。弟のむこうから伸びてきて、慰めなどいちばん欲しくないときに、それをあたえようとしていた。

「ふざけんな」とダッチェスはつぶやいた。「どいつもこいつもふざけんな」

席を立って教会から駆けだした。全力で遠くまで走っていくと、地獄への誘いは、彼女を泥に押しこもうとする声は、ほとんど聞こえなくなった。

背の高い草むらに座って荒い息をしながら、気持ちを落ちつけようとした。いつのまにかドリーがやってきて隣に腰をおろした。

「すてきなワンピースね」

ダッチェスは草をひとにぎりむしって風の中に放った。

「だいじょうぶ、とは訊かない」

「そう」

ダッチェスはちらりとドリーを見た。鮮やかな唇、黒くぼかした眼もと、カールさせた髪。クリーム色のスカートに、襟ぐりの深い濃紺のトップス、シルクのスカーフ。その女らしさに、ダッチェスは自分がますます子供に思えた。

「教会に来るには、おっぱい出しすぎ」

「わたしがブラをはずしたら、みんな通路をふらふら近づいてくるはず」

ダッチェスは笑わなかった。「でたらめばっかり。あんなとこ」

ドリーは煙草に火をつけ、煙が香水のにおいをほとんど隠した。「わかるわよ、ダッチェス」

「何がわかるの？」

「わたしもよくそんなふうに憎んでた。その炎がときどき熱くなりすぎるのよね？」煙草が風で少し燃えあがった。

ダッチェスはまた草をむしりはじめた。「あたしのことなんか、くそほども知らないくせに」

「まだ若いんだってことは知ってる。わたしも歳を取るまではわからなかった」

「何が？」

「自分がこの世でひとりぼっちじゃないってことが」

ダッチェスは立ちあがった。「自分がひとりぼっちじゃないのはわかってるよ。弟がいるもん。あとは誰も要らない。ハルも、あんたも、神様も」

＊＊＊

ビターウォーターは鉄とコンクリートの雑然たる広がりだった。店のガラスにはたいていバーやバンドや安酒のビラが貼られている。岬から三十キロ内陸、人に会いにきたらとんでもない目に遭うような町だ。

建ちならぶ倉庫や工場、積みあげられたコンテナ、貸倉庫や卸問屋を通りすぎた先に、ウォークはようやくそこを見つけた。

マーサ・メイの法律事務所は町はずれの小さなモールの一角にあり、両隣はドライクリーニング店と、八十九セントのタコスが売りのメキシコ料理店だった。

ウォークはパトロールカーをおりて駐車場を歩いていった。

ビターウォーター歯科、スピリット電子、レッド乳業。ネイル・サロンでは、マスクをしたアジア系女性が、ベビーカーを足で揺らす疲れた様子の母親の爪を塗っている。

上空は灰色で、隣のネオンはちかちか瞬いていた――〝タコス〟。ドアをあけると、中は壁から壁まで人で埋まっていた。みな女性で、みな子連れで、その眼はみな似たような悲しい物語を語っている。デスクが一台あり、七十に手の届きそうな秘書がいた。青い髪にピンクの眼鏡、タイプを打ちながらガムをぱちんと鳴らし、耳と肩のあいだに受話器をはさんだまま、泣き叫んでいる幼い女の子にウィンクしてみせている。

ウォークは外に引き返した。

六時まで車内に座って帰っていく人数を数え、秘書が錆の浮いたブロンコに乗りこんで優に一分は費やしてエンジンをかけるのを見ていた。秘書がいなくなると、ウォークはまた駐車場を歩いていった。メキシコ料理店は、窓の奥でビールを飲む疲れたオフィスワーカーたちで活気づいていた。

事務所のドアを押してみたが、鍵がかかっていたので、何度かノックした。

曇りガラスのむこうから女の声がした。「今日はおしまいなの。悪いけど、あしたまた来てちょうだい」

「マーサ。ウォークだ」

一分後、ようやく錠がカチャリと音を立てた。

それから彼女が現われた。

ふたりはしばらく相手を見つめた。小妖精のようなマーサ・メイの顔は茶色の髪に縁取られている。

グレーのスーツを着ているが、コンバースのスニーカーをそれに合わせているのを見て、ウォークはにやりとしそうになった。

ハグをしようかと思ったが、マーサはにこりともせずに背を向け、ウォークを自分のオフィスに案内した。思っていたよりましな部屋だった。オーク材のデスクに、鉢植えの植物、壁から壁までぎっしりとならんだ法律書。マーサは腰をおろすと、ウォークにも座るよう身振りでうながした。

「久しぶりね、ウォーク」

「そうだな」

「コーヒーを出したいところだけど、くたびれきってるの」

「会えてうれしいよ、マーサ」

ようやく笑み。それはむかしと同じように彼をとろけさせた。

「ごめんなさいね、スターのこと。行きたかったんだけど、出廷の予定があって動けなかったの」

「花は受け取ったよ」

「その子たち。かわいそうに」

デスクには書類が積まれており、きちんと重ねてはあったが、高くそびえていた。ふたりはしばらく話をした。スターのこと、事件の衝撃、ボイドがどう引き継いだか。ウォークは自分も捜査に関わっているような口ぶりで話した。そこにはどこか、裸のおたがいを知る者同士が再会したときにしかありえないような、よそよそしさがあった。

「で、ヴィンセントは?」

「あいつは犯人じゃない」

マーサは窓辺に行って裏手のハイウェイをながめた。通過する車の音が聞こえてくる。ときおりクラクションや、バイクの轟音も。

「きみは立派にやってるな、ここで」

マーサはちょっと首をかしげた。「へええ、ありがとう、ウォーク。あなたに褒めてもらえるなんてうれしい」

「そんなつもりで――」

「もう疲れちゃっておしゃべりはできないの。話したいことがあったら、さっさと話して」

ウォークは口がからからだった。こんなところまで押しかけてきて、借りを返すあてもないような頼みごとなどしたくなかった。

「ヴィンセントがきみを必要としてるんだ」

マーサはふり返った。「必要としてる？」

「あいつの弁護士として。どう聞こえるかはわかってるが」

マーサは笑った。「ほんとにわかってる？　わたしにはさっぱりわかってないみたいに聞こえるけど」彼女は大きくひとつ息をして頭を冷やした。壁にはサウスウェスタン・ロースクールの証書。その横のコルクボードには、さまざまなカードや、笑顔の母親と子供たちの写真。

「わたしは刑事弁護士じゃないんだから」

「それは知ってる。あいつにも言った」

「無理。それがわたしの答え」

「わかった。とにかく頼みはした」

マーサはにやりとした。「いまだにヴィンセント・キングのお指図に従ってるわけ？」

「無実の男が死刑になるのを阻止するためなら、おれはどんなことでもするよ」

「死刑裁判なの？」

「ああ」

マーサはどさりと椅子に座りこむと、スニーカーをはいたままデスクに足を投げ出した。「誰か推薦してあげてもいい」

「それはもう試してみた」

マーサはボウルからチョコボールをひとつ取った。M&Mのピーナッツ。「なんだってヴィンセントはわたしを指名したの？」

「三十年も塀の中にいたんだ。つい忘れてしまうが、あいつにはもうきみとおれしかいないんだよ」

「わたしはヴィンセントのことを知りもしない。あなたのことだっていまはもう知らないし」

「おれはそんなに変わってないよ」

「それがわたしは怖いの」

ウォークは笑った。「何か食べながら近況でも語らないか？」静かにそう言うと、頬が赤らんできた。「八十九セント持ってるなら、すごいタコス屋を知ってるんだけど」

「はっきり言っていい、ウォーク？」

「いいとも」

「わたしは長いことかけてようやくケープ・ヘイヴンを忘れたの。あそこへは戻りたくない」

ウォークは立ちあがり、にっこり笑ってオフィスを出た。

15

ウォークはメイン通りがゆっくりと眼を覚ますのを見ていた。

血で汚れたままのミルトンが、芸術家の眼で切り身をならべている。肩バラ、リブ、ロース。ウォークはいつもそこでステーキ肉を、別荘客よりはるかに安い値段で買っていた。

ウォークはいまハルとの電話を終えたところだった。毎週電話をかけてロビンの様子をチェックしていた。あの晩何かを聞いた可能性のある人物はロビンしかいないかもしれないのだ。ハルは医者を見つけたと言っていた。精神科医を。ラドリー農場から三十キロ離れた自宅で開業している女性だと。個人名も町の名も、ふたりはいっさい口にしなかった。用心しすぎるほど用心していた。

「コーヒー、飲みます？」リーアが戸口から訊いた。

ウォークは首を振った。「だいじょうぶか、リーア？」

「疲れてるんです」

日によっては眼を赤く腫らしていて、泣いていたのが歴然としていることもあった。エドのせいだろうとウォークは思っていた。エドは女に眼がない。男というのはただの設計ミス、配線まちがい、ろくでなしなのだ。

「すぐにあのファイルの整理に取りかからせてください。奥の部屋のありさまときたら」

リーアは何年も前からウォークにそれをしつこく提案していた。システムを変更して新しくしたいと。ウォークが何ごとも現状を変えたがらないのは周知の事実だった。古い家を取り壊して建てなおしたいという申請が来るたびに彼は反対していた。

州警は随時連絡するというボイドの口約束とともに、ハンバーガーの包み紙とコーヒーカップをあちこちに残して引きあげていった。

「少し残業させてもらってもかまいませんか。それはまあ日勤はやってますけど、もう少し遅くまでいる必要があるんじゃないかと思うんです」

「困ってることでもあるのか?」

「わかるでしょう。上の子はもうすぐ大学へ行くし、リッキーはビデオゲームを欲しがってるし」

「わかった。なんとかするよ」予算は限られていたが、融通をきかせてやるつもりだった。エドはタロウ建設を経営しており、リーアはかつてそこで事務をしていたのだが、市場に牙をむかれたのだ。とはいえ、はたしてそれがすべてだろうか。ウォークは疑問に思った。リーアは夫と家にいるより、署や浜など、家以外の場所にいることのほうが多いように見えた。

ウォークは届いたばかりの報告書をひらいた。スターが見つめかえしてきた。

その横にはヴィンセントのファイルがあった。ゆうべウォークはこの三十年をふり返っていた。最初の供述調書を読んで、シシー・ラドリーの死をおさらいしたあと、第二の事件について調べた。所内での喧嘩が、行きつくところまで行ってしまったのだ。死んだのはバクスター・ローガンという男で、ウォークの読んだかぎりでは、いなくなったほうが世のためになるような人間だった。アニー・クレイヴァーズという若い不動産業者を拉致して殺害した罪により、終身刑に服しているところだった。事情聴取記録を読むと、ヴィンセントの声が頭の中にはっきりと聞こえてきた。

〝おれがやりました。喧嘩になって、殴りつけたらあいつが倒れて、二度と起きあがってこなかったんです。あとはよく憶えてません。これ以上話すことはないですよ、カディ。署名するものがあったらください、署名しますから〟

つづく三ページで、カディは事実をひとつひとつ質して、あの微妙な方向へとヴィンセントを誘導しようとしていた。正当防衛ということにしておこう、誰がどう見てもそのとおりなのだからと。

〝正当防衛じゃありませんでした。ただの喧嘩です。どっちが始めたのかは関係ありません〟

州がふたたび強権をふるい、第二級謀殺と決定した。ヴィンセントは刑期を二十年加算された。

ウォークは受話器を取ってカディにかけた。五分後、カディが出た。

「ヴィンセント・キングのファイルに眼を通してるところなんですが」

カディは風邪でもひいたように洟をすすった。「ボイドはもう捜査を終了したと思ったが」

「しました」

「だよな」

「わたしの入手したファイルですが。ヴィンセント・キングとバクスター・ローガンの。剖検の詳細がほとんどありません」

「それで全部だと思う。ローガンは石の床で頭を打って死亡した。二十四年前なんだ、ウォーク。報告書はあまり詳細じゃなかった」

「ヴィンセントはどうしてます？」

大柄な男が革張りの椅子に深々ともたれる音が聞こえてきた。「何もしゃべらない。おれにさえ」

「自分のニュースは見てますかね」地元局は検事に対して、早く起訴に持ちこめとさかんにプレッシャーをかけていた。

「あいつはテレビを持ってないんだ」

ウォークは怪訝な顔をした。「でも、たしか――」

「そう、テレビは買ってもかまわないんだ。おれもそうしろと勧めたよ、何度も」

「じゃ、あいつは自分の房で何をしてるんです？」

長い沈黙。「カディ？」

「あの子の写真を一枚持ってる。シシー・ラドリーの。それが壁に留めてあるきりで、あとは何もない」

ウォークは眼を閉じて、また連絡するというカディの言葉を聞いていた。

それから報告書に目を通した。剖検はデイヴィッド・ユートという医学博士によって行なわれていた。住所と電話番号が書いてあった。かけてみたが留守番電話だったので、メッセージを残しておいた。二十四年も前なのだから、まだそこにいるとは思えなかったし、いたとしても何を訊けばいいのかわからなかった。ボイドの警告は無視して、ウォークは警官であろうとしていた。自分なりに全力で事件にあたろうとしていた。捜査をつづけるつもりだった。ただ、進むべき方向がわからなかった。

ルーアン・ミラーがはいってきて向かいに腰をおろし、いつものように黙って窓の外を見つめた。

ウォークはページをめくってスターを見つめた。髪は後ろに広がり、腕は誰かに助けを求めたような格好で曲げられている。

「片付けないとだめね、このオフィス」ルーアンが書類の山を見て言った。散らかり放題だった。

「ダークからじかに話を聞きたいな」

「自分なら州警の連中よりうまくやれるはずだから？　あんた、そんなにタフだった？」

「おれはダークのことをかれこれ――」

「なんにも知らない。それはそういうこと。なんにも知らない。ヴィンセント・キングのこともそう。あんたがヴィンセントのほうを見てるときって、いまでも彼のことを三十年前ここを出てったまんまの少年だと思ってるみたいに見える。だけど、そんな少年はもういないの。あんたがヴィンセントの何を知ってたとしても、それはヴィンセントがフェアモントに踏みこんだ日に、彼の中から消えたの」

「それはちがう」

「ちがわないの、ウォーク。たしかにあんたは変わってない。それはわかるけど、ほかはみんな変わったんだよ」

窓の外の色彩はウォークには鮮やかすぎるように見えた。青と白、磨かれたガラスと白ちゃけた旗。

「じゃあ、ほかにどんな可能性があるっての？」ルーアンは言った。

「強盗。家の中はめちゃめちゃだった」

「だけど、なくなったものは何もない。口論が手に負えなくなった可能性のほうが高い」

「ミルトンは嘘をついてるんだ」

「そんなことする理由がないじゃない」

「強盗だとしてみよう。スターがそいつの邪魔をしたのかもしれない」ウォークはなおも言ってみたが、あまりに根拠がないので言葉がつかえそうになった。

「それって——あんたの言ってることって、つまり事実を無視するってことだよね。だって、ひとりの男がつかまってるんだし、そいつは家の中に座ってたんだし、シャツには被害者の血がついてたんだし、そいつの指紋がそこらじゅうに残ってたんだし、動機らしきものもあるんだから」

「ちがう」ウォークはすぐさま言い返した。

「なのにまだあんたはそんなことを言う。直感で」

「ヴィンセントはひと言もしゃべろうとしない。理由も言おうとしない。どうやって中にはいったのかも、事件がいつ起きたのかも。だいいち、あいつは自分で通報したんだぞ。スターの家の電話から」

「ヴィンセントは乱暴者だった。スターは……肋骨は何本折れてる？　眼の前に写真があるでしょ」

ウォークは改めてそれらを見た。胸に残る青から紫までの生々しい打ち身を。折れた骨をまたいで筋になっている。複雑な感情がわいてきた。憎しみのようなものが、胸の奥が焼けるほど熱く。

「それに、眼もとは腫れあがってる」

「じゃ、こういうことか？　あいつは現場にいる。どうやってはいったにせよ、押し入った形跡はない。スターが招き入れ、何かが起こる。あいつはスターを殴る。撃ち殺す。逃げ出して、凶器を隠し、戻ってきてキッチンに座り、通報する。そしておれたちを待つ。あの子は、ロビンは、情け深くも寝室に閉じこめられているが、何かを聞いた可能性はあると」

ウォークは立ちあがり、申し分のない新たな一日の始まりに向かって窓をあけた。デスクについていられるのは一時間か二時間が限度だった。

「ダークからじかに話を聞かないとな」とまた言った。「スターといろいろあったらしい。あの男はよく暴力をふるう」

「アリバイはしっかりしてるけどね」

「だからディーを呼んであるんだ」

「余計なことをするなってボイドが言ってたよ。州警のヤマに手を出すなって」

ウォークは深い溜息をついた。何もかもが揺らいでいて、何ひとつはっきりしない。はっきりしているのは、自分がヴィンセントを知っているという事実だけ。ルーアンがなんと言おうと、自分はヴィンセント・キングを知っている。三十年など関係ない。自分はあいつを知っているのだ。

「あんた、ひげを剃ったほうがいいよ、ウォーク」

「あんたもな」

ルーアンは笑った。そのときリーアが内線で、ディー・レインが待っていると知らせてきた。

ウォークは受付でディーを見つけ、奥のこぢんまりした部屋に案内した。小さなテーブルと四脚の椅子、大きな花瓶から咲きほこるベンデラ・ローズ。それにメイン通りのながめ。取調室というより、おばあちゃんのゲストハウスだ。

ディーは前回会ったときよりましな格好をしていた。シンプルな黄色のサマードレスを着て、髪を整えてある。それに化粧もほんのりと、きつさが隠れる程度に。持ってきた紙袋をウォークに渡した。

「ピーチ・ガレット」とディーは挨拶がわりに言った。「好きでしょ」

「ありがとう」

ウォークはテープレコーダーもメモ帳もペンも持ってきていなかった。

「あたし、もう州警の人たちに話したんだけどな」

「もう一度洗いなおしてるだけだよ。コーヒーでも飲む?」

ディーは肩の力を抜いた。「そうね」

ウォークは部屋を出てリーアを見つけ、コーヒーをいれてくれと頼んだ。戻ってみると、ディーは窓辺に立っていた。

「ずいぶん変わったわね」と彼女は言った。「メイン通り。新しい店や顔が増えて。まあ、徐々にだけどね。新しい家が何軒か建つって話は知ってる?」

「あの申請は通らない」

ディーは窓から離れてまた腰をおろし、脚を組んだ。「あたしのこと、不甲斐ない女だと思ってるでしょ……ダークに対して」

「理解しようとしてるだけさ」

「ダークが花を持ってやってきて、すまないと言ってくれたのよ。でまあ、なんとなくまた」

「そもそもの始まりは?」

「彼が銀行に来て、預金口座をひらいたの。あたしは彼のことをキュート……ていうのはあの男にふさわしい言葉じゃないか。無口だけれどタフで——ああ、もう。どう表現していいかわからない。彼はそれから何度か来たんだけれど、いつもあたしの窓口にならぶわけ。だからデートに誘ったら、うんと言ってくれたの。よくある話でしょ？」

「このまえは、ふつうのところがまるでないやつだと言ってたじゃないか」

「あのときは家のことで頭に来てたから。こきおろしてやったの。ダークのことをひとつ教えてあげる」

「なんだ？」

「ダークはいつもうちの娘たちに優しくしてくれた。何くれとなく。子守をしてくれたり、ブランコを押してくれたり、ただ一緒にいたり。あたしが庭から中にはいったら、モリーを膝の上に座らせてたこともある。ディズニー映画を見てたの。あんな男、そういないよ。ほかの男の子供を受け入れてくれる男なんて」

リーアがやってきて、コーヒーを置いていった。ウォークはカップを持ちあげ、手がひどく震えるのでまたおろした。

「だいじょうぶ、ウォーク？　疲れた顔をしてるよ。それに、ひげも剃ったほうがいいみたい。あ、悪気は全然なかったんだけど」

「じゃ、あいつは泊まってったのか、ダークは？」

「早めに追い出したけどね、娘たちが起きる前に」

ウォークは疲労に襲われてどさりと椅子にもたれた。眼が乾き、筋肉が痛んだ。

「現実を見たくないのはわかるよ、ウォーク。ヴィンセントとスターのあの事件の。だけどダークは、嫌なやつになることもあるけど、あんたが考えてるような男じゃない。それにたぶん、あんたがなってほしがってるような男でも」

「おれはあいつにどんな男になってほしがってるんだ?」

「ヴィンセント・キングを無罪にしてくれる男」

＊＊＊

柵囲いの掃除を終えると、ダッチェスは馬屋のほうに取りかかった。糞のにおいはもうそれほど気にならなかった。二頭の馬、青毛と、やや小柄な芦毛。どちらも名前はない。ロビンが名前を訊いたとき、ハルはそう答えた。ロビンは困惑していた。誰にだって名前は要るよと。

掃除をし、湿った藁と糞をすくい、袋に詰める。小さく梱包された飼料屋の藁を運んできて、ピッチフォークで広げる。濡れた場所はそのままにしておいて、乾かしてから藁を敷く。水をくんでやり、日に二回、きちんと同じ時間に飼い葉をあたえる。芦毛は疝痛を起こすことがあるからだ。二頭をいつもの場所に引いていって、ゲートを閉めた。ときには二頭が激しく走りまわったあと、投げ縄でも嫌うように尻っぱねをしたり転げまわったりするのをながめていることもあった。無法者はみなそうだろうが、ダッチェスも馬が好きだった。

銃声。

それに猛烈な力で平静さを揺さぶり落とされて、彼女は膝をついた。エルクたちは足をあげ、聞き耳を立てている。それからいっせいに逃げだし、彼女が立ちあがったときにはもういなくなっていた。

ダッチェスは母屋に向かって駆けだした。ダークのことが頭に浮かんで心臓が騒ぎたっていた。

ポーチにハルの姿が見えたので少し安心したものの、ハルは心配げに顔を曇らせていた。

「二階にいる、隠れてる」

階段を駆けあがって部屋に飛びこむと、ロビンが見えた。床にうずくまって頭から毛布をかぶっている。

「ロビン」まだ手を触れずに、しゃがみこんで顔を近づけた。

「ロビン」と優しく声をかけた。「だいじょうぶだよ」

「聞こえたの」声が小さいのでダッチェスは身を乗り出した。

「何が聞こえたの？」

「銃の音が。聞こえたの。また聞こえたの」

その日の午後、ハルはふたりを赤茶色の納屋に連れていくと、外の日向で待っているよう命じた。ダッチェスが扉のところまで行って隙間から中をのぞくと、ハルはマットをめくっていた。

「おじいちゃんはここで待ってなさいって言ったよ」

ダッチェスは唇に指をあてて弟を黙らせた。

ハルは床の扉を引きあけて下におりていき、銃を持って戻ってきた。それを体の横にだらりとさげ、反対の手には小さなブリキ箱を持っている。

ダッチェスは弟のそばに戻った。

「これはスプリングフィールド１９１１。軽くて精確な拳銃だ。農家にはどうしても銃が要る。さっきのはただのハンターだが、音に慣れておくのは大切なことだ。おまえたちにおびえてほしくないからな」ハルはひざまずいてふたりのほうに銃を差し出した。ロビンはあとずさりしてダッチェスの脚の陰に隠れた。

「弾はいってないし、安全装置もかかってる」

一分後、ダッチェスは手を伸ばしてそれをつかんだ。思ったより冷たく、軽いと言われても重たかった。

それをしげしげとながめていると、ロビンも前に出てきて見つめ、握りを指先でなでた。

「撃ってみるか、ダッチェス？」

銃を見おろしていると、母親の姿が頭に浮かんだ。胸にあいた穴が。ダッチェスはヴィンセント・キングのことを考えた。

「うん」

緑の畑に出た。作物が彼女の踝ぐらいの高さしかないその畑を越え、そびえたつヒマラヤ杉の木立までやってきた。まるで空にかけた梯子だった。

ふたりの体を合わせたよりも太い一本の幹に、ぽつぽつと弾痕が、整然としたあばたが残っていた。あたりには枯葉が積もり、落ちた小枝に緑の苔が忍びより、水たまりが木漏れ日できらめいている。

ハルはふたりを連れてそこから五十歩下がると、弾倉に弾を四発こめ、装塡してみせた。それから安全装置と照準について、正しい両手のかまえと均一な呼吸のしかたについてざっと説明し、ふたりにそれぞれイヤープロテクターを渡した。

ハルが一発目を撃つと、ロビンはぴょんと後ろへ飛びのいて、ダッチェスに押さえられた。二発目も同じだった。三発目と四発目は少しましになった。

次はダッチェスがハルに教えられて装塡した。ハルの言うとおり慎重に弾をあつかったものの、それでも鼓動が速くなり、記憶があふれだしてきて、すべてを思い出した。ウォークと、警官たちと、弟。張りわたされたテープと、テレビ局のバンと、喧噪。

ダッチェスは六発連続ではずした。足を踏んばっていても、反動で毎回手が跳ねあがった。ロビンはだんだん動じなくなり、まだハルの手を握ってはいても、顔はそむけなくなった。

ダッチェスはまた装塡した。こんどは森の音しか聞こえず、ハルはそばで見守るだけで、解決は彼女にまかせていた。

一発目は幹に命中して、端から塊を飛ばした。次の二発は真ん中をとらえ、ロビンが歓声をあげて拍手した。

「うまいじゃないか」ハルが言った。

ダッチェスは小さな笑みをハルに見られる前に、背を向けた。

箱の中身を次々に撃っていくと、やがて多少の高低はあっても幹の真ん中に弾を撃ちこめるようになった。するとハルは、彼女をさらに二十歩下がらせて、もう一度教えた。角度を修正すること、膝をついて撃つこと、さらには腹這いで撃つことも。感情を、アドレナリンを排除すること。精度を損なう人間的なものを抑えること。

三人で母屋のほうへ戻っていくと、ロビンは途中で自分の鶏たちの様子を見に駆けだしていった。毎朝卵を集めるのがロビンの唯一の仕事で、彼はそれを生き甲斐にしていた。

ダッチェスは日の暮れかけてきた土地を見わたした。太陽はまだ色彩を分裂させるほど低くはなっていなかったが、暑さが和らいできたのがわかった。夏は終わりかけており、ハルは秋のすばらしさを口にした。

芦毛のほうへ近づいていくと、馬のほうも近づいてきた。ダッチェスは彼女を優しくなでた。

「そいつはおれのところには来ない」とハルが言った。「おまえが好きなんだ。あんまり人を好きにならないんだが」

ダッチェスは黙っていた。会話に引きずりこまれたくなかった。自分を毎日生かしてくれているあの怒りを失いたくなかった。

その晩はポーチに出てひとりで夕食を食べた。ロビンの言ったことにハルが笑うのが聞こえ、胃が締めつけられた。こういうときダッチェスはいつも不意を衝かれ、唐突に岬に連れもどされた。孫たちがあんな経験をしてきたのに、老人はにこにこと笑っていた。絆が生まれつつあった。

ダッチェスはキッチンに戻り、戸棚をあけていちばん上の棚からジムビームの瓶を取った。それを持って湖に行き、キャップをあけて飲んだ。焼けつくような味にはひるまなかった。ヴィンセント・キングのことを考えてさらに飲み、ダークのことを考えてまた飲んだ。飲んでいるうちに痛みは和らぎ、筋肉はほぐれ、世界がぐるぐる回りはじめた。悩みは溶解し、角は丸くなった。あおむけに寝ころんで眼を閉じると、母親がそこにいた。

一時間後、ダッチェスは吐いた。

さらに一時間後、ハルが彼女を見つけた。

靄のむこうにハルの眼が見えた。ハルはその青い眼をうるませて、優しく彼女を抱きあげた。

「あんたなんか嫌いだよ」彼女はそうつぶやいた。

ハルが頭にキスをすると、彼女は老人の胸に頬を押しつけて闇に呑みこまれた。

16

家に魂があるとしたら、スターの家は十二月の夜なみに真っ暗だった。

そこが封鎖を解かれたらダークはすぐに仕事にかかるだろう、ウォークはそう予想していた。手入れして新たな借り手に貸すか、解体して建てなおすかするはずだと。だが、家は手つかずのままだった。玄関ドアはあいかわらずベニヤ板で代用され、割れた窓は板でふさがれ、芝は伸び放題で黄ばんでいた。

「スターが恋しいんだよな、ウォーク。おれもだよ。あの子たちのことも」

ふり返らなくても血のにおいで、すぐに誰なのかわかった。

「ヴィンセント・キングのことで何かニュースはあるか？　いまごろはもう起訴されてるもんだと思ってたけど。新聞によると、有罪ってことになれば死刑になるらしいな」

ウォークはちょっと身をこわばらせた。最後に聞いた話だと、検事はボイドにもう一度凶器を捜すよう命じたという。ヴィンセントは保釈条件違反で拘禁されているから、時間はむこうの味方だった。

「ところでその顎ひげ、なかなかいいな。すごくいいよ。いまに濃くなってくる。おれも伸ばすかな。ふたりして顎ひげを伸ばすか。けっこう笑えるんじゃないかな、ウォーク」

「そうだな」

ミルトンはスエットパンツにランニングシャツという格好で、肩から手の甲まで毛がびっしりと渦を巻いている。

「この家、あんなことがあったと思うと、ぞっとするよな。血やら何やら。動物だったら平気なんだけどさ。いやまあ、菜食の連中はそう思わないだろうけど、でもあいつらだってやっぱり白身肉は食うだろう、すごく薄くスライスしてあればさ」

ウォークはいらいらと頭を掻いた。

「だけどスターはな。彼女があそこに倒れてるところを考えちゃうと」ミルトンは胃を押さえた。

「心配するな、ここはおれがずっと見張ってる。ガキどもでもなんでも、見かけたら通報するよ。10-54だ」

「公道上に家畜か」

ミルトンは踵を返して、のろのろと通りのむこうへ、あの金属臭を残して戻っていった。

ウォークはブランドン・ロックの家の私道にはいっていき、ガレージの扉をノックした。

扉があくと、まばゆいライトとやかましいヴァン・ヘイレンの演奏、それに汗とコロンの強烈なにおいが襲ってきた。ブランドンは伸縮性のあるぴちぴちのパンツをはき、胸のすぐ下で切り落としたぴちぴちのタンクトップを着ていた。

「ウォーク。おまえ、いまあのゴリラと話してたのか？」

「エンジンを直したか？」

「あの野郎、また文句を言ってんのか？　知ってるか、この家をちょっとばかし改築する申請を出したんだよ。裏をぶちあけて、ガレージの上に道場《ドージョー》を造りたかったんで。誰が反対したと思う？」

ブランドンは水のボトルをあけて、中身を半分頭にかけた。「クールダウンだ。がんばったからな」

「車を直せ、ブランドン」

「高校時代のあいつを憶えてるか？　あのころおれはジュリア・マーティンとつきあってたんだが、ジュリアはよくミルトンに家まで尾けられたそうだ。えらく気味悪がってた」

「三十年もむかしのことだ」

ブランドンは外に出てきてラドリー一家の旧宅を見つめた。「おれがあの晩ここにいりゃな。何かしてやれたかもしれねえんだが」

ウォークは聴取記録を読んでいた。短いものだったが、州警が聞き込みをしてまわったのだ。「ということは、きみはあの晩留守にしてたわけか」

「州警のご婦人に話したとおりさ。エド・タロウのお供でクライアントと出かけてたんだよ、町はずれにいろいろと建てる計画があるんで。聞いてるか？　日本人だ。あいつらパーティ好きだからさ」

「なるほど」

ブランドンは右腕をくいくいと動かした。「鈍らないようにしてんだ。膝の手術を受けたら、また投げるつもりなんで」

ウォークはその話題には触れなかった。

ブランドンはウォークの腕に軽くパンチを入れると、ガレージに戻っていき、扉を閉めてライトを遮断し、騒音を封じこめた。

ウォークは腹をくくってスターの家の前庭にはいっていった。あの晩の記憶がよみがえってきた。体が震えているのがわかったが、それはたんに記憶のせいだということにして、家の横手へ歩いていった。

横手の門をあけた。岬では鍵など誰もかけない。中から物音が聞こえ、ウォークはぴたりと足を止めた。近づいていって窓をのぞきこむと、懐中電灯の光が見えた。

ポーチにあがり、銃を抜き、中にはいろうとした。

そのとたん、眼の前に男がぬっと立ちはだかり、ウォークは一歩あとずさった。

「ダーク」

凝視、無言。

「おどかさないでくれ」ウォークは銃をホルスターに収め、ダークはベンチに腰かけた。

ウォークも横に行って、招かれもしないのに腰をおろした。「ここで何をしてる？」

「ここはおれの家だ」

「なるほど」

ウォークはこの暑さには慣れっこだったが、それでも額から汗を拭った。「州警と話をしたそうだな。報告書は読んだが、あんたからじかに話を聞きたいと思ってたんだ。電話するつもりでいたんだが、これで手間が省ける」

「あの子たち。どうしてる？」

「あのふたりは……」ウォークは言葉を探した。

「話したかったんだがな、あの女の子と」

ウォークは身を固くしてダークを見つめた。「なぜ？」

「遺憾の意を伝えたくて」

「遺憾の意？」

「親を亡くしたんだから。気丈な子だよな」ダークはゆっくりと、言葉を慎重に選ぶような話しかたをした。

「まだ子供だよ」

月光が木々のあいだからふたりを照らした。

「どこへ行ったんだ、あの子たち？」

「遠いところだ」

巨大な手が巨大な膝に載っていた。ダークのような人生を送るのはどんなものだろう。人混みが勝手に分かれ、みんなに見つめられる人生とは。

「あの子のことを教えてくれ」

「ダッチェスか？」

ダークはうなずいた。「十三歳なんだよな？」

ウォークは咳払いをした。「この数年、何度か通報があった。ヒルトップ中学から。学校のフェンスの前に車が停まっていると。黒い車が。ナンバーは誰もひかえていなかったが」

「おれは黒い車を持ってるぞ、ウォーカー署長」

「知ってる」

「きみは自分のしてきたことについて考えたことはあるか？」

「あるさ」

「なら、せざるをえないとわかってることについては？」

「言ってることがよくわからないな」

ダークは月を見あげた。

「あんたのことでとかくの噂があるのは知ってるか、ディッキー」

「ああ」

「みんなあんたは暴力的だと言ってる」

「おれは暴力的だよ。そいつらにそう言ってくれ」

ウォークは喉がからからになったが、大男は空を見あげたままだった。

「教会できみを見かけるが」ダークは言った。

「わたしはあんたを見かけないな」

「おれは中にはいらないんだ。何を祈ってるんだ？」

ウォークは銃に手を置いた。「正しくふさわしい終わりだ」

「希望はこの世のものだし、命ははかない。なのにおれたちはときどき必死でそれにしがみついてしまう。希望など潰えるものだとわかっていてもな」ダークは立ちあがり、ウォークを暗がりに放りこんだ。

「あの子と話すことがあったら、おれはずっとあの子のことを考えてると、そう伝えてくれ」

「まだ質問は終わってないぞ」

「話すことはもう全部州警の連中に話した。ほかに訊きたいことがあったら、うちの弁護士に電話してくれ」

「ヴィンセントのことは？　家の話は聞いただろ？　あいつは売る気になってる。考えを変えた理由に心あたりは？」

「自分の値段を悟ったんだろう。悲劇は明晰な思考をもたらす。おれはいま銀行と交渉してる。金は貸してもらえるはずだ」

ダークは背を向けて立ち去った。ウォークは立ちあがり、ガラスに顔をくっつけて、懐中電灯で中を照らした。

キッチンは、あらゆるものが引き倒されていた。天井パネルは穴があき、石膏ボードはあちこちめくられている。ダークがほかに何をしていたのかはわからないが、たしかなことがひとつある。何かを捜していたのだ。

＊＊＊

夏は岬にいたころよりも急速にモンタナから流れ出していった。初めはちょろちょろと少しずつだったが、やがて薄暗い朝と陰鬱な夕暮れの洪水になった。

ダッチェスはウォークから絵葉書をもらった。写真はカブリロ・ハイウェイから撮ったもので、ウォークはその裏に青いペンでひと言こう書いていた。震える手で書かれた文字は、判読できないほど読みにくかった。

〝きみたちのことを思っている。

ウォーク〟

ダッチェスはその葉書を自分のベッドの奥の壁に留めた。

老人とはまだ口をきかなかったが、かわりに芦毛の馬に語りかけるようになった。それは心の体操となり、ダッチェスは話したくないことをいろいろと話した。ダークとヴィンセントのこと、母親の口から指で吐物を拭ったこと、ロビンと一緒にリトルブルック教会のオカメザクラの木の下で気道を確保する練習をしたこと。

ときには夜、階段に腰かけて、ハルがウォークと電話で話す声に聞き耳を立てることもあった。

〝ロビンは元気にやってる、動物が大好きでな。よく眠るし、よく食べる。あの精神科医も、よくなってると言ってる。週に三十分、文句も言わずに通ってるよ〟

だが、そこで口調が変わる。頂点に達した振り子が戻ってきて、せっかくの得点を帳消しにする。

〝ダッチェスは……まだここにいるよ。自分の仕事はしてるし、不平も言わないが。ときどき大地に姿を消すことがある。大麦畑を越えていって、そのまま いなくなるんだ。最初はあわてたよ、ほうぼう電話したり、荒れ地のむこうまで行ったり、トラックで捜しまわったりした。見つけたとき、あの子はひざまずいてた。小麦畑のそばに、湖から離れた人目につかない場所があるんだ。納屋を建てるつもりで穴を掘ったんだが、結局必要なくなって、そのままになってるところが。あの子はそこにひざまずいてた。顔は見えなかったが、たぶん祈ってたんだと思う〟

その場所には二度と行かないようにした。新しい場所はもう選び出してあった。鬱蒼とした森の中の空き地だから、二度とハルには見つからないはずだった。

母親の死んだ夜のことをふり返り、自分はあれからずっとショック状態にあったのかもしれないと思った。でもいまは悲しみが、時間とともにゆっくりと少しずつ訪れるようになり、強くならなくてはいけないときに、不意を衝かれることがあった。

ときどき彼女は絶叫した。

気持ちが沈んだときには、母屋からも、頬を赤くして土掘りを手伝ってくれる弟からも遠く離れ、首をのぞけらせ、雲に向かって絶叫するのだ。それは芦毛が牧草地で直立して、優美な長い首をすっと起こすような叫びだった。気がすむとダッチェスは馬に手をあげて、かまわないよ、草をお食べ、と伝えるのだった。

夜、ふたりは闇の中で話をした。

「あの警察の人たちさ」とロビンは言った。

「うん」

「ぼくが嘘ついてると思ってるんだよ」

「そういうもんなの、警察の人ってのは」

「ウォークはそんな顔してなかったよ」

ダッチェスは反論しなかった。けれどウォークが何者だろうと、うちに来て冷蔵庫に食べ物を入れてくれたり、映画館に連れていってくれたりしたあの男は、やはり警察官なのだ。

「今日はどうだった？」ダッチェスはいつもの週と同じように訊いた。

「あの人、優しい。クララって呼ばせてくれるんだよ。猫が四匹と犬が二匹いるんだって、すごくない？」

「いい男が見つからないんだよ。あの晩のことは話した？」

「話せなかった。だってさ……やってみたけど、話すことなんてなんにもないんだもん。お姉ちゃんに本を読んでもらって、それから寝て、それからたぶんウォークの車の中で眼を覚ましたのかな。それしか憶えてないんだもん」

ダッチェスはロビンがあおむけになると、片肘をついて体を起こした。「何か聞いたのを思い出したら、まっさきにあたしに知らせるんだよ。どうするか決めるから。あの警察の人たちはもうあてにできない。ハルも。あたしたちにはおたがいしかいないの」

毎日午後には銃を撃った。ハルはあの大木のところにダッチェスを連れていき、ロビンはいまでは、怖がらずに先頭を歩くようになっていた。けれども、ダッチェスは依然としてやむをえないときしかハルとは口をきかず、口をきくときには相手の痛いところを衝いた。神のことや、自分たちを見捨てていたことを。だが、ハルはもうそれを以前のようには受けとめなかったので、棘は引っかからず、針は皮膚の表面をかすめるだけだった。彼女はハルを愛してもいなければ、愛するつもりもないことを、本人に思い知らせた。〝おじいちゃん〟とは絶対に呼ばないこと、出ていける年齢になったらすぐにロビンを連れて出ていき、ハルをひとりぼっちで死なせても屁とも思わないことを。

ハルの返答は、彼女に運転を教えることだった。

古いトラックはがたごとと跳ね、ダッチェスはいちばん凹凸の少ない農地でぐんぐんスピードをあげ、ハルは助手席で拳を握りしめた。後ろではロビンがチャイルドシートから、自転車のヘルメットと肘当てで身を固めてふたりを見つめていた。ダッチェスがトラックを横転させるのではないかと、ハルが心配してつけさせたのだ。ダッチェスはギアシフトのこつをつかみ、ハルに教えられたとおり噛み合わせを感じ取って、あまりガリガリ音をさせずに変速できるようになった。日によっては、ハルが雨の落ちてくるのを期待してぼんやりと空に眼を向けているときなど、百キロ近くまでスピードをあげて怒鳴られることもあった。一週間後、彼女はシートベルトを締め忘れたハルをダッシュボードにたたきつけて悪態をつかせることもなく、トラックを停止させられるようになった。

練習がすむといつも、三人はロビンを真ん中にして手をつないで帰った。ハルはダッチェスによくやったと言い、ダッチェスはハルに、あんたは教えかたが下手くそだと言う。ハルがダッチェスに、走りが滑らかになってきたと言うと、ダッチェスはハルのトラックをポンコツだと言う。ハルがあしたはどこかへ連れていってやると約束すると、ダッチェスはそれには何も言わない。なぜなら、まあ、運転が好きだったからだ。

ときには、ロビンが朝食を食べているところや、鶏と一緒にいるところ、馬鍬《まぐわ》によじ登っているところを、老人が愛情と後悔の相半ばする眼で見つめているのに出くわす朝もあった。そんなときには、彼女は老人を憎むのに苦労した。モンタナに来たときには苦もなくできたのに、このごろはだんだん無理をしなければならなくなっていた。

いまだに自分たちの服は、きちんとたたんでスーツケースにしまっていた。ときどきハルが洗濯したりすると、勝手に触るなよ、と怒鳴った。自分たちの衣類がクローゼットにかけてあるのを見つけると、はずしてスーツケースに戻した。ハルがロビンにまちがった歯磨きや、まちがったシャンプー、まちがったブランドの朝食用シリアルを買ってくると、やはり怒鳴った。怒鳴ってばかりいるので喉が痛くなった。ロビンはそれをじっと見ていた。だがときには、静かにして、と言うこともあり、そう言われるとダッチェスは畑に出ていって、気がふれたように夕陽をののしった。

ヴィンセント・キングのことやディッキー・ダークのことは、しだいに考えなくなった。彼女の人生においてそのふたりが登場する最暗黒の場面はすでに終わっていた。だがいずれまた、物語の辛辣などんでん返しとして、登場してくるはずだった。

何よりも彼女は疲労を感じた。それは労働のせいでも眠りのせいでもなく、心の奥底に巣くう惨めな憎しみのせいだった。

17

「あたし、銃を持って学校に行く」

「だめだ」新学期の朝、ハルは不安だった。

ロビンも不安だった。学校のこと、姉と落ち合う場所のこと、姉が現われなかったらどうなるか、気がかりはいろいろあった。こんなところまで来るバスはなかったので、ハルがトラックでふたりを送り迎えすることになった。時間を食われることにハルがぶつくさ言うと、だったら強姦魔のトラックに乗せてもらうか、体を売ってタクシー代を稼ぐ、とダッチェスはハルを脅した。

「みんなぼくのこと好きになってくれるかな」

「あんたは王子様だよ」

「好きになってくれるさ」とハルは言った。「なってくれなかったら、みんなおまえの姉さんを相手にするはめになる」

「それでもまだあたしに鞄を見せないつもり？」ダッチェスはシリアルを食べおえると、ロビンの通園鞄をのぞいて、鉛筆入れと水筒がはいっているのを確かめた。

ハルはダッチェスに私道を運転させてくれた。ゴムの木々が空をおおっているところまで来ると、彼女はトラックをアイドリングさせたまま運転席からおり、ハルも助手席からおりた。ふたりはトラックの後ろですれちがい、ハルがうなずいてみせると、彼女もうなずき返した。

「おたがい気をつけあうんだぞ」ハルが道路を見ながら言った。

「大きい子たちにランチのお金を取られないように？」ロビンが首を伸ばし、眼をまんまるにして言った。

「やれるもんならやってみろだ。無法者のダッチェス・デイ・ラドリー様が、眉間に弾を撃ちこんでやる」

「無法者になりたいのなら、あの芦毛に乗れるようにならないとな」ハルが言った。

「あんたはなんにも知らない。あたしは乗れるの。血筋なんだから」

「ビリー・ブルー・ラドリーのことは前に少し読んだことがある」

ダッチェスはハルのほうを見た。好奇心が不機嫌に取って代わっている。

「知りたかったら、こんど話してやるぞ」

「うん」それは停戦でも取り引きでもなかった。

ロータリーにはいるとロビンは緊張した。バスと、親たちと、喧噪と、さまざまなＳＵＶ。タイヤが泥だらけのフォードもあれば、やたらとぴかぴかのメルセデスもある。ダッチェスはダークのことを思い出した。ダークのエスカレードと、忘れかけていた警告を。

「中まで送ってほしいか？」ハルは歩道ぎわにトラックを停めた。

「やめて。みんなにあんたが父親だと思われちゃう。思いっきりいじめられる」

ダッチェスはロビンの鞄と手をつかんで一緒に通りにおりた。

「三時にまたここに来てるからな」ハルが窓から言った。

「三時十五分までは出てこないよ」ロビンが言った。

「それでも来てる」

ふたりは子供たちのグループのあいだを歩いていった。みな夏のあいだに日焼けし、誇張した逸話を騒々しく披露しあっている。耳にはいってきた断片はどれも、バカンスとビーチとテーマパークという、似たような全体の一部だった。ふたりはじろじろ見られ、ダッチェスもにらみかえした。

ロビンを本人の教室に連れていって中にはいった。数人の母親たちが、わが子の前にひざまずいてキスをしたり、あれこれ世話を焼いたりしている。泣いている男の子がいた。

「あいつは弱虫だ、つきあうんじゃないよ」ダッチェスは言った。

教師は若い女で、子供たちのあいだを笑顔でまわり、ひざまずいては小さな手を握っている。ダッチェスはロビンをペグのならんでいるところに連れていき、その上にあるロビンの名前とロビンの動物の絵を見つけた。

「これ、なんの動物？」

ダッチェスは顔をしかめた。「ドブネズミ」

「ハツカネズミよ」教師が横にやってきて言った。

ダッチェスは肩をすくめた。「害獣は害獣じゃん」

教師はひざまずき、ロビンの手を取って軽く握手した。「わたしはミス・チャイルド、あなたがロビンね。会えるのをとっても楽しみにしていたのよ」

ダッチェスはロビンをつついた。

「よろしくお願いします」ロビンは言った。

「そしてあなたがダッチェスね」

「無法者のダッチェス・デイ・ラドリーです」ダッチェスは教師の手を激しく上下させて指の痕を白く残した。

「じゃあ、すてきな一日を過ごしてね、ミス・ダッチェス」とチャイルド先生は甘ったるく引き延ばしたしゃべりかたで言った。「弟さんとわたしは今日は楽しいことをいっぱいする予定なの、そうよね、ロビン？」

「うん」

チャイルド先生はふたりをその場に残して、泣いている男の子のところへ戻っていった。

ダッチェスはロビンの前にしゃがんで眼を合わせ、顔を両手ではさんで自分のほうに向けた。「なんかあったら、あたしを見つけるんだよ。廊下に出て、あたしの名前を叫ぶだけでいい。近くにいるから」

「わかった」

「わかった？」

「うん、わかった」と、こんどはもう少ししっかりと返事をした。

ダッチェスは立ちあがった。

「あのさ」

彼女は弟をふり返った。

「ママがここにいてくれたらよかった」

廊下に出ると、遅れてくる生徒がぱらぱらといた。赤い顔をしてフットボールを抱えた汗まみれの男子たちが。ダッチェスは自分の教室を見つけると、あてられないように窓ぎわの後ろのほうの席に座った。

「そこ、ぼくの席」

ひょろりとした、おかしな角度だらけの少年だった。シャツはつんつるてんだし、ショートパンツは短すぎる。

「妹の短パンでも借りてきたのかよ。あっちへ行け、まぬけ」

少年は赤面して教室の反対側の席に行った。

ダッチェスの隣には黒人の少年がいた。あまりに痩せっぽちなので、寄生虫でもいるのではないかと思った。片手はねじれて、もはや手には見えないものになっている。少年はダッチェスに見られているのに気づいて、その手をポケットに突っこんだ。

そして笑いかけた。

ダッチェスは眼をそらした。

「トマス・ノーブルだよ、憶えてる？」

教師がはいってきた。

「きみはなんて名前？」少年は言った。

「静かにして、あたしは勉強しにきたんだから」

「面白い名前だね」

こいつ、火だるまになれ、ダッチェスはそう念じた。

「あのとき町で会ったんだよ。きみは金髪の天使だね」

「あんたが少しでもものを知ってれば、あたしが天使とはまるで逆の存在だってことがわかるはず。もう口を閉じて前を向けよ」

＊＊＊

ウォークはメキシコ料理のにおいをかぎながら、窓をあけた車内に座っていた。

夕陽はすでに沈んで、投光照明と月の光がそれに取って代わり、ビターウォーター市街の上空は紫に染まっている。

彼はもう一度ヴィンセントに面会してきたところだった。CNNと壊れた扇風機しかない風通しの悪い待合室で三時間待たされたあと、ヴィンセントと向き合って十四分間座っていた。そのあいだじゅうウォークは、代理人を雇ってくれ、刑事弁護士を雇ってくれと、友に懇願しつづけた。刑事弁護士なら少なくとも真相を究明してくれる見込みはあると。それでもヴィンセントは、マーサ以外はだめだの一点張りだった。マーサはケープ・ヘイヴンにもそれが呼びさます記憶にも、どちらにも関わりたくないと言っている。ウォークがそう伝えても、ヴィンセントは何も言わなかった。それから看守を呼び、ウォークを残して出ていった。

　時刻は遅く、秘書は二時間も前に帰ったというのに、マーサのオフィスにはまだ明かりがついていた。ウォークは一度車からおりようとしてみたが、ひどくめまいがしてまたシートにもたれ、しばらく眼を閉じていた。ケンドリック医師に電話をかけてメッセージを残したあと、投薬時にもらった印刷物を読みなおした。副作用が二ページにわたって列挙してあった。

　マーサがオフィスから出てくるのが見えると、ウォークは車をおりてゆっくりと歩いていった。駐車場はがらんとしていて、残っているのはわずかだった。メキシコ料理店の前のくたびれた二台のセダンと、マーサのグレーのプリウス。バンパーには世界自然保護基金《WWF》のステッカーが貼ってある。そういえばマーサは動物好きだった。彼女の十五歳の誕生日に、ふたりはヴィンセントとスターと一緒に学校をサボってクリアウォーター入江の触れ合い動物園に行った。小さな子供たちばかりの場所だったが、マーサは一日中にこにこしていた。

「マーサ」とウォークは声をかけた。

　マーサはウォークを見ると、鞄をトランクに放りこんでから体を起こし、なんの用だというように片手を腰にあてて、ウォークが近づいてくるのを待った。

「何年も顔を見なかったと思ったら、こんどはひと月に二度？」

「夕食をおごらせてくれ」その大胆さにウォークは自分でも驚いたが、マーサもそうだったらしく、その顔にゆっくりと笑みが広がった。

黄色の壁と緑のアーチ、市松模様のクロスのかかった小さなテーブル。扇風機がのんびりと回転して、くたびれた奥のカウンター付近のチリのにおいを拡散している。ふたりは駐車場の見える隅の窓ぎわに座った。注文はマーサがした。タコスとビール。マーサはいまでも隣の女の子ふうの親しみやすい笑顔を失っておらず、それを向けられるとウェイターはてきぱきと動いた。

冷えたビールをひと口飲むと、筋肉がほぐれて肩の凝りが和らぎ、ウォークは椅子に沈みこんだ。音楽が静かにかかっていた。ソフトなラテン系の曲だ。

ふたりは黙ってビールを飲んだ。マーサは一杯目を飲みほすと、身振りでお代わりを頼んだ。「タクシーで帰るから」

「おれは何も言ってないぞ」

「やだ、わたし警官と飲んでるのね」

ウォークは笑った。ウェイターがタコスを運んできて、ふたりは食べはじめた。タコスはうまかった。期待した以上だったが、それでもウォークはそれをいじりまわすばかりで、あまり食べなかった。

マーサは自分のタコスにホットソースを瓶の半分かけた。「ガツンときて、ベイビー。あなたもかけてほしい、署長？」

「いや、この会談のつづきをトイレでしたいのなら別だけど」

「ふうん、トイレはもう見た？」

「あとでかならず行くさ」

「その顎ひげ、いいじゃない」

ウォークは天井に眼を向けてみせた。

「ごめんね、このあいだの晩は」とマーサは言った。「長い一日で疲れてたし、あなたが来るなんて思ってなかったから」

「おれのほうこそ謝らないと」

「それは完全にそのとおりね」

ウォークは笑った。

「で、話は今すませちゃいたい？　それともわたしがもう一杯飲むまで待つ？」

「待つよ」

こんどはマーサが笑った。それはウォークが久しく聞いたことのない甘やかな響きだった。

ウォークは大きく息を吸うと、すべてを話した。ヴィンセントの釈放から、スターのこと、ディッキー・ダークのこと、ダッチェスとロビンのこと。さらには州警のことや、捜査から締め出されたことまで。公表されていない事件の細部もマーサに教えた。肋骨が折れていたこと、眼が腫れていたこと、凶器が発見されていないこと、ヴィンセントが黙秘していること。ウォークが葬儀の模様を話すと、マーサは眼から涙を拭い、テーブルのむこうからウォークの手を取った。

「そうだったの」ウォークの話が終わるとマーサは言った。「めちゃくちゃだね。スターがそんな人生を送ることになるなんて。あのころはわたし、永遠に友達でいると思ってた」

「きみが過去をふり返らなかったのも無理はない」

「そんなふうに思ってるの、あなた？」

「ごめん。おれはただ――」

「わたしはしょっちゅうふり返ってた。ただ帰れなかっただけ」

「そうか」

「で、ヴィンセントはあいかわらずわたし以外はだめだと言ってるの？」

「きみを信頼してるんだ。ほかにあいつのために働いた弁護士といえば、フェリックス・コークしかいない。その結果があのざまだ」

「わたしがどんな案件をあつかってるか、あなた知ってるの？　夫の暴力。養子縁組。離婚手続き。できることはなんでもやって月々の支払いをすると、あとはわたしをいちばん必要としてる人たちを選び出す。うちの事務所には、人生の唯一の目標は子供を取りもどすことだっていう女たちが列を作ってるの」

「ヴィンセントはきみを必要としてる」

「ヴィンセントに必要なのは刑事弁護士」

ウォークはビールを口へ運ぼうとしたが、手が震えるのを感じてまた戻した。

「だいじょうぶ？」

「疲れてるんだ。ここのところあまり寝てなくて」

「たいへんね」

「頼むからやってくれよ、マーサ。自分がどう見えるかはわかってる。それは承知してる。突然やってきて頼みごとをするなんて、おれだってつらいんだ。信じてくれ」

「信じる」

「おれはあいつを見捨てられない。とにかく罪状認否に来て、あいつが起訴されるあいだそばにいてやってくれ。そうすればなんとかなる、あいつにまちがいを悟らせられる。だって……あいつが犯人じゃないのはわかってるんだ。それがどう聞こえるかもわかってる。追いつめられた男みたいに聞こえるはずだが、だからといっておれがまちがってることにはならない。いろいろ解明しなきゃならないことがある。洗いなおす時間が必要なんだ。

きみのことはいつも考えてた。毎日考えてる。きみのこと、おれたちのこと、あのころのことはなんでも。過去は修復できないし、時計の針は戻せない。それはわかってるが、いまのヴィンセントは助けられる。でも、きみがいなくちゃ助けられない」ウォークは疲れきって、背もたれにどさりともたれた。

「その罪状認否。いつなの？」

「あしただ」

「嘘でしょ」

18

ラス・ロマスの法廷はふだんよりにぎやかだった。

九月の火曜日。空調は壊れていて、ローズ判事はファイルで顔を扇ぎ、襟のボタンをはずした。ウォークは三十年前と同じように最前列の近くに座っていた。

「保釈の望みはない。死刑裁判にはね」マーサが言った。ふたりは裁判所の外で早めに落ち合い、通りの向かいでコーヒーを飲んできたところだった。スーツにハイヒール姿で薄化粧をしたマーサはとても颯爽としていて、彼女をものにしようなどと一度でも考えた自分がまぬけに思えた。

ウォークは周囲を見まわした。弁護士と依頼人たち、濃紺のスーツとオレンジ色のつなぎ服、答弁と、取り引きと、不充分な約束。ローズ判事はあくびをかみ殺していた。

ヴィンセントが連れてこられると、法廷は静まりかえった。人々は〝死〟を、注目の事件を求めているのだ。

ローズ判事はいくぶん背筋を伸ばし、襟のボタンをかけなおした。後方には記者たち。カメラはなく、ペンとメモ帳だけ。マーサはウォークを残して判事席の前まで出ていき、ヴィンセントはマーサの横に座った。

地区検事のエリーズ・デシャンが、真面目くさったいかめしい顔で正面にやってきて、起訴内容を読みあげた。ウォークは友の表情を読もうとしたが、彼の座っているところからではよく見えなかった。

検事が読みおわると、ヴィンセントが立ちあがった。ウォークは薄い座席の縁から身を乗り出して、彼を見つめた。ひとりの子供を殺し、それから三十年後、その姉のそばに戻ってきた男を。

ヴィンセントは自分の姓名を述べた。

ローズ判事は起訴内容をもう一度説明したあと、検察側が有罪答弁と引き換えに仮釈放なしの終身刑で手を打つつもりでいることを付け加えた。

ウォークは詰めていた息を吐いた。取り引きが提示されたのだ。

ローズ判事が答弁を求めると、ヴィンセントはふり返ってウォークの眼を見た。

「無罪です」

ざわめきが起こり、判事が静かにさせるまでつづいた。

マーサは判事を見つめた。そのまなざしにこめられた必死の思いが、そばに来なさいという命令を引き出した。

「ミスター・キング。弁護人はあなたが起訴内容と提案を理解していないのではないかと心配していますよ」判事は言った。

「理解しています」

ヴィンセントはふり返りもせず、看守に連れられて法廷を出ていった。

ウォークは午前の日射しの中に出た。ラス・ロマス、美しい広場にそびえる彫像。神聖なる裁判所の前でひざまずいて頭を垂れている女の像。

裁判は翌春に設定された。

帰路、ウォークは全身に冷や汗を掻き、気持ちがへとへとになるほどの震えに見舞われた。ルームミラーに眼を映してみても、充血は拭えなかった。顎ひげは伸び、ベルトには新しい穴があけられていた。制服はだぶだぶになり、両肩が二の腕のほうにずり落ちている。

ビターウォーターの近くで酒屋に寄り、ビールの六本パックを買った。

マーサが住んでいるのはビリントン・ロードの小さな家で、街からはたっぷり離れていた。白い門からつづく小径の両側には花が一列にきちんと植えられ、芝生は青々としていた。鉄細工の金具には花籠が吊りさげられ、こんな日でなければウォークの笑みを誘うような家だった。

家の中は書類であふれており、隅から隅まで仕事に、弱者の弁護に捧げられていた。

ウォークはどうにか通路を見つけてポーチに出ると、そこでひとり静かにビールを二本飲んだ。そこへマーサがコーンチップスのボウルを持って出てきた。一枚食べると味蕾が火傷したようになり、マーサは笑った。

「人間の食べるもんじゃない」

「辛いもの好きの人間だっているのよ」

マーサはそばにならんで座り、ふたりは一緒に飲んだ。

一日が暮れていくと、ウォークはようやく落ちついた。ビール二本、ふだん自分に許しているのはそれだけだったが、今日は酔っぱらいたかった。わめいて、ののしって、揺さぶって、ヴィンセントを正気に返したかった。

マーサはワインをひとくち飲んだ。「彼に有罪答弁をさせて」

ウォークは首筋の凝りをもんだ。このごろはいつも凝っていた。

「ヴィンセントに勝ち目はない、それはあなたもわかってるでしょ」マーサは言った。

「わかってる」

「それが意味するのはひとつだけ」

ウォークは顔をあげた。

「ヴィンセント・キングは死にたがってる」

「じゃ、おれはどうすればいい?」

「ここに座ってわたしと飲みながら、この最悪の状況を嘆くか」

「そそられるね。それとも?」

「自分で事件を捜査するか」

「してるさ」

マーサは溜息をついた。「誰かが何かを見てますようにと祈りながらドアをノックするなんてのは、捜査をしてるとは言えない。利用できるネタを自分から探しにいかなくちゃ。見つからなかったら、自分でこしらえるの。度胸よ、署長。いまはもう度胸しかない」


ハイウェイのむこうから風が吹きつけてきて土埃を舞いあげた。宵の口なので、ピックアップトラックが二、三台駐まっているきりだったが、ドアにたどりつく前に音楽が聞こえてきた。ウォークはしばらく足を止めてサンルイスの広い通りを見渡し、子供たちを後ろに引きつれたスターがそこにいる姿を想像した。

店内は薄暗く、煙草とすえたビールのにおいが強烈に漂っていた。ブース席は空で、客はカウンターにふたりと、ペンキを塗った木箱で造られたステージのまわりに数人いるだけだった。歌手は老人で、曲はブルーグラス、望郷の歌だったが、酔った男たちは膝をたたいて拍子を取っていた。

そいつの人相はダッチェスから聞いていた。彼女をそばに座らせて、ふたりでゆっくりと歳月をたどったときに。話が終わるころには、ウォークはすっかりうつむいており、子供らしいことなど何ひとつ知らないようなダッチェスの淡々とした話しぶりに、心をかきむしられていた。

男はすぐに見つかった。刈りこんだ髪に、濃い顎ひげ。畑仕事をうかがわせるたくましい腕。バド・モリス。ウォークが近づいていって隣の席に座ると、バドはまたかよといわんばかりに眼をむいてみせた。警察とのトラブルはこの男の人生につきもののようだ。

「ちょっと話せるかな?」

バドはウォークをしげしげと見てから笑った。

ウォークはクラブソーダを飲んだ。訓練は受けていたし、バッジにものを言わせることもできたが、彼は対立を楽しむ男ではなかった。耳の奥に言葉が聞こえてきた。州警にまかせておけ。ウォークはグラスを握りしめた。するとこんどは、マーサの言葉が聞こえてきた。度胸よ、署長。

バドはトイレに行った。ウォークは席を立って自分もトイレにはいり、バドが小便を始めると、大きくひとつ息を吸ってから銃を抜いた。

そして、バドの後頭部に銃口を押しつけた。

アドレナリンが駆けめぐり、手が震え、膝が震えた。

「うわ」バドは自分のジーンズに小便を引っかけた。

ウォークはさらに強く押しつけた。汗が鼻を伝いおちる。

「よせ、わかった。気でもちがったのか、あんた?」

ウォークは銃をおろした。「いまのをカウンターでやってみせてもよかったんだぞ。仲間たちの前でズボンに小便をさせて、さらし者にしても」

バドはいったんウォークをにらみつけたが、あっけなく敗北して眼を伏せた。外で歓声があがり、老人が〈いつも悲しい男《マン・オブ・コンスタント・ソロウ》〉を歌いはじめた。

「スター・ラドリー」とウォークは言った。

バドは当惑した顔をしたが、そこではたと思い出して、たちまち真顔になった。

「彼女と揉めたそうだな、彼女の娘とも。おまえは彼女が歌ってるとき、手をじっとさせておけなかったとか」

バドは首を振った。「大したことじゃねえ」

気分がハイになってきた。この自分がトイレで人に銃を突きつけて、手がかりを探しているとは。正気だろうか。

「あの女を二度ばかしデートに連れ出したんだ」

「で？」

「うまくいかなかった、それだけだ」

ウォークがまた銃を上に向けると、バドはあとずさった。「ほんとだってば。なんにもなかったんだ」

「手荒にあつかったのか？」

「いや。まさか。そんなことはしてねえ。優しくあつかったよ。それどころか、ブリーカー通りのあの店に連れてったんだ。二十ドルのステーキに。モーテルも予約したし……いいモーテルを」

「ところが彼女はいやだと言った」

バドは自分の足と、濡れたジーンズと、銃を見た。「ただの〝いや〟じゃねえ。おれは〝いや〟を受け入れられない男じゃねえんだ。そうさ、訊いてみろよ、女どもがいるから。おれはまともな男だ。なのにスターのやつは、幻想を抱かせるんだ。おれに気があるみたいな。ところがいざとなったら、ただの〝いや〟じゃねえんだ。〝いまはいや〟じゃ。〝絶対にいや〟ときた。あいつはそう言ったんだ。絶対にいやと。なんだそりゃ？　絶対にいやってのは。あいつは懸命に自分じゃない誰かになろうとしてるみたいだった。演技だったのかもな。みんな演技だったんだ」

「演技？」

「ほかの男どもにも同じことをしてたんだろう。あの近所の男にも。一度迎えにいったら、あの野郎が出てきて、時間の無駄だぞとぬかしやがった」

「近所というと？」

「すぐ隣さ。七〇年代みたいな格好をした野郎だ」

「六月十四日は、おまえどこにいた？」

それを思い出すと、バドはにやりとした。「憶えてるよ。エルヴィス・カドモアが出演してた日だ。おれはここにいた。みんなに訊いてみな」

ウォークはバドを残してトイレを出ると、小さな人混みをつっきって夜気の中に出た。まだ心臓がどきどきしていた。

駐車場を歩いていき、ごみ収集容器のそばにしゃがみこんで吐いた。

19

ダッチェスはオークの木の下でランチを食べながら、弟に眼をそそいでいた。

最初の週は誰とも口をきかず、静かに過ぎた。トマス・ノーブルが話しかけてきても、そっけなく追いはらった。

ロビンは幼稚園の年長組で、幼稚園の子たちには、低いフェンスで仕切られた専用のエリアがあった。ロビンは毎日同じふたりと遊んでいた。同じ女の子と男の子と。三人でままごと用のキッチンの前に立ち、ロビンと女の子が泥で簡単な料理を作ると、もうひとりの男の子がそれを、何も知らないほかの子たちに配達するのだ。

日射しがさえぎられ、影が落ちてきて初めて、ダッチェスはそばに誰かがいるのに気づいて顔をあげた。

「きみの木を共有させてもらえないかなと思って」トマス・ノーブルが自分のランチを持って立っていた。障害のないほうの手に、ふくらんだ紙袋を下げている。

ダッチェスは溜息をついた。

トマス・ノーブルは座りこむと咳払いをした。「ずっときみを見てたんだ」

「ふうん、そんなの全然気持ち悪くない」ダッチェスはずりずりと少年から離れた。

「考えてたんだけどさ。よかったら――」

「絶対にいや」

「父さんの話だと、母さんは最初のとき、父さんをはねつけたんだけど。でも、眼は拒んでなかったから、父さんは強引に迫りつづけたんだって」

「まるっきり強姦魔じゃん」

トマスはダッチェスの横に大きな厚い布ナプキンを広げると、ランチをならべた。ポテトチップスひと袋、〈トゥインキー〉一本、〈リーシーズ〉のピーナッツバターカップ二個、マシュマロひと袋、ソーダ一本。「こんないい場所がみんなに知られてないなんて不思議だね」

「あんたが糖尿病にかかってないほうが不思議」

トマスは静かに食べた。音を殺して咀嚼しながら、分厚い眼鏡を鼻の上に押しあげた。障害のあるほうの手はポケットに入れたままだった。マシュマロの袋を歯であけるのを見ているのはつらかった。「だめなほうの手も使っていいよ」とダッチェスはついに言った。「あたしのために隠さなくていい」

「癒着短指症。こういうとき――」

「興味ない」

トマスはマシュマロをひとつ食べた。

ロビンがフェンスに駆けよってきて、紫の皿に載せた泥の塊を見せ、「ホットドッグ」と口の形だけで伝えてきた。ダッチェスは笑みを返した。

「かわいい子だね」トマス・ノーブルが言った。

「あんた、変質者かなんか？」

「いや……ちがうよ、ぼくはただ……」トマスは言葉を濁した。

学校の敷地の裏には森があって、柵を作るための長い材木が、すっかり白ちゃけたまま積みあげてあった。

「きみ、カリフォルニア州からきたんだって？　この時期はきれいだろうね。ぼく、セコイアに従兄がいたと思う」

「セコイアは国立公園」

トマスは食事に戻った。

「ねえ、映画は好き？」

「別に」

「じゃ、スケートは？　実はぼく、けっこう得意——」

「別に」

トマスは上着を脱いだ。「きみのリボン、好きだよ。ぼくさ、赤ん坊のころ髪にリボンをつけてる写真があるんだ」

「あんた、ひとりごとを言う人？」

「母さんはずっと女の子が欲しくて、ぼくに女の子の格好をさせるのが好きだったんだ」

「ところが、テストステロンがどかどか分泌されだして、お母さんの夢をぶち壊したと」

トマスはピーナッツバターカップをひとつダッチェスに差し出した。

ダッチェスは気づかないふりをした。

男子の一団が通りすぎていった。ひとりが何か言うと、みんな笑った。トマスは手をいっそう深くポケットに押しこんだ。

どこかの男の子がロビンから皿をひったくるのが見え、ダッチェスは少し体を起こした。ロビンはそれを取りかえそうとしたが、相手は背が高く、ロビンの手の届かないところに皿を持ちあげてから、地面に放り投げた。ロビンはそれをひろおうとしてかがんだところを突き倒された。ダッチェスは立ちあがり、その子をじっと見据えたまま歩きだした。ロビンは泣きだしたが、ほかの女の子たちは笑ったり、かたまって話をしたり、髪の毛をひねったりしている。まったく別種の生き物だ。ダッチェスはフェンスを飛びこえた。監視している教師もランチ・レディもいない。ロビンを助け起こし、半ズボンの埃を払い、手のひらで涙を拭ってやった。

「だいじょうぶ？」

「うちに帰りたい」ロビンは洟をすすった。

ダッチェスは弟を引きよせて、落ちつくまで抱きしめてやった。「あたしがいつか帰らせてあげる。約束する。もう考えてあるんだから。ここを卒業したら、仕事と家を見つけるの。そしたらうちに帰れるでしょ？」

「おじいちゃんのとこに帰りたいんだよ」

ロビンの友達がそばに立っていた。あの女の子と男の子が。女の子が近づいてきた。髪を編み込みにして、ポケットに花のアップリケのついたオーバーオールを着ている。その子がロビンの背中をぽんとたたいた。

「タイラーのことなんか気にしないで、あの子は誰にでも意地悪なんだから」

「そうそう」と男の子が相槌を打った。

「ディナーのためにもっとホットドッグを作らない？」

ダッチェスが笑顔を見せると、ロビンはふたりと一緒に離れていき、また遊びはじめた。遊ぶことのほかは何も考えず、すべてを忘れて。

ふり返ると、フェンスのそばにタイラーがいて、棒切れでフェンスをたたいていた。

「そこのガキ」

タイラーはふり向いた。「なに？」

ダッチェスはその表情を知っていた。膝をつくと、地面がごつごつと食いこんだ。背後には太陽。彼女はタイラーのシャツをつかんで引きよせた。

「〝こんど弟にちょっかいを出したら首を斬り落とすよ、罵倒語〟」デューク校長は腹の上で両手の指先を突き合わせ、険しい憂い顔で言った。

ダッチェスは顔をあげた。「〝罵倒語〟なんて言ってません」

ハルがにやりとした。「そりゃそうだろうな。なんと言ったんだ？」

「このチンカス」

デューク校長はその言葉に突き刺されたとでもというように身を縮めた。「ほうら、これは問題ですよ」

校長の息にはコーヒーのにおいがし、ポリエステルのネクタイからは体臭をかろうじておおい隠しているコロンのにおいがした。

「なぜでしょう？」ハルのほうは、赤い手とがさがさの肌をしており、農地と戸外と森のにおいがした。ラドリー農場のにおいが。

「問題はおどしの性質です。首を斬り落とすなどという」

「この子は無法者なんです」

ダッチェスはにやりとしそうになった。

「どうもあなたはあまり深刻に受けとめていらっしゃらないようだ」

ハルは立ちあがった。「じゃ、連れていきますよ。午後は休ませます。よく言って聞かせますから、二度としないはずです。そうだな？」

そう決めつけられると、ダッチェスとしては逆らいたくなった。騒ぎを起こしたくなった。だが、そこでロビンのことを考えた。ロビンはすでにここで友達をふたり作っている。

「あいつがロビンにちょっかいを出すなら、約束はできま——」

ハルが大きく咳払いをした。

「そういう言葉は二度と使いません」

デューク校長はまだ何か言いたいようだったが、ダッチェスは立ちあがり、ハルのあとについて校長室を出た。

ハルは無言でトラックを出した。ダッチェスは助手席に座った。ハルは左には曲がらず、東へ向かった。道路はひらけ、空は太陽が隠れると銀色に輝いた。酪農場と、ミント色をした鉄製の厩舎、それから小さな町。本通りとそこにつながる細い通りしかないような町だ。辺鄙な道を走っていくと、やがて摩天楼群のような松林が現われた。かたわらの川は雲母のようにきらきらと峡谷に流れこみ、山々は雪を頂いてそびえ、ゆったりした小道がくねくねと伸びている。ハルはそこをのぼりはじめた。ダッチェスが首を伸ばして後ろをふり返ると、トラックは樹林帯を抜け、川が悠々と蛇行しているのが見えた。別のトラックとすれちがうためにハルがスピードを落とすと、対向車のカウボーイが帽子をちょっと傾けてみせた。

ハルは断崖のそばにトラックを駐めた。岩と砂と土埃、ふたたび勢力を増して山腹に広がる松の木々。

ハルはトラックをおり、ダッチェスもつづいた。

ハルは木々のあいだを縫っていき、彼女はあとをついていった。かすかな踏み跡ではあったが、足運びからすると、ハルはその径も、それぞれの枝径がどこにつづいているのかも、承知しているようだった。

眼前にモンタナが広がった。千キロ以上にわたる天然の色彩と水と大地が。ダッチェスは松の香りをかぎ、一キロほど上流の澄みきった流れで釣りをしている胴長をはいた男たちをながめた。かたわらでハルが葉巻に火をつけた。

「鱒の川だ」と下のほうを、巨大なキャンバス上の点のような釣り人たちのほうを指さした。「八十キロにおよぶ峡谷があって、いちばん底は赤色層に達するほど深いと言われてる。どの径を歩いても、この奥地じゃ人間には出くわさない。四十万ヘクタールの自由だ」

「だからここに来たの？　世間から隠れるため？」ダッチェスは石ころを蹴とばし、それが落ちていくのを見つめた。

「ちっともしたくない」

「休戦しないか？」

その言いかたにハルは微笑した。

「ロビンから聞いたが、おまえは歌が好きだそうだな」

「好きなものなんてない」

灰が地面に落ちた。

「先住民たちはここを世界の背骨と呼んだ。見たこともないような色合いの青緑の流れがあるんだ。ものすごく冷たい……氷河が解けてしみだしてるから、水中には何も育たない。いつまでも透明のまままで、絶対に濁らないし、何も隠れられない。なんだか特別な感じがしないか？」

ダッチェスは無言のままだった。

「そこに映る空ときたら、あまりに本物みたいなんで、世界は空だけになった気がする。逆さになった空だ。ロビンがもう少し大きくなったら、連れていってやるつもりだ、あの昔ながらの赤いバスで。あの子が釣りをしたいと言ったら、ボートツアーにも。おまえにも一緒に来てほしい」

「やめて、そういうの」

「何を？」

「明日のことを現実みたいに言わないで。明日も自分はここにいるし、あたしたちもここにいるみたいに」また叫びたくはなかった。静寂を揺るがしたくは。

そばに葉っぱの平たい植物が茂り、ごく暗い紫色のベリーがなっていた。

ハルはそれをひとつ摘んで食べた。

「ハックルベリーだ」と、ひとつ差し出した。ダッチェスはそれを受け取らず、かわりに自分で摘んだ。思ったより甘くておいしかった。ひとつかみほど食べると、こんどはロビンのためにポケットに詰めた。

「熊もこれが好きなんだ」ハルが腰をかがめてベリーを摘むと、銃を持っているのが見えた。ダッチェスがいつも撃っていた銃だ。

彼女は大きく息を吸いこんだ。「あんたは戻ってこなかった」

ハルは手を止め、体を起こしてダッチェスのほうを向いた。

「岬に戻ってこなかった。母さんのことを知ってたのに。母さんがどんな人かも、あたしたちの暮らしぶりも知ってたのに。母さんは自分のことも満足に面倒を見られない人だって知ってたのに。あたしより大人なのに。背が高くてたくましいのに、あたしたちが困ってたとき――」

ダッチェスは言いさしてやめ、リボンをいじり、淡々とした口調を崩すまいとした。痛みの深さをハルに見せるつもりはなかった。

「だからあんたがこれを、この美しさを見せても。自分に見えるからあたしにも見えると思いこんでるものを見せても。そんなもの、あたしが見てきたものと比べたら霞んじゃうことに気づくべきだよ。この紫だって――」と彼女はかたわらのハックルベリーを示した。「あたしは母さんの肋《あばら》を思い出す。

殴られてこんなふうに黒ずんでた。あの青い流れは、母さんの瞳。その奥にもう魂なんてないのがわかるくらい透きとおった瞳。あんたはこの空気を吸えば、さわやかだと思うかもしれないけど、あたしは吸えばかならず、あの刺すような痛みを感じる」彼女は胸を強くたたいた。「あたしはひとりぼっち。あたしは弟の面倒を見つづけるけど、あんたはどうせあたしたちを見捨てる。本気で気にかけちゃいないんだから。だから好きなことを言えるんだよ、あたしを元気にさせられそうなことを。だけど、あんたなんかくそ食らえだ。みんなくそ食らえだ。モンタナも、あの農場も、あの動物たちも、あの……」声が震えてきたのでそこでやめた。

するとその瞬間が、ふたりのあいだから松林の上へと広がった。空と雲を隠し、新たな約束をおおいつくした。ふたりを本来の、取るにたらない存在に戻した。どこまでも美しい背景に対して、ひどくちっぽけな存在に。ハルは葉巻を手にしていても吸おうとはせず、ベリーを持っていても食べようとはしなかった。ダッチェスは自分がハルの勝手な確信をすっかりうち砕いていることを心から願った。

それから顔をそむけてきつく眼を閉じ、涙を押しもどした。泣くつもりはなかった。

20

夏がようやく終わりはじめたケープ・ヘイヴンから、ウォークは大らかさが失われていくのを感じていた。

それはスター事件の翌朝、報道陣がアイヴィー・ランチ・ロードをふさいで、場ちがいな警察のテープがラドリー家の前に張られたときから始まった。そのときウォークはそれを感じた。街がいくらか涼しくなり、風景がいくぶん明るさを失ったのを。母親たちは子供を追いたて、大きな門を閉ざしてぬくもりを内に閉じこめた。申し出が撤回されても、人殺しの友人を持つ警官としてうとまれても、ウォークは精一杯それに耐えた。もの憂い夏の宵をいくつも費やして、岬の通りをことごとく歩いた。カレンプレイスにある豪邸から、いちばん上の通りに建ちならぶ小さな板張りの家々まで。ドアをノックし、帽子を取り、顎ひげを少しばかり刈り整えた顔に硬い笑みを浮かべた。藁をもつかむ思いで質問し、懇願し、のぞきこみ、詮索し、彼らが行ったこともない場所に記憶を導いた。だが、あの晩には何も目撃されていなかった。車もトラックも、彼らの夏の清らかな正常さからはずれるものは何ひとつ。

メイン通りの商店の防犯カメラのテープもウォークは残らず見た。画質が悪いので早送りはできなかった。やむをえず実際と同じ時間をかけて見ていった。十時間、日が沈んでから昇るまで。上下のまぶたがくっつかないのは、その苦行が突っかい棒になっているからにすぎず、それがはずれると彼は眼を閉じた。

ダークのことも、ひかえめに調べた。事情聴取などすればかならず弁護士に気づかれるし、そうなればボイドら州警にも気づかれてしまう。二度ばかり電話をかけてサトラー郡の警官と話をし、交通《ファ》料金電子徴収システム《ストラック》の料金を洗った。何か嘘を暴けるかもしれないと考えたのだが、収穫はなかった。

マーサは依然としてヴィンセントの代理人を正式に務めることに同意していなかったが、ウォークはほぼ毎晩受話器を取って、自分のつかんだことを彼女に報告した。それはたいてい〝収穫なし〟の報告だった。ある日曜の午前、ウォークはマーサを乗せてフェアモントに行き、ヴィンセントと三人でひとしきり思い出話をした。けれども話題が裁判の準備のことに移ると、ヴィンセントは看守に合図をして部屋を出ていった。

ふたりは重苦しい沈黙に包まれて百五十キロの道のりを戻ってきた。マーサはウォークを家に招き入れ、ふたりはまたポーチに座ってビールを飲んだ。マーサが料理を作った。煮込み料理のようなものだったが、あまりの辛さにウォークは頬を真っ赤にし、マーサに笑われながら自分のビールに舌を突っこんだ。

ふたりは過ぎた年月のことを少しばかり話した。マーサが誰よりも必要とされる場所で開業したいきさつを。ビターウォーターは平均所得が低く、犯罪率が高い。彼女は自分の仕事について、いかにも誇らしげに語ってウォークを微笑ませ、自分が再会させた親子の写真や、親の虐待から救い出した子供たちからの手紙をウォークに見せた。

ふたりとも自分たちが仲を引き裂かれた時期のことには触れなかった。宗教の話題も避けた。ウォークにはもはやマーサの気持ちはわからなかった。あんなことがおたがいのあいだにあったのだから。

彼女の両親とその信仰とのあいだに。でも、それはかまわなかった。自分たちにはやるべきひとつの仕事があるのだから。ウォークはそのことをかたときも忘れなかった。身を乗り出してマーサの頬にキスをしたときにも、マーサの脚が彼の脚をかすめたときにも。ときどきマーサはウォークの手が震えていることや、ウォークが何かを思い出そうとするときに首を軽く揺するのに気づくことがあり、やがて、わかっているんだからという顔でウォークを見つめた。するとウォークは彼女にお休みを言い、岬に帰った。自分の居場所、自分の町に。

夕暮れになると、ウォークはアイヴィー・ランチ・ロードまでゆっくり歩いていった。日常業務が、大事な仕事の大きな妨げになっていた。

ブランドンは戸口でウォークを迎えた。上は裸で下はスエットパンツのみ。背後の壁にはブランドンがむかし着ていたフットボール・ジャージが、額に入れて飾ってある。そばにはビリヤード台と、ゲームセンター用のゲーム機。十年におよぶ家庭生活の軛から解放された男の必携品。

「またあの向かいのゴリラのことか?」ブランドンはウォークの脇からミルトンの家をにらんだ。

「うちの庭でおれが何を見つけたか、おまえ知ってるか? 頭だぞ」

「頭?」

「羊か何かの。でなけりゃ鹿か。警告だといわんばかりに中身を刳りぬいてありやがった」

「あとでミルトンと話してみるよ。だけどわかってるか、ブランドン、あの車のミスファイアはおれのうちからも聞こえたぞ」ウォークは相手が背を少しばかり高く見せようとして爪立ちしているのに気づいた。

「あのな」とブランドンは言った。「もうだいぶ静かになってるんだよ、スターが夜中に千鳥足で帰ってこなくなったんで。そりゃまあ、痛ましい話じゃあったが、これでもうミルトンはぐっすり眠れるんじゃないかな、スターを待って起きてることもないんだから」

「どうして？」

ブランドンはドア枠に寄りかかった。胸に刺青がある。陳腐な日本風のシンボルみたいなものが。

「おれが遅くに帰ってきたりすると、よくあいつが窓辺にいるのが見えたぜ」

「ミルトンは星の観察をするんだ」

笑い。「ああ、とくにひとつの星《スター》をな。本人に訊いてみろよ」

「ミルトンはきみが彼の庭に小便をしたと言ってるぞ」

「でたらめだ」

「どうでもいい。おれの知ったことじゃない。おれはただきみらふたりに面倒をかけられたくないだけだ」

「おまえ、疲れてるみたいだな、ウォーク。水分補給してるか？」

「いいか、ブランドン。おれはこれからミルトンのところに行って同じ話をするが、きみは自分で事態を収拾できると思うか？　おれはいそがしいんだよ、くだらない喧嘩のことでいちいちきみらに会いにきてる暇はないんだ」

「おまえ、運動が必要だな。ストレスの発散が。いつか夜にでも寄ってくれりゃ、何サーキットかつきあってやるぞ。〈ロック・ハード〉を。知ってるか、おれはあれを特許にしようとしたんだぜ、自分の健康のために――」

しゃべっているブランドンをそのままにして、ウォークは通りを渡った。ドアをノックする。

「ウォーク」ミルトンが大きな笑みを浮かべたので、ウォークは少しばかり彼にすまない気持ちになった。

「はいっていいか？」

「おれのうちに？」

ウォークは溜息をつくまいとした。

「いいよ。ていうか、もちろんさ。はいってくれ」ミルトンは脇によけ、ウォークは中にはいった。

「何か食べるか？」

「いや、けっこうだ」

「ダイエットでもしてるのか？　少し痩せたみたいだぞ。ビールでもどうだ？」

「もらうよ」

ミルトンはいささか過剰なほどうれしそうな顔をすると、キッチンに姿を消し、ウォークはそのあいだに居間を見まわした。ものであふれていた。ミルトンはたいへんな溜め込み屋で、古い《テレビ・ガイド》誌まで積みかさねて取ってあった。ウォークがまたぎ越えた大量のコースターには、どれにもミルトンが一度も行ったことのないはずの州の名前が記されている。全国から取りよせたのだろう。旅と友人を、充実した生活を物語ってくれるようなガラクタを。テレビの上には写真立てが置いてあった。死んだ眼をしたオグロジカの写真だ。

「そいつはコットレルで獲ったんだ。みごとだろ？」

「そうだな」

「ビールはなかった。コーヒーリキュールしか。日付がどこにも書いてないんで、だいぶ前からあったのかもしれないけどさ。でも、リキュールなんて悪くならないよな？」

ウォークはグラスを受け取って置くと、腰をおろすスペースを空けて、ミルトンにも同じようにしろと身ぶりで伝えた。

「あの晩のことについて話を聞きたいと思ってな」

ミルトンは身じろぎをし、脚を組もうとしたものの、あまりうまくいかなかった。ウォークはコーヒーリキュールをひとくち飲み、吐き出すまいと努力した。

「あんた、町じゅうの人間にあの晩のことを聞いてまわってるようだけど。おれはもう、本物の刑事に何もかも話したぜ」

ウォークはその侮辱に耐えた。ミルトンに悪気がないのはわかっていた。「とにかくだ、きみは言い争う声を聞いたと言ったな」

「そのとおり」

「それから、スターが殺される数日前の晩にはヴィンセントがダークに殴りかかるのを見たとも言った」

スターの名を聞くとミルトンはたじろいだ。スターはよく、自分がごみ缶を出し忘れているとミルトンが出してくれると言っていた。小さな手助け、それが彼女には必要だった。

「あいつらがなぜ殴り合うんだ？」ウォークは訊いた。

「たぶんヴィンセントは嫉妬してたんじゃないかな。いまでも憶えてるけどさ、ウォーク。高校のころのあのふたりときたら、まるで結婚でもしてて、子供でもいるみたいだった。ヴィンセントはムショで当時のことばかり考えてて、過去をもとに将来を勝手につくりあげてたんじゃないかな」

ウォークは室内をぐるりと見まわした。ウッドパネルの壁、毛足の長い敷物、火床のまわりにならべた大きな石。七〇年代に逆戻りした郊外のランチハウスだ。空気には芳香剤の甘い香り。缶があちこちに置いてあるが、それでもにおいは嗅ぎとれる。下に隠れた血のにおいは。

ミルトンは咳払いをした。「正しくないことはできないんだよ。あったことをなかったことにして、いいことばかりにするなんてことはさ。わかるだろ？」

「きみは以前よく通報してきたよな。それこそスターが男を家に入れるたびに。相手がダークでも。心配だと言って」

ミルトンは下唇を噛んだ。「それは監視団活動の一環だ。だけど、そういうとき、おれは誤解してたかもしれない。ダークはいいやつだ。問題は外見なんだよ、だからみんなにいろいろ言われるんだ。おれにはわかる。それがどんな気分か。ガキどもの声がおれに聞こえてないと思うか？　スチールたわし。ウーキー。類人猿。精肉屋《ミートパッカー》。ばかなやつらだ、おれは肉をパッキングなんかしてないんだから」

時計がチャイムを鳴らした。サンバースト形の時計で、十分遅れている。ミルトンが首をめぐらすと、腋の下に汗の染みが見えた。

「なあ、ウォーク。またメンドシーノ山地まで行ってみないか？」

ウォークは笑顔になった。「あのときは楽しかったが、おれは狩猟よりも釣りのほうがいいな。波の上ならご機嫌だ」

「おれはだめだ。ついに泳げるようにならなかった。レッスンは受けたんだけど、いつも口をあけっぱなしにして、水を全部飲もうとしちゃうんだ。塩素が好きなんだよ」

ウォークはどう答えていいかわからなかった。

「まあいいさ、ほかの友達を仲間に引きいれたから」ミルトンは教えたくてしかたないようだった。

「へえ？」とウォークは餌に食いついた。

「一緒にハンティングに行ったんだ」

「誰と？」

ミルトンはにやりとした。「ダークさ。あのエスカレードに乗せてもらったよ。見たことあるだろ、あの車？　あの男は、はっきり言って射撃がうまいぞ。オグロジカを二頭持ってかえってきた」

「ほんとか？」

「あんたはダークを誤解してるんだよ、ウォーク。あの男は……」

「変わり者なんだ、か？」

「いい友達だ」ミルトンはウォークをじっと見つめ、きっぱりとそう言った。「こんどの流星群は見にくると言ってた。まあ、二月だけどさ。でも、あの男はほんとに来てくれると思う」

その言葉には刺があったが、ウォークには後ろめたさを覚えるだけの元気がなかった。

「春になったら出かけようと誘ってあるんだ。一週間、猟に。ヴェールと、スパッツと、蠟引きのジャケットも買ってやった」

ウォークはかたわらの棚に眼をやった。本であふれていたが、ほとんどは狩猟の本だった。「きみはあの男を知らないんだ。気をつけたほうがいいぞ、ミルトン」

「自分こそ気をつけたほうがいいぞ、ウォーク。具合が悪そうだ」

「それと、もうひとつ。ブランドンと改めて話をしてきた。きみから通報があったと、リーアに言われたんでね」

ミルトンは身を固くした。「まあ、それは無駄骨だったな。あいつが嫌がらせをするのは、おれが早起きしなくちゃいけないのを知ってるからだ。ゆうべ窓のところに行ったら、車内に座ってただエンジンを空ぶかししてたさ。おれに気づいたら、にやりとしやがった。おれはもうガキじゃないんだ、ウォーク。ここは学校とはちがう。あいつはよくおれをいじめてたよな。頭を便器に突っこんで水を流したりして。そんなことおれはもう我慢しなくたっていいんだ。おれだって――」

「ブランドンのうちの庭に羊の頭を置いてったか？」

ミルトンは驚いたように眼を丸くし、シャツの首元から毛がこぼれ出てきた。「そんなこと、まったく身に憶えがないぞ」

「きみはブランドンが庭で小便をしたと言った」

「ああ」

「どうしてブランドンだとわかったんだ」

「現行犯だからだよ。カーテンをあけたら眼と眼が合ったんだ」

「なんと」

「だから通報したんだ。10‐98だと」

「それは脱獄だ」

「それに知ってるか、あいつはボートを持ってる。それをきれいに修理して、ハーバー湾に置いてあるんだ。ひょっとしたら車を売って、海で時間を過ごすことにしたのかもな」

「ブランドンはきみにその気があれば、自分も努力する用意があると言ってる。きみは立派な隣人だし、悪かったと思ってると」

「あいつがそう言ったのか？」

ミルトンにはばれないはずだった。「だからもうそんなことはやめてくれ」

「おれはやってないぜ、ウォーク」

ウォークは懇願の眼でじっと見つめた。

「まあ、そのうちあいつに切り身でも届けるよ。とりあえずは、あんまり特殊じゃないところを。肩肉とか。それでどうだ？」

「ありがとう、ミルトン」

ミルトンは戸口まで送ってきた。

ポーチでウォークは立ちどまり、通りのむこう側を見た。

「寂しくなったな」とミルトンは言った。「ほんとに残念だよ、おれが……」

「なんだ？」

「いや。とにかく残念だよ、スターがもういないなんて」

「おれたちはスターと子供たちのために、こんなことをしたやつを逮捕しなくちゃならない」

「もう逮捕してるじゃないか」

ミルトンは眼を合わせようとはせず、夜空に視線をさまよわせた。両手をポケットに深く突っこみ、ウォークのことも、町のことも、流された血のことも忘れて、そこに立っていた。

21

ふたりは内陸からの暖かい風に吹かれて庭に座っていた。

さきほどウォークが、まだ宵の口だというのに眠ろうとして、眠れずに天井を見あげていると、ドアをノックする音が聞こえたのだ。

「まだ実家に住んでるなんて信じられない。ダサすぎ」ウォークがドアをあけると、マーサはそう言った。

彼女は夕食を、チリを持ってきてくれていて、ウォークがテイクアウトの料理を入れておくのに使っている古いオーブンでそれを温めた。

「味見をする前に、口の中にワックスでも塗っといたほうがいい気がするな」

「だいじょうぶ。わたし、優しくなったから。スコヴィル値（トウガラシの辛さを測る尺度）にかろうじて引っかかるぐらい。お子様向けのチリよ」

フォークが舌に触れたとたん、溶岩に触れたような感覚を覚えた。「ほんとに？　病気じゃないのか。きみは病気だよ」

マーサは笑った。「じゃ、コーンブレッドを食べなさい。あなたにはそれが必要みたい。体を大事にしてよね、ウォーク」

ウォークは微笑んだ。「岬が恋しくなることはある？」

「毎日よ」

「きみとまた会ってる《シーイング》んだとリーアに話したよ」

「わたしとつきあってる《シーイング》？」

「いや、そういう意味じゃ――」

マーサは笑い、ウォークは赤面した。

「リーア・タロウって、まだエドと結婚してるの？」

「してる」

「うわ、これまでさぞたいへんだったでしょうね。学校時代のエドを憶えてるけど、よくスターのあとを追いかけまわしてたし」

「みんなそうだったよ」

「タロウ建設。ときどき看板を見かけるけど、このあいだわたしの依頼人になった人はね、夫がタロウ建設を首になって、酒びたりになっちゃったの」

「いまは景気が悪いんだ。そのうちよくなるさ」

「とくに、ああいう新しい家をどんどん建てはじめればね」

ウォークは立ちあがってマーサのワインを注ぎたした。「ミルトンにもう一度会ってきたよ」

「あの肉屋さんね。学校時代の彼を憶えてる。いまでも血のにおいをさせてる？」

「させてる。ミルトンは言い争う声を聞いたと確信してる。それに、ヴィンセントがスターの家の外でダークに殴りかかるのを見たと証言するつもりでもいる。あいつの推測じゃ、スターをめぐる喧嘩だったことになってる」

ふたりのあいだには合意があった。最初はぎこちなかったものの、マーサはしだいに慣れてきた。

ウォークがキング事件を調べて、見つけたものをすべてマーサのところへ持っていくと、彼女がそれを解きほぐしてふたたびまとめ、それが法廷で多少なりとも役に立つかどうかをウォークに教えるのだ。とはいえマーサは、いかなる事情があろうと公判には行かないと明言していた。できるかぎり証拠を集めたら、あとはそれを公判弁護士に引き渡すつもりだった。もしヴィンセントが弁護士を雇おうとしなくても、それなら少なくとも努力はしたことになる。

「あの書類にはもう眼を通してくれた？」ウォークは訊いた。

「もちろん。ほかにわたしが何をするっていうの？　睡眠なんか別に必要としてないんだから」

ウォークがにやりとすると、マーサは彼を残して横の門から出ていき、車からブリーフケースを取ってきた。ウォークが皿を片付けているあいだに、マーサはテーブルいっぱいに書類を広げた。蚊よけがたかれ、五本の蠟燭が夜空と戦ってふたりにどうにか足りるだけの光をもたらしてくれた。

二十年前までさかのぼる納税申告書、報告書、会社の申請書類など。ディッキー・ダークに関してウォークが集めることのできたすべて。

「記録はどれも公正で、きちんとしてる」とマーサは言った。「ダークはかなりのお金を稼いでる。年に二十五万ぐらい。怪しいところはまったくない。ずっとさかのぼっていくと、最初はポートランドのラヴェナム・アヴェニューに小さな家を買ってる」

「オレゴン州か」

「そこが彼の出身地なんじゃないかな。その家を改修して売って、三万ドルの利益をあげてるんだけど、それを全額申告してる。ひかえめな経費ね。そのあと一ブロック離れたところでもう一軒、こんどは四万五千ぐらい。そのあとはなし」

「なし？」

「別の収入を見つけたんだと思う。四年間何もなし。それから同じことを精力的にやりだして、町から町へ移動しはじめたみたい。西海岸をだんだんに南下して、お金を稼げるところならどこにでも足を止める。そんな感じ」

「ずっと不動産業？」

「ほぼね。ユージーンで一軒、ゴールドビーチでもう一軒。九五年の夏にケープ・ヘイヴンにやってきて、カブリロ・ハイウェイの古いバーを買って、一年がかりでライセンスを取ってる」

その店が開店した晩のことをウォークは憶えていた。これまた、大騒ぎも開店パーティもなく、ただ闇に明かりがともったのだ。

「最初の年は五十万ドルの売り上げがあった」マーサはワインをひとくち飲んだ。「二年目はそれが倍になってる。この店は金の成る木だったのよ。それだけしか彼は申告してない。こういうところって現金商売でしょ？　そこしか持ってなかったのかもしれないけど、そこしか必要なかったわけ」

「となると、キング邸を買うにはそこに梃子入れするわけか。というか、したはずだな」

「でも、ずっと支払いをしてるんだけどね、眼の玉の飛び出すような金額を」

「誰に？」

「わたしの推測だと、彼に投資してる誰かに。銀行じゃない」

「高利貸しかな」

「かもしれない。彼は転々としてたから与信履歴が穴だらけで、定まった銀行からお金を借りるのは難しかったはずだもの。そのうえフォーチュナ・アヴェニューの家を買ってるし」

「ディー・レインの家だ」

「それにアイヴィー・ランチ・ロードの家も」

「スターの家だ」

「賃貸用の小さな家々。それにシーダー・ハイツという住宅地の開発」

その広告はウォークも地元紙で眼にしていた。

「悪いけど、ウォーク。これに怪しい点はまったくない」

ウォークは溜息をついた。

「彼の経営してたそのクラブ。〈エイト〉だったっけ？」マーサは言った。

「ああ」

「このあいだうちの事務所に女の子が来たの。ボーイフレンドと揉めて。その子がたしか、ダークのことを何か言ってたはず」

「話を聞けるかな？」

「たぶん。頼んでみる」

「その支払いのことを知る必要があるな」

「わたしにわかるのは口座番号だけ」

「重要なことかもしれない」

「あるいは、なんでもないことか。事件ファイルにいま何がはいってるかわたし知ってるけど、あなたがつかんでるのは、なんでもないことばかり。必要なのは決定的証拠。それだけ」

携帯電話が鳴り、ウォークは立ちあがった。ミルトンだった。息を切らせている。夕方の散歩に出て、肉を少しばかり燃焼させているのだろう。ミルトンはひとしきりしゃべった。

マーサは書類を集めた。「だいじょうぶ？」

「ミルトンが近隣監視団をやってってね」

マーサは片眉をあげた。

「エッタが亡くなってからは、あいつしかメンバーはいない。サンセット・ロードで10-91だと言ってる。行ってみたほうがよさそうだ」

「10‐91？」

ウォークは溜息をついた。「迷い馬だ」

サンセット・ロードにパトロールカーを走らせた。警光灯をつけようとは考えもしなかった。

キング邸の外に一台のセダン。あまりに目立たないので刑事だろうと思った。

すぐ後ろに停めると、警光灯を一度点滅させてからパトロールカーをおり、窓の横まで歩いていった。

男がふたり。どちらも窓をおろそうとしない。ウォークは人けのない通りと、人けのない敷地、月光に照らされた岬の海に眼をやった。不審車は目だった。ガラスをそっとノックした。運転手がゆっくりと首をめぐらせた。五十がらみ、黒っぽい髪と端整な顔だち。

「何かお困りですか？」ウォークは笑顔を見せた。

男は年上の仲間のほうを見た。六十五歳ぐらい、顎ひげに眼鏡。「おれたちが何かしたか？」

「わたしの知るかぎりでは何も」

「なら、失せろ」

ウォークはぐっとこらえたが、アドレナリンが少々放出されたのがわかった。「いやだと言ったら？」

笑みが返ってきた。おまえは何もわかっちゃいないが、わかっていなくてもひどい目に遭うことはあるぞ。そういわんばかりの小さな笑み。

「おれたちはリチャード・ダークを捜してるんだ」

「ここはダークの住まいじゃありません」銃は抜かなかったが、手をかけてそのつもりのあることを示した。

「どこにいるか心あたりはあるか？」

ウォークはダークのことを考えた。例の支払いのこと、ダークともっとも関わりのありそうな連中のことを。「さあ、知りませんね」

「あいつに会ったら、おれたちは立ち去らないぞと伝えろ」年寄りのほうが、ウォークを見もせずに言った。

運転手はエンジンをかけた。

「車からおりてください」

運転手はウォークを見あげてから、ウォークの背後のキング邸を見た。「ダークは皿回しがうまいが、それも一枚が落っこちるまでだ」

「おりてくださいと言ってるんです——」

運転手は窓を閉めて車を発進させた。

ウォークは追跡することも無線連絡することも考えたが、結局銃に手をかけたまま、車がサンセット・ロードを走り去るのを見送った。

＊＊＊

ダッチェスはロビンの手を取るとゲートをあけ、ならんで草を食んでいる二頭のほうへ歩いていった。

「一度でいいからぼくたちとごはん食べようよ」

ダッチェスは青毛にそっと頭絡《とうらく》をつけ、手のひらで鼻面をぽんぽんとたたいた。「やだ」

次にこんどは小柄な芦毛に頭絡をつけ、彼女を愛撫しようとしたが、芦毛は顔をそむけた。ダッチェスは彼女が好きだった。

それから頭絡にロープをかけ、二頭を優しく引いていった。ロビンは横に離れたままついてきて、最後の数歩を走って囲いの外に出ると、教えられたとおりゲートを閉めた。

仕事がすむとダッチェスは二頭にお休みを言い、それから水辺の草むらでロビンを見つけた。ロビンは湖に近づきすぎてはいけないことを知っていたが、泳ぎは上手だった。一年近くのあいだ、日曜日ごとにダッチェスに連れられて、子供に無料で泳ぎを教えてくれるオークモントの屋外プールまで、バスを三本乗り継いで通っていたのだ。

ダッチェスが近づいていくと、ロビンはずりずりと離れた。

「あたしのこと怒ってるんだ」

「うん」握り拳を膝に置いていた。半ズボン、細い脚、すりむけた膝小僧。「タイラーにあんなこと言っちゃうんだもん」

「タイラーがあんたを押し倒したからじゃん」

黄昏の訪れと同じほど急速にうつろな夜の帷がおりてきて、暖かみがどんどん消えてゆき、やがて冷気だけが残った。

「わかったよ」

「わかってない」ロビンは拳で草を殴った。「ぼく、ここが好きなんだよ。おじいちゃんのことも、動物たちのことも、チャイルド先生のことも、新しい学校のことも、みんな好きなんだよ。お姉ちゃんなんか……」

「なによ?」とダッチェスは静かに、だが挑むような口調で言った。ひと月前だったらロビンは黙りこんでいただろう。

「お姉ちゃんなんか、いなくていい。ぼくにはおじいちゃんがいるし、おじいちゃんは大人だもん。ぼくたちの面倒を見られる。お姉ちゃんになんか、ぼくの食べるものを用意してほしくない」

ロビンは静かに泣きだした。膝を抱えてうずくまり、顎を胸に埋めている。ダッチェスは何が人間を形づくるのか知っていた。それは心に刻みこまれる記憶やできごとなのだ。彼女はロビンに元気になってほしかった。それを何よりも必要としていた。ロビンは毎週精神科医にかかっていたけれど、何を話したのかはもう教えてくれなくなっていた。〝教えなくていいんだよ。秘密なの〟

「お姉ちゃんは無法者だけど、ぼくはちがうんだから。ぼくはふつうの子になりたいだけなんだよ」

ダッチェスはジーンズのお尻をずりずりと滑らせて近づいた。「あんたは王子様なんだよ、ママがそう言ってたじゃん。ママの言ったとおりだよ」

「いいからほっといて」

ダッチェスが髪をくしゃくしゃにしようとすると、ロビンはその手から逃れて立ちあがり、母屋のほうへ駆けていった。ダッチェスは一瞬、自分も泣いてしまおうかと思った。過ぎた年月に自分の肉体を土に還してもらおう、骨から皮膚を洗いおとして、血を湖に流してもらおうと。

トラックのエンジン音が聞こえてきて、ダッチェスは一瞬緊張したが、すぐにそれはドリーだとわかった。ドリーは湖面を切り裂くハイビームの光の帯をそのままにして、トラックからおりてきた。

「ちょっと腰をおろしてもかまわない?」ドリーはときおり立ちよった。クリーム色のドレスを着て、底の赤いハイヒールをはいている。ドリーみたいな人は労働着など持っていない。

「先週は教会に来なかったね」とダッチェスは言った。

「ビルの具合が悪かったの」持ったままの煙草が赤く光っている。

「ふうん」

「ビルはずっと前から病気でね。よくなったり悪くなったりなのよ」

「そうなんだ」

「ワンピースを見たかったわ」

ダッチェスは新たな切り込みを入れて、お臍がのぞくようにしていた。

「いつでも遊びにきていいのよ。女同士で話がしたかったら。わたしはきょうだいもいないし、母親もいなくて、子供のころから自活してたの」

「でも、ちゃんとしてる」

「外面《そとづら》を繕うのがうまいのよ。くそがつくほどの名人なの。とにかく、遊びにきたくなったら、わたしのうちはハルが知ってるから」

「ハルとはあんまり口をきかないようにしてるんだ」

「どうして?」

「ハルになんか会ってなかったはずだもん……母さんがあんなことになってなければ……」

湖がぽちゃりと音を立てた。「ハルははるばる行ったのよ」

ダッチェスはドリーのほうを向いた。

「ケープ・ヘイヴンまで」ドリーは信頼を裏切っているというように小声で言った。「こんな話、余計なお世話かもしれないけど」

「いつ?」

「毎年。同じ日。六月二日」

「あたしの誕生日だ」

笑み。小さいけれど、まちがいなく。「ハルはプレゼントを持っていったの。よくわたしに、あなたの気にいりそうなものを選ぶのを手伝ってくれと頼んできたわよ。やがてロビンが生まれると、そのドライブが毎年二回になった。しかもハルは、一日も仕事を休んだことがない。そんな余裕はないの」

ダッチェスは古い母屋のほうをふり返った。「ハルはどうやって知ったの? 母さんは一度も口をきいてないって言ってたよ」

「ああ、それはそのとおり。頑固者だったから、あなたのお母さんは。わたしの知ってる誰かさんにそっくりね」

「やめて」

「ハルはいまでもむこうに知り合いがいるの。その人にときどき電話をかけてる。警察官よ」

ダッチェスは眼を閉じた。ウォーク。「それあたし、ひとつももらってない」

「ええ、知ってる。ハルはいつも持ちかえってきたから。毎回ね。でも、諦めなかった。お母さんの許可なくあなたたちに会おうとはしなかったの」

「母さんはハルを責めてた。全部ハルのせいだって」

ドリーはダッチェスの肩に手を置いた。

祖母のことは母親から聞いていた。その自由な精神にちなんで、ダッチェスはラドリーの前にいまでも祖母の旧姓のデイをつけていた。母親は当時十七歳だった。カレッジ見学から早めに帰宅して、すぐにその書き置きを見つけた。

〝愛してる。ごめんね。お父さんに電話して。キッチンにははいらないこと〟

母親は規則に従う少女ではなかった。

ドリーは立ちあがった。「ロビンにパイを持ってきたの。マイルハイ・マッド・パイ。本物の泥《マッド》じゃなくてロビンはがっかりするかもしれないけれど」

ダッチェスはトラックまでついていって、ドリーからパイを受け取った。

「おじいさんは老人なの」

「わかってる」

「あなたは過ちを犯したことがないの、ダッチェス？」

ダッチェスは岬のこと、火事のこと、数々の喧嘩のこと、ブランドンのマスタングに傷をつけたことを思い出した。「ない」

するとドリーはダッチェスをつかみ、抱きしめた。甘い香水の香りがした。逃れようとしたけれど、ドリーはしっかりと抱きしめた。「自分を見失わないでね、ダッチェス」

そのあと、ダッチェスはトラックが走り去っていくのを見送った。

雨粒がぽつりと肩に落ちてきた。

雨は急速に激しくなり、あたりに泥を跳ねあげて脚を汚した。ダッチェスはそこにたたずんだまま、首をのけぞらせて空を仰いだが、その土砂降りも彼女を洗い浄めてはくれなかった。

ハルがポーチで待っていた。タオルを持っていた。ダッチェスはおとなしくそれにくるまれてベンチに連れていかれ、ハルの渡すココアを受け取った。マグが彼女の抗議を湯気のように蒸発させた。雨音がうるさすぎて、逆らえ逆らえと叫ぶいつもの声もかき消された。

「ロビンは眠ってる。あの子は本気で言ったわけじゃないんだ」ハルはならんで腰をおろした。充分に距離を置いて、ベンチの端に。

「本気だった」

「畑にいるおまえが見えたよ。大空は美しいもんだ、雨降りでもな」

「ドリーがパイを持ってきた」ダッチェスは足元の皿をハルに渡した。

家の中で電話が鳴った。電話が鳴ることはあまりない。老人は中にはいっていき、ダッチェスには聞き取れないことをふた言み言しゃべってから、戻ってきた。

「誰だったの？」

「ウォーカーだ」

「ダークのことを何か言ってた？」

「ただの様子うかがいだ」

「ダークはかならず来るよ」

「そんなことはわからんさ」

「あんたは知らないんだよ」

「何を」

「あいつ、かならず押しかけてくるって断言したんだから」

「どうして？」

　ダッチェスは黙っていた。

　ふたりはそのままココアを飲み、土くさい雨のにおいを吸いこんだ。

「こっちに来てからあたし、夢を見る回数が増えた。見たくないのに」

　ハルは彼女のほうを向いた。

「それもくっそひどい夢ばっかり」

　汚い言葉づかいにもハルは顔をしかめなかった。「話してみろ」

「やだ」

「なら、芦毛に話せ。ここからでもあの馬には聞こえる。ただ話せ、それだけでいいんだ」

「それだけで」とダッチェスはつぶやいた。

　ハルは雨を見ながら眼を閉じた。するとダッチェスには老人が、過ちのつけを払う人生が見えた。やりなおしのチャンスに誘惑され、贖罪を求める憐れな心が。

「おれが立ちあがれば、この家の屋根と草地が見えるようになる。おれは雨樋の枯葉を見おろして、秋が来ることを、誰が死のうと季節はめぐることを思い出す。おれが空高く立ちあがれば、モンタナはみるみる小さくなって、蟻みたいなトラクターに縫い合わされた畑のパッチワークや、日常のなかであっぷあっぷしてる人たちが見えるようになる。

海は果てしないが、おれにはその果てが見える。地球が見える。丸い曲線のむこうにあしたがあるのに、まわろうとしない地球が。空を支える雲や、砂漠の夕暮れと都会の夜明けが見える。まもなくおれは闇と星とその衛星になる。世界はおれが指を一本持ちあげれば隠れちまうほどちっぽけな、取るにたらないものになる。おれは自分が信じてもいない神になるんだ。悪いやつらなんか追っぱらえるぐらい大きいんだ」

ダッチェスは泣くまいとした。

ハルは彼女をじっと見つめた。「もしそいつが来ても、おれが追っぱらってやる」

「どうして？」

「おまえとロビンを守るためだ」

「自分たちの身ぐらい自分で守れる」

「おまえはまだ子供だ」

「子供じゃない。無法者だよ」

ハルが体に腕をまわしてくると、ダッチェスは自分を嫌悪しつつも、そのぬくもりのなかに溶けていった。

22

そのアパートは安物雑貨店の上階にあった。片方の窓は破られたまま板でふさいであり、もう片方の窓はひどく汚れていて、とても燦々と光が射しこんでいるようには見えない。ドアのそばには換気扇があって、朝だというのに中華料理のにおいを吐き出している。

女はジュリエッタ・フエンテスといい、あちこちのクラブで働いてきたダンサーだった。マーサはジュリエッタの携帯に何度かメッセージを残したのだが、いっこうに返事がないので、ウォークに住所を教えたのだった。ウォークが頼んだわけではなかった。彼は無理強いしなかったのだが、ジュリエッタは別れた男と揉めていたので、マーサが心配したのだった。

ドアはあいていたので、ウォークは狭い階段をのぼっていった。斑になった天井から黴が這いおりていた。

ドアをノックしてしばらく待ってから、こんどはもっと強くたたいた。

ジュリエッタは小柄で、黒っぽい髪と広い腰をした、一歩下がって鑑賞したくなるような美人だった。

彼女はウォークをにらみつけた。ウォークがバッジを見せると、さらににらみつけた。

「息子が寝てるんだから」

「すみません。あなたのことはマーサ・メイから聞いています」

するとジュリエッタは少しだけ態度を和らげ、狭い廊下に出てきてドアを閉めた。

彼女が眼の前に立ったので、ウォークは距離をあけようとして階段を一段おりたが、こんどは彼女の胸が眼の高さに来てしまった。顔を赤らめて咳をひとつすると、またにらみつけられた。

「何を訊きたいのか知らないけど、さっさとすませて」

「あなたは〈エイト〉で働いてましたね」

「お金のために服を脱いでたの。それが犯罪？」

ウォークは襟をゆるめたくなった。血流が阻害されて、頬にますます血が送られているのがわかる。

「ディッキー・ダークのことで二、三質問したいだけです」

にらみつける眼に変化はない。

ウォークは咳払いをした。「マーサから、あなたは男とトラブルを抱えていたと聞きましたが。その男が息子さんの――」

「あたしは誰とでも寝る女じゃないの、お巡りさん。ダンサーならみんな売春婦ってわけじゃないんだから」

ウォークは援軍が到着しないものかとなかば期待して周囲を見まわした。「すみません。わたしはただ、ディッキー・ダークのことを知りたいだけなんです」

「ダークはやってないよ」

「何をです？」

「あんたがあの人のしわざだと思ってることはなんであれ」

「それは公式見解ですか？」

ジュリエッタはローブの前を掻き合わせ、ドアを少しだけあけて耳を澄ました。「息子は朝寝坊なの。宵っぱりで」

「お母さん似ですね」

笑みらしきものが初めて浮かんだ。「あのね、みんなダークを見て、あの人の大きさをまのあたりにすると、彼を乱暴な男だろうと考えるんだけど。誤解しないで、あの人は自分を抑えられる。あたし見たことあるんだから、男があたしに触ろうとしたときに。ダークは喉をつかんで、そいつを持ちあげたの。床からきれいに。映画で見るみたいに」

「でも、乱暴じゃないんですね」

ジュリエッタはウォークの腕を殴った。ばしんと、いかにもラテン系らしく。「まぬけなお巡りみたいなこと考えないで」

「どう考えればいいんです？」

ジュリエッタは少し考えた。「娘のために目を配ってる父親ってとこかな」

「それがダークの印象ですか？」

ジュリエッタは、まぬけなお巡りを相手にしているといわんばかりの溜息をついた。「ダークはあたしたちを見ようとしなかった。踊ってるところは。絶対に見ようとしなかったし、デートもしようとしなかったし、しゃぶらせたりもしなかった。真面目な話、それって珍しいことなんだから。あたしたちが揉めごとを抱えたり、お金に困ったりすると、いつも助けてくれたしね。誰でもいいから〈エイト〉の女の子と話してみて。悪い話はひとつも聞かないはずだから」

「息子さんの父親のことも、ダークが解決してくれたんですか？」

ジュリエッタは答えなかったが、その眼がウォークの知りたいことを教えてくれた。

「ほかに話してもらえることはないですか？　どんなことでもかまいません。ダークは厄介事に巻きこまれてるかもしれないんです」

「どんな厄介事？」

「ダークを捜してる連中がいるんです。ふたり組で、ひとりは眼鏡をかけて顎ひげを生やしてます」

表情から、ジュリエッタがそいつらを知っているのがわかった。

「わたしは答えが欲しいだけなんです。教えてください」

「その男たちのことは知ってる。毎月第二金曜に店にやってきては、分厚い封筒を受け取ってた。あたしが働いてたようなクラブじゃ、珍しいことじゃない。かならず集金人が来るの」

「ダークはかならず払ってたんですね」

ジュリエッタは笑った。「ああいう連中を相手にしたら、選択肢なんかない。払うか、払わされるかよ。ダークにはそれがわかってたの」

「なのにそいつらがいまもダークを捜してるのは……」

「店が焼けちゃったことなんか、あの連中が気にかけると思う？　それはあいつらの問題じゃない。何があろうと金は払わせるの」

「ダークに払えるとは思えませんが」

そこで不安がよぎる。「あの人、逃げなくちゃ」

「ダークなら自分の面倒は自分で見られますよ」

「あんたはダークをわかってない。ああ見えても……」

「話してください」

「店にイザベラっていうダンサーがいたんだけど、この女はほんとに売春婦でね。ダークを金持ちだと見て、言い寄ったわけ。するとダークは関心がないって答えたの」

「理由は言いましたか？」

「おれはきみのことをそういうふうには見ていない。おれにはガールフレンドがいる。それだけ。誰も、その女《ひと》を見たことはなかった」

「じゃ、ダークは誰かとつきあってたんですね。ほかにはありませんか。どんな些細なことでもかまいません」

「もう。警官てどうしてこうしつこいの」

「お願いです、大事なことなんですよ。何かありませんか」

「あんたはダークを逮捕したいみたいだけど、あたしに言えるのは、ダークはあたしたちのために目を配ってくれたってことだけ。とくにあたしともうひとりの娘《こ》は、彼のお気に入りだった」

「なぜです？」

「子供がいたから。守ってくれたの。いたわってさえくれた。ある晩、あたしが仕事に行かなかったら、ここに来てくれたの。様子を見に。その晩のあたしの顔を。心配してくれたわけ」

「で、もうひとりの娘は？」

「レイラ。彼女もおんなじ。それどころか、子供と一緒にテーマパークにまで連れてってもらったんだから。あれはさすがにあたしもうらやましかったな。ダークはまっとうな男だよ」

「レイラから話を聞けますかね」

「レイラはもういない、どこか西のほうへ行っちゃった。幼い娘と一緒に」

「娘さんがいたんですね」

「そう、写真をロッカーに飾ってた。かわいい子だったよ」

部屋の中から声が聞こえた。子供が呼んでいるのだ。

「もういい？」

「ええ」

「じゃ、がんばってね、お巡りさん」

ダークの家までは一時間。運転しながらマーサに電話した。ジュリエッタの元ボーイフレンドはマックス・コルティネスという男で、二カ月前ビターウォーターのバーの外で半死の目に遭わされていた。ウォークはマーサに報告書を読みあげてもらった。

それによると、マックスは激しく踏みつけられていた。それも、歯が一本しか残らないほど何度も執拗に。大きなブーツで。だがマックスは、ビターウォーター警察がわざわざ時間をかけるような男ではなかった。ウォークは本人の携帯に直接かけてみたが、ようやくつながったと思ったら、うるせえ、と切られてしまった。

ルームミラーで自分の眼を見つめた。顎ひげはますます伸び、顔はますますやつれ、滑り落ちていく先はますます暗さを増していた。体だけではなく、ウォーク自身も自分を裏切っていた。人生の基礎にしてきたようなルールを破ることを、もはや疑問に思わなくなっていた。このままでは行きつく先は知れていた。いいところのはずがなかった。

シーダー・ハイツ。未完成の高級住宅地、個々の区画は広く、豪華にして虚ろ。ゲート脇には守衛小屋。煉瓦は新しすぎ、周囲の林すら人工的に感じられる。ここにダークは金をつぎこんでいた。

遮断機の前でパトロールカーを停めた。男が出てきた。もじゃもじゃの顎ひげ、洒落たポロシャツ、マリファナの強烈なにおい。永遠の混乱状態のなかにいることをうかがわせる眼。

「おはよう、お巡りさん」

「ディッキー・ダークに会いにきた」

男は空を見あげ、顎ひげを掻き、答えを思い出そうとするようにこめかみをつついた。「留守だと思いますね。見かけてませんから」

「約束してあるんだが」

一分後、男は電話を切った。「出ませんね」

「行ってドアをノックしてみるよ」

またしてもひげをガリガリ。

男が悩んでいるあいだ、ウォークは窓から腕を垂らして待った。「きみの名前は?」

「モーゼス・ダプリス」

内心ひるんだようだった。

そばに噴水があった。からからで緑色になり、モザイクのタイルがあちこち欠けている。

「なんなら轢きつぶしてやろうか、モーゼス。どうだ? 家のドアをかたっぱしからたたいて、ひと騒動起こしてやってもいいぞ」

「それが、ぶっちゃけた話、家はあんまりないんです」

「どの家だ?」

モーゼスはそれを指さした。「ダークは……ミスター・ダークはいま、モデルハウスに住んでるんです。ドライブウェイに駐めてかまいませんよ」

中にはいると、一本きりの道路が周囲をめぐるなかに、一ダースほどの住宅が建っていた。二軒は完成していたが、大半は板を張られ、足場が組まれ、塗装の途中で、瓦礫の山ができている。モデルハウスは林のそばにあった。白い化粧漆喰に、円柱、サッシの窓。なかなかきれいではあったが、ウォークは好きになれなかった。その味気ない雰囲気が。彼はケープ・ヘイヴンのことを考えた。岬をこんな場所にしようとする欲望のことを。まだ建築許可もおりていない海岸の土地を人々は買いあさっている。自分は緑潮(海の富栄養化により発生する海水の異常現象)が押しよせてくる前に、とっとと死んでいたいものだ。

近くで見ると、その家はすでに古びていた。深い亀裂がひと筋、壊れて垂れさがった雨樋まで走っている。草は伸び放題で、雑草が花壇を侵食していた。

玄関はやたらと大きく、ベルが見つからなかったので、ウォークはテレビドラマの刑事のようにドアを乱暴にたたいた。ドンドンとあわただしく。そのまましばらく立っていると、鳥がさえずりかけてきた。

家の表側を歩いていった。カーテンはすべて閉ざされ、どこにも隙間はない。横手に門があった。黒くていかつい鉄細工の門だったが、押してみるとあいた。

プール、一段高く造られたバーベキュー・エリア、数脚の椅子のそばに置かれたテレビ。裏口のドアを見て、ウォークはぴたりと足を止めた。あいている。

「ダーク」と声をかけた。

中にはいった。鼓動が速くなった。銃を抜こうと思ったが、手が言うことを聞かなかった。これがいまの自分だ。

頭上で扇風機がゆっくりとまわった。室内はきちんと整頓されており、戸棚をあけてみると、缶詰がラベルを表に向けて整然とならべられていた。

ウォークは奥へ進んだ。いつのまにか汗を掻いていた。ダイニングルーム、オフィス、居間。テレビが音を消したままついていた。スポーツ専門チャンネルのESPN、カール・ラヴィッチが壁一面の本の前で、ホセ・バティスタとアトランタ・ブレーヴスのことをしゃべっている。

家じゅうが飾り立てられていた。すべての小道具は、ひとつの理想を描き出すために注意深く選ばれている。ボウルに盛ったプラスチックの果物、サイドテーブルに置かれたプラスチックの花、額に収められた写真にはどれも、プラスチックの笑みを浮かべたモデルファミリー。

そこにダークがひとりで住んでいるところを想像してみた。それらを台なしにしないよう、大きな体で不器用に暮らしているところを。

ウォークは階段をのぼった。木製で、クリーム色の分厚い絨毯が敷いてある。鏡の前を通ると、銃に手をかけたままの自分が映った。まるでカウボーイごっこをしている子供だった。プラスチックのトマホークを持ったヴィンセントを追っている子供だ。

客用寝室を三つのぞいたあと、主寝室を見つけた。何もかも完璧に整えられていた。

「ここで何をしてる？」

心臓が飛び出しそうになり、ウォークはさっとふり向いた。

階段をあがってきたところにダークが立っていた。ショートパンツにランニングシャツ、耳にはイヤフォン。にらみつける視線は冷たく鋭かった。

「あんたの様子を見にきたんだ」

冷たい視線、それは変わらない。

「あんたのことを訊いてまわってる連中がいた。あんたがお友達になりたがるような連中には見えなかった」

ウォークはダークのあとにつづいて階段をおり、豪華な居間にはいった。

「さっさと片付けてくれないか」

ウォークはふかふかの革のカウチに腰をおろした。ダークは立ったままだったので、彼我の格差がいっそう広がった。

「ジュリエッタ・フエンテス」とウォークは言い、相手を見つめた。

汗がダークの体をおおい、筋肉質の手脚を伝い落ちた。

「ジュリエッタを憶えてるか？」

「うちで働いてた人間のことは全員憶えてる」

「ジュリエッタのボーイフレンドは憶えてるか、マックス・コルティネスは」

無言。

ウォークは立ちあがって窓辺に行った。庭は小さかったが、造園されていた。樹木と縁取り花壇、丸太を削った彫刻のようなもの。「あんたがマックスにしたこと。それを責めるつもりはない。やられっぱなしだったからな、ジュリエッタは。それをあんたはイーブンに戻したんだ」

ダークはまだにらみつけていたが、一瞬、何かほかのものがその眼をよぎった。悲しみか後悔のようなものが。

「立派な行ないだ。あんたはジュリエッタに親切をした。侠気《おとこぎ》を見せたんだ」

「ジュリエッタはほかの連中より稼ぎがよかった」

そこで納得。この男は自分の資産を守っていたのだ。ディッキー・ダーク、その生きる目的はただひとつ、利益の追求。

ウォークは喉がからからになるのを感じつつ、さらに奥へ踏みこんだ。「だけど、あんたはキレた。マックスを痛めつけすぎた。下手をすれば死んでたかもしれない。それがスターの場合だったのか？」

ダークの顔は失望をあらわにしていた。「きみはお門ちがいの相手にお門ちがいの質問をしてる」

アドレナリンがふたたび放出され、ウォークは一歩近づいた。「わたしはそうは思わないな」

「ヴィンセント・キング、いまのあの男を、きみは見ようとしない。過去の少年しか」

ウォークはまた一歩近づいた。

ダークはすっと体を伸ばした。「きみは背伸びをしすぎてる。自分を見失ってる。その気分はおれにもわかる」

「どんな気分だ？」

「人にはひたすら前に進みたいときってのがあるが。それを邪魔されるんだ」

「スターがどう邪魔したんだ？」

われら闇より天を見る　登場人物表

ダッチェス・デイ・ラドリー……………13 歳の少女。自称“無法者”
ロビン・ラドリー…………………………ダッチェスの弟
スター・ラドリー…………………………ダッチェスの母親
シシー・ラドリー…………………………スターの妹
ハル・ラドリー……………………………スターの父親
ウォーカー（ウォーク）…………………ケープ・ヘイヴン警察の署長
ヴィンセント（ヴィン）・キング…………ウォークの幼なじみ
マーサ・メイ………………………………ウォークの元恋人。弁護士
ブランドン・ロック………………………スターの隣人
ミルトン……………………………………スターの隣人。肉屋
ディー・レイン……………………………銀行の窓口係
エド・タロウ………………………………建設業者
リーア・タロウ……………………………ケープ・ヘイヴン警察の署員。エドの妻
ルーアン・ミラー…………………………ケープ・ヘイヴン警察の補助員
ボイド………………………………………州警の刑事
リチャード（ディッキー）・ダーク………不動産業者
トマス・ノーブル…………………………ダッチェスの同級生
ドリー………………………………………ハルの知人
プライス夫妻………………………………里親
メアリー・ルー……………………………プライス夫妻の娘
シェリー……………………………………ケースワーカー
カディ………………………………………フェアモント郡矯正施設長

早川書房

ラドリー家 家系図

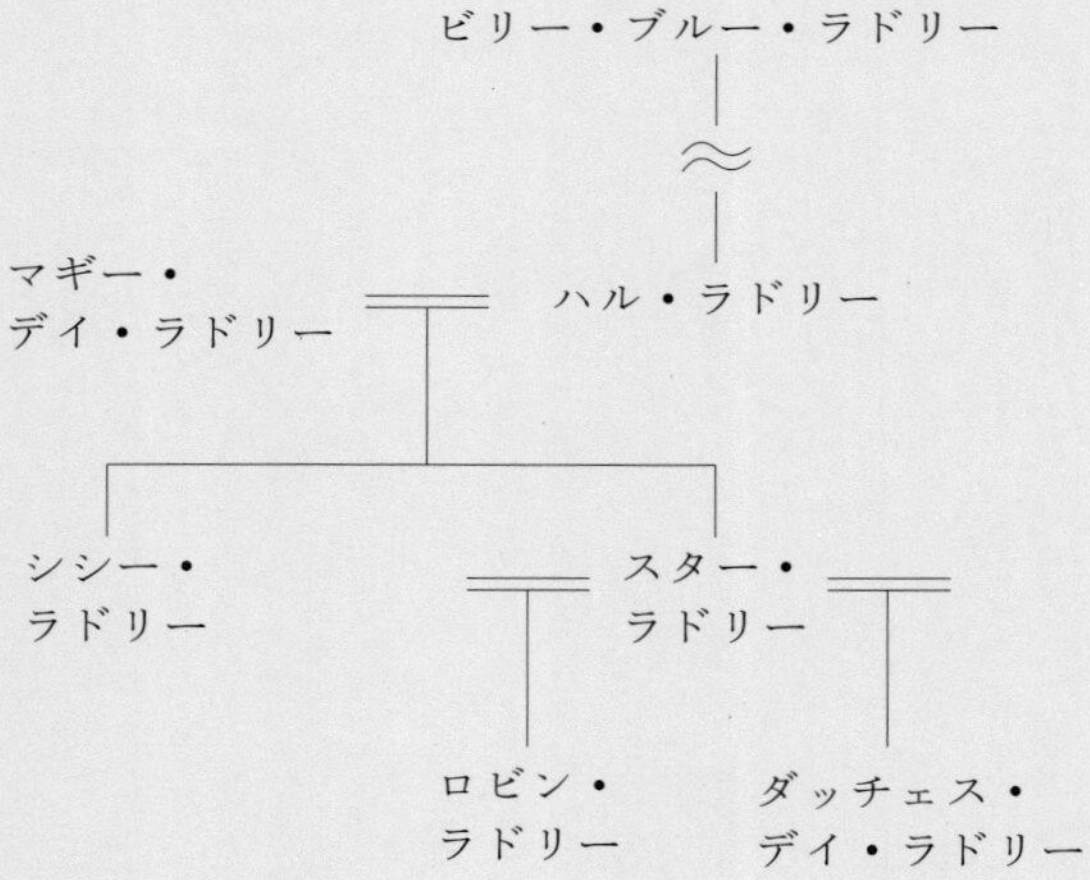
ビリー・ブルー・ラドリー
ハル・ラドリー
マギー・デイ・ラドリー
シシー・ラドリー
スター・ラドリー
ロビン・ラドリー
ダッチェス・デイ・ラドリー

「彼女の娘はどうしてる？　あの子のことをいつも考えてると、そう伝えてくれたか？」

それを聞いてウォークは体をこわばらせ、歯を嚙みしめた。別の日だったら、この大男に殴りかかっていたかもしれない。別の日か、でなければ別の人生だったら。呼吸が苦しくなり、部屋が暗くなってきた。「じゃあ、帰るよ」

居間から廊下に出た。ダークがついてきた。

頭から血が引くのを感じてウォークは歩をゆるめ、手を伸ばして体を支えた。あの薬のせいで、いまいましい病気のせいで、体が弱っているのだ。

玄関まで行ったところで、ウォークはそれに気づいた。隅に置かれた小さなスーツケースに。「旅に出るのか？」

「仕事だよ」

「楽しい場所か？」ふり向いてダークと向き合った。

「行くはめにならなけりゃいいと思ってた土地だ」

緊張の瞬間がふたりのあいだを通りすぎると、ウォークは踵を返して家をあとにし、パトロールカーに乗りこんで岬への帰路についた。

町境を越えて初めて彼は、車を路肩に停めてモンタナに電話した。

23

雨降りばかりつづくので、ダッチェスは老人と同じように、窓辺で箱椅子に腰かけて空をながめるようになった。気がつくと、老人は彼女をしげしげと見つめていたり、客でも待つような顔で私道を見つめていたりした。

ロビンは体調を崩した。インフルエンザにかかって一週間寝こんだ。ダッチェスは温かい飲み物を運んだりしてかいがいしく世話を焼いたものの、ふたりのあいだには依然として壁のようなものが、胸のつかえのように存在していた。彼女はかならずそれをうち壊すつもりだった。

三日目の晩、熱は最高潮に達し、ロビンは濡れた髪と血走った眼をして、ベッドの中から母親を呼んだ。悲鳴をあげて、体の底から声を絞り出した。ダッチェス自身もよく知っている苦しみを。ハルはうろたえ、医者か救急車を呼んだほうがいいかと彼女に訊いた。彼女は相手にせず、タオルを濡らしてロビンを裸にした。

ダッチェスはひと晩じゅうロビンに付き添い、ハルも戸口のそばに座っていた。何も言わずにただ座っていた。

あくる朝、熱は峠を越え、ロビンはスープを少し飲んだ。ハルはロビンを抱いて階下におり、ポーチのブランコに座らせて、ロビンが雨をながめたり霧雨を吸いこんだりできるようにした。

「雨が湖をたたくの、ぼく好き」ロビンは言った。

「そうだね」

「ごめんね。こないだはあんなこと言っちゃって」

ダッチェスは向きなおって粗い木の床に膝をついた。日々の労働のせいで、ズボンの片膝はすでに破れていた。「あたしに謝ることなんて全然ないんだよ」

ハルはビデオデッキを持っていた。のんびりした日曜の午後、三人はリタ・ヘイワースの映画を見た。これほどあでやかになれる女性をダッチェスは知らなかった。そのあと、屋根裏で西部劇をトランクいっぱい見つけ出し、老人とならんでそれを徹夜で見ているると、ロビンはすっかりよくなった。ある日、ダッチェスは自分の名を忘れてメキシコ人の一味を追いかけ、体力を奪う小麦のあいだを走りまわった。ハルはポーチからそれをながめ、いかれた娘を預かってしまったといわんばかりに首を振った。彼女はハルをトゥコと名づけ、あんたは三枚目であたしは悪玉だからね、と伝えた。善玉は巻き毛を雨で貼りつかせ、黄色いカッパから水をしたたらせながら手をたたいて喜んだ。

練習もつづけた。百メートル下がって幹のど真ん中に命中させると、あたしはサンダンス・キッドだとうそぶいた。

初めて芦毛にまたがったときには、これまでになくブッチ・キャシディを身近に感じた。自分の血に対する違和感が薄れ、モンタナの大地に根をおろしつつあるのを感じた。芦毛に手をあててその体温を感じ、首筋を優しくたたいて、あたしは絶対にあなたのおなかを蹴らないから、あなたもこのカウガールを地面に放り出さないと約束してね、と語りかけた。彼女が鞍頭をしっかりとつかんで、髪の毛から雨を振りはらうと、ハルは芦毛を引いてパドックをまわった。ただのゆるい速歩だったが、それでも彼女はおりたあと、満面の笑みを抑えるのに苦労した。

さらに一週間後、果てしない木炭色の雲が裂けはじめて、雨が上がり、青空の切れ端が顔をのぞかせて、実にひと月ぶりに日射しが地面を祝福した。

ダッチェスが窓から農場を見渡すと、ハルは馬鍬のかたわらで、ロビンは鶏小屋のそばで、どちらも空を仰いでにこにこしていた。

ハルが手をあげた。ロビンも。それからゆっくりと、たいへんな努力をしてダッチェスも、ふたりに手をあげてみせた。三角形はいちばん強い形なのだ。そう数学で教わった。

モンタナの日々は徐々に移ろい、秋は無数の色合いの枯葉とともに彼らのもとに吹きよせてきた。ある土曜日、ハルはふたりをトラックに乗せてグレイシャー国立公園に連れていった。ランニング・イーグル滝までハイキングをし、ヤマナラシが光を受けるさまにダッチェスは息を呑んだ。三人は落ち葉の絨毯の上を歩いた。なかにはとても大きなものもあり、ロビンがめくりあげてみると、彼の肩まで届くほどだった。ロビンはそれを集めようとしたけれど、集めすぎて前が見えなくなった。ハルはふたりを森の中の空き地まで連れていき、鮮やかな黄色のハコヤナギが偽の黄金のように揺れるさまを見せた。

「きれいだな」とハルが言った。

「きれいだね」とロビンも言った。

ダッチェスは黙って見つめていた。心のねじけた悪党にはなりにくいときもある。

とある岩場で三人は足を止めた。水がどうどうと流れ落ちており、そばに四人家族がたたずんでいた。あまりに均整の取れた一家だったので、ダッチェスはその母親と父親が何か現代の罪を犯してでもいるように、一家から眼をそむけた。あいつらはじきに離婚して、あの小さな天使たちをすさんだ人間に変えるんだ。しまいにはドアをたたきつけたり、怒りの涙を流したりさせるんだ。そんなふうに推測して、にんまりした。

日曜日にはあいかわらずあのワンピースを着て教会に通った。ハルはいまだに渋い顔をしたし、ほかの子供たちはいまだに眼を丸くしたが、年輩の人たちはちがった。足を止めて会釈する夫婦も、身につけた良識をもってふるまう未亡人も、みな彼女を好きになった。なかでもドリーは、たいていの日曜日はダッチェスを探し出して隣に座った。

薄暗い秋、キャンドルとランタンが必要になった。ロビンは三人の子供たちと一緒に通路の反対側に座っていた。三人は兄弟で、みな歳上だったが、ロビンがつきまとうのを許してくれていた。ときおり母親が〝しっ〟と彼らを黙らせた。ロビンは三人を静かな畏敬の眼で見つめた。自分より大きな子たち、それにかなうものはなかった。

「あいつはかならず来る」

「誰が？」ハルは訊いた。

「ダーク。言っとくけど、かならず来るよ」

「来ないさ」

「あたしはジョージー・ウェールズ（クリント・イーストウッド主演の西部劇映画《アウトロー》の主人公）で、あいつは北軍兵士なの。賞金はあたしの血。かならず来る」

「そいつが来ると思う理由を、おまえはまだ話してくれてないぞ」

「あいつはあたしに悪さをされたと思ってる」

「したのか？」

「うん」

老牧師が聖餐式を行なうと告げ、ダッチェスは行列ができるのを見ていた。こいつらは浄めを渇望するあまり、安ワインと唾液をみんなで分かちあうのだ。

「おまえもならんでみるか？」ハルはいつものようにそう尋ねた。

「あたしをヘルペスにかからせたいわけ？」

ハルは眼をそらし、ダッチェスはそれをささやかな勝利だと受けとめた。ロビンは年上の三兄弟と一緒にならんだ。屋根裏で見つけた古いミシシッピ・ネクタイを締め、七サイズは大きいパナマ帽をかぶっている。

横を通りすぎるときにロビンはふたりのほうを向いた。「ジョンとラルフとダニーはセイサンを受けるって。ぼくも一緒に行きたいけど、ヘルペスにかかりたくない」

ハルはダッチェスに顔をしかめてみせた。

三人はケーキの時間まで残った。ダッチェスはチョコレート・ケーキとレモン・ケーキをひと切れずつ食べ、次に梨とデーツのケーキに眼をつけたのだが、手を出す前に老婦人に取られてしまった。彼女は体重が少し増えて、だいぶふっくらとしてきた。

農場に帰ると、ダサいポンコツ自転車がポーチのそばの地面に横たわっていた。

「トマス・ノーブルだ」とロビンが窓に顔を寄せて言った。

トマス・ノーブルは階段の下に立っていた。洒落た緑のシャツに緑の上着を着て、障害のあるほうの手を緑のコーデュロイパンツのポケットに突っこんでいる。

「なにあれ。まるでブギーマンじゃん」

三人はトラックからおりた。

ダッチェスは片手を腰にあてて顔をしかめた。「ここで何してんの、トマス・ノーブル」

トマスはごくりと唾を呑み、ダッチェスのワンピースを見てまたごくりと唾を呑んだ。

「あたしをじろじろ見てるんじゃないといいけど。ハルに撃たれるよ。ね、ハル？」

ハルは「ああ」と答えると、ロビンを家の中へ連れていった。教会用の服から着替えたら乗用芝刈機を運転させてやると言って。

「あのさ……数学の宿題をさ。教えてもらえないかなと——」

「そういうでたらめは冗談でもやめて」

「きみとつきあえないかなと思ったんだ。ぼくんちはすぐむこうだし」と、ポケットに入れていないほうの手でそちらを指さした。

「ラドリーの土地のことならあたしよく知ってるけど、近くには誰も住んでない。どのくらい漕いできたの?」

トマス・ノーブルはぽりぽりと頭を掻いた。「六キロ半。ぐらい。ママに運動しなさいって言われたんだ」

「あんた、栄養失調かってくらいガリガリじゃん。ママは食生活を変えなさいって言うべきだよ」

トマスは率直な笑みを浮かべた。

「あたしはあんたに昼食や飲み物なんかこしらえないよ。一九五〇年代じゃないんだから」

「わかってる」

「じゃ、あたしは水辺の草むしりをするからね。あんたに前もって電話をくれるような常識がないからって、仕事は中止できないもん」

家にはいって古いジーンズとシャツに着替えてくると、トマス・ノーブルはまだそこにぼんやりとたたずんで、自分のスニーカーを見おろしていた。

「あたしの手伝いぐらいできるんじゃない?」

「うん」トマスはすかさず答えた。

彼はダッチェスのあとについて湖のほとりまで来ると、ならんで膝をついて彼女の指さす雑草を引きぬいた。ダッチェスはハルの抽斗からくすねてきた葉巻をポケットから取り出した。

「そんなもの吸っちゃだめだよ。癌になる」

ダッチェスは彼に中指を立ててみせると、葉巻の端を嚙みちぎって地面に吐きすてた。「ジェシー

・ジョン・レイモンドは口に煙をためたまま、腰抜けのパット・ブキャナンをぶち殺したんだ」そう言うと葉巻をくわえた。「火を持ってるか？」
「ぼくが火を持ってるような子に見える？」

「言えてるぜ。ま、嚙むだけでもいいんだ、ビリー・ロス・クラントンみたいに」

「それってちがう種類の煙草だと思うけど」

「あんた、なんにも知らないんだな、トマス・ノーブル」ダッチェスは葉巻を大きく食いちぎってもぐもぐと嚙み、吐き出すのを懸命にこらえた。

トマス・ノーブルは咳払いをすると、眼を細めてダッチェスを見あげた。「で……来た理由だけどさ。ダンスパーティが迫ってるんだ。ウィンター・フォーマルが」

「まさかあんた、あたしを誘う勇気をかき集めてたりしないよね。よりによっていま。あたしが煙草で口をいっぱいにしてるときに」

トマスはすばやく首を振ると、草むしりに戻った。

「言っとくけど、あたしは結婚なんてするつもりないから。とくにあんたとはね……その手だもん」

「これは遺伝じゃないよ。ただの異常なんだ。ラミレス医師《せんせい》がそう――」

「あたしは無法者なんだから。メキシコ人の言葉なんか真に受けない」

トマス・ノーブルは黙々と草むしりをつづけたが、ふと手を止めてまた彼女を見あげた。「数学の宿題を一カ月やってあげる」

「いいよ」

「行ってくれるってこと？」

「ちがう。あんたとは絶対に行かない。だけど、あたしの宿題をやるのは許可してあげる」

「ぼくが黒人だから？」

「ちがう。あんたが弱っちい坊やだから。あたしは男に勇敢さを求めてるの」

「だけど――」

「あたしは無法者なんだってば。わかんないやつだな。ドレスアップして男の子とデートしたりなんかしないんだよ。もっとたいへんなことがあるんだから」

「どんなこと？」

「あたしを追ってるやつがいるの」ダッチェスがそう言うと、トマスは用心深く彼女を見つめた。

「ディッキー・ダークっていう男で、黒のエスカレードに乗ってて、あたしを殺したがってる。だからあんた、役に立ちたかったら、そいつが来ないか眼を光らせてて」

「どうしてきみを殺したがってるのさ」

「あたしに悪さをされたと思ってるから」

「警察に知らせなよ。じゃなければ、おじいさんに」

「誰にも知らせない。あたしのしたことがばれたら、やばいことになる。ロビンと引き離されちゃうかもしれない」

「眼を光らせてるよ」

「あんた、これまで何か勇敢なことをしたことある？」

またしても頭をぽりぽり。「キャリー川でタイヤ・ブランコをやった」

「そんなの勇敢じゃない」

「片手でやってみなよ」

ダッチェスは危うく笑みを見せそうになった。

「母さんは鎮痛剤なしでぼくを生んだよ。勇敢さは受け継がれるよね？」

「まじかよ、トマス・ノーブル。あんた、生まれたときはきっと五十グラムだったんだな。お袋さんがくしゃみをした拍子にでも飛び出したんだろ」

トマスは草むしりに戻ったが、ずっと眼をしかめていた。

「眼鏡をどうしたの？」

「かけなくたって平気なんだよ」

「ブルーベルまでむしっちゃってるじゃん。あたし、ブルーベルが好きなんだよ」

トマスはブルーベルの亡骸をそっと土手に横たえた。「勇敢でいるのはそう簡単じゃないんだよ。ぼくはきみとはちがう。みんなぼくのことを笑うけど、あいつらは集団だし、頭ひとつ分背が高いし、体も大きいし、筋肉もある」

「問題は体の大きさじゃない。どう見せるかだよ」

トマス・ノーブルはちょっと考えた。「喧嘩ができるみたいにふるまえってこと？」

「そうすれば、喧嘩をせずにすむ」

「きみを捜してるその男。そいつにもそれは通用する？」

「しない。見かけたらすぐあたしに知らせて」

「わかった。だけどそれより、きみが脅したあの子のことをもっと心配したほうがいいよ。タイラーを。あいつには兄貴がいて、そいつがきみを捜してる」

ダッチェスは手を振った。「どうでもいいよ。あんなやつも、あんなやつの家族も。さあ、その大きな草を抜いたらもう帰って。うちにたどりつくころには暗くなっちゃう。トラックに轢かれて反対の手も使えなくなっちゃったら困るでしょ」

トマス・ノーブルはしぶしぶ立ちあがった。

ダッチェスはトマスが歩いていって自転車を起こし、門のほうへ走りだすのをじっと見ていた。彼の姿が見えなくなると、口いっぱいの煙草を吐き出して身震いし、舌を指でこそげた。

24

アイヴァー郡のお祭り《パレード》。

メイン通りはにぎわっていた。男の子が藁の梱《こり》でできた子牛の首めがけてロープを投げ、はずして悪態をついている。女の子たちは豆袋のお手玉を輪っかに投げこんでいる。ホットドッグを売る屋台もあれば、逆さにした植木鉢にベニヤ板を載せただけのスケートボード台もある。ロビンはハルに連れられて顔にペイントをしてもらいにいった。ダッチェスは歩道に座って山車を見物した。〈マウントコール保険〉、〈トレイルウェスト銀行〉。ティアラをつけた小さな女の子たちが、二台のカメラのフラッシュに手を振っている。

トマス・ノーブルと母親が見えた。ミセス・ノーブルが。長身で、あでやか。彼女が通りすぎるとみなふり向いた。横に老人がひとり。小柄で、痩せていて、白人。

トマスがやってきた。

「あんたの母さんて慈善家？　年寄りの介護か何かやってんの」

トマスはダッチェスの視線の先を見た。「あれはぼくの父さん」

ダッチェスは眉をしかめた。「うっそ、あれのどこに惹かれるわけ？　金銭的に？　それともフェチ的に？」

トマスは彼女の腕を引っぱった。「知らせたいことがあるんだ。一大事」

ダッチェスはしぶしぶ立ちあがり、トマスに連れられて人混みを離れた。トマスが何を一大事と見なしているのかは想像するしかなかったが、せいぜい母親が郵便配達と乳繰りあっているようだとか、しなびた手に力がついてきたみたいだから、缶を握りつぶせるようになる日も近いとか、その程度だった。トマスは缶を握りつぶすことにやたらとこだわっている。

「あんたの母さんが郵便配達とファックしてるなんて話じゃないといいけどね」ダッチェスとトマスの関係はいわば一方的友情に発展しており、トマスが彼女に秘密をうち明けると、彼女はそれをトマスに対して容赦なく利用するのだった。

トマスは日よけ帽をかぶっており、ふたりで楓の木陰にはいると、それを脱いで自分を扇ぎはじめた。「あのタイラーっていう子。兄貴がここに来てて、きみを捜してるんだ」

「あんたそれを一大事だと思ったわけ？」

「きみは知らないんだよ。あいつはでかいんだ。家に帰ったほうがいいと思う」

「どこにいるのそいつ？」

トマス・ノーブルはごくりと唾を呑んだ。

「一生弱虫じゃだめだよ、トマス・ノーブル。あたしをその兄貴のところへ連れてって。ぶちのめしてやるから」

トマスは震える手で汗を拭いながら、首を振り振りダッチェスを案内した。噂が広まっており、〈チェリーのベーカリー〉の裏の路地に子供たちが集まっていた。

「あいつだよ」

ダッチェスはまず、ロビンを突き倒したタイラーという子を一瞥した。それから、隣にいるその少年に眼をやった。さらに背が高く、さらに太っていて、さらに醜い。ズボンはふくらはぎまでしかなく、なまっちろい脚は丸太のようで、コンバースはすりきれ色褪せている。髪は黒っぽく、ボウルカットにしていて、両頰ににきびがぽつぽつある。

タイラーがダッチェスのほうを指さすと、そいつが近づいてきた。

「誰だよおまえ?」ダッチェスは頭のリボンを直しながら言った。

「ゲイロンだ」

「け。不良に育つしかなかったんだな」

「うちの家族を敵にまわしたぞ」ゲイロンは一歩踏み出した。

ダッチェスはくるりと眼をまわしてみせた。

「弟を痛めつけると脅してくれたってな」ゲイロンは言った。

「ていうか、首を斬り落としてやると言ったんだよ」

子供たちはいまや十数人になっていた。血のにおいを嗅ぎつけたのだ。

「弟に謝ってもらおうか」

「うるせえ、このデブ」

子供たちははっと息を吞んで後ろへ下がり、トマス・ノーブルは早くもダッチェスの横から姿を消していた。

ゲイロンは太った拳を握って、また一歩前に出た。

そのとき、それが聞こえてきた。雄叫びとも女の子の悲鳴ともつかぬものが。人垣が分かれて、トマス・ノーブルが飛び出してきた。シャツの襟元をゆるめて、なぜかズボンの裾を靴下にたくしこんでいる。

トマスは敏捷に動いた。シャドウボクシングのように拳を繰り出してみせながら、頭を前後に揺すり、ゲイロンのまわりを跳ねまわった。

ダッチェスが顔に手をあてて指の隙間からのぞいていると、ゲイロンは一発でトマスをノックアウトした。

そのとき、裏口があいてチェリーがごみ袋を外に出した。野次馬はちりぢりになり、タイラーと兄は姿を消した。

ダッチェスは近づいていって被害状況を調べた。

「ぼく、勝った？」助け起こされると、トマスはそう尋ねた。

「参加することに意義があるんだよ」

トマスは片眼の縁にそっと触れた。「黒《ブラック・アイ》痣になっちゃうな」

「もう黒いじゃん」

「じゃ、青痣かな」

「行こう、氷をもらってあげる」ダッチェスはトマスの手をつかんだ。トマスは顔が痛むのもかまわず、大きな笑みを浮かべた。

「いまのは勇敢だったよね？」

「勇敢ていうより無謀」

メイン通りに曲がったところで、それが眼にはいった。

黒のエスカレード。

血の気が引いた。

ダークに見つかったのだ。

ダッチェスはトマスの手を放し、トラックの列に沿って歩きだした。いろんなバンパー・ステッカー。〝スワン山〟、〝モンタナ・エルク〟、〝第9地区〟。ダークのことを考えた。人混みにまぎれようとしても、非情な眼は隠せない。

ハルのトラックが見えた。窓はあいたままだった。ドアをあけて助手席に滑りこむと、トマスの見ている前で、グラブコンパートメントをあけてスミス&ウェッソンを取り出した。

その銃をジーンズに突っこむ。

トマス・ノーブルは、闘う前からその気をなくしていた。

ふたりは歩道に戻った。太陽は通りに手をかざして、子供たちとその親を照らしている。何も知らない人々の笑顔を。ふたりは歩きだした。〈チェリー〉の外、床屋の前。建物のきわを歩きながら、ダッチェスは片手をベルトにかけてあたりを見まわした。

銃はもう冷たくはなかった。熱く火照りながら彼女にかしずいている。

エスカレードは通りの向かい側に駐まっていた。中にいるダークの姿をダッチェスは想像した。いつものあの眼で彼女を見つめているところを。

ダッチェスは通りを渡りはじめた。恐怖があとをついてきたが、笑みの奥に押し隠した。それをダークに見せてやるつもりだった。ダークが来てくれてうれしかった。ここで決着をつけてしまいたかった。ロビンのために殺すつもりだった。頼まれなくてもやるつもりだった。

「何をするつもりさ」トマス・ノーブルに腕を引っぱられたが、払いのけてふり返り、彼をにらみつけた。

「ここにいて」

「ただ近づいてったってだめだよ」

トマス・ノーブルは泣きたそうな顔をした。背を向けて逃げだしたいのに、自分の内に現われてきた大人の男にそれを阻まれているという顔を。

ダッチェスはエスカレードの後ろにまわった。

歩道にあがり、車の横へ。塗装に手を這わせると、姿が映るほど磨きたてられていた。

「ダッチェス、やめて」トマスは叫んだが、彼女はふり返らなかった。

ジーンズから銃を抜き、体と車のあいだにかまえたまま、ドアの把手をぐっと引いた。

ロックされていた。

ガラスに顔を近づけてみると、誰も乗っていない。

彼女はさっと顔をあげた。パレードがつづいていた。ドラム、リボン。ブラスバンドの生徒たちが行進し、女の子たちが晴れやかにバトンをまわしている。

ひとつの集団をつっきると、生徒たちの悪態が聞こえてきた。トマス・ノーブルが横にいた。誰の内にも彼女はダークを見た。温かい笑みと冷たい眼を。男というものがどんなまねをするかは知っていた。男なら誰でも、素質は充分にある。

踵を返そうとしたとき、彼に気づいた。

ダッチェスは走りだした。全力で。子供の手からコークをはね飛ばし、老婦人を突き飛ばすと、人々が怒声をあげた。ダッチェスが駆けつけると彼はふり返り、彼女を見あげてにっこりした。

ダッチェスはひざまずいてロビンを抱きしめた。

「どうしたんだ?」ハルが訊いた。

そのとき、ひとりの女がダッチェスの手にしているものに気づいた。

「銃よ!」

周囲にパニックが広がるなか、ハルはダッチェスを引きよせた。

＊＊＊

ハルからの電話は夕食後にかかってきた。ハルはウォークに顛末を報告してくれた。パニックが収まったときにはエスカレードは消えていた。ダッチェスはナンバーを見ていない。ダークではなかったかもしれない。それでも自分たちはずっと警戒していると。

ウォークが電話を切ると、電話はすぐにまた鳴りだした。

「人気者ね、あなた」とマーサが言った。

ウォークはマーサに料理をふるまうと約束していたのに、仕事に没頭していて時間を忘れてしまい、結局宅配を頼んでマーサに笑われたのだった。助かった、これで少なくともまともなものは食べられると。ウォークはまだ書類に眼を通している彼女を室内に残して、デッキに出た。

「カディ」とウォークは電話の相手に言った。しばらくヴィンセントの様子を聞いていなかったので、大男の刑務所長の声を聞いてほっとした。「あいつはどうしてます？」

「むかしの房に戻してやった。売人をひとりどかさなくちゃならなくて、ずいぶんと文句を言われたが、そこのほうがヴィンセントは落ちつくようだ」

「感謝します」

「事件のことで何かニュースは？　ヴィンセントから聞き出そうとしたんだが、あいつは何も話そうとしない。ほかの連中ならかならず、無実だ不当だとぎゃあぎゃあ言うんだがな。嘘じゃない。きみが聞いたら、ここには聖歌隊がぶちこまれてるんじゃないかと思うはずだ」

ウォークは笑った。「じゃ、あいつは誰とも口をきいてないんですか？」

「ああ。まるで出所なんかしなかったみたいだ。そのままむかしの日課に戻ってる。ここが恋しかったんじゃないかと思うぐらいだ」

ふたりがしばらく雑談をしていると、マーサの呼ぶ声がした。

ウォークは電話を切って立ちあがり、ビールをデッキに残して居間に戻った。

マーサは初め何も言わず、背筋をこころもち伸ばしただけだった。それからファイルの山に身を乗り出し、眼鏡をかけて集中した。この手がかりを見つけたのはマーサだった。ダークの名前をたどって、ポートランドで登記されたひとつの会社にたどりついたのだ。

「何かつかんだのか？」

「ひょっとしたらね。スナックを持ってきて。考える刺激が必要だから。ハバネロはある？」

ウォークは首を振った。

「マラゲータは？」

「なんだそれ？」

「もう、ウォーク。ポブラーノだよ。わたしには辛みが必要なんだから。しょうがないな。こんどから用意しといてよ」

ウォークはすごすごとキッチンに行き、コーヒーをいれながら通りをながめた。夕食から夜遅くまで、ふたりはかれこれ四時間書類を調べており、どちらも赤い眼をしてあくびをしていたが、しかし落ちつかない気分でベッドに横になるよりは、まだ仕事をつづけるはずだった。事件はいまやマーサを動かしはじめていた。それはこの任務でぼろぼろにされているようなウォークの姿のせいで、いっそう強まっていた。

ウォークはマーサにコーヒーと胡椒挽きを渡した。

マーサは笑みと闘ってから、中指を立ててみせた。

それから法人税のファイルと登記簿を手に室内を歩きまわった。その足取りは複雑で、ウォークが見ていると、彼女は途中で知り合いの税務法律家に電話で助言を求めたりもした。

「フォーチュナ・アヴェニュー」やがてマーサは言った。

「二列目の家々だ」

「みんな同じ持株会社に所有されてる。最初の報告があったのはいつ？　崖の浸食について。自然局から」マーサはペンのキャップを噛んだ。

ウォークは分厚い書類をめくった。「一九九五年五月だ」

マーサはにやりとして書類を掲げた。「この会社が一軒目を買ったのは一九九五年の九月。それからほぼ毎年一軒ずつ買ってる。都合八軒。転がし資金調達で、それぞれを抵当に入れて次の支払いにあてる。そうやって最初の六軒を手に入れたところで、相場が急騰する」

「で？」

マーサはまた室内を歩きまわり、キャビネットの前に行って自分のコーヒーにウィスキーを入れると、ウォークのコーヒーにも同じことをした。「こうして、この会社は二列目の家をすべて買った。

自然局の予測は十年だったんだよね？」

「十年前後だ。それから防波堤が造られた。キング邸は無事だ」

「二列目はどれも大した価値はない。家族向けの小さな家ばかり。だから安く手にはいる。十年でそんなに上昇するようには見えない」

「ところが？」

「ところが一列目が崩れはじめた。それに別荘客も来るようになった。一列目は次々と海に落ちていった。だからこの会社がその……いくらぐらいかな？」

「五百万ドルはくだらないぞ」

「この会社がその五百万ドルを手に入れるのを妨げるのは、ヴィンセント・キングと彼の実家だけになった。周囲の土地には何も建てられない。キング邸が建ってるかぎり、誰も許可を得られない」

「その会社、なんていう会社だ？」

「MAD信託」

「マッド信託？　どういう名前だよ」

「名前はどうでもいい。ひとりしかいない取締役は誰だと思う？」

マーサはウォークに登記簿を渡した。ウォークは震えないようにそれをしっかりと持った。

するといちばん上に、それが太字で印刷されていた。

リチャード・ダーク。

25

その夜、ダッチェスは冷たい汗とともに眼を覚ました。

あらぬ影が見え、クローゼットがダークの非情な姿になった。落ちつくと、ロビンの様子を見てから部屋を抜け出して階段をおりた。柔らかなローブをはおっていた。ハルが出しておいてくれたものだ。それがふたりのいわば合意事項になっていた。彼女はいまだにハルから直接には何も受け取らなかった。食べ物や飲み物も。馬の世話の手伝いも拒んだ。宿題があって時間が足りないときでも。かわりにハルはものを出しておいてくれ、ダッチェスはハルがそばにいないときにそれを受け取った。ハルの忍耐心はなかなかのものだった。

ダッチェスは蛇口からじかに水を飲んだ。

二階に戻ろうとしたとき、物音が聞こえた。

ポーチで何かが動く音が。ブランコかもしれない。あの鎖はハルがいくら油を差してもギイギイいう。ダッチェスは頭を低くした。心臓がまた早鐘を打っている。

抽斗をかきまわし、まずまずの長さのナイフを見つけてしっかりと握った。忍び足でドアに近づくと、ドアは少しあいていて、素足に月の光が落ちた。

「眠れないのか？」

「くっそ。危なく殺すとこだったじゃん」

「そいつはパン切りナイフだ」ハルは言った。

ブランコに座っているハルは、葉巻の火しか姿が見えなかったが、近づいていくと足元にショットガンが見えた。

「じゃ、あたしの話、信じてたんだ」

「熊を警戒してるだけかもしれんぞ」

「あたし、ナンバーを確かめなくちゃいけなかったのに。銃をつかんだら、ほかのことはみんなすっ飛んじゃった。ど素人だよ」歯を食いしばったまま言葉を吐き出した。

「おまえは家族を守ろうとしたんだ。それだけの勇気のある人間はそう多くない」

ダッチェスは首を振った。「ドリーは知ってるの？」

ハルがダッチェスからそっと銃を取りあげたあと、ドリーが現われて、ダッチェスをそばのダイナーの安全な店内に連れていってくれたのだ。

「ドリーはタフだからな。眼を光らせててもらおうと思ったんだ。ドリーは会うたびにおまえは元気かと訊く。おまえを見ると、若いころの自分を思い出すんだろうな」

「どうして？」

「ドリーみたいにタフな女には二度とお眼にかかれんだろう。つらい経験をしてるんだが、自分じゃ何も語らない。だけど夫のビルが話してくれた。一緒に飲んだことがあるんだ。ドリーの父親ってのが手荒でな。ドリーが煙草を吸ってるところを一度とっつかまえたんだそうだ」

「で、鞭でひっぱたいたわけ」

「いや。ドリーの腕にその煙草を押しつけたんだ。もう二度と煙草に火をつける気にはならんだろうと言ってな。いまでもその痕がぽつぽつ残ってる」

ダッチェスはごくりと唾を呑んだ。「父親はどうなったの？」

「ドリーが大きくなると、彼女に手を出して……刑務所行きになった」

「ふうん」

ハルは咳払いをした。「当時のドリーはいまとまるでちがう服装をしてた。写真を見せてもらったが、男の子の服を着てた。不格好な、だぶだぶの。それでも父親は来た」

「とことん邪悪な人間もいるよ」

「そうだな」

「ジェイムズ・ミラーっていうプロの暗殺者のガンマンはね。毎週教会に通ってて、酒も煙草もやらなかったんだけど、五十人を殺したって言われてて、群衆に縛り首にされたんだよ。最後の言葉を知ってる？」

「なんだ？」

「さあ来やがれ」

「その群衆はきちんと決着をつけたんだ。善が手をこまねいて傍観してたら、それはもう善とは言えんだろ？」

雪が降りそうな星空だった。冬はこんなもんじゃないぞ、とハルは言った。冬が来たらいやというほどよくわかる。秋の色彩なぞ忘れてしまうと。

それから、横にずれてダッチェスに場所を空けた。

ダッチェスは座らなかった。

ふたりは長いあいだ黙っていた。ハルは葉巻を吸いおえると、もう一本火をつけた。

「癌になるよ」

「かもな」

「あたしはかまわないけど」

「そりゃそうだろう」

ハルの眼は闇に隠されていた。彼は遠くの林と湖と無を見つめており、ダッチェスが見ているとその無は徐々に何かになってきた。

ハルは立ちあがってキッチンにはいっていき、やがて薬缶の鳴る音が聞こえてきた。

ダッチェスはブランコの端に座ってショットガンを見つめた。

ハルがココアを持って戻ってきて、彼女のそばの床にカップを置いた。キッチンからのかすかな光で、マシュマロがはいっているのが見えた。

ハルは少量のウィスキーをちびりと飲んだ。「前に嵐があった。ひどいやつが。おれはここに座って、稲妻がうちの土地を横切るのをながめてた。まるで悪魔だったな。空に顔が見えた。蛇みたいな舌を繰り出すのが。あの納屋が焼けた」

何も生えていない土地があるのは知っていた。残っているものといえば、黒焦げの残骸だけだった。

「あの芦毛。あれの母親が中にいた」

ダッチェスはハルのほうを見たが、眼に浮かんだパニックは幸いにも闇のおかげでハルには見えなかった。

「連れ出せなかった」

ダッチェスはその瞬間を吸いこんだ。記憶につきまとわれるのがどんなものかはよく知っていた。

「嵐ならあたしたちも何度か経験したよ。岬で」

「岬のことはしょっちゅう考える。よく祈ったもんだ、おまえの母さんのために。おまえとロビンのために」

「神様なんか信じてないくせに」

「おまえだって、信じてないくせに森の空き地に行ってひざまずいてるじゃないか」

「ただの考える場所だよ」

「そういう場所は誰にでも必要だ。あの貯蔵室、銃の。おれの場合はあそこに行って考えごとをする。あそこに座って、外界を遮断して、大切なことに集中するんだ」ハルは彼女のほうを見た。「あいつに手紙を書いた」

「誰に?」

「ヴィンセント・キングに。何年ものあいだ、次から次へと。作家でもあるまいに」

「どうして?」

ハルは月に向かって煙を吐いた。「それは難しい質問だな」

ダッチェスは眼をこすった。

「もう寝たらどうだ」

「あたしがいつ寝ようとあんたの知ったことじゃない」

ハルはグラスを置いた。「最初は、その手紙を出すつもりはなかった。ただ、シシーが死んで、おまえの母さんやおばあちゃんのことでいろいろあったあと、はけ口が欲しかったんだろうな。だがそのうち、あいつに知らせてもいいじゃないかと思うようになった。あいつは自分の人生を棒に振ったと考えてるかもしれんが、おれたちの人生のことも知ってほしいと、そう思ったんだ。おれのことを、ここに隠居して、きれいな農場に腰をおろしてると、そう想像してるかもしれんと。だから教えてやったんだ。労働のこと、借金のこと、請求書のこと、そういう重荷に耐えて暮らすことを」

「返事は来た?」

「来た。初めは悲嘆ばかりだった。あれが事故だったのはおれもわかってる……わかっちゃいるが、そんなものは実際にはなんの役にも立たない」

ダッチェスはココアを手に取り、スプーンでマシュマロを口に運んだ。いまの気分には甘すぎて、ちょっと戸惑った。この世にはおいしいものがあることを忘れていたみたいに。

「おれはあそこへ行った。あいつの仮釈放審理に。毎回行った。本来ならあいつは刑期を短縮できたんだ。出所してたら、人生の盛りはまだこれからだったはずだ」

「じゃ、どうして出所しなかったの？　ウォークはそんなこと教えてくれなかった。あたし、あいつはクソにはまったんだとばかり思ってた。塀の中で悪さをしたんだと」

「そんなことはしてない。所長のカディは、毎回それをはっきり述べたんだが。あいつが弁護士を断わったんだ。ウォークも毎回来ていた。おれたちはおたがい顔見知りだったが、おれはいっさい口をきかなかった。なにしろ前で審理を受けてるのは、ウォークの友達なんだからな。兄弟みたいに仲のいい友達なんだから。いまでも憶えてるが、あれはもう泥棒仲間の域だった。もちろん盗みをやるのはヴィンセントなんだが、ウォークはいつもあいつの肩を持った」

ダッチェスは少年のウォークを思い浮かべようとした。ヴィンセント・キングの親友だったウォークを。なのに制服姿のウォークしか浮かばなかった。彼女の記憶にあるかぎり、ウォークは一度も制服を脱いだことがない。どこまでも警官だった。そしてヴィンセントは、どこまでも悪いやつだった。

「審理の終わりに、ヴィンセントはいつも同じ質問をされた。出所したらきみはまた法を犯しそうかと」

「ヴィンセントはなんて答えた？」

「毎回おれの眼を見て、はい、犯すでしょうと、そう答えるんだ。自分は世の中にとって危険な存在ですと」

もしかしたらあの男はそれを、満期まで服役することを、気高い行為だと考えていたのかもしれない。気高い贖罪の行為だと。償いとしてはささやかだけれど、大切なのは意図だと。でもいまこうして、あの男のしたことを知ってみると、あの男は率直に語っていたのだ。ヴィンセントはたしかに危険な存在だ。

「あの苦しみ。おまえの母さんを亡くすこと、自分の娘と妻を亡くすこと、自分にとって大切なものを何もかも亡くすこと。それをおれはすべて知っている。とても生きちゃいけないと思った」

「じゃ、どうやって生きてきたの？」

「ここに帰ってきた。それでまた息ができるようになった。モンタナは息をするにはいいところだ。いまにおまえもわかるようになる」

「苦難と罪のあいだには相関関係があるって、スターが言ってた」

ハルは娘の声が聞こえるというように微笑んだ。

「シシーはどんな子だった？」

ハルは葉巻をもみ消した。「死というのは人を聖人に仕立ててしまうもんだが。しかし子供の場合……悪いところなんかない。あの子は小さくて、美人で、それこそ非の打ちどころがなかった。おまえの母さんもそうだったし、ロビンもそうだ」

ハルは賢明にも、ダッチェスをそこに付け加えたりはしなかった。

「お絵かきが好きだったな。独立記念日の花火のあいだじゅう泣いたこともある。人参は食べたが、緑のものは食べなかった。おまえの母さんのことが大好きだった」

「シシーとあたしは似てる。写真を見た。シシーとスターとあたし」

「たしかにな。よく似た美しさがある」

ダッチェスは大きく息をついた。「スターはあんたのことを厳しい人だって言ってた。事件のあと、優しいところがなくなっちゃったって。飲んだくれてたって。おばあちゃんのお葬式にも行かなかったって」

「人は終わりから始めるのさ」

「そう思ってたのならおめでたいね。でたらめもいいとこじゃん」悪意のない静かな口調で言った。

「スターがあたしに言ったこと、全部ほんと？」

「おれは絶えず自分に失望してる」

「ほかにも何かあるよね。どうして戻ってこなかったの？　どうしてスターはあたしたちをあんたに会わせようとしなかったの？　何をしたの、あんた？」

ハルは唾を呑んだ。「数年後。というか……五年後、仮釈放の噂を聞いた。あいつがあんなことをしたってのにだ。おれのシシーに」

その口調には痛みがこもっていた。三十年の時を経てもなお生々しい痛みが。

「おれは飲みすぎてたんだろう。訪ねてきたやつがいた。そいつはムショに弟がいた。ヴィンセントのいるフェアモント郡矯正施設に。で、おれに、なんとかしてやってもいいと持ちかけてきた。不正を正してやると。大した金額でもなかった。あのときもし……もしやりなおすことができたら、もっと強い人間になって、あいつに断わると言えたかな」

「じゃ、ヴィンセントがフェアモントで人を殺したのは、正当防衛だったわけ」

「ああ」

ダッチェスは長々と溜息をついた。ハルの言葉は重すぎて、どう返答していいかわからなかった。

「それがおまえの母さんにばれた。それで終わりだった。何もかも。遠いむかしの夜のたったひとつの過ち、それのせいでおれたちは今こうしてるんだ」

ダッチェスはココアを飲んで母親に思いを馳せた。夜気を温めてくれるような思い出を探したものの、母親の白眼のほか何も浮かんでこなかった。

「だから教会に通ってるの？」

「人間のしてしまったこと、するかもしれないこと、それを理解するためだ」

気がすむとダッチェスは立ちあがった。疲れを覚え、ダークが来ることを思い出して老人とショットガンを見た。

戸口まで行ったところでふり向いた。「ヴィンセントはさ。仮釈放審理で。どうしてそんなことを言ったと思う？」

老人が彼女を見あげると、彼女は老人の眼にロビンを見た。

「あいつが部屋から連れていかれると、ウォークはわけがわからんという眼でカディを見たもんだが。しかし、あいつはおれに手紙を書いてきた。伝えようとしてきた」

ダッチェスはじっと老人を見つめていた。

「あの夜以降、あの事件を起こして以降、あいつはおれたちが誰ひとり、二度と自由になれないことを悟ってしまったんだ」

＊＊＊

ふたりはラドリー家の旧宅の外に立っていた。月明かりのおかげで、ウォークにはマーサの輪郭がかろうじて見分けられた。顔と、小さな鼻と、肩に少しかかるくらいの髪が。軽めの香水の香りがした。ふたりはそれぞれ、手にした懐中電灯をつけた。

ウォークは記録を入手していた。ヴィンセントが通報した時刻と、検屍官の死亡推定時刻を。それらが正確だとすると――ダッチェスは自転車でペンサコーラ通りのガソリンスタンドまで、危険をかえりみず大通りを走ったらしいので、四十五分で到着している――ヴィンセントにはおよそ十五分、銃を隠す時間があったことになる。ふたりはヴィンセントが犯人だという仮定のもとに動かざるをえなかったが、そう仮定するだけで、ウォークは前の晩眠れなかった。

「ヴィンセントが行った可能性のあるあらゆる方向に行くからね」

マーサはストップウォッチを持っていた。ふたりはヴィンセントが走ったかもしれないという事実、全力で往復したかもしれないという事実を考慮に入れるつもりではいたが、ウォークにはヴィンセントが息を切らしていた記憶も、汗を掻いていた記憶もなかった。もっとも、ウォークはその晩の詳細をほとんど憶えていなかった。憶えているのはスターの顔だけ、生涯忘れられそうにないその顔だけだった。記憶喪失がじりじりと進行していた。彼はメモをつけるようになり、実際にはメモを確認しているだけなのに、何か書いているふりをするようになっていた。一日の予定も、薬をのむ時間も、いまではすべてメモしていた。

ふたりはまずスターの家の裏庭にまわり、ウォークの憶えているかぎりむかしからそこにある壊れた柵をまたぎこえ、まばらな林にはいった。アイヴィー・ランチ・ロードとニュートン・アヴェニューを隔てるちょっとした雑木林だ。ふたりは几帳面に、あらゆる通路、あらゆる木々と藪、あらゆる花の茂みを調べた。下水溝もチェックした。ボイドと部下たちが犬を連れて同じルートをすでに捜索しているのは承知していたが、ウォークはちがうものが見つかるのではないかと期待していた。地元の人間しか気づかないものが。眼を閉じて自分がヴィンセントになってみた。

ふたりは七通りのルートを歩いた。前のルートから一部だけはずれるものもふくめたが、何も出てこなかった。

「あいつは銃なんか持ってなかったんだ。持ってたのなら、これで見つかってるはずだ。というより、ボイドたちがとうのむかしに見つけてる」

「それがむこうの主張の穴ね。どでかい穴」とマーサは言った。「検事はきっとかんかんになる」

ふたりはスターたちの住んでいた家の前に戻った。

マーサはウォークの手をつかんだ。ウォークはもうくじけそうだった。どちらを向いても手詰まりだった。ダークの行方もわからなくなっており、何度も携帯にかけてみたり、メールボックスに大量のメッセージを残したりしていた。

たぶんダークは、スターを殺してその罪をヴィンセント・キングになすりつけることで、あの家をわがものにして自分の帝国を救い、大儲けしようともくろんでいるのだ。それがウォークの勘だった。穴はあったが、いまの彼にはそれしか考える材料がなかった。ダッチェスについては、ハルが幽霊のような存在で、ラドリー農場が世間に忘れられ、子供たちがそこで無事に暮らしているという事実、それを慰めにしていた。

ニュートン・アヴェニューのはずれまで来ると、マーサは先に立って近くの家の私道にはいっていき、メギの茂みに隠れた低い柵を飛びこえた。

「近道をまだ全部憶えてるんだな」ウォークは言った。

「いまのはスターが教えてくれたの」

二十分後、ふたりは老いた願い事の木の前にやってきた。星空の下には海原が広がり、リトルブルック教会の塔は、うち捨てられた灯台を思わせる。

「まだここにあったなんて信じられない。憶えてる？　よくこの木の下でエッチなことをしたのを」

ウォークは笑った。「全部憶えてるよ」

「あなたは一度もわたしのブラのホックをはずせなかった」

「はずせたよ、一度」

「いいえ。わたしが前もってはずしておいて、あなたを喜ばせてあげたの」

マーサは腰をおろすと、手を伸ばしてウォークを引っぱり、自分の横に座らせた。ふたりはならんで太いオークの幹に寄りかかり、星を見あげた。

「ごめんなさいを言ってなかったね」とマーサは言った。

「なんについて？」

「あなたと別れたこと」

「むかしのことだよ。おれたちは子供だったんだ」

「子供じゃなかった。あの判事によれば。あなた、考えたりする？」

「何を？」

「わたしのこと。妊娠のこと。赤ん坊のこと」

「毎日考えるよ」

「父はついにあれを乗り越えられなかった。悪い人じゃなかったけど。要するに……父はね、わたしに対して正しいことをしてると思ってたの」

「でも、神に対してはまちがってた」

マーサはしばらく黙りこんだ。一艘の船の明かりが漂っていた。潮に流されているのだ。

「結婚しなかったんだね」マーサは言った。

「そりゃしないさ」

マーサは穏やかに笑った。「わたしたち、十五だったんだよ」

「でも、おれにはわかってた」

「あなたのそういうところがわたし、好きだった。その純粋な信念が。善と悪と愛への。あなたはずっと黙ってた。父のことも、父の仕打ちについても。誰にも話さなかった。わたしが離れていっても。スターが転校していって、あなただけが残されても。あなたとあの事件だけが。あの途方もない、吐き気をもよおすような、ヴィンセントの事件だけが」

ウォークは喉をごくりとさせた。「おれはただ、きみたちみんなに幸せになってほしかったんだ」

またしてもあの穏やかな笑い。そこに憐れみはなかった。

「一度きみを見かけたよ。一年後ぐらいに。クリアウォーター入江のモールで。おれは母親と一緒で、きみは映画館の外にならんでた」

マーサはしばらく黙りこんだあと、そのときのことを思い出した。「デイヴィッド・ロウエン。ただの男の子だよ。なんでもなかった」

「うん、それはわかってる。そのことを言いたかったんじゃない。おれはただ、きみが幸せそうに見えたんだよ、マーサ。で、その男の子のことを考えてみたんだけど、彼は知らなかったんだよな。おれたちがどんな経験をしたのか、知らなかったんだ。で、おれはそれでかまわないんだと思ったんだ。おれはそれでかまわないと……きみらのあいだにそんなことは存在しない。そんなものは他人に話さなくてかまわないんだ。きみはただ……そのままでいいんだと」

マーサは泣きだした。

ウォークは彼女の手を握った。

26

冬が訪れるとラドリー農場は凍りつき、空は小雪で白ずんだ。

ロビンはあおむけに寝ころんでそれをいつまでもながめているので、ダッチェスはロビンの指が白くなってくると、彼を中へ引きずりこまなければならなかった。畑仕事は減ったものの、家畜の世話はあいかわらず必要だった。芦毛と青毛はコートをまとって草を食んだ。ダッチェスは毎朝ひとりで芦毛と散歩をするようになった。鞍を載せて外に引き出すと、なじみになってきた小径をたどり、モンタナの静けさを味わった。その静けさたるや、まるで神が森の上に毛布を広げて、かまびすしいシジュウカラのほかはみんな包みこんでしまったかのようだった。

ふたりはダークを警戒した。ハルは毎晩遅くまで、暖かい帽子と毛布に身を固め、足元にショットガンを置いてポーチに座っていた。ダッチェスは夜更けに目覚めて窓辺に行き、ハルが下にいるのを見ると、すぐにまたぐっすり眠りこんでしまうこともあれば、階下におりていくこともあった。そんなときにはハルがココアを作ってくれ、しばらく一緒に座っていた。たいていはどちらも口をきかなかったが、ときにはハルにビリー・ブルーの逸話を語らせておくこともあった。それがまたなんとも具体的で生き生きとしているので、老人が勝手に話をこしらえているのではないかと思うこともあった。ハルの肩で眠りこんでしまい、気がついたら、自分のベッドで上掛けにしっかりとくるまれて寝ていた晩もあった。

週末はトマス・ノーブルとロビンとともに、白い森をざくざくと歩いたり、ふたりを先に行かせておいてから足跡を追ったりした。寒さはきりりとしていて爽快で、彼女の迷える心を澄みわたらせてくれた。ケープ・ヘイヴンとその変化のない四季のことはあまり考えなくなり、モンタナのことや、ときには将来のことを多く考えるようになった。母親についての思い出は慎重に選りわけ、石炭の山からダイヤモンドだけをひろいだした。

成績はあがり、彼女は後ろの席に座って勉強に励み、インディアンや開拓者たちを題材にして作文を書いた。雪が深く積もった朝に寝室の窓からラドリー農場の写真を撮って、ウォークに送った。土曜日の午前中はいつも、ハルと町に行って食料品の買い出しをしてから、〈チェリー〉でココアを飲みドーナツを食べた。たいていはドリーが来ていて、一緒におしゃべりをした。ビルの健康は悪化しており、ドリーの完璧な顔に嘆きの予兆のような亀裂がはいりはじめているのを見て、ダッチェスはやきもきした。

ハンビー湖までドライブもした。水は海を思わせるほど深く、ハルはボートを借りて澄んだ水を切り裂いてゆき、三人で湖面を漂いながら釣りをした。太陽が寒さを追いはらってくれ、その午後はダッチェスの想像しうるほぼ完璧な午後になった。ロビンはまずまずのニジマスを釣りあげたあと、ハルがそれをまた湖に放りこんでくれるまで、きゃあきゃあわめきつづけた。

トマス・ノーブルは、たびたび冬のダンスパーティのことを口にした。ダッチェスはたんに、うるせえよ、と一蹴する日もあれば、あんたはパンチにアルコールを混ぜてあたしを酔いつぶしたあと、不埒なまねをしようと企んでるだろ、とトマスを責める日もあった。あんたは女の敵だと。そう言われると、トマスはぽりぽりと頭を掻いて、眼鏡を鼻の上に押しあげた。

十二月一日、トマスは取っておいたひと束のブルーベルをダッチェスに持ってきた。とうに枯れた残念な姿ではあったものの、気持ちはこもっていた。彼はつるつるの道を六キロ半漕ぎぬいて、雪の積もる私道にはいってきた。着いたときには軽い凍傷にかかり、眼に星が飛んでいた。体が温まるまでハルはトマスを火の前に座らせた。

「あたし、あんたとは踊んないからね」ダッチェスはならんで炎を見つめながらそう言った。「キスもしないし、ハグもしない。その手も握んない。着飾ったりもしないし、ひょっとしたら、あんたとはひと晩じゅう口もきかないかもよ」

「いいよ」トマスはかすかに歯をカチカチいわせながらそう答えた。

ダッチェスはハルとロビンが戸口でにやにやしているのを見て、中指を立ててみせた。

次の日曜日、教会のあと、ハルはダッチェスとロビンをブライアーズタウンの小さなモールに連れていった。〈サブウェイ〉から〈キャッシュ・アドヴァンス〉まで、十の店舗が横一列にきちんとならんでいる。ダッチェスは〈キャリーの店〉という店で、女物を探した。ハンガーラックにかけられたポリエステルの服をかたっぱしから見ていき、スパンコールのついたドレスを光にかざして、少なくとも五カ所は取れているのに気づいた。「これじゃパリにいるみたいだよ」

ハルが黄色のドレスを指さすと、あんたにファッションの何がわかるっての、と言い返し、ハルのブーツと色褪せたジーンズ、格子縞のシャツと鍔広の帽子を指さして、まるで案山子じゃん、とこきおろした。

三人は店内を三周した。ロビンはけばけばしいドレスを見つけてきては、にこにこ顔で彼女にあてがい、あんたは姉に八〇年代の街娼みたいななりをさせたいのか、と言われて逃げ去った。

キャリー本人がフロアに出てきたものの、雰囲気を察してカウンターの奥に引っこんだ。髪を盛り髪《ビーハイブ》にして、厚底シューズをはき、幅広のベルトの下に十キロは余分な肉を隠している。ハルが苦笑してみせると、キャリーも同情の笑みを返した。

ダッチェスはいちばん奥でそれを発見し、立ちどまって見つめた。それからゆっくりと手に取った。かぶってみると胸がきゅんとし、心はビリー・ブルーに飛んだ。自分の血に、自分の本来の姿に。なんとも美しい帽子だった。革の飾り鋲、これしかないという鍔、無法者がなんとしても手に入れたがるようなみごとな品だ。

ハルが後ろにやってきた。「似合うぞ」

ダッチェスは帽子を脱いで値札を確認した。「うっそ」

「ステットソンだ」そのひと言で、その眼をむくような値段の説明がつくという口ぶりだった。

ねだるつもりはなかった。いくらなんでも高すぎた。それでも未練がましくふり返りながら、彼女はドレスのほうへ戻った。

「じゃあ、もうこいつしかないかな」黄色のドレスを乱暴にハンガーラックからはずした。

そいつはおれが一時間近く前に選んだやつだぞ。ハルはそう口にしかけたが、そこでダッチェスににらまれてやめた。

＊＊＊

お膳立てはカディがしてくれた。ビターウォーターのすぐ南にある〈ビルの店〉というバーガーショップ。すっかり色褪せた赤い塗装と、つぶれているような雰囲気。手書きのボードが三ドルのスペシャルセットを薦めている。客はおらず、ウォークは窓をおろしながらドライブスルーにはいった。

男はヒスパニックの老人だった。ヘアネットにエプロン、皺の刻まれた額。不良たちにからかわれたあと、そいつらの残したごみをチップのようにひろいあげる、そんな年寄りだ。名札を確認した。

〝ルイス〟

ルイスはウォークをじろりと見ると、駐車場を指さした。

ウォークはそちらに移動してパトロールカーを駐め、おりてボンネットに腰かけた。十分後、ルイスが出てきた。背中を丸め、足を引きずるようにして歩いてくる。

「五分だけ休憩をもらった」ルイスは言った。

「感謝します」

「かまわないさ、カディの友達なら」

ルイスはヴィンセントの隣の房に八年間いた。武装強盗で。長い犯罪歴の最後。腕の刺青が組織とのつながりを語っているが、縁はとうのむかしに切れているようだった。

「訊いてくれれば答える。そしたら仕事に戻る。ボスがな、お巡りにうろつかれるのをいやがるんだ」

「わかりました。ヴィンセント・キングのことを教えてください」

ルイスは店の窓に背を向けたまま煙草に火をつけ、吐き出した煙を手であおった。「おれの出会ったなかでただひとり、自分ははめられたんだと言わないやつだった」

ウォークは笑った。

「いや、まじだ。無口なやつだった」

「中に友達はいなかったんですか」

「ああ。ヴィンセントにはな。なにせあいつは運動場に出ることさえ断わったんだから。それにプリンも」

「プリン？」

「そう、プリンだよ。めしは犬のクソだが、プリンはちがう。プリン欲しさに人を刺したやつだっている。ヴィンセントはそれを毎日おれにくれたんだ」

それをどう受け取ればいいのか、ウォークは悩んだ。

「あんたにはわからんさ。あいつはぎりぎりしか食わなかった。ぎりぎりしか口をきかなかった。それどころか息だって、ぎりぎりしか吸わなかった」

「ぎりぎりというと?」

「生きていくのにだよ。最低限の命をつなぐのにさ。あいつは刑期を務めるために生きてたんだ。しかもわざわざ自分でその刑期を、これ以上は無理だってぐらいつらいものにしてた。テレビもラジオもなしで。なんにもなしで。カディが許可すりゃ、自分から独房にはいってただろう」

ルイスは煙を深々と吸いこんだ。

「ヴィンセントは中で問題を抱えてました」ウォークは言った。

「誰だってそうさ、ある程度は。女がいたんだよな? 婆婆に。ほかの連中がその女のことを話題にしたんだ。そこがあいつの泣きどころだったのかもな。その女がほかの男と一緒にいるところを想像してたのかもしれん。嫉妬だよ、ムショじゃそれが人を狂わすんだ。あいつはなかなかうまくそれに対処して、ほかの連中にちょっかいを出されないようにしてた」

「でも、襲われましたよね。傷跡だらけなのを見ました」

「あいつの敵はあいつ自身だけだった」

「どういう意味です?」

「あいつがヤッパを手に入れてくれと言ってきた。どうってことはない。誰かと決着をつけたいんだろうぐらいにしか思わなかった」

「ちがったんですか?」

「渡してやったその日、看守どものわめき声が聞こえてきた。珍しいことじゃないが、ヴィンセントの房だったんで見にいった」

「すると?」

ルイスの顔から血の気が引いた。

「ひでえもんだったよ。自分を切り裂いてやがった。深く、ずたずたに。だけど動脈は切ってなかった。死にたくはなかったんだ。苦しみたかっただけで」

ウォークはしばらく呆然とした。喉が締めつけられて息が苦しくなり、言葉が出てこなかった。

「もういいか?」

「ヴィンセントのために性格証人が必要なんです」

「見つからないよ。ヴィンセントを知ってるやつなんぞいやしない」ルイスは煙草を落として踏み消してから、かがんで吸い殻をひろった。ウィンクしてウォークに手を差し出し、ウォークが握手しようとすると、チッチッと舌を鳴らした。

あわててウォークは二十ドル札を取り出してルイスに渡した。

27

ドリーは大きな箱を持って戸口に現われた。ロビンを迎えにきたのだ。ロビンはその晩、ドリーの家に泊まることになっていた。ハルが自分はフリーでいたいと言ったからだ。ダンスのあとミセス・ノーブルがふたりを迎えにいけないことがあるかもしれないと。つねに警戒し、心配しているのだ。

ドリーはダッチェスを寝室に連れていき、箱をあけて、ずらりとならんだ化粧品と香水を見せた。

「売春婦みたいにしちゃやだよ」

「約束はできないわね」

ダッチェスは笑った。

一時間後、彼女は階下におりた。髪は絶妙にカールし、唇はピンクに輝いている。キャリーが選ぶのを手伝ってくれた新しいリボンをつけ、新しい靴をはいていた。体重もまた少し増えて、もはやガリガリではなかったし、労働のおかげで筋肉も引き締まっていた。

何やら得意げな顔をしているハルを見ると、ダッチェスはハルが何も言わないうちに、うるさいな、と言った。

「きれえ」とロビンが感嘆の声をあげた。「ママにそっくり」

＊＊＊

ふたりの乗ったトラックはアヴォカ通りで曲がるまで、ドリーとロビンのあとをついていった。小雪が舞っていたものの、道路には融雪剤がまいてあった。ドリーの家は大きくて洒落ていて、窓には温かな明かりがともっていた。ダッチェスがビルの具合を尋ねたとき、ドリーはこう答えていた。あの人には諦めるっていう分別がないのと。

トラックは〝徐行〟という点滅標識を通過した。

「緊張してるか？」ハルが訊いた。

「今夜妊娠することに？　ぜーんぜん。なるようになるよ」

トラックはカールトン通りにはいった。

「あたし、ロビンのことが心配」ダッチェスは言った。

ハルは彼女のほうを見た。

「ロビンはあの晩のことを何か知ってる。それがなんなのか……まだ思い出してないけど、どうなるかな。ロビンはそれを夢に見てる。全部聞こえてたんじゃないかと思う」

「思い出したら、おれたちでなんとかしよう」

「それだけ？」

「ああ。それでいいだろ？」

ダッチェスはうなずいた。

トラックはハイウッド・ドライブに曲がった。

「あのばか」

「どうした？」そこでハルもそれを眼にし、笑いを懸命にこらえたものの、その闘いに完敗した。

ノーブル邸の玄関につづく通路。雪は掻いてあったが、薔薇の花びらが散らしてあった。

「やだもう、あたし死にたい」

窓のむこうにトマスが見えた。クリスマスを待ちわびるロビンさながら、顔をガラスに押しつけている。

「蝶ネクタイなんかつけやがって。まるでマジシャンじゃん」

ハルはトラックを停めた。玄関があくと、ミセス・ノーブルがカメラを手に立っていた。その後ろではミスター・ノーブルがビデオカメラをかまえている。肩に載せるようなばかでかいカメラで、まぶしい光を投げている。

「引き返して。あんなフリークショーの中になんかはいってけない」

「いいじゃないか。つきあってやれよ、一度だけ」

「無私の行ないかあ」

「おれは起きて待ってる。問題があったら電話をよこせ」

ダッチェスはひとつ深呼吸をすると、ルームミラーを自分のほうに向けて、髪のリボンを何度も直した。

「楽しんでこい」

「むり」

ドアをあけると寒気が襲ってきた。「あたしのドレスしょぼいもん。ほかの娘《こ》たちとちがって」

「いつからほかの娘たちと同じになりたいなんて思うようになったんだ？　おまえは無法者だろ」

「無法者だよ」ダッチェスは雪の上におりた。

ハルはエンジンをかけ、ダッチェスはドアをしめかけたが、そこで思いなおして声をかけた。

「ハル」

「なんだ?」

ダッチェスはハルと眼を合わせた。ハルは老けて見えた。見えて当然だったが、その代価と犠牲を彼女は知っていた。母親のこと、シシーのことを。

「あたし、いろんなことを言っちゃったけど、謝るつもりはないよ」そこでごくりと唾を呑んだ。

「でもさ……」

「いいんだ」

「よくない。だけどいつかは、よくなるかもしれないって思う」

「さあ、もう行け。行って楽しんでみろ。カメラには笑顔だぞ。どっちのカメラにも」

ダッチェスは中指を突き立ててみせたが、そこに笑顔を付け加えた。


回転するミラーボールが人混みに光のかけらを振りまいている。飾りつけは不思議の国をイメージしたもので、ダッチェスは綿の雪と霜をかぶった花々をながめた。頭上には白と青の風船が下がり、色つきの星々とボール紙の木々が、氷に見立てられたダンスフロアを取り囲んでいる。

ダッチェスはコサージュをいじった。「ちくちくするじゃん、これ。ごみ箱から見つけてきたのかよ」

「母さんが選んでくれたんだ」

ふたりは後ろでぐずぐずしていた。豪華なドレスをまとった女の子たちが、ハイヒールでよろよろしている。ダッチェスはそれを見るとひそかに、転べ、と念じた。

トマス・ノーブルはディナー・ジャケットを着ていた。サイズがひとつ大きいので、障害のあるほうの手は袖口の奥に引っこんでいる。背中にはなんとシルクのケープをまとっており、あまりの奇天烈さにダッチェスはそれから眼を離せなかった。

「父さんが言うにはね、紳士というのはフォーマルな催しにはかならずケープをまとっていくものなんだって」

「あんたの父さんは百五十歳かよ」

「父さんはまだバリバリだよ。母さんと愛しあうときなんかうるさくて、ぼくは裏庭に避難しなくちゃならないんだから」

ダッチェスはぞっとしてトマスを見つめた。

音楽が始まると、一団の女の子たちがダンスフロアめざして駆けていった。

トマス・ノーブルがジュースをふたつ取ってきて、ふたりはカメラマンのいるハート形のステージのそばのテーブルに座った。

「一緒に来てくれてありがとう」

「あんた、それもう十八回言った」

「ケーキ食べる？」

「いらない」

「ポテトチップスはどう？」

「いらない」

テンポの速い曲がかかった。ジェイコブ・リストンが場所を空けさせて、とっておきの技を披露しはじめ、連れの女の子がぎこちなく喝采を送る。

ダッチェスは顔をしかめた。「あいつ、引きつけでも起こしてんじゃないの」

曲がスローなものに変わり、フロアから人が減った。

「ねえ、踊ら——」

「同じこと何度も言わせないで」

「いいスーツだな、トマス・ノーブル」ビリー・ライルとチャック・サリヴァンだった。「少なくとも、しなびたお手々は隠してくれてるじゃねえか」笑い。

トマス・ノーブルはジュースをひとくち飲んで、ダンスフロアを見つめた。

ダッチェスは手を伸ばしてトマスの障害のあるほうの手をつかんだ。「踊って」

通り過ぎざまに、彼女は身を乗り出してビリーに何か言った。ビリーはそそくさと立ち去った。

「お尻に触ったら殺すからね」フロアにつくと彼女は言った。

「ビリーになんて言ったの？」

「あんたは二十五センチのマラの持ち主だって」

トマスは肩をすくめた。「それじゃ四分の一だよ」

ダッチェスは笑った。心から笑った。それがどれほど気分のいいものか、久しく忘れていた。

彼女はトマスを抱いた。「うわ、トマス・ノーブル。あばらが一本一本わかるじゃん」

「それでもまだ服に包まれてる。裸のぼくなんか見せられたものじゃないよ」

「想像はつく。前に飢饉のドキュメンタリーを見たから」

「きみがここに来てくれてよかったな」

「あんた、容赦ないプレッシャーであたしを滅入らせてるよ。あんたの父さんはさぞ鼻が高いだろうね」

ふたりはジェイコブ・リストンとそのお相手にぶつかった。ジェイコブはトイレに行きたくてたまらないみたいに身をくねらせている。ダッチェスは相手の女の子に同情の笑みを送った。

「ここってさ、モンタナのこと。きみがここに引っ越してきてくれてよかった」

「なんで？」

「だって――」とトマスは踊るのをやめ、彼女は一瞬、トマスがキスをしてくるんじゃないかとうろたえた。「だって、無法者になんて会ったことなかったからさ」

ダッチェスはさらにトマスに近づいてダンスをつづけた。

＊＊＊

ウォークは自分のオフィスに座っていた。ブラインドはおろしてあったが、街の光が暗い室内に射しこんでいる。肩で受話器をはさんで、メモを取りながらハルと話をしていた。両足は書類の山に載せており、トレイがいまにも破裂しそうになっている。そのうち慣れてしまうはずだった。彼だけはこの散らかりようが気にならなかった。

毎週金曜の晩の同じ時刻に、ウォークはハルに電話を入れていた。たいていはすぐに終わった。まず、ロビンは問題なくやっている、あいかわらず精神科医に通っているという報告。つづいてダッチェスのこと。ときには五分ぐらい話すこともあったが、それとて、彼女のした悪さをハルが語って聞かせれば、それで終わりだった。笑いをこらえているうちに腹立ちも収まったよと。その気持ちはウォークもよく知っていた。

「少しずつだがな」とハルは言った。「少しずつだが、ダッチェスはよくなってきてる。よくなってきてるよ」

「それは何よりです」

「今夜は学校のダンスパーティに行ってる」

「ちょっと待ってください。ダッチェスがダンスパーティですか？」

「ウィンター・フォーマルだ。みんな行くんだよ。エヴァーグリーン中学全体がライトアップされて、コールドクリークからでもスポットライトが見える」

ウォークは思わず微笑んだ。あの子はちゃんとやっている。逆境にもめげず、運命にいかさまをされても、人生を生きている。

「ロビンのほうだが。思い出しはじめてるようだ」

ウォークは足をおろし、老人の息づかいが聞こえるほど受話器をきつく耳に押しあてた。

「具体的なものじゃないんだが」

「誰かの名前を言いましたか？　ダークとか」

そこにあせりを聞き取ったらしく、ハルは穏やかにこう言った。「具体的なものじゃないんだ。たぶんあの子は、母親が殺されたとき自分がそこにいたという事実を、少しずつ受け入れはじめてるんだろう。あの医者はいい。根掘り葉掘り訊いたり、どこかへ誘導しようとしたりは、絶対にしない」

「思い出してほしくないという気持ちもあります」

「おれも医者にそう言ったよ。そしたら、思い出さない可能性はかなりあると言われた」

「あなたたち三人のことをいつも思ってます」

「そいつには眼を光らせとくよ。ダークという男には。ダッチェスがその車を見たとき、おれはほんとにそいつが来たんじゃないかと思った。あの子がずっと言ってたとおりに」

「いまは？」

「いまも見張ってる。問答無用でぶっぱなしてやる」

ウォークは疲れた笑みを浮かべた。睡眠不足のつけがまわってきていた。それが彼の思考をねじ伏せてぼかすか殴り、きれいに頭からたたき出していた。ハイウェイを走行中にふと気づくと、自分がどこへ行くつもりだったのかすっかり忘れていることもあった。

「じゃあ、ハル。お休みなさい。気をつけて」

受話器をかけてあくびをした。ふだんなら、くたびれきってまっすぐ家に帰り、ビールを一本だけ飲んでスポーツ番組を見ながら眠気が訪れるのを待つのだが、今夜はマーサに会いたくてたまらなかった。話などしなくてもいい。とにかくひとりぼっちで夜更けまで起きていたくない。そう思った。受話器を取って番号を押しかけたが、そこでやめた。自分のしていることがどういうことなのかは重々わかっていた。邪魔をする資格のない他人の暮らしにずるずるはいりこんでいるのだ。それは自分がどう思おうと、思いやりに欠けたまねだった。思いやりのない残酷な仕打ちだった。彼に会うたびにマーサはつらい過去を思い出すのだから。かならず。

ウォークは廊下をゆっくりと歩いていった。署は闇に包まれていた。

「リーア、まだいたとは知らなかったよ」

リーアは顔をあげた。疲れているのか、微笑みさえしない。「残業です。誰かがファイルを整理しなおさなくちゃ。徹夜でやっても、来月いっぱいはかかりそう」

「手伝おうか?」

「いいの。帰って。わたしはひと晩じゅういたってかまわないんですから。エドは気づきもしないはず」

ウォークは何か言おうとしたが、なんと言っていいかわからず、リーアは向きなおって仕事に戻った。

ウォークは学校のダンスパーティに参加しているダッチェス・デイ・ラドリーを想像しつつ外に出ると、にやにやしながら暖かい夜気の中を歩いていった。

＊＊＊

雪は噂どおり、進むにつれてひどくなってきた。ミセス・ノーブルはトマスにダンスはどうだったと尋ね、トマスは人生最高の晩だったと答えた。

ダッチェスはかたわらの農地に積もった雪をながめた。いつもなら闇に眼が慣れると、二キロ先の山々まで見える。

ラドリー農場までたどりつくと、ミセス・ノーブルは敷地に車を乗り入れようとしたものの、私道は雪に埋もれていた。私道は長いし、雪はしんしんと降っているので、ハルの除雪が追いつかなかったのだろう。

「あとは歩ける」

「だいじょうぶ？　行ってみてもいいんだけど、はまりこんでひと晩じゅう動けなくなっちゃいそうだから」

「ハルがポーチにいるはず。こっちのヘッドライトを見て、歩いてきてくれると思う。だから帰って」

ダッチェスはすばやく車をおり、ミセス・ノーブルとトマスが徒歩でついてこようとしないうちに、私道を歩きだした。

途中でふり返って手を振り、ふたりが光を追って去っていくのを見送った。

彼女は新しい靴を一歩ごとに高く持ちあげて、ずぼりずぼりと雪を踏みしめていった。ゴムの並木が現われた。雪の重みで枝をたわませており、まるで結婚式の白いアーチをくぐっているようだ。解放され、彼女は空を仰いだ。舞い落ちてくる雪、とても受けとめられないほどの美しさ。ロビンのこと、ふたりが過ごした週末のことを思い出した。雪に倒れこんで翼を広げた天使の形を作ったり、ハルと同じぐらい背の高い雪だるまをこしらえたりしたことを。

たわんだ木々のあいだを抜けると、古い母屋を月光が美しく照らしており、彼女はわけもなく微笑んだ。キッチンに明かりがともっているのが、遠目にもわかった。

もう一歩あるいたところで、彼女はぴたりと立ちどまった。

足跡が残っていた。ほとんど雪におおわれてはいるが、まだそれとわかった。

足跡だと。

大きな足跡だと。

その夜初めて彼女は寒さを覚えた。現実の、本物の、刺すようなモンタナの寒さを。

「ハル」とつぶやいた。

彼女は歩みを速めた。心臓がどきどきしてきた。何かがおかしい。それがはっきり感じ取れた。

そのときハルの姿が見えた。

彼女はほっとした。

ハルはベンチに腰かけ、足元に銃を置いていた。

ポーチにたどりつくと、彼女はにっこり笑って手を振り、階段をのぼった。今夜のことを話して聞かせるつもりだった。どんなにくそひどい晩だったか。

だがそこで、ハルの顔に気づいた。青ざめ、こわばり、額に汗が浮いていた。

苦しげな息づかい。だがそれでも、ハルは彼女に笑いかけようとした。

彼女は恐る恐る近づいていくと、細心の注意を払ってハルの毛布をめくった。

そこで初めて、血が眼にはいった。

「なんだよ、ハル」とつぶやいた。

ハルは腹を手で押さえていた。だが、血はどくどくと流れ出ていた。

「やっつけてやったぞ」

そう言うと、命が漏れ出るのもかまわず彼女に手を差し出した。彼女がその手をつかむと、ハルの血が死病のように手についた。

手を放し、キッチンの電話に走った。アイヴァー郡警察に短縮ダイヤルし、できるかぎりのことを伝えた。

受話器にハルの血の痕を残したまま、戸棚からウィスキーを取って、またポーチに駆けもどった。

「くそ」ハルの唇に瓶を押しあてた。

ハルはむせた。そこにも血。

「あいつをやっつけたぞ、ダッチェス。逃げられはしたが、やっつけてやった」

「しゃべんないで。人が来てくれるから。どうしたらいいかわかってる人たちが」

ハルは彼女をじっと見つめた。「おまえは無法者だ」

「そうだよ」声がしゃがれていた。

「誇りに思ってるぞ」

彼女は手をしっかりと握り、額に額を押しつけ、眼を閉じて涙を押しもどした。「くそ」そう叫んだ。ハルの腕を、胸を殴り、頬を強くひっぱたいた。「おじいちゃん。眼を覚まして」

真新しい黄色のドレスについた血を見おろした。それから雪を。足跡が白い畑へとつづいていた。

彼女はもう一度ひざまずいた。「人は終わりから始めるんだ」ハルの横にあったショットガンをつかんだ。

刺すような寒気ももはや感じなかった。満月にももはや気づかなかったし、星々も眼にはいらなかった。赤茶色の納屋も、凍結した湖も。

馬屋で芦毛に鞍を置き、外に引き出した。

片手にショットガンを持ち、片手で自分を鞍に引きあげると、ぴしりと手綱を振って、芦毛とともに足跡を追って駆けだした。

彼女は自分をののしった。調子に乗っていた自分、新たな人生に希望など持ちはじめていた自分を。

怒りを思い出した。熱く渦巻く怒りを。
自分が何者なのか、自分に言い聞かせた。
あたしはダッチェス・デイ・ラドリー。
無法者。

第三部　清算

28

パトロールカーを走らせるうちに夜になった。ハイビーム、ちらつく野の花、刻々と変形する輪郭しか見えないモハーヴェ砂漠。

十五号線。ラスヴェガスの街のきらめき、さながら空からおりてきた巨大宇宙船だ。

立ちならぶ看板では、眉を吊りあげた古くさいマジシャンや盛りを過ぎた女優が、賞味期限切れの自分を懸命に売り込んでいる。

それが遠ざかっていくのをミラーで見ていると、まもなくすべては存在しなかったかのようにかなたに消えた。ヴァレー・オブ・ファイア、ビーヴァーダム、グランド・キャニオンの永遠の闇、それらを迂回して通りすぎる。モーテルの光、ガソリンスタンド、人けのないハイウェイ。夜が更けてきたのだ。

シーダー・シティ。ウォークは終夜営業のダイナーに立ちよった。アイアン郡の由緒あるダウンタウンは、大半が眠りについている。ブース席に座り、ふたり連れの男が〝クラークの送別〟について話すのを聞いていた。が、クラークが死んだのか結婚するのか、それはついにわからなかった。

ポカテーロ、ブラックフット、アイダホ・フォールズ。眼をこすっては看板を見た。

カリブー・ターギー国有林が見えてくるころ、千六百キロにおよぶ闇の中に初めて青みが現われた。

八十七号線で速度を落として、ヘンリーズ湖のほとりで朝日が昇るのをながめた。湖は無数の色彩を映し、ウォークはまた眼をこすった。

スリーフォークスでついに雪が現われた。白い雪原が白い空までつづいていた。窓を閉めてヒーターをつけたが、寒さも暖かさも感じなかった。

モンタナのアイヴァー郡警察から電話がかかってきたとき、ウォークは家でのびていた。麻痺のようなものにがっちりとらえられ、やっとの思いで受話器を取った。けれどもそのあと、先方が電話を切ると、こんどは受話器を何度も何度も、壊れるまでたたきつけた。それからデスクの抽斗の中身を絨毯にぶちまけ、パソコンの画面を割れるまで蹴りつけた。それから、のろのろとまたすべてを片付けた。

モンタナからの葉書、毎週金曜の晩のハルとの電話、それらが生んだ幻想、あの姉弟がいずれ本来の暮らしを手に入れるだろうという幻想はことごとく、冷酷かつ完全に息の根を止められてしまい、ウォークは三日間誰とも口をきかなかった。十年前までさかのぼって保養休暇を取り、みなをひどく心配させた。ルーアンが家にやってきてドアをドンドンたたいたが、ウォークは出ていかなかった。マーサからの電話にも出なかった。

初日は家に閉じこもって過ごした。テレビの後ろの壁にダークの人生を書きこんだ地図が貼ってあったので、どうしてもダークのことを考えてしまった。古い手がかりを追ってみたが、電話番号はつながらないか、つながっても、相手はダークの名前など二十年も聞いたことがなく、戸惑うばかりだった。酔っぱらってみようとしたが、ジムビームを四分の一空けたところで断念した。薬とアルコールとがあいまって、眠くなっただけだった。ミスが欲しかった。責任を取って深みに沈んでしまえる理由が欲しかったが、これまた何ひとつ見つからなかった。それは運命の残酷ないたずらであり、ささやかな例外だった。ダークはひとつの選択をし、それをやってのけた。それなのに、ダークに結びつけられるものは依然として何ひとつなかった。目撃者はなく、血痕は雪に埋もれた。アイヴァー郡警察は緊急手配を行なって、一本しかない道を封鎖し、捜索隊にできるかぎり深くまで捜索させた。その結果、犯人は死亡したと結論した。森のどこかで氷の墓に埋まっているはずであり、雪が解けたら獣たちにずたずたにされるだろうと。

ウォークはふたたび出勤して仕事を再開した。いつもどおり違反切符を切り、いつもどおり小学校に立ちより、いつもどおり四日とひと晩のシフトをこなした。

招かれもしないのにマーサがやってきて、ウォークから話を聞くと、叫びだすのをこらえるように口に手をあてた。ウォークがすでに壊れていたとしたら、モンタナの事件はその破片を遠くまで散り散りに吹き飛ばしてしまい、彼はもとの自分に戻る望みをすっかり捨ててしまった。

ヴィンセントに面会に行き、友が気を変えるかもしれないと、暑い待合室に三時間座っていたあと、諦めて外に出た。カディとならんでバスケットボール・コートをながめ、男たちが激しく転倒しても、肘で歯を折られても、ぴくりともしなかった。

顎ひげはいまや、痩せこけた胸に届くほど伸びていた。この数カ月で十歳は老け、頬がこけて皮膚に皺が寄っていた。

ルイス・アンド・クラークで雪が激しくなり、ウォークは八十九号線のガソリンスタンドでシャワーを浴びた。小便くさいバスルームで、息を深く吸わないようにしつつ制服を脱いで裸になり、ちかちかする蛍光灯の下に立った。迫り出した腹も、垂れた胸ももはやなく、あばらと腰骨が浮き出ていた。体を洗うと、シャツを着て、ズボンをはき、ネクタイを締めた。髪は短く刈りこんであるので、とかす必要はなかった。手が震えたが、彼は抗わなかった。左右の手はもはや協調せず、片手で受話器を握っていると、もう片方の手でペンを持つことはできなかった。もどかしく、いらだたしかった。

キャニオン・ヴュー・バプテスト教会。

駐車場は除雪され、高く積みあげられた雪の壁に囲まれていた。まだ一時間ほどあったので、シートを倒して眼を閉じた。徹夜で運転してきたのだから三十分ぐらい眠れてもよさそうなものだったが、頭が冴えてしまった。幼いころのダッチェスの姿が浮かんだ。この人があたしの問題を解決してくれるんだという眼で彼を見あげる顔が。

駐車場に車がはいってきはじめた。見ていると、年輩の人々が寒気を顔にまといつかせ、頰を赤くして、ゆっくりと小さな教会にはいっていった。

後ろの隅にウォークは席を見つけた。オルガンの静かな調べが流れていた。

いちばん前に棺があった。

ほかの人々が起立すると、ウォークも立ちあがった。

みなにならって通路のほうを向くと、少年が、ロビンがはいってきた。ウォークの知らない女性と手をつないでおり、急に大人びたように見えた。引金のひと引きによって、またしても子供らしさを奪い取られたように。

その後ろからダッチェスが現われた。シンプルな黒いワンピースを着て、いどむようにきっと視線を上に向けている。彼女が会堂内を見まわすと、人々は精一杯悲しげに微笑みかけたが、そのどれにも彼女は笑みを返さなかった。もう子供ではなくなっていた。

ウォークを見ると、ダッチェスは一歩だけ、思い出したくない記憶ひとつ分だけ歩みを乱したが、そのまま通りすぎていった。

最前列に彼女が座るとき、髪につけたリボンが見えた。目立たないように隠してはあったが、まちがいなくつけていた。

ダッチェスの後ろには眼鏡をかけた痩せっぽちの少年がいて、牧師が口をひらき、ロビンが泣きだすと、ダッチェスの肩に手を置いた。ダッチェスはふり向きもせずにその手をふり払った。

式のあと、ウォークはみんなのあとについてラドリー農場に行った。中にはいると、サンドイッチとケーキが用意されていた。ドリーと名乗る女性がコーヒーを手渡してくれた。

ロビンはさきほどの女性と一緒に立っており、これ以上ないというほど呆然としていた。ドリーにドーナツを勧められても「いい」と答え、その女性から最後にもう一度自分の部屋を見てきたいかと尋ねられても「いい」と答えた。

ウォークはこっそり外に出ると、小さな足跡を追って雪の上をざくざく歩いていった。

ダッチェスは馬屋にいた。入口に背を向けて、みごとな芦毛馬をなでていた。鼻面に小さな手をあてると、馬は首を下げてダッチェスに鼻面をこすりつけ、ダッチェスは馬にそっと口づけをした。

「もう帰っていいよ」と彼女はふり返らずに言った。「これ以上いなくていい。中にいる人たちはみんな、時計ばっかり見てる。ハルは生きてたら、あの連中を引きとめなんかしないのに」

ウォークはアーチ形の屋根の下にはいった。「だいじょうぶか」

ダッチェスは手をあげた。気にするなということなのか、帰れということなのか、判然としなかったが、どちらでもかまわなかった。

「中で男の子がきみを捜してたぞ」

「トマス・ノーブル。あいつにはあたしのことなんかわかんない。ほんとには」

「友達を持つのは大事なことだろ？」

「あいつはふつうの子。両親がいて、成績がよくて。毎年夏にはマートル・ビーチの別荘に六週間行く。あたしとはちがう空気を吸ってんの」

「食事はちゃんととってるか？」

「自分は？　まるで別人じゃん。あのぷよぷよの肉はどこ行っちゃったんだよ」

ワンピースしか着ていないのに、ダッチェスは震えていなかった。

「教会でロビンと一緒にいたあの女性は――」

「ミセス・プライス。本人はそう呼んでほしがってる。あたしたちの立場が一時的なものだってことを忘れさせないように。あの人は顔を見せにきただけ」

ウォークが眼を見つめると、ダッチェスは眼をそらした。

「だいじょうぶか」

「もう。同じこと何度も訊くなよ。これがあたしたちに配られた手なんだからさ。運命、諦め。好きに呼んで」

「そんなこと教会じゃ教えないぞ」

「自由意志なんてのは幻想。早くそれを認めれば、それだけ早く先に進める」

「農場は？」

「みんなが話してるのを聞いたけど。ハルには借金があったから、競売にかけて清算するんだって。ラドリー農場なんていっても、あたしたちはただの管理人」

「ロビンは？」

そこで悲しみ。それは眼の奥に隠されていて、ウォークにしか見えなかったが。

「ロビンは……口をきかなくなっちゃった。〝うん〟と〝いい〟以外ほとんどしゃべんない。あたしたちはいま、もらい手が見つかるまで里親に預けられてる。プライス夫妻に。あの人たちはお金をもらってあたしたちを家に置いてるの。食事をあたえて、八時にはベッドに追いやって。自分たちだけで過ごしたいから」

「クリスマスは」ウォークはその言葉を口にしたことを後悔した。ふさわしい場ではなかった。

「ケースワーカーがプレゼントを持ってきてくれたけど。ミセス・プライスはロビンに何も置いといてくれなかった」

ウォークは大きく息をついた。

ダッチェスはまた芦毛をなでた。「この子は売られちゃう。誰かが農場と一緒に買ってくれないかぎり。あんまり激しく走らせないでくれるといいけど。あの晩以来、ちょっと跛行するようになっちゃったから」

「転んだのか」

「落ちたんだよ」とダッチェスは悔しげに言った。「あたしが。この子は大した馬だよ。そばにいてくれたんだから。落馬したあとそこに、あたしの横に」

雪がふたたび吹きつけはじめた。母屋のほうをふり返ると、眼鏡の少年が母親に連れられて外に出てきて、ダッチェスの姿を見ようと首を伸ばしていた。ウォークはヴィンセントとスターを思い出した。

「きみたちは残ることになるのか？　ここに、同じ学校に」

「女の人がいて、その人があたしたちの事案をあつかってる。いまのあたしたちはひとつの事案なんだよ。ふたつの番号と一冊のファイル。特徴と非行のリスト」

「きみは番号なんかじゃない。無法者だ」

「もしかしたら父親の血がくそ薄いんで、ラドリーの血まで薄まっちゃったのかな。あたしはスターでもハルでもなければ、ロビンでもビリー・ブルーでもない。あたしはひと晩の過ち、ひとつの結果。それだけ」

「そんなふうに考えるもんじゃない」

ダッチェスはウォークに背を向け、芦毛に話しかけるように言った。「自分が誰なのか、あたしには永遠にわかんない」

ウォークは凍てついた土地を見渡した。山の麓にエルクの群れがいた。「困ったことがあったらわたしに――」

「わかってる」

「念のためだ」

「あの年寄りの牧師がさ。あたしたちに人生の意味は何かって訊いたことがあるんだ。礼拝のあと。子供たちに、順番に。たいていの子は、家族だの愛だののことをしゃべった」

「きみは？」

「あたしは答えなかった。ロビンもそこにいたから」ダッチェスは咳払いをした。「だけどロビンは、なんて答えたかわかる？」

ウォークは首を振った。

「人生ってのは、誰かにいっぱい気にかけてもらって、守ってもらうことだって」

「ロビンにはきみがいる」

「そのあげくがこのざまだよ」

「だけどそれはきみのせいじゃ――」

ダッチェスはまた、黙れというように手をあげた。

「警察は、ハルを撃った男は死んだって考えてる」

「ああ」

「もうそいつを捜そうともしない。犯人はダークなのに。あたしの言うことを信じてくれない」

ふたりはならんで雪の中をパトロールカーのほうへ歩いていった。

「あたし、ヴィンセント・キングのことを考えちゃう」

ウォークはダークをスターと結びつけたかった。だが、結びつけられなかった。

「これはきみのせいじゃない、わかってるだろ」彼はダッチェスの心を読んだ。

「あたしのせいだよ、ウォーク。今回はあたしのせい」

ウォークはダッチェスのほうを向いた。抱きしめたかったが、ダッチェスが手を差し出したので、それを握った。

「二度と会うことはないと思うけど」

「また連絡するよ」

「しなくていい」ほんの少しだったが初めて声が震え、ダッチェスは顔をそむけた。「さっさとむかしみたいに、〝いい子でな〟とかなんとか言いなよ。そしたらそっちは先へ進んで、こっちも先へ進めるんだから。あたしたちのなんか些細な物語だよ、ウォーカー署長。悲しくはあるけれど、些細な物語。そうじゃないふりをするのはよそう」

沈黙が林の上に立ちのぼり、ラドリー農場をおおった。

「わかった」

「だったら?」

「いい子でな、ダッチェス」

29

ケースワーカーは紫の口紅をつけて、精一杯厳粛に見せていた。

シェリー。髪の色は三色で、そのどれもがダッチェスの見るところ、生まれつきのものではない。こまやかで感情豊かな人で、ふたりの将来を誠心誠意気にかけ、会ったこともない老人のために人目もはばからず泣いてくれた。

ふたりは錆の浮いたボルボ740の後部席に座っていた。床にはコークの空き缶が転がり、灰皿はあふれているものの、シェリーはふたりを乗せているときには煙草を吸わなかった。

湖のほとりでダッチェスはふり向いて母屋の見納めをし、車は頭を垂れた木々の下にもぐりこんだ。

「あんたたち、そこでだいじょうぶね？」シェリーはガリガリと二速に切り替え、車は身震いした。

ダッチェスは横にいる弟の小さな手を取った。弟は抵抗もしなければ、握りかえしもせず、ぐったりとそこに手を置いているだけだった。

シェリーはミラーに微笑みかけた。「すてきなお葬式だったわね」

車は白一色の中を何キロも何キロも走りつづけた。冬が延々とつづくためダッチェスはもはや秋を思い出せず、空気が冷えきっているのがありがたかった。世界を凍りつかせろ、色彩を奪ってキャンバスをまっさらに戻してくれ。そう思った。

サドラーの町にはいった。整然とならんだ家、雪掻きをした私道。プライス夫妻の家は、築十年の同じような家がならぶ通りにあった。こんな美しい土地を損なうことに業者がためらいを覚えたのか、ひどく地味な淡灰色に塗られている。

「さあついたわよ。プライスさんご夫婦とはうまくいってる？」シェリーはしょっちゅうそう訊いた。

「うん」ロビンが答えた。

「ヘンリーとメアリー・ルーは？」

プライス家の子供たち。年齢は近いけれど、住む世界はかけはなれている。両親の前では澄ましこんでいるものの、ふたりだけだとハルのことや事件のことを話しており、ダッチェスはそれを聞いてしまった。あの子に近づいちゃだめよ、あの子は男を追いかけていってショットガンをぶっぱなしたって噂なんだから。そんなことをするなんてどういう子かしら。

どう見ても、無法者のことなど何も知らない過保護なガキだった。

「いい子たちだよ」ダッチェスは答えた。

シェリーにさよならを言ってハグをすると、ダッチェスはロビンを連れてプライス家の私道を歩きだした。シェリーはミスター・プライスがドアをあけるまで待っていて、もう一度手を振ってから走り去った。

ダッチェスはロビンのよそゆきの靴を脱がせようとしたが、ロビンは離れたところへ行って自分で脱いだ。

ミスター・プライスは何も言わず、葬式はどうだったかとも尋ねずに背を向けると、ふたりをそこに置いて立ち去った。虐待されているとはいえなかった。のけ者にされているだけだった。夕食はちがう皿に載っていたし、飲み物はガラスのコップではなくプラスチックのカップにはいっていた。プライス家の四人は居間にいるというのに、ふたりは子供部屋にテレビとともに放置されていた。いる

ている。

ダッチェスはロビンのあとについてキッチンに行った。白いキッチン・ユニットと大理石、冷蔵庫の扉にはヘンリーの成績表、食卓の上の壁には額装したメアリー・ルーの作品。ロビンは裏口に立って外を見た。庭を。ミスター・プライスとヘンリーが、大きな雪だるまを転がしてさらに大きくしている。

ミセス・プライスとメアリー・ルーが小枝を持ってきて、腕にするのにちょうどいい長さにそれを折った。

「あんたも外に出てみる？」ダッチェスは言った。

ヘンリーが何か言ったのでみんな笑った。

そのときミセス・プライスが顔をあげ、ふたりに気づいた。彼女は向きを変えて家族のもとに戻り、保護者らしく、見せつけるようにメアリー・ルーに腕をまわした。

ふたりの部屋は屋根裏を改装したものだった。ダッチェスはロビンのあとについて階段をのぼった。専用の小さな浴室がついていた。洗面台と浴槽と、ひとつのコップに立てた二本の歯ブラシ。小さな棚にはぼろぼろの本が数冊。〈五人と一匹見つけ隊〉シリーズと、ドクター・スースの絵本。

「よそゆきの服を脱ぐ？」

ロビンは自分のベッドに寝ころんで壁のほうを向いた。泣いているのは見えなかったものの、肩がかすかに震えているのがわかった。ダッチェスは横に行って腰をおろした。腕に手をかけると、ロビンはするりと逃れた。

「お姉ちゃんなんか、今日は行かないほうがよかったんだ。おじいちゃんを嫌ってたんだから。おじいちゃんが親切にしてくれたときだって、意地悪なことばっかり言ってさ。意地悪のかたまりなんだよ」

ロビンは雪の舞い落ちる天窓を見つめた。ふたりを風雪から守ってくれる借りものの屋根を。

「ごめんね」ダッチェスは言った。

「そればっかじゃん」

彼女はロビンの脇腹をつついた。ロビンはにこりともしなかった。

「本を読む?」

「いい」

「じゃ、メアリー・ルーの顔に雪玉を投げつけてみる? あたしが氷だけで玉を作ってあげる」

笑みに近いもの。

「それとも、ミスター・プライスにそれをぶつけてやろうか。歯を折ってやる。ミセス・プライスをつららでぶっ刺してもいい。それとも、ヘンリーに黄色い雪を食わせてやろうか」

「黄色い雪ってどうやって作るの?」

「中におしっこをしとくの」

そこでロビンは笑った。ダッチェスは彼を引きよせた。

「ぼくたち、いつかちゃんとなれるかな」

「なれるよ」

「どうやって?」

「いまに――」

「お姉ちゃんはぼくたちの面倒を見れないし、ミスター・プライスはぼくたちがいるのをいやがってるじゃん」

「あの人たちはあたしたちの世話をすると、毎月千二百ドルもらえるんだよ」

「なら、そのお金のためにぼくたちを置いといてくれるかもね」

「くれない。ここはただの里親、シェリーが言ってたことを忘れないで。シェリーがあたしたちをずっと置いてくれるちゃんとした家族を探してくれる」

「農場があって動物なんかもいるところ？」

「かもね」

「おじいちゃんの灰もすぐに取りにいける？」

「葬儀社からシェリーに電話があったらね」

「じゃ、そしたらぼくたちもうだいじょうぶだね。何もかもだいじょうぶだね」

ダッチェスは弟の頭にキスをした。弟に嘘をつくのはいやだった。浴室から小さな鋏を見つけてきて、爪を切ってやった。「もっと前に切ってあげなくちゃいけなかったね」

ロビンはしげしげと彼女を見た。「またママみたいになってきたよ。ちゃんと食べなくちゃ」

ダッチェスがまいったという顔をしてみせると、ロビンはにっこり笑った。

その晩、ふたりは小さな部屋でテレビの前に座って、マッシュポテトとソーセージの夕食を食べた。まだ喪服を着ていた。

「あの人、料理は上手だね」とロビンが食べながら言った。「このソーセージならぼく二本は食べられる」

ダッチェスは自分のソーセージをロビンの皿に移してやろうとしたが、ロビンはその手を押しのけた。「お姉ちゃんのはだめ。お姉ちゃんも食べなくちゃ」

「もう一本もらえるか見てきてあげる」

ダッチェスはアニメを見ているロビンを部屋に残し、自分の皿を持って廊下をそろそろと歩いていった。壁には家族の写真がならんでいた。〈ディズニー〉でヘンリーとメアリー・ルーがマウスの耳をつけた写真、ケネディ空港で撮った写真、グランド・キャニオンで撮った写真。ミスター・プライスとヘンリーはおそろいの野球帽をかぶっている。

〃このごみために祝福を《ブレス・ディス・メス》〃という額入りの標語や、海辺にいるミセス・プライスの戯画もある。ダッチェスには見せたこともないような大きな笑みを浮かべている。

キッチンの入口で足を止めると、食卓の会話が聞こえてきた。ミスター・プライスがメアリー・ルーに、テストはどうだったと訊いている。それからヘンリーに、ソフトボールのことを尋ねた。ダッチェスはヘンリーがしゃべりだすのを待って、そっとキッチンにはいった。

「ダッチェス」

彼女はふり向いた。沈黙のなか、四人が彼女のほうを見る。

「あの……ロビンはソーセージが好きだから、もう一本ないかなと思って」

「もうない」ミスター・プライスが言った。

「そう」

メアリー・ルーの皿に眼をやると、ソーセージが三本載っていた。

ダッチェスは向きを変えてキッチンを出ると、自分のソーセージをフォークに突き刺して手に持った。部屋に戻ると、それをロビンに渡した。

「自分の分はもう食べたの？」ロビンは訊いた。

「うん。おいしかったよ」

「だから言ったじゃん」

家じゅうが寝静まると、ダッチェスは音を立てずに階段をおりて、ミスター・プライスの書斎にはいった。総板張りで、通貨や金融の本がきちんと積みかさねてある。彼女はコンピューターで〃ヴィンセント・キング〃を検索し、事件に関して読めるものをすべて読んだ。そして戸惑った。有罪は明白だというのに、ヴィンセントはそれを認めて死刑をまぬがれようとはしていなかった。新聞によれば依然として黙秘をつづけ、無罪を主張し、弁護士も雇っていないという。

検事は如才なくこう述べていた。自分はスター・ラドリーとその遺児たちの――〝あのかわいそうな子供たち〟の――無念を晴らすつもりだと。

戸口に誰かが来た音がして、ダッチェスはさっとふり返った。

「パパのオフィスにはいっちゃいけないのよ」

メアリー・ルーだった。栄養状態は良好で、髪は毎日母親にブラシをかけてもらい、顔には点々とにきびが吹き出ている。十五歳だったが、結婚まで純潔を守ることを誓いながら、初めてお酒を飲んだ晩にそれを失いそうなタイプだった。

「どうしてもコンピューターが必要だったの」

「パパに言いつけなくっちゃ」

ダッチェスは子供っぽいおびえた声を出した。「やめて、お願い、パパには言いつけないで」

「おとなしくしてたほうがいいわよ」

「さもないと?」

「うちが預かる子供はあなたたちが最初だと思ってるわけ?」

ダッチェスはメアリー・ルーを見つめた。

「あなたが弟に話してるのが聞こえたけど。もらい手が見つかると思うの?」メアリー・ルーは笑った。

「どうして見つかんないわけ?」

「まあ、ロビンには見つかるかもね。あの子はまだ小さいし、いい子だから。でも、わたし、パパがあなたのことを話してるのを聞いちゃったんだ。あなたの悪さをぜえんぶ。あなたなんか欲しがる人がいる?」

ダッチェスは一歩詰めよった。

メアリー・ルーも詰めよってきた。「殴りたいんでしょ？　やれば。それがあなたみたいな子のすることなんだから」

ダッチェスは拳を握りしめた。

「やりなさいよ、ほら」さかしらな笑み。

アドレナリンがどっと放出され、火が燃えあがるのがわかった。だがそこで、ダッチェスはコンピューター画面をふり返った。あの夜の現場の写真を。アイヴィー・ランチ・ロードの小さな家、近所の人やレポーターのぼやけた姿。それから、その横の写真を。ケープ・ヘイヴン警察。笑顔のウォーク。すべての善なるものを思い出させてくれる存在。

彼女はメアリー・ルーの脇をすりぬけ、大きくひとつ息を吸うと、屋根裏へ戻っていった。

30

ウォークが自分のデスクで眼を覚ますと、散らかった書類に朝日が射していた。

やっとの思いで体を起こし、あまりの痛みに声をあげそうになった。抽斗から薬を見つけて、水なしで二錠のみくだした。

新しいズボンとシャツと上着をリーアに注文させてあった。体重が十キロ以上も減っていた。

ドアをたたく音。いつからつづいていたのかわからないが、ひどくあわてているようだった。

ウォークはよろよろと立ちあがり、体を伸ばそうとして激痛で吐きそうになった。息をひとつ吸いこんでから、胸をそらしてオフィスから出ていき、相手が金物屋のアーニー・コグリンだとわかると、胸をそらすのをやめた。

「おはよう」ウォークはドアをあけてやったが、アーニーははいってこなかった。

「あの肉屋。あいつどこへ行った？」アーニーは両手を茶色のエプロンに突っこんだまま、そうわめいた。

ウォークは眠気をふり払った。

「肉屋だよ」アーニーはまた言った。「もう七時過ぎだぞ。あいつは毎年同じ日に休暇から帰ってくる。どうしてまだ店をあけてないんだ？」

「狩猟でしょ？　アーチェリーですよ。もう一泊することにしたのかもしれない」

「あのばかたれが、七面鳥なんぞ追いまわしやがって。二十二年だぞ、ウォーク。あいつが父親から店を引き継いで二十二年、おれはずっとあそこで朝食のソーセージを買ってる。それを向かいに持ってって、ロージーに料理してもらうんだよ。パンケーキ三枚、シロップ、濃いコーヒーを二杯」

「ロージーが仕入れるソーセージじゃだめなんですか？」

アーニーは軽蔑のようなものをこめてウォークを見た。

「新聞を見たか？　町はずれに新しい住宅地だと。あいつら、ここをめちゃくちゃにするつもりだ。おまえさんは反対してくれるんだよな」

ウォークはうなずき、あくびをし、シャツの裾をズボンにたくしこんだ。「ミルトンの様子を見にいってみますよ」

アーニーは首を振ると、背を向けて帰っていった。

デスクに戻ったウォークはまずミルトンに電話してみたが、つながったのは留守番電話だった。そのあとはまた、シーダー・ハイツの防犯カメラのテープを見る作業に戻った。門衛のモーゼスは大した抵抗もせずにそれらを渡してよこし、ウォークが所持してもいないような書類を要求したりはしなかった。

動きはほとんどなかったものの、画質がひどく悪いため、誰かが徒歩で出ていくのを見落とさないよう眼を凝らしていなくてはならなかった。問題の時間帯が不明だったので、数日分の録画にウォークは敢然と立ちむかい、一日が過ぎていく様子を見つづけた。郵便配達、フォードに乗った隣人。さらに一時間が経過したところで何かが見えた。すぐさまスローにし、三度再生してみた。ウォークはその古いトラックをよく知っていた。コマンチだ。眼を細めてじっくり見ると、バンパー・ステッカーの形がどうにか見分けられた。オグロジカのシルエット。ミルトンだ。

遮断機があげられるのを興味津々で見つめたあと、ウォークはゆっくりとテープを進めた。三時間後、ミルトンは出ていった。さきほどよりアングルは悪かったものの、まちがいなく同じトラックだった。

さらに三時間後、セダンを見つけた。ダークを捜していたふたり組の乗っていたものにきわめてよく似たセダンだ。

十分後、そいつらが出ていった。

電話がボイドにつながるまでに十九分かかったが、ダークの家を捜索する令状が欲しいというウォークの要請は、たったの二分で却下された。ダークを捜しているふたり組がいるのだと伝えると、車のナンバーを教えろと言われたが、ナンバーははっきり読み取れず、ウォークはまぬけな新米警官のような気分になった。

電話を切るとネクタイをゆるめ、前かがみになってデスクに額をごつんと、痛いほど強く打ちつけた。

「お邪魔だったかしら」

顔をあげてマーサに気づくと、ウォークはどうにか微笑んだ。マーサはファイルを詰めこんだ書類鞄を持っていた。

「ここってお酒はある？」マーサは向かいの椅子に腰を落ちつけた。

ウォークはいちばん下の抽斗からケンタッキー・オールド・リザーヴを一本取り出した。冬のあいだ留守宅の見回りをしてやった別荘客のひとりからもらったものだ。コーヒーカップをふたつ見つけて、それぞれについだ。

ウォークは彼女が飲むのをじっと見つめ、頬に微妙な赤みがさしてくるのを待った。怒ったり興奮したりしたとき、彼女はよくそんなふうに頬を赤くした。マーサ・メイのことなら、ウォークはいまでも何ひとつ忘れていなかった。

「収穫はなかった」マーサはもったいぶってそう告げた。

「それを伝えるためにはるばるここまで来たのか？」

「あなたに会いたかったのかも」

ウォークはにんまりした。「ほんとに？」

「ちがうに決まってるでしょ。料理を持ってきてあげたの」鞄をあけてタッパーウェアを取り出した。

「もしかして？」

「ただの残りもののパスタ」

「と？」

「それだけ」

ウォークはわざとらしく眼をしばたたいて待った。

「キューバネレ」とマーサはついに言った。「へなちょこ向けの加熱用トウガラシ。食事をしなくちゃだめだよ、ウォーク。がりがりになってきたじゃない。わたしは心配なの」

「それはどうも」

マーサは立ちあがり、歩きまわり、ウォークのすでに知っていることを彼に話すと、また腰をおろした。そこでこんどはウォークがダークのことと、テープのことを話した。

「あなたの読みは？」

ウォークは首筋をもんだ。「ない。いまのところはまだ。まずダークの家を調べたい。それに、ダークが誰にあんな大金を支払ってるのかも知りたい。あいつをハルのことでもスターのことでも挙げられないなら、別のことで挙げてやりたい。娑婆から消えてほしい」

「ダークがモンタナの犯人だとしたら、もう死んでる可能性もあるけどね」

「ダークをモンタナに行かせられれば、スターとのつながりを証明できる。ロビンはたぶん事件の晩、何かを聞いてる。ダークはあの子に死んでほしがってる。それをおれたちは利用できる。必要なのはおれなりのネタだ」

「銀行の支払いは？」

「支店長に電話したけど、裁判所の命令なしじゃ何も話そうとしない。当然だな」

「ファースト・ユニオン銀行でしょ。もう少し下のほうを狙わないと。窓口係かな」

ウォークは片眉をあげた。

「あれ、わたしが情報の吐かせかたを知らないとでも思ってる？　養育費を払わない父親なんてたいてい収入を隠してるんだから、じかに情報源にあたるの」

「それでうまくいくのか？」

「いかないときもあるけど、仲間の貸し借りなんかもあるからね。弁護士なんてそんなものよ。あなたは町じゅうの人を知ってるんだから、圧力をかけられる人が誰かいるでしょ」

ウォークはうつむいたまま、人々の挨拶にも答えずメイン通りを歩いていき、犬を抱いたアリス・オーエンに進路をふさがれてようやく足を止めた。

「少しだけこの子を見ててもらえるかしら、ウォーク。ちょっと買い物を――」

「用事があるんです」

「ほんとに一分だけ」アリスはウォークに犬を、やたらと噛みつくそのろくでもないワンころを押しつけると、〈ブラントのデリ〉にはいっていった。見ていると、カウンターの女の子とおしゃべりをし、二十ドルのチーズの前であれこれ悩みつつ、新しいマシンから出てくるおぞましいソイビーンの飲み物を注文しているのがわかった。

ウォークは犬を見おろし、むきだしの歯を見つめ、それからまたアリスのほうを見た。アリスは店内で出くわしたブリー・エヴァンズとさかんにおしゃべりをしていた。

ウォークは自分のバッジを見つめ、自分の毎日を思った。くそ面白くもない完璧な毎日を。

犬をおろし、リードをはずしてそばのごみ缶に放りこんだ。

ワンころは飛び出た眼に戸惑いを浮かべてウォークを見あげた。それから恐る恐る周囲の野生を受け入れて、みずからの内なる獣に目覚めると、メイン通りをとことこ歩いていった。

ウォークはふたたび歩きだし、空き地をつっきりながら、手をさすり、背筋を伸ばした。これが彼の見せかけになっていた。世間に見せる姿に。指が丸薬でも丸めるように震え（パーキンソン病特有の振戦）、動作が緩慢になり、何に対しても集中するのが難しい。

小さな家の前まで来ると、立ちどまってその古い家を見つめた。業者がはいっているところは見かけなかったし、改装されたことすら知らなかった。ひらめいたのはマーサが帰ってから一時間後、何十回も読みなおした事情聴取を読んでいるときだった。

ディー・レイン。

ディーがダークに出会ったのは銀行だった。ファースト・ユニオン銀行。ディーはそこで、ウォークの思い出せるかぎりむかしから窓口係をしている。ディーの新しい住所を訊こうとしてリーアに電話すると、ディーはまだフォーチュナ・アヴェニューの家に住んでいると言われて、いささか気が滅入った。ダークが所有していて、ディーに立ち退きを求めた家だ。

ところが、その家はもうくたびれていなかった。新しい窓に、新しいポーチ。木材にはステインが塗られたばかりで、ペンキはつやつやし、庭には新しい芝と花々が植えられている。門と柵があり、絶望のかわりに誇らしさがあふれていた。

ウォークがノックもしないうちにディーがドアをあけ、小さな笑みとともに脇によけて、ウォークを中に通した。

中は以前とほとんど変わっていなかったものの、ひとつの暮らしが詰めこまれていた段ボール箱の中身はすべて取り出され、写真や家具はもとの位置に戻っていた。ディーはコーヒーをいれにいった。ウォークはトイレを借りてもいいかと尋ねると、階段をのぼった。長女の部屋をのぞく。イェール大学のペナント。長いこと会っていないが、どちらの娘もかなり頭がいいという噂だった。つづいて次女の部屋。ピンクに塗られ、ベッドには新しいカバー。高価なものではないにしろ、新しいテレビとパソコン。以前はふたりの名前を知っていたが、いまはどうしても思い出せなかった。

階下に戻ると、ディーは彼を庭に連れ出し、ふたりは小さなテーブルについた。

「あなたが何を考えてるかはわかる」ディーは言った。

「ダークがあんたをもとの家に住まわせてくれてよかったと思ってるだけさ。いまごろはもう取り壊されて、数百万ドルの何かのために場所を譲ってるもんだと思ってた」

ディーはコーヒーをひとくち飲んで海を見つめた。その海が最近ベールを取り去られたものではなく、真新しいものだというように。

「大した眺めだ」

「ほんとにね。信じられないくらい、眼が覚めたときなんか。このごろは早いの、五時ぐらい。あたし、夕陽を見るのが好き。夕陽が海のむこうに沈むのを見たことある、ウォーク?」

「もちろん」

ディーは煙草に火をつけ、叫びださずにいるにはそれしかないというように煙を吸いこんだ。ディーのしたことはおたがいに知っていたが、言うべき台詞がまだ残っていた。退屈きわまりない芝居のつづきが。

「じゃ、あんたはダークと一緒にいたわけだな。あの晩。スターが撃たれて死んだ晩」

そこまで言わなくていいというように、ディーは顔をしかめた。「それはもう話したでしょ」

「話したな」

「あなた、疲れた顔をしてるよ、ウォーク」

ウォークは震える手を押さえてテーブルの下に隠し、空が曇ってきたのにサングラスをかけた。

「つまり、あの晩ダークはここにいたと。ふたりで何をしてたんだ？　もう一度教えてくれ」

「ファックよ」ディーは無感情にそう答えた。

少し前のウォークなら赤面していたかもしれないが、いまは悲しげに微笑んだだけだった。そこに憎しみはないのだとわかっていた。

「あたしはずっと真面目に働いてきた……」ディーは煙を深々と吸いこんだ。「税金を払い、子供たちを育て、浮気な夫を殺しもしなかった。人のものを盗んだこともない」

ウォークはコーヒーをすすったが、熱すぎて味がわからなかった。

「あたしの年収がどのくらいか知ってる？」

「少ないだろうな」

「夫は養育費を払ってないんだよ。おかしくない？　全部隠しちゃってるから、自分がこの世に送り出した娘たちのためには一セントも払わなくていいんだよ」ディーは下を向いた。「ラドリー家の子たちは。元気にして――」

「あの子たちの母親は死んだんだ」

「もう、ウォーク」ディーは片手で髪をすいた。細い手首に血管が浮き出ている。「あなたはこの事件を必要以上に難しくしようとしてる。犯人はもうつかまえたんでしょ」

「あんたは事件当夜ダークがほんとうはどこにいたのか、あえて本人に訊かなかったんだ」

ディーは首をのけぞらせて煙をふうっと吐き出した。

「せめて保証ぐらいは手に入れたか？」

「なんの話かわかんない」ディーは涙をためてウォークの眼を見つめた。

「あんたを呼んで証言させることもできるんだぞ。偽証罪を犯すとどうなるか知ってるか？」ダークが嘘をついていると証明はできるかもしれないが、そんなことをしても意味はなかった。実際には。材料がもっとそろわないかぎり。

ディーは眼を閉じた。「ほかに家族はいないの。あたしと娘たちだけ。あとは誰もいないの」

子供たちから母親を引き離すつもりはなかった。代償が大きすぎる。ハルと話していても、ダッチェスとロビンを見ていても、それはわかった。

「頼みたいことがある。やってほしいことが。無駄骨かもしれないが、どうしても必要なんだ」

ディーは何も訊かずに黙ってうなずいた。

ウォークは身を乗り出して彼女の手に触れ、彼女はウォークの手をしっかりとつかんだ。放したくないというように。そこから罪の赦しを絞り出せるとでもいうように。

31

眠りは毎晩ごく浅かったので、コツンという音が聞こえるとダッチェスはすぐに起き出して、セーターとジーンズを身につけた。ロビンは隣でぐっすり眠っていた。ヴァンカー・ヒル病院の家族室でよくやっていたように、胎児みたいに体を丸めている。

窓辺で人差し指を立ててみせると、ダッチェスはスニーカーを見つけて忍び足で階段をおり、夜の寒気の中に出た。

彼はマフラーを巻いて毛糸の帽子をかぶっており、自転車は門の脇に立てかけてあった。

「ばあか、トマス・ノーブル。あんたが石ころをぶつけてたのは、あれはメアリー・ルーの部屋の窓だよ」

「ごめん」

「どのくらい漕いできたの?」

「夕食のときに出てきたんだ。友達の家に泊まるってママに言って」

「あんた、友達なんていないじゃん」

「ウォルト・ガーニーとつきあうようになったんだ」

「あの片眼のおかしいやつ?」

「触らなければ伝染《うつ》らないんだよ」

トマスはひどくもこもこしたコートを着ており、体にタイヤでも巻いているみたいに見えた。

ふたりは細長い庭にはいった。裸の木々のむこうには小さな養魚池があった。ロビンはミセス・プライスからその池には何もいないと教えられるまで、そこに一時間座っていたことがある。

ふたりは半月ときらめく星々の光に照らされた石のベンチにならんで腰かけた。

「あんたマジでちゃんとした手袋をしたほうがいいよ。ロビンだってミトンなんかはめてない」

トマスは彼女の手を取って息を吐きかけると、緊張して身がまえたが、彼女は何も言わなかった。

「きみのこと新聞に載ってたよ。何があったかみんな。切り抜いて取ってある」

「全部見た」

「学校に戻ってきてほしいな」

ダッチェスは眠っている家に眼をやった。それから隣家に。起きて、仕事に行って、支払いをして、休暇を取る。心配ごとといえば、年金と、ＰＴＡの会合と、次はどの車を買うか、どこでクリスマス休暇を過ごすかぐらいだ。

「ハルのことはぼく好きだった。おっかないところもあったけど、同じくらい好きだった。ほんとに同情するよ」

ダッチェスは手の骨が痛くなるまで硬く雪を丸めた。「いまは次の手を考えてるの。もう一度息ができるように。ヘマはできない、それだけはわかってる。あの腐れまんこのメアリー・ルー……首を斬り落としてやりたい」

トマスは毛糸の帽子を引きおろして耳をおおった。

「あたしはケープ・ヘイヴンに帰らなくちゃなんない。ロビンと約束したから。こんどこそいつまでもいられる家を見つけてあげるって。あの子にとって大事なのはそれだけなんだよ」

「うちで暮らせるようにならないかママに訊いてみたんだけど――」

ダッチェスは手を振ってトマスを黙らせ、逃げ道をあたえてやった。「だいじょうぶ。あんたのママと郵便配達の様子からすると、あんたには近いうちにきょうだいができるって」

トマスは渋い顔をした。

「あたしには誰も必要ない……でも、弟はさ、実際にはまだ赤ちゃんだから。ねえ、トマス・ノーブル、純粋に無私な行為なんてものがあると思う？」

「もちろん。きみはぼくと冬のダンスに行ってくれたじゃん」

ダッチェスはにっこりした。

「ぼく、冬がいちばん好きだな、すべての季節のなかで。モンタナにはよそよりたくさんあると思うし」

「なんで好きなの？」

トマスは障害のあるほうの手をあげてみせた。ミトンで完全におおわれている。

「だからミトンをはめてるわけ」

「そう」

「ウィリアム・ダングスっていう無法者がいてさ。射撃のうまいやつで、銀行を三軒襲ったあと、ついにつかまったんだけど。片腕だったんだよ。付け根からそっくりなかったんだって」

「ほんとに？」

「うん」このときばかりは、自分の癖をトマスに知られていなくてよかったと彼女は思った。

体ががたがた震えはじめた。

トマスはコートを脱いで肩にかけてくれた。

こんどは自分が震えはじめた。

「あたしたち、どこか遠いところにやられちゃうかも。もらってくれる人がいたら、アメリカのどこにでも行かされるはず」

「ぼく、自転車を漕いでいくよ。どこだって平気」

「あたしには誰も必要ない」

「わかってる。きみはぼくが出会ったいちばんタフな女の子だよ。それにいちばんかわいい女の子。こんなこと言うとぶん殴られると思うけど、きみが来てくれたおかげでぼくの世界は途轍もなくよくなったんだ。以前はぼくのことをからかったり、指さしたり、こそこそ笑ったりする連中ばかりだったけど。いまはちがう。それに――」

そこでダッチェスはトマスにキスをした。生まれて初めてのキス。おたがいに。トマスの唇は冷たく、頬に触れる鼻も冷たかった。トマスは驚きのあまり、キスを返すこともできずにいる。ダッチェスは体を離して、凍った池のほうに向きなおった。

「うるさいな」

「何も言ってないよ」トマスは答えた。

「言おうとしたでしょ」

ふたりは夜気を吸いこんだ。

「人は終わりから始めるんだって、ハルが言ってた」

「とすると、ぼくらはいまどこにいるわけ?」

「それは重要じゃない気がする」

「どこでもいいけど、もう少しここにいられたらな」

ふたりはしばらく手を握りあってから立ちあがり、春が深く埋もれている庭を門のほうへ戻っていった。家の中には彼女のスーツケースがあり、弟がいた。それ以外に彼女はこの世界で何ひとつ持っていない。それは自分を自由にしてくれているのか、それとも途方もなく惨めな存在にしているのか、彼女には判断がつかなかった。

トマス・ノーブルは柵から自転車を起こし、サドルの雪を払った。

「どうしてここがわかったの？」コートを返しながらダッチェスは訊いた。

「ママがきみのケースワーカーと話してたんだ」

「なるほどね」

トマスは自転車にまたがった。

「ねえ。なんで今夜ここに来たの？」

「会いたかったから」

「それだけ？　ちがうでしょ。教えて」

「その男を捜してるんだ。ダークを。毎日放課後ラドリー農場まで行って、森を歩きまわってる」

「死体を見つけることになるかもよ」

「そうなってほしいな」

トマスはプライス家の私道のはずれまで惰力で進んでいった。ダッチェスはあとについて通りに出た。郵便受けが整然とならんでおり、それぞれに名字が記されている。〝クーパー〟に〝ルイス〟に〝ネルソン〟。ロビンは名字を読んでいくのが好きだった。その家の中に自分がいるところを想像するのが。

「トマス・ノーブル」

トマスは自転車を停め、片足をついてふり返った。

ダッチェスは手をあげてみせた。

トマスも手をあげた。

部屋に戻ってみると、ロビンが泣いていた。壁ぎわに体を寄せ、手で顔をおおっている。

「どうしたの?」

「どこ行ってたのさ」ロビンはしゃくりあげながら言った。

「トマス・ノーブルが来てたんだよ」

「ベッド」

ダッチェスは丸められたシーツに眼をやった。

「濡れちゃった」とロビンは泣き声を出した。「あの晩の夢を見たの。物音が聞こえた。声も聞こえた」

ダッチェスはロビンを抱きよせて頭にキスをした。それからパンツとTシャツを脱がせ、浴槽に入れて体を洗ってやった。

それがすむと、きれいなパジャマを着せて自分のベッドに寝かせた。彼女がマットレスからシーツをはがしはじめたときにはもう、ロビンは眠りこんでいた。

＊＊＊

ウォークはベッドに横になったまま、自分のつかんだ事実と格闘していた。ディッキー・ダークはスターが殺害された夜のアリバイに関して嘘をついていた。ミルトンはダークの家を訪れていた。ふたりが一緒に狩猟に行っている可能性もなくはなかったが、ウォークはそうは思わなかった。ミルトンは行方不明だった。家まで行ってみたが真っ暗だった。泊めてくれるような知り合いはいないはずだし、モーテルなどに泊まるはずもない。ミルトンはいつもキャンプをしながら狩猟をし、岬にいたら耐えられないような孤独のなかで山地を歩いている。

夜明けの一時間前、ウォークは起き出して服を着ると、コーヒーを飲んでからパトロールカーでシーダー・ハイツに行った。

守衛小屋は夜間は無人だったので、ウォークは明るんできた空を背景に揺れる木々の下にパトロールカーを残し、ドライブウェイを渡って脇の小さな門から中にはいった。

家々に人けはなかった。通りの向かいの家にすら。気にせず顔をあげて歩いていった。まちがいなく防犯カメラにとらえられているはずだ。それが不眠のせいなのか、体の震え具合のせいなのかはわからなかったが、自分の招くことになるトラブルなど、けさのウォークは屁とも思っていなかった。

家の横手を歩いていって、門をあけて庭にはいると、ウォークはぴたりと足を止めた。裏口のドア。ガラスが一枚だけなくなっていた。音を立てないよう慎重に取りはずしてある。ダークを捜しているふたり組のことを思い浮かべつつ、ウォークは中に手を入れて把手をまわした。

家にはいっていっても、なんの痕跡も見あたらなかった。テレビは消え、プラスチックの果物はボウルに載っている。二階にあがり、寝室をのぞいていったが、まるで完璧な一家が自分たちの生活を人々にのぞかせてやろうと一時間ばかり姿を消したとでもいうように、きちんと整えてあった。

ウォークはベッドの下をチェックし、シーツを引きはがし、枕を床に放り投げた。そのとき、それが眼にはいった。ひどく場ちがいなものが。そこに、そのベッドの上に。一枚の小さなピンクのセーター。女の子のセーターだ。それを袋に入れ、持っていって、ボイドに説明することを考えてみた。結局そのままにしておいたが、忘れないよう手帳にメモはしておいた。

そのとき、光がよぎった。

腰をかがめ、窓辺に移動すると、車のアイドリング音が聞こえてきた。そっとのぞいてみると、ちがうセダンではあったが、同じふたり組だった。顎ひげの男が窓をおろし、煙草の火で顔を明るませ、家をじっと見つめていた。

ウォークは自分の心臓の鼓動を数えた。

十五分後、セダンはようやくバックして向きを変え、ゆっくりと走り去った。ウォークはいちおうナンバーをひかえておいた。

キッチンに戻ると、照明をつけて戸棚をかたっぱしから調べた。

もう少しでそれを見落とすところだった。

膝をついて床のタイルをじっくりと見た。

まちがいなく血だった。

鑑識のバンは三時間でやってきた。貸しを返してもらったのだ。タナ・ルグローはウォークが電話したとき、ちょうどシフトが明けるところだった。ウォークは以前、フォールブルックでどんちゃん騒ぎを解散させたさいに、マリファナを吸っていた彼女の息子を逮捕したことがあった。その子の名字に気づくと、召喚状を書くのはやめにして、家まで送っていったのだ。タナはそのことを死ぬまで感謝するはずだった。

モーゼスが守衛小屋に出勤してくると、ウォークはモーゼスを丸めこもうとしてみたが、結局、その男の質問に対処するいちばん簡単な方法は二十ドル札を渡すことだった。

家の奥まで行ってみると、小さなオフィスがあった。コンピューターはプラスチックで、中身は空っぽ、形だけのまやかしだった。

タナがやってきた。彼女が連れてきたもうひとりの男は、若くて几帳面で熱心だった。その男が一歩下がって片眉をあげてみせると、タナはマスクをおろし、キッチンのほうを指さした。ブラインドがおろされ、ルミノール試薬が床を光らせた。

「すごいな」とウォークは言った。「血か?」

「ええ」とタナは答えた。

「大量?」

「ええ」

「調べられるか?」

「ここにはいるのに令状は取った?」

ウォークは答えなかった。

「じゃあ、あのタイルをはがすのは無理かしら」

「すまない」

「綿棒で拭いとってみる。もっと情報をもらえれば、プロフィールをこしらえてあげるわよ。まあ、システムになければどうしようもないけれど」

ウォークはダークを追いかけている連中のことを考えた。そこでふと、ミルトンのことが気になりだした。


パトロールカーを歩道に乗りすてて、ウォークはミルトンの家の前庭を駆けぬけ、けたたましくドアをたたいた。

「ミルトン」そう怒鳴ってから、通りに戻って二階の窓を見あげた。背後で物音がしたのでふり返ると、ブランドン・ロックが芝生に水をまいていた。

「ミルトンを見かけたか?」

「休暇だよ」ブランドンはひどいありさまだった。サングラス、無精ひげ、つぶれたフェザード・ヘア。

「だいじょうぶか、ブランドン?」

「リーアから聞かなかったのか?」

「何を？」

「あの夫婦はもう口もきかないからな、リーアは知りもしないんだろう」ブランドンは呂律が怪しかった。

「知らないって何を？」

「エドはおれを首にしたんだ」

ウォークが一歩近づくと、酒のにおいがした。

「おれとジョンとマイケルを」

「それは気の毒に」

ブランドンは手を振ると、背を向けてふらふらと家のほうへ歩いていった。「市場が冷えこんでる、景気が悪い。ばかぬかせ。エドが会社をつぶしたんだよ。酒と女で。おれより頻繁に〈エイト〉に通ってたんだ。あそこに住みこんでたも同然のおれより」

ウォークはごみ缶を引きずっていってその上に乗ると、体を引きあげてミルトンの家の横手の門を乗りこえ、裏庭に飛びおりた。着地した瞬間、骨がきしんだのがわかった。

模造石の下から鍵を見つけた。五年前ミルトンは野良犬をひろってきた。痩せた雑種犬だったのに、ミルトンがすっかり肥満にしてしまい、一年後に死んでしまった。大量の肉でハッピーになったのだ。ウォークはミルトンの父親が亡くなったとき、そいつの餌やりを引き受けたのだった。

中にはいる。

すぐに血のにおいがしてきた。ミルトンの座るところにはどこにでもそのにおいが染みついているのだろう。壁にカレンダーがかけてあり、二週間にわたって印がついていた。店を再開する日が丸で囲ってある。

「ミルトン」とウォークは大声で呼び、万が一にも本人が風呂にはいっていた場合にそなえた。うっかり姿を見てしまったら、死ぬまで夢に出てきそうだ。

居間は異常なし。

二階にあがって客用の寝室をのぞいた。マットレスが一枚、シーツもかけずに床に置いてある。つづいて主寝室。

室内はきちんとしていた。ベッドにはこの暖かいのに分厚い毛布、上に鏡のついた古い化粧台、ミルトンの母親が使っていたものかもしれない。壁には、マホガニーの板に据えつけた鹿の首。生気のないその眼を見てウォークは、こんなのものに見つめられていたがる人間がいるのかと首をひねった。

本棚には狩猟や罠の教科書、山野の地図などが詰まっていた。天文学の本はない。

窓辺に行って望遠鏡を、〈セレストロン〉を見て、鏡筒に指を這わせてみた。埃が積もっている。一年は使ったことがないようだ。

腰をかがめてそれをのぞいてみて、ウォークは吐息を漏らした。望遠鏡が向けられている先は空ではなく、向かいの家だった。

向かいの家のひとつの窓。

スター・ラドリーの寝室の窓だ。

ウォークはミルトンが何くれとなく一家の手助けをしていたことを思い出した。コマンチを貸してやったり、ごみを出してやったり、ダッチェスに肉を持たせてやったり。自分はこれまでずっとミルトンのことを、善良で、誤解されやすい、少し変わっているけれど、基本的にはまともな男だと勘ちがいしていたのだ。ウォークは小声で悪態をつくと、抽斗を調べはじめた。

ベッドの下にスーツケースを見つけ、引っぱり出して中身をマットレスの上にあけた。

〝近隣監視団〟――表にはサインペンでそう記してあり、中にはきちんと分類整理された写真がはいっていた。数百枚はあった。ポラロイドもあれば、もう少し画質のいいものも。一枚を手に取ると、半裸のスターが写っていた。胸をあらわにした、下着だけのスター。それが主題だった。服を着て庭仕事をしているもの、ダッチェスとロビンが写りこんでいるものもあったが、子供たちは明らかに被写体ではなかった。ヌードのほかには、かがみこんでいる写真、寝るために服を脱いでいる写真。

「ばかたれめ」

かなり古い写真もあり、十年はのぞいていたようだった。名前は憶えていないものの、スターのつきあっていた男が写っている二枚の写真があった。ミルトンはふたりがファックしているところを連写できると思っていたのだろうが、写っていたのはスターがその男にお休みのキスをしているところと、男が居間に引き取るところだった。

そこでウォークはぴたりと手を止めた。

〝六月十四日〟と記されたファイル。

スターが殺された日だった。

震える手でページをめくり、また悪態をついた。ファイルは空だった。

最後にもう一度室内を見まわしてから、署に電話した。電話を受けたリーア・タロウは、ウォークがこう伝えるとショックを受けたようだった。

ミルトンを、見つけしだい連行する。

32

ふたりは崩壊した生活になじんだ。

毎朝、友達と合流しつつ学校へ歩いていくメアリー・ルーと弟のあとを、黙ってついていった。グループはふり向いてふたりをじろじろ見ては、何やらささやきあって笑った。一度ダッチェスは氷で滑って転び、ジーンズが破れて膝を切ったことがあった。彼らは助けようともせずに、そのまま行ってしまった。ダッチェスは弟の鞄と自分の鞄を持ったまま、無言で足を引きずりながら歩きつづけた。

ミセス・プライスはロビンのベッドにビニールのシーツを追加した。それは毎晩ロビンが姉と一緒にベッドにはいるさいに、がさごそとうるさい音を立てた。

ふたりはふた組の夫婦と引き合わされた。

最初はコリーン夫妻。ダッチェスにはすぐさま、シェリーがその夫婦をテーブルにつけるのにずいぶん骨を折ったのがわかった。テーブルはツイン・エルムズ・アヴェニューの公園の遊具エリアにあり、ダッチェスはロビンの乗ったブランコを押し、コリーン夫妻はシェリーと一緒にベンチに腰かけてサーモスのコーヒーを飲みながら、触れ合い動物園のアトラクションでも見るような眼でふたりを見ていた。

「なに見てやがるんだ、あいつら。芸でもしてほしいのかよ」

「しっ、聞こえちゃうよ」

ダッチェスはコートからティッシュを取り出してロビンの洟を拭くと、シェリーに笑いかけられてまたブランコを押しはじめた。

「あのおっさん、図書館の司書じゃないかな」

「どうして」

「あの眼鏡。袖なしのセーターなんか着てるし。あの夫婦はたぶん歳を取りすぎて、自然には子供ができないんで、別の方法が必要なんだよ。おっさんの精子に問題があるのかもしれないし、おばさんがモハーヴェ砂漠なみに不毛なのかも」

ロビンは肩越しにふり向いた。「フモウ？」

「体の一部が死んじゃってんの」

「そうは見えないけど」

「毛穴から後悔がにじみでてる。卵子を凍結しとけばよかったって。あの人はたぶん、あたしたちをちゃんと愛してくれないと思う」

「だけど、ほかには誰もいないじゃん」

「いまに来るよ。辛抱強く待ちなさいって、シェリーに言われたでしょ」

ロビンはうなだれた。

「でしょ？」

「うん。まあね」

「こういう人たちはね、テストを受けたり、調査されたりするの。授業を受けて、ちゃんとした親になるための勉強もするし」

ロビンをもっと高く押してやると、しまいには鎖がたわんで、ロビンは悲鳴をあげたり笑ったりしはじめた。ロビンの順応力には驚くばかりだった。まともに微笑み返してもらえる可能性など薄いというのに、プライス夫妻にせっせと笑いかけたりする。

いまのダッチェスは毎日懸命に努力して癇癪を抑えていた。メアリー・ルーににやにやされても、ヘンリーがロビンにゲームを貸そうとしなくても、何も言わなかった。ハルのことやその死について考える自分、母親のことやその死について考える自分は、胸の奥に隠していた。古い西部劇を見たり本を読んだりして、人生というのは復讐心にあまり染まりすぎると、その人の持っていた善良さを食いつくしてしまうことがあるのを学んでいた。

ダッチェスがばかなまねをせずにいるのは、ひとえにウォークのおかげだった。ウォークが彼女を善良さにつなぎとめ、現在ではなく将来に眼を向けさせてくれていた。ウォークが彼女に、人というのは善良になれることを思い出させてくれていた。ウォークのおかげで彼女は、シェリーとコリーン夫妻のほうへつかつか歩いていきたくなる自分を抑えていた。ロビンの面倒はあたしがずっと見る、あんたたちに用はない、とっとと帰れ、そう言わずにすんでいた。

ミセス・コリーンが手をあげてロビンに笑いかけると、ロビンはにっこり笑って元気いっぱいに手を振りかえし、その場の空気には気づいていないようだった。夫妻はふたりにほとんど話しかけなかった。中西部訛りまるだしで二、三質問をしたきりで、引き取ってくれる見込みは皆無だった。彼らも多くの夫婦と同じく、子供を持つすべを探してはいたものの、ラドリー姉弟が基準に達していないことには即座に気づいていた。

「いまいちだった」プライス家に戻る道すがらシェリーはそう言った。

ミセス・プライスはその晩、ふたりがヘマをしたといわんばかりに腹を立てた。ふたりにはもううんざりしており、もっと幼くてかわいい子たちを毎週教会に連れていって見せびらかしたいようだった。

次の顔合わせはひどかった。サンドフォード夫妻。夫は退役陸軍大佐で、妻は空っぽの家を守る主婦。

夫妻はシェリーとならんでベンチに腰かけ、雑談をしながら子供たちを品定めした。大佐はしきりに笑っては、妻の膝をぴしゃぴしゃと、手の痕が残るほど強くひっぱたいていた。

「あのおやじ、あたしたちを殴るよ」ダッチェスはブランコのそばの定位置から言った。

ロビンは眼を丸くして大佐を見つめた。

「きっとあんたを丸刈りにして軍隊に入れようとする」

「おばさんがお姉ちゃんにパン焼きを教えてくれるかも」ロビンは言った。

「くそったれが」

「声が大きいよ」

顔をあげると、大佐に見つめられていた。ダッチェスはさっと敬礼してみせた。シェリーが不安げに微笑んだ。

三月初め、雪解けが始まった。

ダッチェスは毎晩窓辺に座って、ほうぼうの窓からしずくがぽたりぽたりと垂れるのをながめ、それとともに色彩がゆっくりとモンタナに戻ってきはじめた。夜明けの太陽は冷たかったが、太陽にちがいはなかった。歩道の雪が解け、埋もれていた庭々が顔を出し、ザイフリボクが褐色を脱ぎすてて白い花を空に伸ばした。けれどもその変化を観察していても、ダッチェスの眼に美しさは少しも見えなかった。

彼女は自分のささやかな生活を淡々とこなした。何をするのも惰性で、ともするとその日が何曜日なのかも忘れていた。ロビンの世話をし、学校に連れていき、メアリー・ルーとその親友のケリーに靴や上着やジーンズのブランドをけなされても、相手にしなかった。シェリーは毎週やってきた。ときにはアイスクリームを食べに連れていってくれることもあったし、映画に連れていってくれたこともあった。ロビンはしきりに新しい家族のことを口にした。父親はきっとハルに似ていて、釣りや野球を教えてくれるんだと。その確信を、ロビンは小さな手で日ごとに強く握りしめていた。

ある土曜日、シェリーは農場の様子を見に連れていってくれた。検認手続きには数カ月かかるため、もうしばらくはそこはラドリー家の土地だった。三人は途中でノーブル家に立ちよってトマスをひろった。

春たけなわの午前。ロビンはシェリーを連れて鶏小屋に行き、自分がいつもやっていた仕事を説明した。ダッチェスとトマス・ノーブルは、雑草の列と土の山ばかりで何も蒔かれていない小麦畑を歩いた。彼女は深い悲しみに襲われて、しばらくは口がきけなかった。一歩ごとにハルを思い出し、葉巻のにおいを思い出しながらポーチにあがり、ブランコに腰かけた。ブランコを後ろに押すと、引っぱられた鎖がキイッと音を立てて、彼女は泣きたくなったが、泣かなかった。芦毛の走った草地に行ってみた。祖父と同じくらいあの芦毛が恋しかった。

やがて、彼らはおし黙って農場をあとにした。ロビンはついに泣きだしてしまい、ダッチェスは手を握ってやった。プライス家の前まで戻ってくると、三人は通りに車を停めたまま、近所の子供たちが自転車に乗るのをながめていた。季節はどんどん暖かくなっており、夏はまだしばらく先だとはいえ、近づいてきているのがはっきりわかった。

「いい人たちがいるの」シェリーは言った。

ダッチェスはその口調に何かを聞き取った。かすかだが、いつもとちがう響きを。

「だれ?」とロビンが訊いた。

「名前はピーターとルーシー。ワイオミングのご夫婦でね、あたしは前にワイオミングで働いてたの。このご夫婦は、いままでは子供をひとりだけ探してたんだけど、あたしがあなたたちふたりのことを、すごくいい子たちだと話したら――」

「嘘じゃん」ダッチェスは言った。

シェリーは笑って手をあげた。「最後まで聞いて。住んでるのは小さな町でね、ピーターはお医者さんで、ルーシーは三年生を教えてる」

「どういうお医者さん？」

「本物のお医者さん」

「精神科医？　あたし他人に頭の中を――」

「開業してるふつうのお医者さん。病気の人を治してる」

「その人たち、ぼく好き」ロビンは言った。

ダッチェスは溜息をついた。

「会ってみたければ、次の週末に引き合わせてあげる」

ロビンは懇願の眼でダッチェスを見つめ、とうとう彼女をうなずかせた。

＊＊＊

マーサのプリウスでふたりはオレゴン州にはいり、五号線をメドフォード、スプリングフィールドと、北へたどった。

セイラムから百五十キロのところで、明るい街灯と滑らかなアスファルトに別れを告げて、マリオン郡を貫く暗いでこぼこ道をくだっていき、古い地図にしか存在しないような町々を通過した。

マーサは眠っていた。道が滑らかでまっすぐになると、ウォークは思いきって助手席に眼をやり、ずきりと鋭い痛みを覚えた。彼女の人生にふたたび踏みこんだ日以来、胸に突き刺さっている痛みだ。

マーサの顔は安らかで、穏やかで、美しく、ウォークはキスをしたいという激しい衝動にたびたび駆られた。

カラセイド・ハイウェイで夜が明けた。彼はくたびれきっていて、黄色い二重線をふらふらと越えてしまい、マーサが手を伸ばしてハンドルをそっと戻してくれた。

「停まったほうがいい」

「だいじょうぶだ」

シルヴァー・フォールルズ・ハイウェイで、ふたりは山の端から昇ってきた太陽が農地をさまざまな緑で彩るのをながめた。一軒のダイナーで卵とベーコンを食べ、濃いコーヒーを飲んだので、ウォークはふたたびしゃきっとした気分になった。

「もう遠くない」マーサはテーブルに広げた地図を見ながらそう言った。

目指すのはユニティ病院という、シルヴァー・フォールルズにある民間医療施設だった。そここそが、銀行の記録でたどれるかぎりむかしからディッキー・ダークが支払いをつづけている場所だった。ディーが期待どおりそれを突きとめ、前夜ウォークの家のドアをノックして、受取人の名を記した紙切れを渡してくれたのだ。

コーヒーを三杯飲むと、ふたりはダイナーをあとにした。カフェインがウォークの血管を駆けめぐり、シルヴァー・フォールルズ州立公園が迫ってきた。マーサが道を指示すると、まもなく両側に樹木がそびえ、急な緑の斜面の上に岩々が屹立するようになった。ウォークは窓をあけて、押しよせる轟きを聞きながら滝の前を通りすぎた。

もう一度カーブを曲がると、両開きの門が現われた。ウォークはあらかじめ電話して、内部を見学したいと伝えてあった。スピーカーを通して名前を告げると、門がするするとあいた。

長い車道をたどっていくと、やがて病院が見えてきた。モダンな洒落た造りの建物で、黒縁の窓ガラスが砂色の煉瓦を引き立てており、さながら森の中にたたずむ豪華マンションといったところだった。

アイカーという女性が、入口で心からの笑顔とともにふたりを出迎え、広々としたエントランスホールに招じ入れた。モダンアートがあった。一羽の鷹のようにも見える彫刻だ。静けさがあたりを支配しており、医師たちがのんびりと通りすぎ、看護師たちがゆっくりと歩いていく。騒ぎもなければ、気がかりなこともない。ウォークは最初、そこを一種の保養所ではないかと思った。多忙な重役たちが静養に来るような場所ではないかと。だがそこでアイカーが戻ってきて、自分たちの仕事がどのようなものか、患者の多様なニーズと自分たちの提供する二十四時間態勢の医療について、滔々と説明を始めた。

体に余分な肉が二十キロもついているというのに、アイカーはてきぱきと移動した。ドイツ風の訛りがあったが、地元の言いまわしが交じっているため、どこの訛りか特定はできなかった。アイカーはふたりに、誰のために来たのかとは尋ねなかった。ウォークは電話をかけたとき、身内が治療を、専門家のケアを必要としているとほのめかした。するとアイカーは、気軽に見学にきてほしいと答えたのだった。大切なのはふさわしい環境であって、あわてるのはよくないと。

マーサはウォークの横に黙ってひかえ、だだっ広いデイルームや、ずらりとならんだエレベーター、足が沈むのがわかるほど分厚い絨毯を記憶にとどめていた。

アイカーは病院の歴史を語り、州立公園の近さと、それがもたらす静けさとを強調した。自分たちはどんな緊急事態にも対応でき、五名の医師と三十名の看護師がつねに待機していると。

ふたりは彼女に連れられて、低いフェンスのむこうの小川までなだらかにくだる庭園に出た。ひと組のドアの横でふたりの清掃係が一服しているのが見えた。アイカーがじろりとにらむと、ふたりは煙草をもみ消して仕事に戻った。

「わたしどものことをどのようにしてお知りになったのか、うかがえます？」アイカーは言った。

「友人から聞きました。ディッキー・ダークから」

するとアイカーは白い歯を見せて微笑んだ。前の二本のあいだにかなりの隙間があった。「マデリンのお父さまですね」

ウォークは黙っていた。

「マデリンは特殊な子なんです。でも、ミスター・ダークはとても強いかたです、奥様をあんなふうに亡くされたのに。ケイトのことはご存じでした？」

マーサが前に出た。「あまりよくは」

アイカーは悲しげな顔をし、とり澄ました外見に亀裂がはいった。「ケイトは地元の娘《こ》でした。クラークス・グローヴで育ったんです。マデリンはケイトに生き写しなんですよ」

アイカーはふたりを連れてエントランスに戻ると、パンフレットを手渡し、ご連絡をお待ちしていますと言って仕事を終えた。これ以上無理をする必要はウォークにはなかった。探しにきたものはすでに見つかっていた。

「ディッキーによろしくお伝えくださいね。早くよくなることを祈っていますと」アイカーは言った。

ウォークはアイカーをふり返り、アイカーはウォークの表情に気づいた。

「すみません。怪我のことです。ディッキーは足を引きずっているんですよ、滑って転んだといって」

ウォークは興奮を覚えた。「それはいつのことです？」

「一週間ぐらい前です。いるんですよね、悪運につきまとわれているような人というのが」アイカーはまた微笑むと、踵を返して去っていった。

クラークス・グローヴまで二十五キロ、そこからふたりはカラフルなメイン通りを歩いた。ケープ

・ヘイヴンとの隔たりは距離だけで、ウォークはすぐさまその町が好きになった。古い町立図書館は通りのはずれにあった。古風だがくたびれていて、まるで施しだけで運営されているように見えた。中はがらんとしていて、暗く寒々しく、ウォークにポートーラでの二年間の学生生活を思い出させるようなにおいがした。

カウンターの老婦人は画面から顔をあげなかったので、ふたりはそのまま奥にある二台のコンピューターのところへ行った。マーサはウォークの隣に座って脚をウォークの脚に押しつけ、仕事にかかった。ウォークは彼女を見つめた。眉間に皺を寄せる様子や、呼吸に合わせて胸を上下させるさまを。

「わたしをチェックしてるの、署長？」

「いや。ごめん。ちがう」

「あら残念」

ウォークは笑った。

マーサがすばやく〝ケイト・ダーク〟と打ちこむと、アーカイブから十あまりの記事がヒットした。ふたりは無言でそれを読んだ。自動車事故があったこと、ケイトが即死し、マデリン・アンが脳に重い障害を負ったこと。写真もあった。凍結した路面、道をはずれて急斜面を滑り落ち、立木に激突してフロントガラスが砕けたフォード。そのむこうの湖、エイト湖。そのショットのなかで唯一の静寂。

事故の前の家族の写真も一枚だけあった。

マーサがそれを拡大すると、ウォークはダークの表情に衝撃を受けた。あの虚無、うつろなまなざし、それがまったく見あたらない。

「てことは、マデリンはいま十四歳になるはずね」マーサが言った。

「ああ」

「なんてこと。九年前からあそこにいるんだ。ダークが移動を始めたころから。大金だよ」

ウォークは別の記事を見つけた。こちらはマデリンのこと、ユニティ病院での治療のことに焦点があてられている。量のわりに内容は乏しかった。マデリンは機械によって生かされていた。ダークは奇跡を願っていたのだ。

33

ハーバー湾。

ウォークは三十分で駆けつけた。カブリロ・ハイウェイはがらあきで、警光灯を点滅させる必要はなかった。通報があったのは、ポートランドから帰ってきて一時間後だった。

ゲートのそばにパトロールカーを置いて、波に揺れるトロール船や、ぴかぴかのモーターボート、ならんだゴムボートの脇を歩いていった。桟橋の隙間と、その下で跳ねる水。どこかの老人がその日の残りの餌を捨てると、ナマズの群れが身をひるがえすのが見えた。

掻き乱される水面、潮風、不安。

そのトロール船は七三年式の〈レノルズ〉だったが、もっと新しく見えた。塗りなおしたばかりの塗装と、青い縁取り。甲板でアンドルー・ウィーラーが、うち寄せる波を見つめている。

ウォークはアンドルーのことを多少知っていた。アンドルーはスターを何度かデートに連れ出したことがあった。

かなたに岬が見えた。断崖と、砂浜へとくだる陸地と、そのすべてを見おろすキング邸が。アンドルーはいまでもダグラス船長と一緒に働いていた。船長はすっかり年老いて白髪になり、陸ではほとんど口をきかなかった。桟橋におりてきて、ウォークにひとつうなずいてみせると、駐車場のほうへ歩いていった。不快だった一日の憂さを晴らすために、ビールを二、三杯やりにいくのだろう。

アンドルーがおりてきてウォークと握手をした。筋肉のついた腕は日に焼け、額の上には夕暮れだというのにサングラスが載っている。ウォークは照明が点灯する船にあがった。

「何があったんです？」ウォークは訊いた。

「都会のお客さんを乗せて海に出たんだ。サクラメントから来たグループを。幼なじみの三人で、シックス・リバーズまで旅をしてる途中だと言ってた」

ロブスターの漁期は十月から三月までで、数と大きさと重さに制限がある。だが、たいていの客は海で一日を過ごすことしか望まない。

「のんびりと戻ってきたら、船長がおれを呼ぶんで、行ってみたら網が引っかかってた。よくあるんだよ。いつも悩まされてる。おれがウェットスーツを着て潜って、やむをえなけりゃ切り捨てることもある」

波は穏やかだったのに、ウォークは舷に手をかけた。

「ところがえらく重たくてさ。船長は帽子を脱いで額まで拭った。汗なんかひとつも搔いちゃいないのに。おれはウィンチをつかんで巻きあげた。するとそいつが水の上に現われた。お客さんはゲロを吐いたよ、三人そろって。鷗がいつもよりたくさん群がってきたんで、おれはそれでわかった。あんまりうるさく鳴くもんだから、船長が死体の眼を閉じてやった」

「それ以外は手を触れてないんですね？」

アンドルーはうなずくと、脇によけた。

「お客さんがゲエゲエやるんで、帰ってくるまで眼に触れないようにしとかなくちゃならなくてさ」

ウォークはタオルをめくり、はっと息を呑んだ。

ミルトン。

膨張し、斑になり、両眼が腫れあがっている。

「だいじょうぶか、ウォーク？」

「気の毒に」

「知り合いか？」

ウォークはうなずいた。

ダークの家に残された血痕のことを考えた。照合すればすぐに一致するだろう、それはほぼ確実だ。彼はそう思った。ますますピースが増えてきた。ひどく不規則な形のピースが。

「ちょっと座れよ、具合が悪そうだぞ」

ふたりはデッキに腰をおろして検屍官を待った。アンドルーがビールを渡してくれ、それを少し飲むとウォークの顔に血色が戻ってきた。

「落ちついたか？」

「あまり動揺してないみたいですね」ウォークは言った。

「死体はこれで三度目だからな」

「ほんとに？」

「一度はジャージーで、二度目はキーズで漁をしてたときだ。ケープ・ヘイヴンじゃいろんなことが起こる」

「起こりすぎです」

ウォークは瓶を額にあてて、始まりかけている頭痛を和らげた。瓶を口元に運ぶと手が震えたが、隠そうともしなかった。

「葬儀でお見かけしましたよ。挨拶に行けなくてすみませんでした」アンドルーは後ろのほうに立ってしばらく頭を垂れていたあと、そっと出ていったのだ。

アンドルーは気にしないでくれというように手を振った。「おれは……あれは悲しかった。知らせを聞いたときには、何もかもが。あの子たちのことを考えたよ。あのころでさえ、男の子はまだ赤ん坊だったけど、女の子はおれをにらみつけたもんだ」

ダッチェスの顔が思い浮かんだ。

「犯人はわかってるのか、この男か？」

「ことによると」

アンドルーはそれ以上訊かなかった。

ふたりは一艘の船が入港してくるのを黙って見つめた。穏やかな海面に夕陽がきらめいている。

アンドルーは臨終の太陽に向かって自分のビールを掲げた。「最後に会ったのはもう五年前なんだが。いまでも彼女のことを考えるんだ。あれは……始まってもいない関係だった。そういうものじゃなかった。誰かを救いたいのに、どうしたらいいのか皆目わからないときってのがあるだろ」

「しばらくつきあってましたよね」

「数カ月ぐらいかな。バーで見かけて、歌うのを見てて、そのあと一杯おごって、美人だなと思ったんだ。美人で、変わってて、ちょっと壊れてると。それはおれが飲みにいくような店じゃ、そんなに珍しいことじゃない」

「で？」

「つきあうようになったんだが、それだけだった。友達みたいなもんだ。おれはもっと先へ行きたかった」

ウォークはアンドルーの顔を見た。

「セックスだよ。一度もしなかった」

ウォークは一艘のスピードボートに眼をやった。場ちがいな、白い派手なボート。まちがいなく別荘客が自分のおもちゃを持ち出しているのだ。新旧のぶつかりあうさまは、ウォークをいまだにいらだたせた。〝売り物件〟の看板を見るたび、それを買った連中がどこか遠いところへそれを持っていってくれることを願った。

「彼女はきれいだった。セックスってのは大きなもんなんだよ。そんなこと誰も言わないけど、大きなもんなんだよ。男女の関係じゃ、それがなければ何があるっていうんだ？」

ウォークはマーサのことを考えた。マーサとの友人関係の底にあるもの、マーサに会うたび自分を押し流し、自分の心を本来あるべきではないところへ引きずっていく暗流のことを。マーサは自分を閉ざしており、部分的にはウォークのものでも、心は彼女がかつて失った赤ん坊とともに地中にあった。

「スターは理由を言いましたか？」ウォークは尋ねた。

「ひとつの大きな愛を持ってたら、それでいいんだと言ってた。それを見つけられたらラッキーなんだ。それに比べたらあとはすべて、無に等しいんだと」

ウォークはスターのことを考えた。スターはハッピーエンドを迎えられなかった。子供たちは迎えられますように。彼は夜ごとにそう祈っていた。

＊＊＊

顔合わせの日、ロビンは緊張していた。

前の晩ふたりは眠れなかった。ロビンはピーターとルーシーのことを、あたかも知り合いのように話し、ぼくもお医者さんになろうかなと言った。でなければ先生か、と。ダッチェスは、もう寝なさいと応じた。あしたは元気な顔をしていなくちゃいけないんだからと。ロビンはさらに一時間しゃべりつづけた。

ダッチェスが半ズボンとTシャツを出してやると、ロビンはそれをよそいきのズボンと葬儀のときに着たシャツに取り替えた。蝶ネクタイまでつけようとし、諦めて放り出した。いちばん上等の靴を唾とペーパータオルで磨いた。ダッチェスはぼさぼさの髪をとかしてやろうとして断念し、なでつけて分け目をつけてやった。

彼女はいったんジーンズとプルオーバーを身につけたものの、ロビンにぎゃあぎゃあ言われてとうとうワンピースに着替えた。ロビンはダッチェスの髪用に黄色いリボンを選んだあと、ちょっとお化粧をしたほうがいいんじゃない、と言った。朝食は食べず、窓辺でジュースをちょっぴり飲んだだけだった。

「落ちつきなさい」

「来なかったらどうする?」

「来るよ」

公園までの道中、ロビンは黙りこくって窓の外を見つめていた。小さな指を交差させているのが見えた。シェリーは駐車場に車を乗り入れ、三人は日射しと、小鳥のさえずりと、そよ風のなかにおりたった。

ピーターは背が低く、やや太りすぎだったものの、それをうまくごまかしていた。ルーシーのほうは、いかにも生まれつきの母親か三年生の教師だと思わせるような、健全な笑顔の持ち主だった。シェリーが手を振ると、ふたりは近づいてきた。

ピーターが後ろをふり返って口笛を吹いた。黒ラブが片足を浮かせたまま顔をあげ、それから駆けだしてきた。

「犬を飼ってるんだ」とロビンがささやき声で言った。

「いいからじっとしてて」

ロビンはダッチェスを見あげた。ダッチェスが少し待ってからうなずくと、ロビンは飛び出していき、狂ったように手を振りながらラブラドールめがけて走っていった。

「なにあれ」

「心配しないで」シェリーが言った。

「あいつ、スーツケースを持ってくるなんて言いだしたんだよ、あの人たちがあたしたちをすぐに連れていきたがるかもしれないからって」

「なにそれ」シェリーも同意した。

これまでと同じなら、顔を合わせたときにはおずおずと握手をしたりやたらと顔を見合わせたりして、ぎこちない雰囲気になっていたはずだが、ピーターとルーシーはすぐさま温かくうち解けた。自己紹介をし、自分たちはとても遠くから来たのだと語った。飼い犬のジェットを乗せて、ワイオミングの小さな町からはるばる車を走らせてきたのだと。ピーターはロビンとジェットを連れて離れていき、眼の届くところで長い芝の上を散策した。ロビンは何度もふり返っては、ダッチェスが手を振りかえすまで手を振ってみせた。ダッチェスは不適切なことはいっさい言わなかった。というより、実際には何も言わなかった。ルーシーにワンピースを褒められると、ありがとうと言い、学校のことを尋ねられると、いいところですと答えた。プライス家の住みごこちを尋ねられても、やはりいいところですと答えた。

そのあいだじゅう、彼女はロビンを見ながら不安に駆られていた。ロビンはピーターの手を取ってしっかりと握っており、ジェットをなでて大きすぎる笑みを浮かべていた。ルーシーが家で鶏を飼っているという話をすると、ダッチェスはピーターがロビンに同じ話をしませんようにとひそかに祈った。

十分後、ロビンがダッチェスのほうを向いて、〝に・わ・と・り〟と口の動きで伝えてきた。ダッチェスが笑顔を見せると、ロビンは手をたたいてみせた。

話題は無難なものに終始し、過去のことにはおたがい触れなかったものの、ルーシーは、おじいさまのことはお気の毒だったわねと言ってくれた。何もかもお気の毒だったわねと。そして、自分も幼いころに母親を亡くしたのだと話してくれた。

時間が来ると、ロビンはピーターをいつまでも抱きしめ、ダッチェスが割ってはいらなくてはならなかった。

帰路、ロビンは息もつかずにしゃべりつづけた。ピーターが次に会うときのことを話してくれた、こんどはぼくにジェットのリードを持たせてくれるって、と。シェリーはロビンに、上出来だったわよと伝えた。ピーターとルーシーが、あなたがたに会えてとてもよかったと言っていたと。

「で?」とロビンは訊いた。

「まだわからない。でもあたし、またあのいい予感がする」シェリーは言った。

ロビンはぱちぱちと手をたたくと、車から飛び出してプライス家の小径を駆けていった。ミセス・プライスが戸口で彼を出迎え、シェリーに微笑んでみせた。

「あんなでたらめ言っちゃだめじゃん。はっきりするまでは」

「前向きでいることが大事なの」シェリーは答えた。

ダッチェスは眼をこすった。長い一年だったが、不確かさは消えはじめていた。

自分が神を信じているのかどうかわからなかったが、その晩、ダッチェスは神に祈った。

34

マーサは教会にいた。

ウォークは入口の脇に立つと、古い羽目板に手をついて海を、墓地の花々をながめた。

マーサは最前列のベンチにぽつんと腰かけ、ステンドグラスと説教壇に眼を向けていた。父親が牧師をしていたころは日曜の朝にいつも腰かけていた席だ。邪魔をしたくなかったので、ウォークは後ろの席に黙って腰をおろした。その日は朝からずっと電話をしていた。まずはボイドにかけ、ミルトンのことを知らせた。ダークとのつながりについて話し、ふたりは一緒に狩猟に出かけている、ミルトンがダークの家にはいっていくところと出ていくところが目撃されている、と伝えた。血痕のことは黙っていたが、ボイドは家を調べてみる、令状を取ると言った。

それからこんどはクリアレイクの法廷弁護士に電話をかけた。カーターという男で、マーサの相談相手のひとりだった。カーターはヴィンセント・キングとの面会を要求したが、ウォークはそれを実現できなかった。裁判は数週間後に迫っており、充分な準備をするには誰がやっても時間が足りなかった。

「きみが必要なんだ」ウォークは言った。その言葉は古い会堂に響き、マーサは祈りを中断して頭をあげた。だがふり返らずに、自分の選んでいた言葉を無言で最後まで唱えた。

ウォークは歩いていき、マーサとならんで古い十字架と聖別された隣人たちの前に座った。

「きみが必要なんだ。裁判に」

「わかってる」

ウォークは自分のネクタイを、金のタイピンを、襟の星章を見おろした。自分をこれほど無力に感じたことはなかった。それとも、ずっと無力だったのにいままで気づいていなかったのだろうか。またしても病院に行って、ケンドリック医師に薬の量を増やしてもらっていたが、来るはずのものを止めるすべはなかった。

「わたしはミスを犯すはず。そしたらたいへんなことになる」

「酷なのはわかってる」

「酷なんてものじゃない。生きるか死ぬかなんだから。それはわたしもかつては思ったよ、そんなふうに法廷に立って人々を助けたいって。いいときも悪いときも立ちよれる避難所になりたいって。わたしはそれを奪われたから。父に」

「その気になればまだ――」

マーサは涙でいっぱいの眼でそれをさえぎった。「嘘の人生は送りたくなかったの」

「ミルトンが死んだんだ。肉屋の。ダークが殺したんだと思う。ダークがハルも殺したんだと思う。子供たちに近づくために」

「ダークはロビンが思い出すのを恐れてるわけね」

ウォークはうなずいた。「ダークはいまこの町に戻れない。借金があるんだ、たちの悪い連中に」ナンバーを調べてみたところ、こんどはヒットした。あのセダンはリバーサイドにある建設会社の名義で登録されていた。そこの重役のひとりは、名の知れた犯罪ファミリーとつながりがある。ダークの抱えている問題は消えないはずだ。

マーサはウォークを見た。「ボイドに知らせて。保護が必要だよ」

「もう知らせた。ボイドはまだ本気にしてない」

「ヴィンセント・キングが邪魔をしてるからね」

「だけどヴィンが無実だったら。おれたちがヴィンを無罪にできたら……」

「ばか言わないで。国内最高の法廷弁護士だって、ヴィンセントを無罪にはできないよ」

「ヴィンセントが無実なら、ダークはダッチェスではなく、ロビン・ラドリーを狙ってることになる」ウォークは振戦に眼をつむって首筋をもんだ。こちこちに凝っており、首をまわすと痛いほどだった。

「ウォーク、どこが悪いのかそろそろ教えてくれない？　わたしが気づいてないとでも思った？　疲れてるように見えるし、ものすごく痩せたじゃない」

「ただのストレスさ」

「何遍もそう言ってると、自分でもそう思いこむようになっちゃうよ」

「ならない」

老婦人が入口の前を通りかかり、ひざまずいて十字を切ってからまた歩きだした。そうするとよく眠れるのかもしれない。

「あなたは万能選手なのよね、ウォーク。むかしはあなたを見ると、すべてが備わってるなってよく思った」

「その男に戻りたいよ。おれは……どんどん変わってしまう。自分をどんどん失ってる。それを感じるんだよ、毎日。むかしはよく、身のまわりのものが変わっていくのを感じたもんだけどさ。トラー農場の前を通っても、想像できなかったよ。あんな家々」

「人には住む場所が必要なの」

「あれは別荘だ。ああいうものがこの町をどんどん遠くへ押しやってしまうんだ」

「あなたはものごとが変わらないのが好きなのよね。あなたのうちを見たけど。オフィスも見たけど。過去に思いっきりしがみついてる」

「ものごとがいまよりいい時代があったんだよ、おれたちが子供だったころが。憶えてないのか？おれは、自分の人生は決まってると思ってた。生まれ育った町の警官、妻と子供、リトルリーグ、キャンプ」

「通りの向かいにはヴィンセント、おたがいの妻はたぶん友達同士。あなたたちは一緒に休暇を過ごす。バーベキューをしながら波打ちぎわの子供たちを見守る」

「いまでもあのころのことが眼に浮かぶんだ。三十年たってもはっきり。ありありと……手を触れられるほど。でも、変えることはできないんだ」

「あなたの憶えてるヴィンセントのことを話して」

「おれのためならどんなことでもしてくれた。そういう盲目的な俠気《おとこぎ》のあるやつだった。いろんな女の子とつきあったが、本命はスターだった。喧嘩っ早かったけれど、自分からは絶対に始めなかった。何日も黙りこむことがあったが、あれは父親のせいだったはずだ。剽軽なやつでもあった。おれにとってはすべてだった。兄弟同然だった。いまでもそうだ」

マーサの眼は読めなかった。外では太陽が輝き、鳥がさえずっていた。「おれはきみと結婚すると思ってたんだぞ。知ってるか？」

「知ってる」

「いつもきみのことを考えてる。眼が覚めるとまず考え、夜ベッドにはいってからも考える」

「マスターベーションは罪悪よ」

「教会でマスターベーションなんて言っちゃまずい」

「あなたがわたしを好きなのは、わたしが安心できる相手だからよ。わたしはあなたの鏡。変わらないし、意外さもない。単純で信頼できる。おかげで、わたしたちの牧歌的子供時代はうち砕かれちゃったけど」

「それはちがう」

「ちがわない。でも、それはどこもまちがってない。わたしたちは人を助けるの、ウォーク。それ以上にすばらしい生きかたは思いつかない」

「じゃ、そうしてくれ」

マーサは答えなかった。

「おれたち、次の人生では一緒になると思うか？」

「この人生はまだ終わってないんだよ、署長」マーサは手を伸ばして、そのぬくもりで彼の手の震えを静めた。

＊＊＊

ピーターとルーシーがふたりをプライス家に迎えにきてくれた。

シェリーもSUVに乗りこんで後ろの席に座り、せっせと書類仕事をしながら一緒に出かけた。

ピーターとロビンは道中延々とおしゃべりをしていた。ジェットのこと、ジェットが鳥を怖がること、一年じゅうしゃっくりが止まらないというピーターの患者のこと。

「その人、びっくりさせてみた？」とロビンが訊いた。

「ピーターの顔を見れば誰でもびっくりするけどね」ルーシーがミラー越しにダッチェスにウィンクしてみせた。ダッチェスは笑みを返したものの、笑うことはできなかった。その朝メアリー・ルーにこう言われたのだ。立派なお医者さん夫妻が問題児なんか家に迎えたがる見込みはない。くそみたいな成績しか取れないうえに、銃をいじるのが好きな子なんか、と。ダッチェスが聞きながして黙々とコーンフレークを食べていると、メアリー・ルーはつかつかとやってきて、ふたりが見ているテレビの電源ケーブルを引っこぬいた。

ピーターとルーシーは、まだどこにもつかないうちに路肩に車を停め、エンジンをかけたまま後ろの席をふり返った。ピーターがガイドブックを見ながら言った。

「ゴーイング・トゥ・ザ・サン・ロードだ。準備はいいかな？」

「いいよ」とロビンは答えた。

ピーターは笑顔でダッチェスを見た。

横からロビンが彼女の手をぎゅっと握りしめた。「いいよ」彼女も言った。

ゴーイング・トゥ・ザ・サン・ロードはグレイシャー国立公園を横断する観光道路で、八十キロにわたって岩峰が連なっている。東のトンネルをくぐると、光が一行を出迎え、ふたつの山がさながらショーのオープニングのように左右に分かれた。

車は連続する急坂をゆっくりとくだった。前方に虚空が待ちかまえるつづら折りの道を、まるでローラーコースターのように走り、ダッチェスはあまりの美しさに眼を閉じた。

渓谷をいくつも渡った。滝がどうどうと流れ落ち、色とりどりの野の花が咲きみだれている。山腹のトレイルは澄んだ湖へとくだり、高い松の木々は斜面と一緒に傾いて、倒れるのを必死にこらえている。

ルーシーはニコンを取り出して次から次へと写真を撮った。後ろからシェリーが身を乗り出し、ダッチェスの肩に手をかけてぎゅっとつかんだ。そうしてほしいのがわかっているようだった。

ピーターはジャクソン氷河で車を駐めた。ルーシーがトランクからバスケットを取り出し、草の上に毛布を広げた。ロビンはピーターの隣に座り、五人はサンドイッチとポテトチップスを食べ、パック入りのジュースを飲みながら、潟湖の水面で揺れる山々の影を見つめた。

「ここ、おじいちゃんもきっと好きになったね」ロビンが言った。

ダッチェスはサンドイッチを食べ、ルーシーにお礼を言って、笑みらしきものを浮かべた。ときどき、自分が初めての場所にいる気がしなくなることがあった。どこかそのあたりに自分を呼んでいる故郷がある、見つける方法がわからないだけだ、そんな気がした。袖で眼を拭うと、ルーシーに見つめられているのがわかった。この子はどれだけぶっ壊れてるの？　ほんとにこれからずっとこの子と暮らしていきたい？　そう思われている気がした。

「だいじょうぶ、ダッチェス？」ルーシーは言った。

「ええ。ありがとう」心からそう思っていたものの、どうすれば伝わるのかわからなかった。彼女はこう伝えたかった。あなたたちが弟を愛してくれて、大事にしてくれるかぎり、あたしはあなたがたの暮らしのなかでおとなしく暮らします。問題も起こさず、迷惑もかけませんと。

立ちあがって柵のところに行き、身を乗り出して浅い水とその下の青い石を見つめた。紫の花々と入りまじる鮮やかな、密生したコントルタマツの林を。

ルーシーが横にやってきたけれど、何も言わずにいてくれた。ダッチェスにはそれがありがたかった。

帰りの道で、一行は速度を落としてイワヤギとオオツノヒツジを見た。

「あれ落っこちたらどうなる？」ロビンが訊いた。

「だいじょうぶ。ぼくは医者だ」ピーターが言った。

ルーシーがくるりと眼を上に向けてみせた。

ダッチェスはピーターをじっと観察していた。その慎重な運転ぶりや、笑顔の自然さを。そして、すべてが正しい場所に収まっている整然たる暮らしを想像した。ピーターにはゆったりとした落ちつきがあり、人々がそばを通りすぎても、ふり向いたり気にしたりしなかった。ロビンのいい父親になるだろう。彼女はそう思った。

帰りつくと、ロビンはピーターの腰に両手をまわしてしっかりと組み、ピーターを抱きしめた。そのときピーターとルーシーのあいだで交わされた表情。

それを見てダッチェスは、かなりの確信とともにこう悟った。

自分たちは新しい家族を見つけたのだ。

35

ふたりは夜更けまで仕事をした。マーサは零時にコーヒーをいれ、二時にもう一度いれた。

その日の午後、ふたりはフェアモント郡矯正施設に行ってヴィンセントと面会してきた。マーサは録音をしていき、コーチ役になって台詞をつけようとしたのだが、ヴィンセントは証言台に立つことをあくまでも拒んで黙りこんでいた。むなしい稽古ではあったが、マーサが自分を信じてくれているのがわかれば、ヴィンセントもそれを口実にして最後にはあの晩のできごとをすべて話してくれるのではないか、ウォークはそう期待していた。

中にはいるとき、カディが追いかけてきて一通の封書を渡してくれた。

「なんですこれは？」ウォークは訊いた。

「ヴィンセントに手紙が来たんだ。大したことは書いてない。きみも眼を通したいんじゃないかと思ってな」

ウォークは待合室でひとりきりになるのを待ってから、その手紙を広げた。タイプ打ちだったが、まちがいなくダークからのものだった。〝資金集めは難航しているが、諦めてはいない。さぞ失望していることと思うので、信頼回復の方法を見つけた。裁判での幸運を祈る。願いはかなうこともある〟

ウォークは十回以上読みなおして、そこに書かれていないことを探した。自分のまだ知らないことを。ダークにも良心があったということなのだろうか。いまさらどうでもいいが。

手紙を渡すと、ヴィンセントはそれをそのままポケットに突っこんでマーサのほうに向きなおり、話題を変えた。一線が引かれており、ウォークは明らかにその外側にいるようだった。

公判が迫ってくると、マーサは準備に連日時間を費やし、貸しのある相手に電話をかけたり、キャメロン郡まで車を走らせて恩師の教授に会ったりした。

マーサとウォークはウォークの家の地下室をオフィスにして、書類と写真と地図で壁を埋めつくした。彼女は冒頭陳述の原稿を読みあげて何度も練習したので、しまいにウォークは始めから終わりまでそれを憶えてしまった。マーサは地区検事がどんな人物か噂を聞いており、むこうが何ヵ月も前から準備しているのを知っていた。ヴィンセント・キングが被害者の知人であり、被害者の家で被害者の血にまみれて発見されたという事実——これは説得力があった。

ディッキー・ダークを召喚することもふたりは検討したものの、本人が見つからなかった。検察はすでにダークの供述を取っていた。ダークを現場に結びつけるものはなかったし、結びつけようとすればディー・レインを証言台に立たせるしかなくなる。ウォークはディーの娘たちにそんなまねをするつもりはなかった。ウォーク自身はまちがいなく検察側の証人として呼ばれるはずだった。

ふたりは地元の人々の生活とそれらが交差する場所を、地図に書き出していた。検察はヴィンセントが銃を海に捨てたと主張するつもりだったが、マーサはヴィンセントに許された時間内ではそれは不可能だと証明できた。ささやかな勝利ではあったものの、ふたりにはそれが必要だった。

九時、椅子に座っていたウォークはまず左手に、それから右脚に震えを感じた。眼を閉じて意志の力で追いはらおうとした。呼吸をゆっくりにして、こんな大事なときにこんな裏切りを働く自分の体を呪った。

「だいじょうぶ、ウォーク？」

しゃべろうとしたが、顔と顎と唇にそれを感じた。ちくちくという疼きを。さらに体の震えと同じものを。いずれ収まるはずだったが、しばらくは無理だった。涙が浮かんでいるのがわかった。なま温かく、みっともなく。マーサに見られる前に拭おうとしたが、手が動かなかった。

眼を閉じて、意志の力で自分をその部屋とその町とその人生から消し去った。十歳の自分に思いを馳せ、ヴィンセントと一緒に自転車を走らせている姿を思い浮かべた。たがいの前を横切っては、子供にしかできない屈託のない笑みを浮かべている自分たちを。

そのとき、誰かに手を取られたのがわかった。力強くはないものの、温かい手。眼をあけると、マーサがひざまずいていた。美しい眼と、そこに浮かぶ涙が見えた。

「だいじょうぶよ」

ウォークは首を振った。だいじょうぶではなかった。二度とだいじょうぶにはならないはずだった。泣いたことなどこの十数年なかった。だいじょうぶではなかった。しかしいまは、自分の人生がたどりついた眼もあてられない惨状を前にして、彼はおいおいと泣いた。まるで十五歳に戻ったかのように、ヴィンセントがまたしても遠くへ送られてしまったとでもいうように。

「なぜそこまでしてヴィンセントの味方をするの？」

「おれのせいなんだ。あの晩、シシーを発見したあと。おれはあいつの家に行って、車を見たんだ。すぐにあいつだと気づいた」

「知ってる。あなたの口から聞いたから」

「だけどおれは、あいつを起こすこともできたんだ。そうすればあいつは自首してただろう。そうすればもっと印象がよくなってたはずだ。判事と陪審に対して。判事はもっと寛大になってくれたはずだ。なのにおれはデュボア署長に知らせたんだ。誰がそんなまねをする？　どこのくそったれが親友にそんなまねをする？」

マーサは両手で彼の顔を包んだ。「あなたは正しいことをしたの、ウォーク。いつも正しいことをしてきた。親身になってスターの面倒を見てきたじゃない。はねつけられたときだってきっとあるはずなのに。それってすごいことだよ、そんなふうにできるなんてすごいこと」

「人ってのは耐えるものなんだよ。愛する人たちのためなら耐えるものなんだ」

「あなたみたいな人がもっとたくさんいたら、世界はもっといい場所になる」心からの言葉だったので、ウォークはそれを信じてもよかった。だがそれよりも、マーサの肩越しに壁のボードと友に眼をやった。こんなことをしている時間は残されていなかった。

ウォークは思わずマーサにキスをした。だしぬけに。

謝ろうとしかけたが、そこでマーサの唇が彼の唇をとらえた。彼女のキスには狂おしさがこもっていた。三十年待っていたといわんばかりの狂おしさが。彼女は体を離すと、ウォークを立ちあがらせ、手を取って寝室に連れていった。ウォークは彼女を止めたかった。きみはまた過ちを犯そうとしている、きみはおれよりあらゆる点ですばらしい人間なんだ。そう言いたかったが、彼女にキスをされると心はむかしに返った。十五歳の自分に。


知らせは夜更けに届いた。ウォークは携帯電話の音で、久しく味わったことのなかった深い眠りから引きずり出された。起きあがると、かたわらでマーサが身じろぎをした。

ウォークは無言で知らせを聞き、電話を切るとふたたび横になった。

「どうしたの？」

ウォークは天井を見つめた。「ミルトンの剖検。溺死だった。ほかには何もなかった。外傷は。ミルトンはたんに溺死したんだ」

空はまだ暗いというのに、マーサはすばやくベッドから出た。「これよ、ウォーク」

「これがなんなんだ？」

「わたしたちが待ち望んでいた逆転の切り札」

＊＊＊

その夜ロビンは泣きながら眼を覚ました。シーツはぐっしょり濡れ、悪夢は記憶に鮮明に残っていて、ダッチェスは弟が口をきけるようになるまでしばらく抱きしめていてやらなくてはならなかった。

「ママだった。ぼくが寝室に閉じこめられてたらママの声がして、ママは悲鳴をあげてたの。ぼく、ピーターとルーシーに会いたい。ママに会いたい。おじいちゃんにも。帰りたいよ、こんなの夢になってほしい」

ダッチェスは弟をなだめて頭にキスをした。

体を洗ってやったあと、もう一台のベッドからビニールのシーツをはがして、一緒にそちらにもぐりこんだ。カーテンをあけたままにしておき、ふたりで満天の星々と大きな満月をながめた。

「だいじょうぶだよ。いまにきっとよくなる」

「ぼくたちワイオミングに連れてってもらえると思う？」

「あんたの将来はまだ書かれてないんだから。なんにだってなれる。あんたは王子様なんだよ」

「ぼく、お医者さんになりたいな、ピーターみたいな」

「あんたならいいお医者さんになるよ」

ロビンが眠ってしまうと、ダッチェスは窓ぎわに座って教科書を取り出し、歴史の宿題をできるかぎりやった。成績はまた低迷していた。

弟に眼をやり、ロビンは色彩であり自分は陰なのだとはっきり悟った。

あくる朝、メアリー・ルーは通学路を歩きながら、ほかの子たちのほうに身を乗り出しては、耳に何ごとかひそひそとささやきかけ、それを聞いた子たちはみな、鼻に皺を寄せては笑った。

「なんだろう?」ロビンがダッチェスに言った。

「なんでもないよ。どうせテレビで見たくだらないことだろ」

それはヒッコリー通りでも、グローヴ通りに曲がってからも、ずっとつづいた。途中でさらに四人が集団に加わった。双子のウィルソン姉妹に、エマ・ブラウンとその弟のアダムが。そのたびにメアリー・ルーは同じように、彼らをそばに引きよせてはひそひそとささやきかけ、彼らが一瞬ひるんでから笑うのを、うれしそうに見ていた。

「うえー、きったなーい」エマが言った。

ロビンがまたダッチェスを見あげた。「今日のヘンリーはぼくが大きい子たちと歩くのをいやがったよ」

「ヘンリーなんかくそ」

ダッチェスは先を行く連中をにらんだ。絶えずふり向いてはにやにやしている。メアリー・ルーも、ケリーとエマも、くそったれのヘンリーとそのクズ仲間も。血管内で冷たい鉛が溶けてふつふつと煮えたぎるのを感じつつ、学校の門までやってきた。メアリー・ルーは群がっている自分のクラスの子たちにも、ひそひそと耳うちをした。みなダッチェスのほうを向いた。忍び笑いがあけすけな笑いに変わり、顔が嫌悪にゆがんだ。

ダッチェスが近づいていこうとすると、ロビンががっちりと手をつかんで彼女を引きもどした。

「やめて」

ダッチェスは芝生に膝をついた。「ロビン」

ロビンがしゃべろうとすると、ダッチェスは彼の巻き毛をなでつけた。

「ロビン、あたしは誰?」

ロビンは眼を合わせた。「無法者」

「無法者ってのはどういう人?」

「なめたまねをさせない人」

「誰にもあたしたちをコケにさせない。誰にも笑わせない。あたしはあんたのために闘う。おんなじ血が流れてるんだから」

ロビンの眼に恐怖が浮かんだ。

「あんたは教室に行きな」

ダッチェスがそっと押しやると、ロビンはしぶしぶ向きを変えて不安げに中にはいっていった。

ダッチェスは立ちあがると、鞄を地面に落としてメアリー・ルーをにらんだ。それから近づいていった。女の子たちはおびえ、エマとケリーとアリソン・マイアーズは、左右に分かれてダッチェスを通した。噂はいろいろと聞いていたのだ。

「何がそんなにおかしいのか教えてくれる?」

男の子たちがやってきて、女の子たちの後ろに広がった。

メアリー・ルーはひるむ様子もなく、あいかわらず薄笑いを浮かべていた。「おしっこくさいわよ、あなた」

「はあ?」

「あなたのベッド。ゆうべはあなただった。ママがあなたのベッドのシーツを洗ってるのを見たもの。おねしょしたでしょ、子供みたいに」

ベルの音が聞こえてきた。

誰も動かなかった。

「したよ」

ささやきと、笑いと、何を言っているのかわからない喚声。

「認めるの？」メアリー・ルーが言った。

「ええ」

「ほらね。言ったでしょ、嘘じゃないって」メアリー・ルーはケリーにそう言うと、校舎のほうに歩きだし、みんなも動きだした。

「だけど、おねしょをした理由は知ってる？」

一同は立ちどまってふり向いた。

メアリー・ルーはダッチェスを見つめた。何が来るのかはわからないにしても、心がまえをし、緊張していた。

「そうすればあんたの父親も手を出してこないからだよ」

しんとした静寂。

「嘘よ」メアリー・ルーが言った。

ケリーとエマがじりじりと離れた。

「この嘘つき」そう叫ぶと、メアリー・ルーはダッチェスに飛びかかった。

メアリー・ルーが慣れているのはせいぜい人をこづきまわしたり、髪の毛を引っぱったりすることぐらいだった。校庭で無法者に出くわすことなど想像もしていなかった。

ダッチェスは凶暴なパンチを一発、メアリー・ルーにお見舞いした。

メアリー・ルーはくずおれ、歯が芝生に転がり、口から血が流れ出て、ほかの子たちは悲鳴をあげた。

ダッチェスは落ちつきはらって獲物を見おろし、相手が立ちあがってくれるのをちょっぴり期待していた。そうしたらもう一発殴れる。

決着がついたとき、校長とふたりの教師が駆けつけてきた。彼らは口を血まみれにして倒れているメアリー・ルーと、折れた歯と、それをにやにやと見おろしている転校生の女の子を見ると、その子を中へ連れていってプライス夫妻とシェリーを呼んだ。

ダッチェスはひとりぼっちで待ちながら、ハルが廊下を歩いてきてこのごたごたを解決してくれたらいいのにと考えていた。窓の外のモンタナの空を見つめ、ウォークと岬に思いを馳せた。けさはどんな空を見ているだろうか。こちらはまたしてもすべてが変わってしまったけれど。

ミセス・プライスは夫に抱きかかえられ、泣きながらやってきた。

「許さない、こんなこと二度と許さない」息継ぎの合間にそう言い、死ねといわんばかりにダッチェスをにらみつけた。

ミスター・プライスもにらみつけてきたので、ダッチェスは中指を立ててみせた。

シェリーがやってきてダッチェスを抱きしめた。ダッチェスは突っ立ったままで、抱きしめかえさなかった。

大人たちは校長室に集まり、金のプレートのついた分厚いドアを閉めてしまったので、ダッチェスには断片的な大声しか聞き取れなかった。〝出ていってもらいます、ただちに、うちの子たちの安全のために〟。ミセス・プライスがそうわめいていた。

プライス夫妻が出ていくと、ダッチェスが呼ばれた。夫妻はダッチェスなど同じ屋根の下には暮らしていないといわんばかりに、顔をそむけたまま彼女とすれちがった。

シェリーはダッチェスがなんと言ったのかを尋ねた。ミスター・プライスのことで。ダッチェスは正直に答えた。メアリー・ルーを黙らせるためだったのだと。シェリーは精一杯弁護してくれ、負け馬にそれでも加勢してくれた。

校長はあきれかえった。由々しき暴言だ、この学校で暴力は許されない、きみには戻ってきてほしくない。

ダッチェスはたっぷりと中指を立ててみせた。

「だいじょうぶ？」シェリーはダッチェスと一緒に学校を出ながらそう訊いた。

「生きてる」ダッチェスはロビンを置いていくのが心残りだった。

シェリーの車に乗りこんで、黙りこくったままプライス家に戻った。

ミセス・プライスはキッチンに立って見張りをしていた。ミスター・プライスはメアリー・ルーを救急外来に連れていっていた。検査をしてもらい、歯を診てもらうのだという。法的なものをふくめ、あれこれと脅された。ダッチェスは屋根裏に連れていかれ、自分たちの持ち物をスーツケースに詰めた。時間はかからなかった。自分のスーツケースは到着したその日から準備してあった。

ダッチェスは無言でその家を出た。玄関先に立って眼を拭っているミセス・プライスには、もはや何も言わなかった。

シェリーはむっつりとオフィスに車を走らせると、狂ったように電話をかけはじめ、ダッチェスは古びた木の椅子に腰かけて、時計の針をながめていた。

三時にシェリーは出かけていった。ダッチェスはほかのふたりの年輩の女性のもとに残され、十分おきに微笑みかけられた。

シェリーはロビンを連れて戻ってきた。ロビンは泣いていた。

五時に行き先が決まった。シェリーは淡々とそれを伝えた。ほかにも多数のファイル、多数の事案、多数の行き場のない子供たちを抱えてくたびれきっていたのだ。

「グループホームよ」彼女はそう言った。

36

そこはギリシャ復興様式の大きな屋敷で、高いドリス式円柱の横にいると自分がひどくちっぽけに思えた。

手入れされた芝生が広がり、そのむこうではヤマナラシが春の空を背に鮮やかな緑の葉を震わせている。ダッチェスはロビンとならんでベンチに腰かけており、空にはいく筋かの飛行機雲が伸びていた。シェリーは中にいて、クローデットという大柄な黒人女性と面会中で、クローデットがそこのいっさいを取りしきっているようだった。その〈児童教導園〉を。

ロビンは諦めておとなしくそのホームにやってきたが、緊張のあまり姉の手をずっと握っていた。

「ごめんね」ダッチェスの口調があまりに悲しげだったので、ロビンはしばらくのあいだ彼女の肩に頭をもたせかけていた。

芝生では子供たちが何やら複雑なゲームをしていた。ボールとバットと三つのリングを使うものだが、ダッチェスは二十分見ていてもルールがわからなかった。でも、彼らの眼に浮かんでいるものならわかった。自分と似たような子たち、地獄に落ちた子たちだと。彼らは笑顔もうなずきも見せず、一日を切りぬけられたらそれだけで奇跡だというように、ひたすら自分の一日をこなしていた。外の通りで女性がひとり、ロビンと同い年ぐらいの女の子にしがみついて、ホームをじっと見つめている。

げっそりとやつれた麻薬常用者の顔をしていた。

三十分後、ふたりは無数の子供たちが呑みくだした無数の夕食のにおいのする食堂で、みなと一緒に食事をした。ロビンは食べ物をいじりまわすばかりだった。

共用のラウンジがあって、隅のテレビで映画をやっていた。女の子がふたり、茶色のソファに座ってポップコーンを食べながら見ていたが、ほとんどおたがいを無視していた。

別の隅に大きな箱があって、積み重ねキューブからパズルまで、いろんなおもちゃであふれていた。

「遊んでおいで」

ロビンはうつむいて歩いていき、自分よりずっと幼い子供向けの絵本を手に取った。あぐらを組んで床に座りこみ、ときおりページをめくっていたものの、心は姉からもその部屋からも遠く離れたところに行ってしまっていた。

ダッチェスは廊下でシェリーを見つけた。

「自分のしたことはわかってる。めちゃめちゃにしちゃったのは……」

シェリーはダッチェスの腕をさすろうとしたが、ダッチェスはそれを逃れた。「こんどはどうなるの？」

「あたしには――」

「いいから言って、シェリー。いいからあたしと弟がどうなるのか教えて」

「ここは女の子専用のホームなの」

ダッチェスは首を振った。

シェリーは手をあげて彼女を落ちつかせた。「クローデットはあなたをロビンと一緒に置いてくれるって。ロビンの年齢を考えて」

ダッチェスはほっと息をついた。「ピーターとルーシーのことは？」

シェリーは眼をそらして、ロビンのほうを見た。ダッチェス以外のあらゆるほうを。

「ふたりに伝えたの？」

「伝えるしかなかった。ピーターは……お医者さんだし。ルーシーは学校の先生だし。あなたがミスター・プライスについて言ったことが、ちょっとね。あのふたりは危険を冒すわけに――」

「わかった」

「また探してあげるから。ぴったりの人たちをかならず見つけてあげるから」

「あたしにぴったりの人たちなんていない」

シェリーの眼に浮かんだ表情を見て、ダッチェスは心が砕けそうになった。ロビンが出てきたので、三人は廊下を歩いていき、階段をのぼった。

子供たちのいる寝室の前を通りすぎると、女の子が本を朗読しており、妹が熱心に聞いていた。壁はパステル調のピンクと黄色に塗られ、コルクボードには写真が留めてある。崩壊した家族の家族写真が。

ふたりの部屋の壁は白く、コルクボードには何もなく、ここでのふたりの時間はまだまっさらだった。二台のベッド、これはダッチェスがあとでぴったりくっつけた。虹色の縞模様のカバー。空っぽのクローゼットと簞笥、洗濯物を入れるバスケット。床には小さな正方形のカーペットが何枚もきっちりと敷きつめてあり、汚れてもそこだけパズルのピースのように簡単にはがせるようになっていた。

「荷ほどきを手伝ってあげようか？」シェリーが言った。

「だいじょうぶ」

ロビンは部屋の真ん中に立って窓を見あげると、カーテンを閉めて、こぼれてくる光を遮断した。それから電気スタンドをつけ、ベッドによじのぼると、ふたりに背を向けて丸くなった。

「ピーターはいつ来るの？」そう訊いた。

シェリーはダッチェスの顔を見た。ダッチェスが、だいじょうぶ、もう帰っていいよと言うと、あしたまた様子を見にくるねと言った。

ダッチェスはロビンのところへ行って背中に手をあてた。「ピーターとルーシーはね」

ロビンはふり向くと、起きあがってダッチェスを見つめた。

ダッチェスはそれだけしか言わず、あとは首を振った。

ロビンはいきりたち、知っているかぎりの言葉でダッチェスをののしった。飛びかかってきて、頬を思いきりぶった。ダッチェスは手をおろしたまま眼を閉じ、弟が真実をわめきたてるのを聞いていた。もはや苦痛も覚えなくなった真実を。そんなことはもうわかっていた。自分は悪い姉なのだ。悪い人間なのだ。ロビンは身を震わせて号泣した。幸せだった数週間に自分がつかみかけていた暮らしを思って、枕に顔を埋め、金切り声をあげた。

ダッチェスは弟が泣きやむのを待った。長い時間がかかった。ぶたれた頬に手をやると、血がついていた。

ロビンが眠ってしまうと、スニーカーを脱がせて上掛けをかけてやった。歯を磨かせていないのが気がかりだった。

その夜、物音が聞こえてきた。自分たちと同じ新入りのいる、廊下の向かい側の小さな部屋から。泣き声と、クローデットがやってきて慰める声が。

ダッチェスは体をずらして弟のベッドに移動し、寝顔を見つめた。見つめながらトマス・ノーブルのことを考えた。これでもうトマスはあたしたちを見つけられないはずだと。手紙を書こうにも、トマスの住所がわからなかった。シェリーに訊けばわかるはずだったが、訊かないのはわかっていた。自分などトマスの人生ではひとつの脚注にすぎないのだから。ドリーの人生でも、ウォークの人生でも。いつまでも記憶に残りはしない。悪い印象は残すけれど、幸いにも短いあいだだ。

「お姉ちゃん」ロビンが起きあがった。

「だいじょうぶだよ」髪をなでてやった。

「夢を見た。またあの夢。あの声がなんて言ってるのか、どうしてもわかんない」

ダッチェスは弟をもう一度寝かせた。

「ぼく自分がどこにいるのか、ときどき忘れちゃう」

ダッチェスが胸に手をあててやっていると、ロビンは落ちついた。

「でも、お姉ちゃんはここにいる」

「ここにいるよ」

ロビンは手を伸ばして彼女の顔に触れた。「この傷、ぼくがつけたの？」

「ちがう」

「ごめんね」

「あたしにそんなこと言う必要ないよ」


春は徐々に深まり、夏が近づいてきた。ウォークとマーサが裁判の準備に追われているころ、ラドリー家のふたりはまた新たな学校に通いはじめ、ホームの子供たちとともにバスに乗って、新たな拘束生活のリズムになじんでいった。ダッチェスはロビンの面倒を見て母親のように世話を焼いたものの、大騒ぎはせず、自分にはそれしか能がないというように淡々と役目をこなした。ロビンのために精一杯笑顔をつくり、ブランコを押し、ゲームにつきあい、広い庭を駆けまわり、オークの木に登らせてやった。けれども過ちの数々は乗りこえられず、自分たちはいまや、自分ばかりでなく弟まで、落ちていく運命にあるのだと感じていた。

シェリーはあいかわらず面会に来てくれた。彼女の髪の色がピンクからコバルトブルーに変わったときには、ロビンはひどく面白がった。ロビンはシェリーが来るたびに、ピーターとルーシーは元気かと尋ね、手紙を書くといって住所を教えてもらった。ダッチェスはそれを手伝ってやり、ロビンはこう書いた。ぼくたちはあなたたちの家族には向かないのがわかりました。それはしかたないです。ジェットは元気ですか。ワイオミングはどのくらい暑くなりますか。ジェットはどうやって涼んでいますか。そして最後に〝愛をこめて〟と書き、グループホームにいる自分たちの絵を描きこんだ。まんまるの大きな頭と一直線の口をした棒人間がふたり、ありえたかもしれない人生について考えこんでいるような絵を。それからダッチェスにも署名をさせた。彼女は〝ダッチェス・デイ・ラドリー、無法者〟と書いたあと、最後の単語を横線で抹消させられた。

ダッチェスはウォークから絵葉書をもらった。ウォークはシェリーと連絡を取りあっていて、事情を聞いていたのだ。ケープ・ヘイヴンのことが書いてあり、きみがいないとひどく静かだと、判読できないほどの小さな字で記してあった。

写真はカブリロ・ハイウェイと、ビッグ・サーのアーチ橋〈ビクスビー・クリーク・ブリッジ〉のショットで、うち寄せる下の海は轟きが聞こえてくるほど荒々しい。ダッチェスはそれを、一週間前にピーターとルーシーから届いた手紙とともにコルクボードに留めた。夫妻の手紙はあたりさわりのないもので、ワイオミングは地獄より暑いので、ルーシーは庭いじりをして日に焼けたと書いてあった。ロビンはそれを五回読ませ、そのたびダッチェスにはとても答えられないような質問を浴びせてきた。彼らも最後にロビンとダッチェスの絵を、記憶を頼りに描いていた。ルーシーはなかなか絵心があったけれど、笑顔をやや誇張しすぎていた。手紙にはジェットの写真も同封されていた。その晩、ロビンはそれをベッド脇のテーブルに置いて眠り、二度も眼を覚ましてはそれがそこにあるのを確かめていた。あくる日、ダッチェスはそれをコルクボードに留め、自分たちのコレクションをひとつ増やした。

彼女は将来のことを恐る恐る考えはじめた。自分のではなく、ロビンの将来を。成績はふたたび下降し、ずるずるとクラスの下のほうに落ちた。ほかの子たちは彼女を放っておいた。〈オーク・フェア〉の子だからどうせすぐにいなくなると知っていたのだ。

ところがある日、リック・タイドという男の子がダッチェスを標的にしはじめた。リックのいとこは、メアリー・ルーの親友ケリー・レイモンドだったのだ。リックはケリーから噂を聞くと、それに尾鰭をつけて流した。噂がダッチェスのところまで届いたときには、彼女はメアリー・ルーの片眼を失明させたことになっていた。ダッチェス自身はそれを放っておいたし、ランチの列でリックに足を引っかけられ、転んで床に食事をぶちまけたときにも、じっとこらえた。

次の日、ダッチェスはリックをぶん殴って保健室送りにした。シェリーが呼ばれて、ことはまるく収まった。校長はリック・タイドの素行をよく知っていたので、それ以上大ごとにはしなかった。

その日は学校を早退し、シェリーに連れられてメイン通りに行った。ハンバーガー店の外に座って、のろのろと通過していく車の流れを見ながらシェイクを飲んだ。まもなく行なわれるパレードのために、道路にコーンがならべられていた。小旗が張りめぐらされ、横断幕がこちらの建物から向かいの建物まで張りわたされている。

「漿果《ベリー》パレード？　そんなだっさいパレード、聞いたこともない」

シェリーは微笑んだ。「今日がなんの日か知ってる？」

「ニュースは読んでるからね」裁判の初日だ。ダッチェスはホームが寝静まると、コンピューターの前に座って読めるかぎりのものを読んでいた。

「だいじょうぶなの？」

「うん。ハルはすぐに終わるって言ってた。あいつは死刑になるって」

シェリーは溜息をつき、思案するように首をかしげた。

「いいから言って」ダッチェスは言った。

「何を？」

「言いたいと思ってることを」

シェリーはサングラスをかけて眼を隠した。「あたしはきょうだいを引き離したことはない。きょうだいは一緒にいたほうが絶対にいいの」

「ジェシー・ジェイムズと兄のフランクは、アイオワからテキサスまで銀行を襲ってまわった。警察はミネソタのノースフィールドで一味をつかまえたけど、ジェイムズ兄弟だけは逃げのびた。おたがいに助けあったから」

シェリーは微笑んだ。「あたしはこの仕事をもう二十年やってる。ほうぼうで働いて、いろんな子を見てきた。みんな通過していくから。出ていくとき、戻ってくるとき。何百人も縁組みをしてきたけど、そのたびに……あたしは泣いた。それを自分の人生にしてきたし、これからもするはず。でも――」

「つまり悪い子なんてものはいないってことだよね？」声にかすかなパニックの響き。

「あなたは悪い子じゃない、ダッチェス」

一台のトラックが歩道ぎわに停まった。ハルのトラックと同じ色。ダッチェスは胃に痛みを覚えた。

「でも、ロビンは六歳でしょ。六歳というのはいい年齢なの。とってもいい年齢なんだけど、いつまでもつづくわけじゃない。こんなこと、口にするのはおろか、考えるのもつらいんだけど」

ダッチェスはミルクシェイクを置いてじっとのぞきこんだ。

「あたしの言ってることわかる？」

「わかるよ」

シェリーはハンドバッグからティッシュを取り出し、サングラスを持ちあげて眼もとを押さえた。

そうすると老けたように見えた。特権的で悲惨な仕事の重責に日夜さらされることに疲れきったように。

「弟を手放すなら死んだほうがまし」

「手放すなんて話じゃない」

「会ったこともない誰かに弟の世話をまかすって話じゃん。だけどまともな人間なんて、あたしこれまで数えるほどしか会ったことない。はずれを引く可能性が高すぎる」

「それはわかるけど」

「それって無私の行為?」

シェリーは顔をあげてダッチェスを見た。

「ねえ?」ダッチェスの眼は必死だった。「そうするのは無私の行為? たしかにあの子はすごくかわいいよね。すごくかわいくて、いい子だから、あたしよりましな姉が必要だよね。あなた、そんな姉をあの子にあたえられる、シェリー? あたしはあの子を失いかけてる、あの子はどんどん難しくなってきてる。ほっとくわけにはいかない。夜中に眼を覚ましたら、あたしがいないとだめなんだよ。大声で呼ぶんだよ。なのにあたしがいなかったら——」

シェリーは彼女を引きよせて抱きしめた。

「ああくそ」

「だいじょうぶよ」

「だいじょうぶじゃない。全然だいじょうぶじゃない」

「あなたたちにそんなまねは絶対にしない。何をするにも、かならずまずあなたに相談する。いまのがまちがってるのもわかった。きょうだいは一緒にいなくちゃね。また探してあげる。きっといい人たちが見つかる。また探してあげるって約束する」

37

ウォークとマーサはひどくつらい三日間を過ごしたせいで、ケープ・ヘイヴンに戻ってきても、眠れぬままウォークのベッドに横になっていた。ものにできなかった少女に三十年かけて復讐を果たした前科者という、検察のでっちあげた筋書きが頭を離れなかった。

冒頭陳述は双方とも短く、概略を述べただけで、マーサは七分、地区検事のエリーズ・デシャンは十八分だった。デシャンは強い印象を残した。長々しい経歴のリスト、洒落た服装、色白の顔と黒い髪。いかにも誠実そうな口調で陪審を持ちあげ、自分はみなさんのため、カリフォルニア州のため、スター・ラドリーとその遺児たちのために働いているのです、と語りかけた。みなさんの代弁者であり、みなさんの正義なのですと。証拠は圧倒的であり、計画的で冷血な犯行だと証明できます。ヴィンセント・キングは人殺しなのです。ひとりの子供の命を奪い、次いで仲間の服役囚の命を奪いました。殺しが平気になったのです。みなさんはかならずやこの男が有罪だと知ることになるでしょうし、それにより死刑判決をくだすことになるでしょう。それは容易なことではありませんが、わたしはみなさんを必要としています。ラドリー家の子供たちはみなさんを必要としていますと。

デシャンは有能で、イェールのロースクール出身。脇を固めるふたりの検事補は、それを見守り、メモを取り、適切なところでうなずいてみせた。

書記、廷吏、法廷画家、記者。ひとりの男の運命が決するのを見守る小さな一団。

途方もない空論だとはいえ、デシャンの語りかけは巧妙で、提示された事実は争いようのない確固たるものだった。彼女はまず、州の犯罪研究所の病理学者を呼び入れた。その学者のならべたてた経歴の数々にはマーサも脱帽し、なるほどたしかに専門家と見なせると認めた。デシャンは吠え、ローズ判事はなかなかの采配をみせた。マーサが一歩も引かないのを見て、ウォークは顔をほころばせた。見ると、ヴィンセントも同じ顔をしていた。

病理学者は一同を悲惨な旅に連れ出すにあたり、まず写真を配った。陪審員たちが首を振り、ひとりが泣きだすような写真だ。それから複数の殴打の痕について説明し、肋骨が三本も折れるほど激しいものだったと述べた。つづいて胸にはいった銃弾の、キルショットの跡をたどった。被害者は床に倒れる前に死んでいたでしょう。イーゼルに図を載せ、難しい解剖学用語を書いてみせながら、そう語った。

指紋の専門家は、ラドリー家で採取された指紋の画像を一枚一枚見せた。ヴィンセント・キングはキッチンにいました。廊下にいました。居間にいました。玄関のドアからも指紋が見つかりましたと。一時間後、陪審はうんざりしていた。ヴィンセント・キングが現場にいたことは疑いようがなかった。

それからこんどは射撃特性の専門家が呼ばれ、まず銃一般について、それから犯行に使われた銃について話した。銃そのものはまだ発見されていないものの、スター・ラドリーの体から摘出された銃弾は357マグナムであると。

それから予想どおりデシャンが登場した。一枚の書類を引っぱり出して、火でもついたように振りまわした。ヴィンセント・キングの父親は一挺の銃を自分の名義で登録していました。ルガー・ブラックホークです。その銃の口径を、銃弾のタイプをあててみてください。デシャンは陪審にそう言った。ウォークがよく見ると、全員がその特大の場外ホームランに啞然としているのがわかった。

反対尋問でマーサは少しでも得点をあげようとして、３５７マグナム弾はさほど一般的ではないとはいえ、いまだに広く販売されていることをその男に認めさせた。だが、もう手遅れだった。

つづいてデシャンはスターの人生をくわしく語った。難しい子供時代、妹の悲惨な死とそれにつづく母親の死。ふたつの事件を説明した。ヴィンセントは平然と座っており、シシーの死体が発見された林のことに話がおよんだときにも、眼を閉じただけだった。そこで少女は死んだのです。放置され、ひとりぼっちで冷たくなって。デシャンはそう語り、さらにスターの母親が自殺したこと、スターがそれを発見したこと、彼女がどんな影響を受けたと思われるかを語った。そして最後に、明るい希望として、問題を抱えていたとはいえ、スターが子供たちを、ダッチェスとロビンを溺愛していたことを語った。その子たちがいまは見知らぬ町のグループホームに身を寄せていること、故郷から千六百キロも離れた学校で、人生をやりなおさねばならないことを。そこでまた写真を見せた。ベンチにならんで腰かけている三人の写真。珍しく穏やかなある日、ウォーク自身が撮ったものだった。

ウォークは最初に現場に駆けつけた数人の警官とともに、検察側の証人として呼ばれた。まっさきに神聖なる法廷に登場し、席につくと、咳払いをしてから、悲惨な真相をありのままに語った。ヴィンセントが血にまみれていたこと、話しぶりは冷静だったこと。事実をゆがめることなくそのまま提示した。ときおり友のほうに眼をやると、ヴィンセントはわずかに微笑んでみせた。気にすんな、ウォーク、自分の役目を果たせと。

八日後、検察は立証を終えた。ウォークとマーサは裁判所の向かいのバーに行き、奥のブースに座って、解凍されたばかりの海老の唐揚げをつまんだ。

「ヴィンセントの態度はどうかな？」

「言うことなしね」とマーサは言った。「いっそ証人台に立たせたいような気持ちになる。陪審に彼がどれほど冷静か見せて、精神障害を主張して、残りの人生はクッション張りの保護房で送ってもらうの。死刑は回避できるでしょ？」

ウォークは海老をつまみあげてじっくり観察すると、油染みのできた紙の上に戻した。「きみのほうはどのくらいかかる？」

「二日。言うことを言って、こっちの証人を呼んだら、あとはむこうが勝って、ヴィンセントを死刑にするだけ」マーサは自分のソーダを見おろした。

「きみはよくやってるよ。ほんとに。あそこにいるきみはかっこいい」

「お尻ばっかり見ないでよね。いやらしい」

「おれが惹かれてるのはきみの靴だよ。コンバースへのこだわりだ」

マーサはバッグに手を突っこんで、瓶入りのホットソースを取り出した。

「嘘だろ。マジでそんなものを持ちあるいてるのか」

「メースの二倍」マーサはたっぷりとかけた。「わたしが十字架をつけてるのに気づいた？」とネックレスを指さした。「三番と九番と十番の陪審員、あの三人は熱心に教会に通ってるの」マーサはそれを自分で聞き出したのだった。二日にわたる拷問のような陪審員選びに最後までつきあって、被告を自分の手で処刑したいと言いだしかねないふたりをはね、かわりにリベラルなふたりを要求したのだが、それは逆にデシャンに拒否された。

「あの銃」マーサは溜息をついた。「それに弾。ただでさえ不利だっていうのに」

ウォークは大きく息を吸って動揺を静めた。「おれはきみを信じてるよ」

「あなたはわたしと寝ようとしてるだけでしょ」

あくる朝、ウォークはマーサが不安げな顔をしているのに気づいた。一同が起立するとローズ刑事が入廷し、二本の旗のあいだの堂々たる椅子に腰をおろした。

前に座っているヴィンセントは、ウォークが選んだ安もののスーツを着ており、ネクタイはきっぱりと拒否していた。

マーサはまず、ミスター・コーエンという自分の選んだ医師を呼んだ。コーエンの娘を彼女は窮地から救ったことがあった。女を殴るだけが能のぐうたら男が相手の、よくある話だったのだが、コーエンはひどく感謝して、娘の恩人に恩返しをしてくれることになったのだ。

ふたりはスター・ラドリーの打撲傷の写真を一枚一枚見ていき、そのひどさに注目した。次にこんどは、ヴィンセント・キングの両手を写した写真を見ていった。右手がいくぶん腫れているものの、古いものである可能性もあった。数日前のいざこざでできた可能性も。

反対尋問でデシャンはコーエンに、その腫れがいつできたものかはっきりは言えないこと、ヴィンセントぐらいの体格の男なら平手でもその程度の傷を負わせられることを認めさせた。

つづいてマーサは発射残渣の問題に移り、弁護側の専門家を呼んだ。ウォークのポケットマネーで雇った科学鑑定研究者で、堅実な生活で貯えたウォークの貯金は減る一方だった。その研究者は若い女性だったものの、自信にあふれた口調で話しだすと、全員が惹きつけられた。基本組成、連鎖反応、発射時に排出される煙など、その分野についてひととおり説明したあと、ヴィンセント・キングから残渣は検出されなかったと述べた。

反対尋問のあいだマーサは、弁護側の専門家がデシャンにこう認めさせられるのを、なすすべもなく見ていた。残渣は、蛇口から水が流れっぱなしになっていたのだから、洗い流せた可能性もある。汗で流れ落ちた可能性もあるし、発砲後すぐに部屋から立ち去れば、そもそも付着しなかった可能性もあると。

そのあとウォークがふたたび証言台に立った。こんどは笑顔で、ヴィンセントは子供時代の友人ではありますが、それは何十年も前のことですと述べた。そのむかしヴィンセントを警察に突き出したのは自分なのです。自分の任務は法を守ることであり、何があろうとそれを放棄するつもりはありません」

それからマーサは前に出て、大きく息を吸うと、弁護側の切り札を切った。

精肉店の店主。

ミルトン。

デシャンは眼を細めて背筋をいくぶん伸ばした。

マーサはウォークに子供時代のミルトンのことを語らせた。父親が肉屋を経営していて、ミルトンがそれを引き継いだこと。のけ者にされていて、ほかの子たちが通りを渡って避けるような子供だったこと。デシャンは伝聞だと抗議したが、目的は達せられた。

のけ者にされた少年が、悩みを抱えた大人になったこと。孤独だったので、別荘客に話しかけては、一緒に狩猟に行かないかとしきりに誘うようになったこと。はい、ミルトンは狩猟が好きでした。マーサはミルトンの名義で登録された銃を列挙した。リストは長く、陪審員たちはちらちらと顔を見交わした。

「あなたは自分がミルトンと親しかったと思いますか？」マーサは陪審員席のそばに立って言った。

「ミルトンのことは好きでした。いつもちょっと必死になっているようで、気の毒に思いましたが、内気なんだろうと思っていました。ミルトンに友達はいませんでした。電話をかけられるような相手は」

「で、あなたに電話してきたんですか？」

「ときどき。一緒に狩猟にも行きましたよ、一度だけね。食べるのは好きなんですが、殺すのは好きになれなくて」

笑い声がふたつ。

「では、ミルトンはこういう銃のあつかいに慣れていたわけですね」

「慣れていたなんてものじゃありません。千メートル先のミュールジカを倒すのを見ました。すごい腕前でした」ウォークは一番の陪審員に向けて答えた。その男も、ミルトンがよくやっていたようにメンドシーノ山地で狩猟をしていた。

マーサは先をつづけ、ミルトンがスターの家の向かいに住んでいたこと、スターにトラックを貸したり、ごみを出したりしてやっていたことを明らかにした。

「わたしは彼が親切でやっているんだと思っていました」とウォークは言った。「スターには世話を焼いてくれる人物がいるんだと」

「あなたのほかにですね？」

「ええ」

ウォークはそこでマーサの眼を見た。マーサはうまくやっていた。大したものだ。

マーサは証拠物件Cに一同の眼を向けさせた。

「これがなんなのか教えてもらえますか、ウォーカー署長」

ウォークはかいつまんで説明した。自分がミルトンの家の寝室で発見したものだと。陪審員のなかにはそれを見て、あきれたように首を振る者もいた。半裸から全裸までさまざまな状態のスターの写真だった。

「こういうものが何枚ぐらいありましたか？」

ウォークは頰をふくらませた。「大量です。数百枚。日付ごとに整理されていて、かなり古いものもありました」

「妄執ですね」

デシャンは異議ありと言いたそうな顔をしたが、こらえた。

待った。

「そのように見えます」ウォークは同意した。

「いま、ミルトンは望遠鏡を持っていたとおっしゃいましたね」

「星《スターズ》を見るのが好きだと言っていました」ウォークは淡々と言い、陪審がその意味を把握するのを待った。

「でも、それは空には向けられていなかったんですね？」

デシャンは立ちあがり、何も言わずにまた腰をおろした。

「では、何に向けられていたんでしょう？」

「スター・ラドリーの寝室です」

「その日付ですが、いちばん新しいものはいつでした？」

「スターが殺害された日です」

「で、その晩の写真は？」

「行方不明です。まだ見つかっていません」

マーサは陪審を見つめた。「ミルトンはあなたがそれについて尋ねたとき、どう答えました？」

「尋ねる機会はありませんでした。彼は先月、死体となって海から引きあげられたんです」

ざわめきが広がり、ローズが静粛を求めた。

「溺死でした。他殺をうかがわせるものはありません」ウォークは言った。

「自殺でしょうか」マーサが言葉を投げかけたとき、デシャンが立ちあがって異議ありと叫んだ。マーサは撤回したものの、自殺という言葉はすでに法廷内の全員の心に刻みこまれていた。

デシャンは色をなして再尋問を行ない、スターの家からミルトンの指紋は見つかっていないことをウォークに認めさせた。手袋をしていたのかもしれません。そんなことは言わなくてもよかった。あの男は肉屋でした、いつも手袋をしていました。それだけでよかった。無理をする必要はなかった。

その晩はバーでの雰囲気もよかった。ウォークはハンバーガーを注文し、ふたりは満ち足りた沈黙のなかでそれを食べた。マーサは疲れた顔をしていた。プレッシャーが大きかったのだ。ふたりはヴィンセントのことを少し話した。ヴィンセントがミルトンの話題に反応せず、いつもどおりじっと座ったまま、みなの視線を無視して眼を伏せているだけだったことを。

「今日はいい日だったな」

マーサはソーダのストローを噛んだ。「だけど、問題はまだ山のようにあるよ」

ウォークは顔をあげた。

「見過ごせないぐらいたくさん。あんまり期待しないでちょうだい。この裁判に勝ち目はない。あたしたちにできることはすべてやったけど、ミルトンのことはラッキーだったの。ひどい言いかただけどね。でも、それだけじゃ終わらない。銃のこと、弾のこと。その出どころ。手についていた血。知り合いじゃなかったらあたし、ヴィンセントを有罪にしてる」

「だけど、知り合いだろ？」

「陪審員はちがう」

ウォークはマーサについて外に出ると、彼女の車の横でしばらく逡巡した。「うちに来ないか？」

「あしたは最終弁論だから。今日は早く寝る」

マーサが走り去るのを見送ると、ウォークはパトロールカーに乗りこんで署に戻った。時刻は遅く、リーアはもう帰宅していて明かりも消えていたが、ウォークは裁判が始まってから一度も署に顔を出していなかった。デスクに書類が積みあがっているのを見ると、明かりをつけて椅子にもたれこんだ。郵便物をめくっていき、何通かひらいたあと、それが現われた。〈ベライゾン・コミュニケーションズ〉。ダークの携帯電話の通話記録。ボイドが要望に応えてくれたのだ。

記録は一年前までさかのぼっており、字が小さくて眼を細めなければならなかった。裁判がすんでから改めて見ることにして、ぱらぱらとめくった。眼がかすみ、あくびをして伸びをした。何もつかめそうになかった。

だがそのとき、その日付が眼にはいった。十二月十九日、ハルが殺された日。最初は眼が上滑りして気づかなかったが、自分のよく知っている数字が見えた気がした。

見まちがいだろうと思い、もう一度眼を凝らした。

それから、ウォークはその書類をデスクに落とした。

ダークの携帯にかかってきたその通話。

それはケープ・ヘイヴン警察署からかけられたものだった。


彼女は泣いた。ウォークはそれを見ていた。

ふたりは庭に座っていた。岬は眠っていたが、彼女はずっと起きていた。眼の下のくまが、もはや眠れないことを物語っていた。

眼を閉じると、黒いマスカラの涙がこぼれた。

空の満月が悲哀をいっそうきわだたせる。リーア・タロウは眼を拭い、洟をすすり、また少し泣いた。ウォークは別の答えを見つけようとしながら、それを必死で探しながら、無言で彼女の家まで歩いてきたのだ。

「話してくれないか？」

嘘をつこうとする様子はなかった。リーアは芝生を見つめ、こうなることはわかっていたというように穏やかな顔をした。「わたしたち、ずいぶん前からあがいてたの」

ウォークは長々と息を吸いこんで、その時が来るのを少しでも先に延ばそうとした。ひとたび来てしまったら、ものごとはすっかり変わってしまうはずだった。

「理由はお金」

ウォークはつらそうな顔を見つめた。

「エドはね。仕事がなくなっちゃったの」

「なくなった？」

リーアは顔をあげた。

「わかりやすく説明してくれ」

リーアは背後の家をふり返った。「タロウ建設は七十年前からエドの一族が経営してきた。エドは父親から会社を受け継いで、父親は祖父から受け継いでね。むかしはかなりの利益をあげていた。町の半数を雇っていたほど。それどころか、うちはまだ十五人も雇ってる。ほとんどの月は貯えから給料を払ってるの。

そのあとエドの父親が亡くなって、わたしたちはあの家を受け継いだ。二列目の、フォーチュナ・アヴェニューの家を。大したものじゃない。わたしたちには大きいけれど、現実の世界じゃ全然大したものじゃない」

「会社を売って、損失を食いとめることもできただろ」

「エドが売ろうとしなかったの。彼はこの町を愛してるのよ。あなたと同じで。だけど、うちには変化が必要なの。新しい家が、新しいお金が。なのにあなたがそれを邪魔してきた。あなたたちが。否決できるときにはかならず否決して」

「このあいだ聞いたところじゃ、それでも承認されるそうだ」

「でも、うちからすればもう手遅れ。あなたに息の根を止められたのよ、わかってる？」

ウォークはしばらく黙りこんだ。自分の果たした役割と、自分の欲求に驚いた。ケープ・ヘイヴンが自分ぬきで、ヴィンセントとスターとマーサぬきで進んでいくのを阻止したいという欲求に。

「ダークは？」と彼は先をうながした。

そこでリーアはひと息ついた。「ダークはそのフォーチュナの家をうちから安く買い取ったの。かわりにエドがあそこを取り壊すという契約で。通りの残りの家の解体も、建設の仕事も、エドがもらえるはずだった。戸建ての家も、コンドミニアムも、全部。それでうちは救われるはずだったの。それに岬も、現実の岬も、ここで生まれ育った人たちも、みんな」

「だが、それはもう御破算だ。何もかも」

「まだよ」

「どういうことだ？」

「キング邸と保険。テープはダッチェス・ラドリーが持ってる。それをあの子がダークに返せば、保険金が支払われて、わたしたちはすべてを取りもどせる」

ウォークはそれが腑に落ちるのを待った。頭が猛スピードで回転していた。「いくらぐらいになるんだ？」

リーアは唾を呑みこんだ。「すべて。家も、会社の第二抵当権も、クレジットカードも、ローンも。それこそ何もかもよ。うちはわたしを雇っておく余裕もなかったんだもの。だからわたしは署であんなにいっぱい残業してるの」

ウォークはしばらく月を見つめてから、また家に眼をやった。「エドはきみのしたことを知ってるのか？」

「いいえ。帳簿はわたしがつけてるから。エドはばかなの。わたしが知らないと思ってるの、女たちのことを。いつも香水のにおいをぷんぷんさせてることを」

「きみは子供を売りわたしたんだぞ」

リーアは首を振り、伝い落ちる涙を加速させた。「ダークはあの子を傷つけたりしない。あなたはダークを知らないのよ」

ウォークはリーアの手を握ってやりたくなった。何はともあれ、子供のころから知り合いなのだから。だが、心を鬼にした。「どうやってあの子たちの居場所を知ったんだ？」

感情が消えてリーアは話をつづけ、非情な事実を明らかにした。「電話。モンタナだってわかったの、あなたの領収証を整理したから。ガソリンスタンドとか。それにハルは、あなたとの電話で学校名も口にしたし。農場のそばの湖の名前も」

「盗み聞きしたのか？」ウォークは愕然として言った。あまりのことに息ができなくなり、眼をこすり、首筋をもんだ。頬が火照っていた。立ちあがったが、膝に力がはいらずにまた座りこんだ。「きみの手は血で汚れてるんだぞ、リーア。しかもそれがなんのためかといえば、夫の会社のためときた」

「あの子たちのためよ」とリーアは語気を強めて家を指さした。「子供たちのため。うちがこの町で支えてるすべての家族のため。たかがテープじゃない、ウォーク。くそいまいましいテープ一本でしょ。ダッチェスはあの店を全焼させた。それはみんな知ってたのに、あなたは何もしなかった」

「それはちがう――」

「ちがわない。自分でもわかってるでしょ。あなたとスターと、あなたのヴィンセント・キングに対するくそったれな忠誠心のせいよ。スターは彼のガールフレンドだったから、あなたはスターの面倒を見るって彼に約束したんでしょ。それはわたし、知ってるのよ。友人たちのためならどんなことでもするって、あなたから聞いたから。高校時代と同じようにどんなことでもするって。あなたがちゃんと職務を果たしてれば、あの子を連行してれば――」

「ダークはいまどこにいる？」

「知らない」

ウォークは彼女をじっと見つめた。

「知らないってば。嘘じゃない」

「ダッチェスか。あいつはまだあの子を捜してるのか？」

「問題はお金だから。ダークの場合、問題はつねにお金だから。わたしの助けなんかあろうがなかろうが、絶対に諦めないはず」

そこでウォークはマーサを思い浮かべた。自宅で最終弁論の予行演習をしているマーサを。

「ダークは人を殺したんだぞ。きみのせいだ」

リーアは激しく泣きだした。「そんなことになるなんて思わないじゃない」

「ふざけるな、リーア」

「世の中にはわたしたちが何もしてあげられない人たちがいるの。そんなこと、わたしよりあなたのほうがよく知ってるでしょ」

その夜ウォークは岬の街を延々と歩いた。朝日が夜空をこじあけて彼を照らすまで、あちこちに立ちよった。ラドリー家の旧宅、ミルトンの家、メイン通りとサンセット・ロード。キング邸の前にたたずんで、そこが解体されるところを想像した。かりにダークが資金を集められなかったとしても、いずれ誰かがもっと安値で買うだろう。私道でバスケットボールをしたことや、古い屋根裏部屋に隠れてリッチ・キングの《プレイボーイ》を見たことを思い出した。自分たちは事態を正しく理解しており、ミルトンはマーサの言ったとおり自殺した可能性もあった。ヴィンセントは施設に収容されるかもしれなかったし、おのれを憎むあまり、自由な人間として生きていくより死刑になることを望むかもしれなかった。答えの出ていない疑問がまだ山のようにあった。自分が色眼鏡でものを見ている恐れのあることは承知していたが、それでもウォークは確信していた。ヴィンセント・キングは無実だと。それを偶然にゆだねるつもりはなかった。いまはもう。ここまで来た以上はとことんやるつもりだった。たとえ魂を売ることになろうとも。

38

その朝、ウォークは鏡の前に立ってひげを剃った。洗面台に水がたまるのを見ていると、青白く、やつれ、病んだ顔が現われた。ぐずぐずせずに冷たい水をたたきつけ、重い深呼吸をひとつした。それからラス・ロマスに車を走らせ、自分の席につき、視線とささやきを無視した。

リーア・タロウが呼ばれた。

リーアは落ちついた様子だった。前夜のできごとを化粧で隠し、あっさりしたワンピースにハイヒールという装いで、通り過ぎざまにウォークと眼を合わせたが、ウォークは表情を変えなかった。

マーサはリーアに経歴を語らせた。ケープ・ヘイヴン警察で十五年間事務職員として働いており、ときどき通信指令係もやっていること。ウォークとルーアン同様、もはや家具の一部のような存在だということ。リーアははきはきとしゃべり、二度ほど口ごもりはしたものの、陪審は好感を持ったようだった。

ウォークはその朝早く、リーアに電話してすべてを伝え、リーアは即座に承諾した。一種の休戦だった。あとのことはあとで考えればいいが、こちらは急を要するのだ。そのあとこんどはマーサに電話して、話をつけた。マーサの声に不審がこもっているのを聞いて、ウォークは自分がおたがいの大切にしているものをことごとく危険にさらそうとしているのをはっきりと悟った。

「このシステムは……冗談みたいなものです。まあ、ウォークはものごとを改めるのではなく、そのままにしておくのが好きなんだ、とだけ言っておきます」

マーサはウォークに微笑みかけ、ウォークは眉をあげてみせた。七番の陪審員がそれに気づいて笑った。

「ですからわたしはこの数年、このシステムを全面改修しよう、資料室を整理しようとしてきました。ほかの署は四年前に新しいテンプレートを導入しているんです。新しい書式と分類法を。ところがウォークのやりかたときたら……いえ、秩序はあるんですよ、いちおう。整然たるカオスという秩序が」

デシャンが立ちあがり、ローズ判事は話を先へ進めさせ、マーサは陳謝した。

「そんなわけで、わたしはかれこれ三カ月それに従事しています。いまは一九九三年まで来ているんですが、そこであれを発見したんです」

マーサがその書類を掲げてみせた。デシャンが異議ありと叫び、ローズが双方を判事席に呼んだ。デシャンが腹を立てているのが声でわかった。顔を赤くしてふり返り、首を一度振ると、自分の席に戻った。ローズはそれを証拠に加えることを許可した。

「これが何か説明してくれますか?」マーサは言った。

「一九九三年十一月三日の空き巣報告書です。場所はサンセット・ロード一番地、グレイシー・キングの住宅です」

「ヴィンセント・キングの家ですね。釈放されたあとに彼が戻った」

「はい」

「盗まれたものは書いてありますか」

「はい。ウォーカー署長はいつもどおり完璧です。グレイシー・キングからきちんと話を聞いています。ヴィンセントの母親ですね。金庫に鍵をかけ忘れたそうです。盗まれたのは現金二百ドルと、金のブローチひとつ、ダイヤモンドのイヤリング数個。それに拳銃一挺です」

「拳銃？」

「はい。ルガー・ブラックホークです」

ざわめき。ローズがそれを静めた。デシャンがふたたび判事席に行き、ローズとさらに何やら言い争った。それが白熱したため、ローズは十五分の休廷を宣言した。

次にウォークが証言台に立った。ふたたび名前を名乗ったり経歴を述べたりする必要はなかった。マーサはウォークにその盗難事件のことを説明させた。彼は落ちついて話した。ヴィンセントとは一度も眼を合わせなかったが、視線は感じていた。

それからデシャンが立ちあがった。「これは不意打ちではないでしょうか」

「リーアがこれを発見したのはゆうべなんです。彼女はときどき遅くまで残業をしているんですよ、夫が家で子供たちと一緒にいられるときは。わたしより悩まされていますからね、このシステムに。わたしはどこに何があるか、全部わかっています」

「では、ウォーカー署長、どこに何があるかすべてご存じなら、どうしてもっと早くこれを提出しなかったんです？」

「この盗難事件のことを忘れていました」

「忘れていた？」デシャンはわけがわからないという顔で陪審のほうを見た。「あなたはヴィンセント・キングの幼友達です。家族を知っていました。刑務所にもよく面会に行っていたんですよ。こんなことが起きているときに忘れてしまうようなことだとは、とても思えないんですが」

ウォークは自分を抑えて最後の深呼吸をした。これを口にしたらもう後戻りはできない。すべてが変わってしまうのだ。

「わたしは病気なんです」

ウォークは法廷内を見まわした。後方の記者たち、傍聴人の列。その静寂を感じた。自分に集まった視線を。

「わたしはパーキンソン病なんです。記憶力が衰えているんです、誰にもうち明けていませんでしたが。なんとかなると思っていたんです。たぶん……職を失いたくなかったんでしょう」

陪審に眼をやると、同情が見て取れた。つづいてヴィンセントのほうを見ると、ヴィンセントは悲しげな眼でウォークを見つめていた。

ウォークはその空き巣報告書に眼を落とした。彼らがもしそれをじっくりと見たなら、よくよく調べたならば、その筆跡がほんの少し、震える手で書かれたかのようにゆがんでいるのに気づくはずだった。


最終弁論は五時に始まった。ローズ判事は、遅くなってもその日のうちに陪審に評決をゆだねたいと述べた。マーサが全員の注目を浴びつつ、先に弁論に立った。メモは使わなかった。きっと夜更かしをしたのだろう。マーサは簡潔だった。事実を列挙していった。スターのこと、スターを形づくった悲劇のこと。ラドリー家の子供たちのこと、ふたりには正義がもたらされるべきだが、それは正しい人物と引き換えでなくてはならないこと。つづいてミルトンについて。否定できない数々の事実をあげて、悲惨なまでに真に迫った肖像を描いてみせたので、陪審は魅了されて聞き入った。それからヴィンセントについて。想像してみてほしい、とマーサは陪審に語りかけた。十五歳で刑務所システムにはいることを。凶悪きわまりない男たちのいる刑務所に入れられ、おびえる少年を、と。ヴィンセントの後悔について、できるかぎりつらい刑期を務めようとする闘いについて、彼女は語った。たしかに彼は刑務所にいたかもしれない。正当防衛で人を殺めたかもしれない。償っても償いきれない過ちを犯したかもしれない。しかし、だからといって彼がスター・ラドリーを殺したことにはならない。彼の沈黙は有罪をではなく、途方もない自己嫌悪を物語っているのだ。その嫌悪の激しさゆえに、彼は自分が殺してしまった子供の存在できない世界に自分が存在するよりは、むしろ他人の犯した罪のために罰せられることを望んでいるのだと。

＊＊＊

その法廷から千六百キロ離れたところでは、ロビンがウサギノブラシの黄色い花を見つけて部屋に持ってきた。ダッチェスはそれを平らに伸ばしてから、自分たちのボードにピンで留めてやった。ジェットの隣に。ロビンの肩に腕をまわしてその前に立っていても、心は別のことを考えていた。リック・タイドが性懲りもなくまた挑発を始めていた。ダッチェスの背中に唾を吐きかけ、そいつはメアリー・ルーからだと言い放ったのだ。ダッチェスはトイレに行ってシャツを洗いながら、ウォークのことを考えた。いい子でな、と言われたことを。

その日の夕方は、食事のあとロビンを広い庭に連れ出して、夕陽が木々のむこうに赤々と沈むまでブランコを押してやった。ロビンはまぶしげに眼を細めて笑い、ダッチェスは彼に、あんたは王子様だよと言った。

それからロビンに寝じたくをさせ、歯を磨かせると、ウィルバーという名の豚とシャーロットという名の蜘蛛のお話を一章読んでやった。

「ウィルバーって泣き虫の豚だね」ロビンは言った。

「そうだね」

その晩ふたりは祈りを唱えた。ロビンが彼女のほうを見るので、彼女は眼を閉じさせて指を組んでやった。

「なんで今日はお祈りをしたの？」ロビンは訊いた。

「ただのご挨拶」

ロビンが眠ってしまうと、彼女は部屋を抜け出して廊下を歩いていった。ならんだドアの奥では、忘れられた子供たちが眠っていた。みな熟睡し、みずからの境遇を忘れて別の世界に行ける貴重な時間をむさぼっていた。

ラウンジは真っ暗で、テレビだけが光っていた。チャンネルを変え、求めるニュース局を探しあてて見ていると、裁判所の外に報道陣が集まってきた。

さきほどウォークにコレクトコールで電話をかけたら、これから陪審が合議する、いつ出てきてもおかしくない、と疲れた口調で言っていた。もうすぐのようだった。

母親のことが思い浮かんだ。この一年のこと、そこで起きたすべてのことが。

ふり向くと、弟が戸口に立ってにらんでいた。

「ベッドにいない」

「ごめん」

ロビンははいってきてダッチェスの横に座り、自分たちに関係があるとはとても思えない遠方からの中継を一緒に見た。

報道陣がどんどん増え、コマーシャルに切り替わった。ダッチェスは無言のまま、弟は何を考えているのだろうかとひそかに案じた。コマーシャルが終わると、裁判についての説明が始まり、母親のことことヴィンセント・キングのことが、自分たちの知っていることも知らないこともふくめて、詳しく紹介された。

評決が赤い文字で画面にぱっと現われると、彼女は体を起こした。鼓動が速くなった。

「なんて書いてあるの？」

「あいつはママを殺してないって」

口をうっすらとあけて見ていると、レポーターが陪審員のひとりを見つけた。男は疲れているようだったが、それでも微笑んでみせ、ケープ・ヘイヴン警察の署長の証言を説明した。一枚の空き巣報告書が発見されたこと、それにより凶器とされた拳銃を、すなわち容疑者の父親がかつて所有していた拳銃を、ヴィンセント・キングが持っていたはずはないと判明したこと。陪審団はそれまで態度を決めかねていたが、その報告書が、求めていた逃げ道をあたえてくれた。男はそう述べた。

ダッチェスは胃が痛くなり、耐えかねて拳を押しあてた。「ウォーク。あんたいったい何したんだよ」

すり寄ってきたロビンの頭にキスをしてやりながら、世界について自分が知っていると思っていたことが何もかもわからなくなるのを感じていた。世界がまたしても倒れかかってきた。真実の概念が。まやかしの公正さが。

そのとき、あの男の姿が見えた。

ロビンが立ちあがった。

画面に、洒落たスーツにコンバースのスニーカーといういでたちの小柄な女性にともなわれ、ヴィンセント・キングが現われた。

都会のカメラのフラッシュで室内が明るんだ。無罪となった男は待機していた車に乗りこんだ。

「どうしたの？」ダッチェスは弟に訊いた。

ロビンはぶるぶる震え、全身をわななかせて懸命に息を吸おうとした。

そして泣きだした。黒ずんだ染みがズボンに広がった。

ダッチェスは弟の前に膝をついた。「ロビン。話してごらん」

ロビンは首を振り、眼をきつく閉じた。

「だいじょうぶ。あたしがいるでしょ」

「あの人だよ」とあえいだ。泣きながら。「思い出した」

ダッチェスは弟の顔を両手で優しく包んだ。「何を思い出したの？」

ロビンは彼女の背後を、テレビを見つめていた。「あの人が寝室にいたの。なんて言われたか思い出した」

涙を拭ってやると、ロビンはようやく眼を合わせた。「あの人、こう言ったんだよ。ママにあんなことをしてごめん。誰にも言うんじゃないぞ、さもないと後悔するぞって」そう言うと、眼を閉じてしゃくりあげた。ダッチェスは弟をしっかりと抱きしめた。

部屋に連れてかえり、浴槽で体を洗ってやると、新しいパジャマを着せてベッドに入れた。

ロビンは眠りこんだ。

そのあとダッチェスは旅支度をした。

鞄の中から、自分たちと一緒に写った数少ないスターの写真を見つけた。家の庭で裸足のまま笑っていた。それをハルの写真とならべてコルクボードに留めた。

ブラインドを少し割って星空をのぞくと、ロビンのベッドの足元に腰かけた。そこに座って、長いけれども短すぎる夜のあいだ、ともに過ごした時間を思いかえした。ロビンが生まれた日のこと、初めて歩いたときのこと、言葉をしゃべったときのこと。あの手この手で彼女を笑わせたこと。幼稚園にあがった日のこと、小さな庭でフットボールの投げかたを教えたこと。

そうしているとやがて夜が明けてきた。これでもうロビンは、ひとりぼっちで闇の中で眼を覚ますことはない。

鞄を戸口に引きずっていき、あけたドアにそっと立てかけた。

それからもう一度戻ってきて、息ができなくなるまで涙をこらえ、自分をののしり、気でもちがったように髪を引っぱった。ナイフがあったら体を深々と切りつけていただろう。自分はナイフで傷つけられて当然なのだ。それだけの痛みを味わって当然なのだ。

身を乗り出してロビンの頭にキスをし、いい子でねとささやくと、彼女はこれまで何度もやってきたようにこっそりと、弟の人生から立ち去った。

39

ウォークは自分のデスクの前に座り、抽斗からケンタッキー・オールド・リザーヴを取り出した。キャップをはずして長々とひと口飲み、焼けるような喉の感覚に眼を閉じた。

浮かれたい気分ではなかった。ヴィンセントはまっすぐ家に帰っていた。車内では口をきかず、笑顔も見せず、マーサ・メイと握手をしただけだった。ウォークはマーサにねぎらいの言葉をかけ、マーサの眼を見て、彼女に気づかれているのを悟った。むなしい勝利だった。検事は憤然として法廷から出ていった。

また少し飲むと、やがて夜が和らいで肩の力が抜け、体はそれ以上ウォークを疲労させるのをやめた。

トレイに積みあがった山のような書類に眼をやった。一年分たまっていた。大半は決まりきったものので、ヴィンセントとダーク以外のものはすべてほったらかしだった。裁判で彼らが嘘をつかなかったことがひとつあるとすれば、それはこのオフィスのありさまだった。

山を引きよせてめくりはじめた。ルーアンの手書きのメモ、交通違反、公共物の汚損、不法侵入容疑。なかなか集中できなかった。以前は日常業務だったものが、すんなり頭にはいってこない。州警からのメモが二件あり、さらにそのすべてに交じって、デイヴィッド・ユートなる医学博士からの伝言があった。メッセージを聞いたが、どういう用件かと。

記憶を探り、いらだちが高じてきたところで、ヴィンセントがフェアモントで殺した男、バクスター・ローガンの剖検だと思いあたった。

時計を見て夜も遅いのに気づいたが、その番号にかけてみた。

相手は最初の呼び出し音で出た。聞けば、今週かぎりで引退する予定で、自分より二十歳も若く赤ん坊同然の経験しかない後任のために、引き継ぎの準備をしているところだという。ふたりは少し雑談をした。ウォークがローガン事件の話を持ち出すと、ユートはそのファイルを一分で見つけ出した。整理のできる男だった。

「これ以上何を知る必要があるんだ?」ユートは言った。

「さあ……たぶん具体的なことです。もしかしたら何か――」

「当時はまだそれほど厳密じゃなくてね。DNA鑑定なんてものもなかった。死因は記録してある。頭部外傷だ」

ウォークはウィスキーをひとくち飲み、古いデスクに足を載せた。「じゃ、それでけりがついたんですね。パンチ一発で――」

「いや、パンチ一発じゃない。ローガンのありさまからするとね」

ウォークはグラスの底を見つめた。

「いまでも憶えてるが、カディが電話してきたんだ。もちろん当時のカディはまだ若くて、父親の跡を継いじゃいなかったんだが。ローガンなどで時間を無駄にするなとわたしに言うんだよ。性犯罪者はフェアモントじゃあまり人気がないからね。わたしは死因を記録して次に進んだんだ」

「その傷は……ひどいものだったんですか?」

ユートは溜息をついた。「ずいぶんむかしのことだが、なかには忘れられないものもある。歯はみんな折れていたし、両の眼窩は砕けていた。鼻はつぶれて顔面でぺしゃんこになってた」

「でも、喧嘩だったんですよね。ヴィンセント・キングは自分の命を守るために殴ったんですよね」

「わたしに何を言わせたいのかわからんが、ウォーカー署長。たしかに喧嘩ではあったが、けりがついたあともローガンはさんざんに殴られていた」

スターのことが頭に浮かんだ。へし折られていた三本の肋骨のことが。ウォークはユートに礼を言って電話を切った。

ごくりと唾を呑みこむと、まだウィスキーの味がした。喉がからからになり、鼓動が激しくなってきた。立ちあがり、署を出ると、少し歩いた。夜だったので、見えるものといえば波間を行く遠い光だけ、湾を横切っていく漁船のたゆみない動きだけだった。

潮風を吸い、ゆっくりと歩きながら考えをまとめようとしたが、頭に浮かんでくるのは見たくもない光景ばかりだった。ブライスウッド・アヴェニューにはいった。いく夏もむかしから、この町がまだ自分のものだったころから知っている界隈だ。

サンセット・ロードのはずれで立ちどまった。通りのむこう側にヴィンセントの姿が見えたのだ。黒っぽいジーンズに黒っぽいシャツという服装で、ウォークに背を向けて足早に歩いていく。声をかけようかとも思ったが、そうはせず、充分に距離を置いてあとを尾けた。死が生に転じたことを、あの男はどう感じているのだろう。そんなことを考えた。

通りをのぼっていくと、二分後、ヴィンセントは柔らかな街灯の光にごつごつと浮きあがる灰色の石積みの塀を乗りこえた。そして、願い事の木の下まで迷わず歩いていくと、腰をちょっとかがめてからすぐにまた伸ばし、背後と周囲に眼をやった。

車が一台、坂の上に現われた。上向きにしたヘッドライトで丘を照らしながらおりてくる。ウォークは暗がりに移動した。ヴィンセントはぎくりとし、そのまま奥へ歩いていき、光を逃れ、闇にまぎれた。

車が通り過ぎると、ウォークは塀を乗りこえて長い草の上におりたった。願い事の木まで行くと、やみくもにあたりを手探りしたあと、携帯を取り出して根元を照らした。

その穴は地面に近く、気づかないほど小さかった。

膝をついて手を差しいれ、中にあるものを引っぱり出してみると、それは一挺の銃だった。

40

「月面のあの足跡。アポロの宇宙飛行士たちが残してきたんだけど、一千万年はあそこにあるんだよ」トマス・ノーブルが言った。

ダッチェスの見あげる空はもはや無限ではなかった。魂と預言について、天国での再会と来世について、彼女は知っていた。ロビンのことは考えまいとした。あの子が今朝おびえて眼を覚ましたら。そう思うと苦い罪悪感がこみあげてきて、泣きそうになった。

「どこへ行くつもりなの？」

「片付けなくちゃならない用事があるの」

「ここにいてもいいよ」

「だめ」

「一緒に行ってもいいよ」

「だめ」

「ぼく、勇敢だよ。きみのために青痣もこしらえたし」

「それには一生感謝する」

ふたりはトマスの家の庭のはずれに寝ころんでいた。背後の林がふたりに影を落としている。

「きみの人生ってさ。あんまりだよ、不公平だ」トマスは言った。

「あんた、子供みたいなこと言うね。不公平なんて」ダッチェスは眼を閉じた。

「ねえ、こんなことしても絶対いい結果にはならないよ」

空に星が流れた。願い事はしなかった。星に願いをかけるなんてのは子供のすることだし、ダッチェスは自分がもう子供ではないのを知っていた。そもそも子供だったことがあるのかどうかもわからなかった。

「世間の人たちはみんなさ、一生空をながめては問いを投げかけて終わるんだよ」とダッチェスは言った。「神は介入してくれるのか、介入してくれないのなら、なぜ自分たちはそれでも祈るのかって」

「信仰だね。介入してくれるはずだっていう」

「そうじゃないと、命なんてあまりにもちっぽけだからね」

トマスは静かにまた言った。「きみが帰り道を見つけられなくなっちゃわないか心配だな」

ダッチェスは月を見つめた。

「前はよく神様に手のことを訊いたよ。なぜ？　とか、そんなことを。眼が覚めたらふつうになってますようにって祈ったよ。だけどさ、そんなのは無駄な祈りだった」

「祈りなんてみんな無駄なのかも」

「ここにいなよ、ぼくと一緒に。かくまってあげるからさ」

「やらなきゃいけないことがあるの」

「手伝ってあげる」

「あんたには無理」

「きみをひとりで行かせろっていうの。それが勇敢？」

ダッチェスはトマスの障害のないほうの手を取り、指をからませた。トマスのような人間でいるのはどんな感じだろうと考えた。トマスの悩みなど取るにたらないものだ。母親は家で眠っているし、将来は染みひとつなく、洋々とひらけているのだから。

「みんなきみを捜すよ」

「そんなに一生懸命には捜さない。施設から逃げ出す子なんてよくいるもん」

「きみはよくいる子じゃない。それにロビンはどうするのさ?」

「やめて」ダッチェスは泣きそうになって言った。「警察があんたのところに来るかも。あたしがどこにいて、どこへ行くつもりなのか、訊きにくるかも。そしたらあんたはしゃべろうと考えるはず。それがいちばんいいと」

「で、しゃべっちゃったら?」

「しゃべんないで」

ダッチェスは朝までそこに寝ころんでいた。トマスの母親は朝早くトレーニングウェアに身を固めて出かけていき、トマスは母親のレクサスが私道から滑り出ていくと裏口をあけてくれた。

ダッチェスは中にはいって手と顔を洗い、シリアルを食べた。

金庫があり、トマスはそこから五十ドル分の札を出してダッチェスに渡した。彼女は断わろうとしたが、手に押しこまれた。

「かならず返すからね」

鞄に缶詰をふたつ詰めこんだ。豆とスープを。迅速に行動したが、シェリーのほうが動きが速いのがわかった。電話が鳴り、留守番電話につながったからだ。

ふたりは耳を澄ました。

「心配してるみたいだよ」

笑んだ。

「あの人はあたしみたいなのをあと千人抱えてんの」

玄関に行くと、荷造りされたスーツケースがならんでいた。一家はまもなく休暇に出かける予定なのだ。トマスはあたしのことなど忘れるだろう。彼の人生はつづくのだ。そう思ってダッチェスは微笑んだ。

外に出ると、通りは目覚めていた。あちらにごみ収集車、こちらに郵便配達。

トマス・ノーブルは自分の自転車を引いてきて門に立てかけた。「乗ってって」

断わろうとしたが、トマスは彼女の肩に手をかけて言った。「いいから乗ってって。つかまる前に少しでも遠くまで行けるよ」

「幽霊はつかまらない。あたしはもう幽霊なの」

「また会える?」

「うん」それが嘘だということはふたりとも承知していた。トマスは気にせず、身を乗り出してダッチェスの頬にキスをした。

ダッチェスは鞄を背負って自転車にまたがった。自分のものはこの世でその鞄だけだった。

「じゃあね、トマス・ノーブル」

トマスは障害のないほうの手をあげ、ダッチェスは私道から通りに出た。ふり返らずにぐんぐん漕いで、頬に風を感じながら、明るい通りを背後に残して闇を探しに出かけた。

一時間後、メイン通りについた。ジャクソン・ホリス葬儀社の前に自転車を置いて中にはいると、エアコンの空気がどっと襲いかかってきて皮膚をちくちくさせた。

「ダッチェス」とマグダが笑顔で言った。「また会えてうれしいわ」

マグダは夫のカートとともにそこを経営していた。カートはその店の顧客と同じような青白い顔をした男で、いまは誰かと一緒にいるのだろう、カーテンが閉じられて棺が隠されていた。

「祖父の遺灰を引き取りにきました」

「いつ来るのかしらと思ってたのよ。シェリーがそのうちあなたを連れてくると言ってたから」

「シェリーは車にいます」ダッチェスは通りのむこうに視界をさえぎるような角度で駐められたニッサンのほうに首を振ってみせた。

マグダは奥へはいっていき、まもなく小さな壺を持って戻ってきた。

ダッチェスはそれを受け取って出ていこうとした。するとカーテンが分かれて、ドリーがカートとともに出てきた。ダッチェスはそっと歩道に出たものの、ほとんど〈チェリーのベーカリー〉の前まで来たところでドリーに追いつかれた。

「ダッチェス」

ドリーはダッチェスを連れて〈チェリー〉にはいり、隅の席に座らせると、カウンターに行ってふたり分の注文をしてきた。

ドリーは老けて見えた。化粧はいまひとつ完璧さに欠け、髪のカールもどこかだらしない。それでもブランドものは身につけていた。シャネルのバッグと靴は。

「ここでまた会えるなんて、すてきなことだと思うわ」

「でも」

ドリーは微笑んだ。

「ビルのこと、ご愁傷さま。知らなかった」

「あの人は覚悟ができていた。わたしはできてなかったみたい」

鞄の口があいたままで、衣類や缶詰が見えていた。ダッチェスはそれを隠してジッパーを閉めた。

ドリーは悲しげに彼女を見た。

「これからどうするの?」ダッチェスは訊いた。

「ビルを埋葬する。そのあとのことはあんまり考えてない。ふたりで行きたかった場所や見たかったところがいくつかあるけれどね。ひとりで行く気になるかどうかはわからない。でも、ビルはいい人生を送った、それだけがわたしたちに望めることでしょう？」

「トマス・ノーブルは公平だの不公平だの言う」

ドリーは微笑んだ。「それはわかる」

「公平ってのは誰かがきちんと監督してるってことだよ」

「そういえばあの男のこと、ニュースで見たわよ。あなたのこととロビンのことを考えた。もしかしたらあれがトマス・ノーブルの言うことなのかもね。つまり、他人に苦痛をあたえながら一生を送る人間もいれば、ただ生きていこうとする人たちもいるってこと。両者はつねに衝突するみたい」

ダッチェスはドリーのことを考えた。ドリーの人生のこと、父親のこと、火傷の痕のことを。「ハルはあの男のことをわが家の癌だって言ってた。あいつの影響はあたしとロビンにまでおよんでる。弟にまで。そんなのあたし……」

ドリーはダッチェスの手に自分の手を重ねた。「人は自分が何者になるのか選べないのかもね。あらかじめ決まっているのかもしれない。なかには無法者もいて、おたがいを見つけるのかもしれない」

「だけど、そんなのはなんの意味もないのかも。監督なんて誰もしてなくて、欲しいものを平気で奪いにくる人間ばっかりなのかも」

「正義っていうものを知ってる、ダッチェス？」

「三本指のジャックはね、八百キロも馬で旅をして、仲間のフランク・スタイルズの敵を討ったんだよ」

「でも、それは何を意味すると思う？　言葉の意味じゃなくて、被害を受けた人たちにとっては何を意味すると思う?」

「ひとつの終わり。それであたしはまた息ができるようになる。それだけじゃ足りないのはわかってるけど」

「ロビンは? ロビンは何を望んでると思う?」

「あの子は六歳だもん。自分が何を望んでるかなんてわかってない。身のまわりの世界のことしかわかってない」

「あなたは?」

「いやってほどわかってる」

ウェイトレスがココアをふたつと、蠟燭を一本立てた小さなカップケーキをひとつ運んできた。それをテーブルに置くと、ダッチェスにウィンクしてみせてからカウンターに戻っていった。

「お誕生日おめでとう、ダッチェス」

ダッチェスはケーキを見つめた。「こんなことしてくれなくても――」

「いいの。十四歳になるなんて毎日あることじゃないんだから。さあ、願い事をして」

ドリーが諦めないのがわかると、ダッチェスは身を乗り出して眼を閉じ、蠟燭を吹き消した。

外に出ると、ふたりは通りの日陰を歩いた。葬儀社の前まで行くとダッチェスは自転車を回収し、押しながら歩いた。

ドリーは自分のトラックの横で立ちどまった。「ほんとならここでいろいろ言わなくちゃいけないんだけど」

「でも、それはもうみんなわかってるから」

「もう一度うちに来てくれる? 見せたいものがあるの」

「無理。もう行かなくちゃ」

「別のときに」

「わかった」

ドリーはダッチェスの手を取った。「約束して。いつか立ちよってくれるって」

「約束する」

「その言葉、信じていいわよね。約束を守らない無法者なんて、無法者の風上にも置けないもの」ドリーは急にか弱くなったように見えた。ダッチェスのことがますます心配の種になりそうだという、気づかわしげな顔をした。

「ロビンのことは気にかけていてあげるから」

ダッチェスは下唇をかすかにふるわせてうなずいた。もっと強くならなければ、これから先はやっていけない。

「気をつけてね、ダッチェス」

ドリーはバッグに手を入れて財布を取り出した。ダッチェスはドリーが紙幣を数えはじめた隙に、自転車に乗って走りだした。

そしてメイン通りのはずれでふり返った。手を振ると、ドリーも手をあげてくれた。

ラドリー農場にたどりついたときにはもう十一時で、脚は火照り、Tシャツはじとじとに、髪はべとべとになっていた。門の脇の草地に自転車を横たえると、頭を垂れた木々の下、淀んだ湖のほとりと、曲がりくねった私道をゆっくりと歩いていった。

ロビンのことを考えた。いまごろは学校にいるだろうか、シェリーと一緒にいるだろうかと。ありったけの気力をかき集めなければ、逃げだしてロビンのもとに帰り、ひざまずいて抱きしめてしまいそうだった。写真を持ってきていた。一年前の、髪がもう少し長かったころの、笑顔のロビン。その写真を鞄から取り出しながら、古びたポーチの階段をのぼり、ブランコに腰かけた。門のところには〝サリヴァン不動産〟という板が打ちつけてあった。いまに競売が行なわれ、誰かが引っ越してきて、土地の手入れをし、同じくたびれた道を歩むのだろう。

遠くの丘の麓にはいつもどおりエルクが群れていた。畑は手入れが必要だった。そこにいるハルの姿を、孤独な生涯を思い浮かべた。

赤茶色の納屋に行って扉をあけると、ハルの道具はすべてそのままになっていた。価値のあるものは何もなかったのだ。薄暗がりにはいっていって、マットをめくった。

それから床の扉を引っぱりあげた。扉は重く、顎から汗がしたたり落ちた。扉を突っかい棒で支えると、階段をおりた。

わずかな貯蔵品。棚にならべられた拳銃、ライフルのラック。

古い革張りの椅子がひとつ。ハルがひとりきりになれる場所だったのだろう。そばに小さなテーブルがあり、分厚い手紙の束が載っていた。それをぱらぱらとめくり、最後の一通を選んであけてみた。あけたとたんに、二枚の紙切れがひらひらと床に落ちた。ひろいあげてみると、半分に破られた小切手だった。つなぎあわせてみて、ダッチェスはごくりと唾を呑んだ。百万ドル。消印の日付は、裁判が開始される三カ月前。署名は活字を思わせるわかりやすい筆跡。リチャード・ダーク。裏面にはヴィンセント・キングの裏書きがあり、ハルが受取人に指定されていた。

それをすべて元に戻し、その賠償額のことを考え、祖父がそれを破り捨ててくれたことをうれしく思った。

それから立ちあがった。

奥に箱が積んであった。

行ってみると、色とりどりの包装紙に包まれていた。プレゼントだった。膝をついて、箱につけら

れたタグを見ていくと、自分の名前や弟の名前が手書きで記されていた。どれにも日付がはいってい
る。彼女の人生を一年一年さかのぼる日付が。階段の下の段に腰かけて包み紙を破り、ひとつをあけ
てみた。人形。つづいてもうひとつ。こんどはパズルだった。ロビンの分はあけなかった。
最後のひとつで彼女は手を止めた。日付は今日だった。包みを丁寧にひらき、蓋をあけて息を呑ん
だ。帽子がはいっていた。
取り出してうっとりとながめた。革の飾り鋲のついたバンド、通気口のあいたクラウン、十センチ
幅の鍔。凝った金色のタグを裏返してみた。
ジョン・B・ステットソン。
彼女はゆっくりとそれをかぶってみた。サイズはぴったりだった。
銃を二挺取った。自分の銃と、ハルの銃を。それに弾をひと箱。ハルが教えてくれたタイプの弾を。
用がすむとすべてをもとに戻し、銃と弾を鞄に詰めて、その重みを確かめた。
ハルの遺灰は湖のほとりに散っていった。ふたりがときおり腰をおろしていた場所に。
ダッチェスは心を鋼にして帽子を引きおろした。「さよなら、おじいちゃん」

41

ウォークは一日じゅう上からの電話をかわしていた。

ニュースはすみやかに伝わっていたから、ホプキンズ知事のオフィスに呼び出されて交替の話を持ちかけられ、まちがいなく内勤を勧められるはずだった。朝からすでに三回電話があった。勤務につける状態ではとうていないと思われているようだった。

ウォークは自分のデスクでファイルを広げており、ふくれあがったミルトンの顔に見つめられていた。ミルトンには連絡を取るべき家族はなく、ジャクソンの介護施設に遠縁の叔母がひとりいるだけだった。電話をかけてみると、ミルトンなどという知り合いはいないと言われてしまった。

顔をあげるとマーサが戸口に立っていた。ウォークは笑顔をつくろうとしたものの、うまくいかなかった。

マーサは中にはいってきてドアを閉めた。

「わたしの電話から逃げてるでしょ」マーサは笑顔で言った。

「ごめん、いそがしかったんだ」

マーサは腰をおろし、小首をかしげて眉をあげてみせた。「ほんとは？」

「きみに会わせる顔がなかった」

「みんなをだましたもんね」

「でも、きみはだましたくなかった」

マーサは脚を組んだ。「わたしは平気。おたがいに承知のうえで飛びこんだんだもの」

「おれのほうがよく承知してたと思う」

「おかげで仕事がはいってくるようになった。死刑囚監房のろくでなしどもがわたしに上訴してもらいたがって。お断わりよ。わたしはぐうたら男と打ちのめされた女のほうがいい。それがわたしの生活の糧」マーサは手で髪をすき、ウォークはそのしぐさに見とれた。

マーサはウォークの手を取ろうとしたが、ウォークは手を引っこめた。

「話して」彼女は言った。

「これを始めたときから、おれは結末しか見ていなかった。ヴィンセントが釈放されて、時計の針が逆戻りすることしか。それだけで充分だった。そこがおれのゲームの終わりだった。おれは病気なんだよ、マーサ。細胞がどんどん死んでるんだ。いま起きてることは、ほんの序の口にすぎない。まだ始まったばかりなんだ」

「知ってる」

「ほんとに？　おれはいろんなものを読んで、医者に話を聞いて、おれよりずっと症状の進んだ人たちを待合室で見てきたんだぞ」

「だから？　何が言いたいの？」

「きみに介護なんかさせたくない。きみにはもっとすばらしい人生を歩んでほしい。むかしからそう思ってたんだ」

マーサは立ちあがった。「あなたの言ってることは父にそっくり。まるでわたしが自分の人生に発言権を持たない子供みたい。わたしは選んだの……あなたを選んだの。あなたもわたしを選んでくれたと思ってた」

「選んださ」

「うそ。あなたの選んだのは自分。ご立派で、頼もしい、くそったれなあなた自身」

ウォークはうつむいた。

マーサは涙を拭った。「悲しいんじゃなくて、怒ってるんだからね。あなたは臆病者だよ、ウォーク。だからずっと逃げてるんだよ」

「おれになんか会いたくないと思ったんだ」

「でも、わたしは会いたかった」

「すまない」

「やめて、そんなふうに言うのは。あなたは長年ずっと連絡をくれなかった。会いにきてくれなかった。それどころか電話すらくれなかった。しようと思えばできたのに。結局ヴィンセントなんだよ、あなたを動かしたのは。むかしと同じで」

「それはちが――」

「あなたの記憶にあるヴィンセントのことをわたしが尋ねたとき、あなたはいいところばかり強調したけど、ヴィンセントはしょっちゅうスターに惨めな思いをさせてた。浮気ばかりして。そのたびスターはわたしの肩で泣いてたんだよ。なのにあなたはヴィンセントをかばって、わたしに嘘までついた。かならずヴィンセントをかばった」

「そんなのはなんの意味もないよ」

「それはわかってる。わたしが言ってるのは、あなたはこの三十年、他人のために生きてきたってこと。そろそろ卒業してもいいんじゃない?」マーサはさっさと出口まで行き、そこで立ちどまって向きを変え、人差し指をウォークに突きつけた。「気がすんだら――自己憐憫モードが終わってキンタマを取りもどしたら、電話をちょうだい」

ドアがあき、マーサと入れちがいにリーア・タロウがはいってきた。リーアはふり返ってマーサを見送った。

「だいじょうぶ、彼女？」

ウォークは立ちあがり、ドアを閉め、リーアを向かいの椅子に座らせた。化粧気はなく、髪をひっつめにし、やつれた顔をしている。

ウォークは腰をおろした。

「ほんとにこんなことしなくちゃいけないの、ウォーク？」

「ああ」

彼はリーアが使い捨て携帯から電話するのを見守った。

ダークは出なかった。待っていると、自動的に留守番電話につながった。

「あの子たちの居場所がわかった。電話して」リーアの声は途中でつかえた。電話を切ると涙がこぼれ落ちた。

「電話があったら、この住所を伝えるんだ。この子はダッチェスの友達だから、ダッチェスの居どころを知ってるかもしれないと」ウォークは一枚の紙片をリーアに渡した。かろうじて判読できる字だった。

「こんなのやめて、ウォーク。わたしがボイドに話す、何もかも話す」

ウォークはリーアを、変わりはてたリーアを見つめ、彼女を憎もうとしてみたが、できなかった。

＊＊＊

南へ行けばいいのはわかっていた。フォート・プライアーというもっと大きな町まで行けば、バスの発着所があるはずだった。五十ドルでどこまで行けるかわからなかったが、そんなに遠くではないだろうと思った。アイダホか、運がよくてもネヴァダあたりだろう。ダッチェスはすぐに、今日より先のことは考えないことにした。考えても結局、立ちはだかる眼前の問題に押しもどされた。

一車線の道ばかりを選んで、ゆっくりとペダルを漕ぎつづけた。道がのぼりになると自転車をおりて押し、くだりになるとブレーキをかけながら慎重にくだった。

モンテシー、コメット・パーク、眼をみはるほど美しい土地が、森と影にすっかり包みこまれていた。小ぎれいな家々が広いスペースをとって立ちならび、黄色い看板が、〈キーストン〉パイプラインに賛成を、と呼びかけている。パイプラインは沈滞した町に活気をもたらしてくれると。食料品店の外に駐まった数台のトラックは断末魔の痙攣でしかない。

どこからも三キロは離れた地点でタイヤがパンクした。彼女はショックのあまり泣きそうになった。そのまま進もうとしたが、スピードが出ず、倍の力でペダルを踏まなければならなかった。

悪態をつき、ジャクソン・クリークのそばの林にトマス・ノーブルの自転車を捨てた。

倒木に腰かけて、早くも固くなってきたパンを食べ、残りの水を飲むと、徒歩で先へ進んだ。彼女のスニーカーはその土地には不向きで、踵の皮が左右ともむけてしまった。

いくつもの農家、さまざまな色合いの緑と茶色に彩られたパッチワークのような畑、まだ鐘もあればそれを鳴らす人々もいるトリニティ教会。一キロ半ほど、ひと組の老夫婦のあとをついていった。徒歩旅行の装備に、長い杖、自然な笑顔。ふたりの足音に絶えず耳を澄まし、トレイルからはずれたところを歩いていても、それなりの方向感覚だけは失わなかった。あのふたりはどこかへ向かっている、まだ南へ向かっている、そう確信していた。

ふたりを見失い、また悪態をつき、見捨てられたような心細さを味わった。

道路に出たが、あまりに広くて長くて何もない道だったので、路肩に立って空を仰いだ。するとまたあの老夫婦が現われた。カルガリーから来たハンクとビジー。引退し、旅に出て、モーテルに泊まりながらトレイルを歩き、老いた眼で新たな景色を見てまわっているのだという。ふたりと一緒に歩きながらダッチェスは適当な作り話をした。病気の母親に会いにフォート・プライアーの病院へ行くところなのだと。ふたりは水とキャンディバーをくれた。

ビジーは孫たちのことを話した。七人があちこちに散らばっていて、ひとりは極東で銀行員を、ひとりはシカゴで医者をしていると。ハンクは赤く日に焼けた首筋をして斥候のように先頭を歩き、レディたちのために枝を押さえてくれた。

ハンクはダッチェスが足を引いているのに気づくと、すぐに彼女を草地に座らせ、バッグをかきまわして絆創膏を見つけ、左右の踵に貼ってくれた。

「かわいそうに」

三人はまた歩きだした。ハンクは地図を持っていて、ティーサン湖を指で示した。

「また湖」とビジーは言い、意味ありげにダッチェスに眼をやった。

「あたし、ケープ・ヘイヴンていう町に住んでたことがあります。小さいころ」

「すてきな名前ね」ビジーは言った。ビジーはたくましいふくらはぎをしていた。ハイキングに慣れた脚だ。広い顔は整っているけれど、やわではない。「よく憶えてるの？　その町のこと」

そこで三人は別のトレイルに出て、ダッチェスは顔からブヨを払いのけた。「いいえ」

七十五号線を渡り、車一台分の幅しかない道にはいった。ハンクの足取りに迷いはなく、ダッチェスは黙ってついていった。ふたりはフォート・プライアーから一キロ足らずのところに泊まっているので、ダッチェスをそこまできちんと連れていってくれるという。彼女はかなり幸運だった。かなり。

「きょうだいはいるの？」ビジーが訊いた。

「ええ」

もっと質問したいのがわかった。悲しげな笑みと潤んだ瞳にそれが表われていたが、ダッチェスが黙っていると、その話題はそれきり空に消えていった。

一時間ほど歩くと、ひとつの門の前にやってきた。道はそこでカーブしてどこまでものぼっていき、終わりは見えない。ちょっと立ちよっていこう、とハンクが言うので、三人は中にはいり、スイカズラと萎れた花々のかたわらを歩いていった。

見えてきたのは堂々たる家だった。三人は正面まで行ってその石造りの家を見あげた。ダッチェスの頭より大きなブロックや、凝った造りの美しい窓を。

ハンクはあたりを見まわした。ダッチェスはハンクを見つめながら自分の鞄をしっかりとつかんで、銃がはいっているのを確かめた。

「この家はアタウェイなのよ、ハンクは建築が好きなの」

ハンクはカメラを取り出して、十枚ほどカシャカシャと写真を撮った。

家の裏手にまわると、こぢんまりとした細長い湖が森まで伸びていた。

「煙」ビジーが指さした。

それは空き地のそばの焚火から立ちのぼっていた。別の夫婦だった。年頃も同じなら、眼に宿る表情も同じ。予定より十年早く天国を見出したという眼だ。自己紹介が行なわれた。ノースダコタから来たナンシーとトム。車はハートソン・ダムに置いて、アタウェイの家を見にきたのだという。

一同はグリルしたハンバーガーを食べた。ダッチェスはロビンのことを考えた。時計を見ると、ちょうど食事をしているころだった。ひとりで。あたしがいなければロビンは食べようとしないだろう。胃がきりきりと痛みだし、ダッチェスは腹を押さえた。

日が沈むころ、三人はモーテルにたどりついた。フォート・プライアーまでは歩いて十分だった。

ハンクは両手いっぱいにキャンディバーと水を持たせてくれた。ビジーはダッチェスを抱きしめ、お母さんのためにお祈りをするわねと言ってくれた。

ダッチェスは町の中心部に歩いていった。足の痛みは少し和らいでいた。かなたの山の上に闇がおり、明かりがいくつかともった。食堂と、〈ストックマン〉と、〈ボブズ・アウトドア〉。

バス発着所はその角にあった。向かいは車体修理工場で、ならんだぴかぴかの車のボンネットに街灯の光が反射している。中にはいると、カウンターの黒人女性はダッチェスの期待したほどには仕事に追われていなかった。シェリーは警察に連絡しているはずだから、警察は農場を調べたりトマス・ノーブルに話を聞いたりしているかもしれない。でも、それ以上のことをつかんでいるとは思えなかった。

「五十ドルでどこまで行けますか？」

カウンター係は眼鏡の縁越しにダッチェスをじろりと見た。「どっちへ行きたいの？」

「南。カリフォルニア」

「あなたひとり？　見たところまだ――」

「母が病気なんです。家に帰らなくちゃいけないんです」

カウンター係はダッチェスを見つめ、顔を見まわして何かを探した。嘘のしるしだろう。気にするほどのことではないと判断したらしく、コンピューターのほうに向きなおった。

「バッファローね、それなら四十ドル」

プレキシガラスの裏にある地図で、ダッチェスはバッファローを見つけた。それなりの距離ではあったが、遠いとはとうてい言えなかった。

「朝まで出発しないけれど、いい？　考えなおしてみる？」

ダッチェスは首を振り、カウンターに紙幣を押し出した。

「ここはじきに閉まっちゃうの」クッションつきのベンチに眼をやったダッチェスに、カウンター係は言った。「どこか行くところはある？」

「ええ」

ダッチェスはチケットを受け取った。

「そこからはどう行けばいいですか？」

「速いのと安いのと、どっちがいい？」

「あたしがお金を持ってるように見える？」

カウンター係は眉をひそめてから、またコンピューター画面を見た。「いちばん安いのはデンヴァー経由ね。そこからグランド・ジャンクション。で、ロサンジェルス。遠いわよ。もっともっとお金がかかる」

ダッチェスは発着所を出た。所持金は十七ドル。あとは鞄に入れた二挺の銃と、わずかな食料と、着替えだけ。

〈オサリバン〉というバーの外で公衆電話を見つけ、受話器をはずしてみたが、かける相手がいないのに気づいた。ロビンと話したかった。話さなくても、寝息を聞いているだけでもよかった。頭にキスをして抱きよせ、腕をまわして眠りたかった。

ひとかたまりの林と遊び場のある公園を見つけた。林にはいりこんで草の上に寝ころび、鞄からセーターを引っぱり出して体にかけた。

町がまだ眠っている時刻、ダッチェスはてくてくと一キロ弱の道を戻った。足取りは重く、鉛のようで、あらゆる筋肉が抵抗した。

モーテルは静まりかえり、受付係さえいなかった。誰ひとり。〈ビッグ・スカイ〉という看板。〝全室カラーTVつき、空室あり〟。建物沿いに駐車場を歩いていった。どの部屋の前にもファミリーカーが駐まり、黒い瓦を載せた低い屋根の上にはひと叢の木々が高くそびえ、窓にはカーテンが引かれている。表にブロンコの駐まっているドアの前まで行った。カルガリー・ナンバー。ハンクとビジーだ。窓は大きくあけはなたれていた。それがあのふたりなのだ。無警戒なのが。

鞄をおろして銃を取り出した。それから心の中で祈りを唱えると、窓を乗りこえて夫妻の寝室にはいりこんだ。

ひとつのシルエットはハンクだった。シーツをかぶってぐっすり眠りこんでいる。まる一日ハイキングをしたせいだろう。わずかな光を頼りに、彼のズボンが載っている椅子の前まで行った。ポケットを探って財布を見つけた。笑顔の子供たちの写真がはいっていた。中から紙幣を抜き出したときには胸が痛んで、唾を呑みこむことも、息をすることもできなかった。

そのとき、ビジーが悲しげに眼をあけているのが見えた。ダッチェスは背中に手をまわして、ジーンズに突っこんだ銃を探った。老婦人は何も言わなかった。

ダッチェスはうちのめされて部屋を出た。

これが自分の役目なのだ。世の中は善ではないと人々に気づかせ、思い知らせるのが。

42

ウォークは通りのはずれでレンタカーの車内に座っていた。

ハイウッド・ドライブは一戸建て住宅の建ちならぶ通りで、どの私道にも大型の高級ドイツ車が駐まっている。ウォークは制服を着ていたものの、シートに身を低く沈めていた。千六百キロの道のりを運転してきたというのに、かたわらには空のコーヒーカップばかりで、食べ物はない。飛行機で来ることも考えた。自分の恐怖心と向かいあうことも考えたが、どうしても銃が必要だったので、その闘いは別の機会に譲ることにした。

ノーブル邸に人けはなく、トマスと両親は年に一度の休暇に出かけていた。一家は毎年マートル・ビーチで夏を過ごすのだと、前にダッチェスが言っていた。リーアに住所を渡したとき、ウォークにはダークがかならずそこに現われるのがわかっていた。ダッチェスの居どころをつかめると思えば、かならず現われるはずだった。

新聞も本も、目下の任務から注意をそらすようなものはいっさい持っていなかった。一時間前に薬を二錠のんでいた。筋肉痛がひどかったのだ。痙攣が。横になってただ痛みに呑みこまれてしまいたかった。

これは警官としての自分の最後の仕事、凡々たる二十数年間の最後の祭りになるはずだった。マーサのことは考えなかった。ヴィンセントのことも、岬で起きているごたごたのことも。これはラドリー家の子供たちのため、ふたりの安全を守るため、スターとハルのためにやる仕事だった。ダークからリーアに折り返しの電話があったとき、ダークがどこまで迫っているのかは不明だったが、ウォークはモンタナの近くだろうとにらんだ。ダッチェスとテープは、ダークにしてみれば崩壊しつつあるおのれの帝国を救う最後のチャンスなのだから。

ウォークは疲労を覚えた。疲労が寒夜の暖かな毛布のようにのしかかってきて、彼は深みへ引きずりこまれ、まぶたが重たくなってきた。薬の眠気はありがたい副作用のひとつではあったが、彼はこの一年ぐっすり眠れたことがなかった。だからいま眠気に襲われる危険はないだろう。そう思いながらも、あくびをひとつした。それからゆっくりとウォークは眼を閉じた。

トマス・ノーブルがベッドに寝ころんでテレビを見ていると、家じゅうの電気が切れた。

トマスは起きあがった。聞こえるのは家の中の物音だけだった。廊下の時計、絶え間ないボイラーのうなり。立ちあがって歩きだそうとして、荷造りをすませた自分のバッグにつまずいた。両親はけさ例年どおり、トマスをサマーキャンプでおろしていった。自分たちはビーチで楽しみ、トマスのほうは自宅から十二キロ離れた場所で、砂の彫像や絞り染めのTシャツを作るのだ。日が暮れると、トマスはキャンプを抜け出して徒歩で戻ってきて、裏の森から自宅の庭にはいり、ガレージでスペアキーを見つけたのだった。明日の朝には騒ぎになるはずだったが、そのころにはもう、彼はカリフォルニアに向かっているはずだった。ダッチェスのあとを追い、彼女の力になるために。

心臓がどきどきしてきたので、胸に手をあてて静めようとした。耳を澄ましてみたが何も聞こえず、闇におびえている自分が滑稽に思えてきた。窓辺に行ってみると、近所の家には明かりがともっていた。ポーチの電気がついている。分電盤のありかは知っていた。ブレーカーが落ちたときにはどうすればいいかは。

階段までたどりついたとき、ガラスの割れる音が聞こえた。

トマスは立ちすくみ、金縛りにあったようにぴくりとも動けなくなった。

鍵がまわされ、ドアがあく音がした。

つづいて、じゃりじゃりとガラスを踏む音。

トマスは父親が銃を持っていること、オフィスに鍵をかけてしまってあることを知っていた。けれど自分には、たとえちゃんとした両手があったとしても、人に銃を向けたり撃ったりする勇気はないことも知っていた。

ふたたび足音。キッチンの床を歩く硬い音につづいて、廊下の絨毯を歩く柔らかな音。大声で叫んで自分の存在を知らせたくなった。恐怖の半分は、気づかれずにいることにあったからだ。裕福な通りの裕福な家、母親は宝石類を持っていた。その派手な品々が人目を引いたのかもしれない。

トマスは大きく息を吸うと、すばやく階段をおりた。外側の縁を踏みながら三階から二階におりて、両親の寝室にはいると、ナイトスタンドの電話をつかんだ。

発信音がしない。

窓辺に走り、大声で助けを呼ぼうとしたが、そこでまた足音が聞こえた。こんどはもっと近くの、階段の下で。すばやく頭を働かせ、下を見おろした。飛びおりたら最低でも脚の一本は折るだろう。

ふり返り、あたりを見まわした。ベッドの下には隙間があったし、クローゼットにも空きスペースがあったが、客用の寝室に行くことにして、すばやく移動した。

階段に人影が見えた。ふり返らずに客用寝室までたどりつくと、ドアの裏に滑りこんで壁にぴたりと体を押しつけた。泣きたくなったが、懸命にこらえ、そいつが何者であれ、家には誰もいないと思ってくれるかもしれない、欲しいものを盗んだら出ていってくれるかもしれないと、そう考えた。

「トマス」

　彼は眼を閉じた。

「いるのはわかっている。森から見ていたんだ。こちらの知りたいことさえ教えてくれたら、おまえに危害は加えない。約束する」

　トマスは叫びたかった。何を知りたいのかと尋ね、それがなんであれすぐさま、逆らわずに教えてやりたかったが、そこで男がまた呼びかけてきた。それを聞いてトマスは震えあがった。

「ダッチェス・ラドリー」

　エスカレードの男。ダークだ。

　必死であたりを見まわしたが、使えそうなものは何もなかった。重たいものも鋭利なものも、貴重な数秒の時間を稼げるようなものは何ひとつ。これで自分はダークに見つかってしまうのだ。

　ダッチェスのことが頭に浮かんだ。初めて会ったときのこと、彼女の経験してきたこと、初めてのダンス、初めてのキス。非の打ちどころのない自分の家庭と優しい両親のことを思い、鞄に入れた銃と、それを使う勇気を持って、ひとりで旅をしているダッチェスのことを考えた。いまごろどこにいるだろうと。自分はこれまで彼女の力になることはできなかった。でも、いまならできる、いまなら自分の力を証明できる。いまなら自分も無法者になれる。

　人影がドアを潜りぬけてくるのが見えた。化物みたいに大きかった。そいつが近づいてくると、トマス・ノーブルは大きく息を吸い、闇に突っこんでいった。


　銃声。

　眼を覚ましたウォークは、車から飛び出して走りだした。

　割れたガラス、あいたままのドア、中に飛びこんで銃をかまえ、部屋から部屋へと進んでいく。階段をのぼった。

少年は床に座りこみ、壁に背中をくっつけて膝を抱えていた。

「怪我は？」

少年は首を振った。頭上の石膏ボードが破れ、天井が半分なくなっている。威嚇射撃だ。

「あいつはどうした？」

「裏口」

ウォークは階段を駆けおりた。芝生のはずれに柵があり、それを飛びこえると、そこはもう裏の森だった。体の前に銃をかまえ、濃い葉叢を通して射しこんでくる銀色の月光の破片を浴びながら、おぼろげな踏み跡を追った。

「ダーク」そう叫んだが、返事がないのでなおも走った。

そびえたつ木々のあいだを進んでいった。

すると、前方に大きな人影が見えた。一本の木のかたわらを、のろのろと歩いていく。

ウォークは銃をかまえた。

立ちどまり、脚をひらき、両手をしっかりと組んだ。

そして撃った。

人影は倒れた。

ウォークはゆっくりと近づいていった。

そばにたどりついたときには、ダークは座りこんで木にもたれていた。手には何も持っておらず、一メートルほど離れたところに拳銃が落ちていた。ウォークはかがんでそれをひろいあげた。

ダークは荒い息をしていた。肩の傷はかなりひどかったが、命に別状はなさそうだった。

耳を澄ましても、何も聞こえなかった。じきに近所の人たちが警察に通報するだろう。

ウォークはもう体の痙攣を感じていなかった。ひたすら職務に集中していた。自分の職務、自分の地位。どちらもまだ手放す覚悟はできていなかった。

「きみがここまでやるとはな」

「もう諦めたらどうだ、ダーク」

「そうだな」口調は穏やかで、終わりが迫っているというのに無感情だった。「ずっとどこかに潜伏してたんだな」

「傷を癒やしてたんだ。いるんだよ、助けてくれる連中が。義理堅い連中が。きみは撃たれたことはあるか、ウォーク？　おれはこれで二度目だ」

「訊きたいことがある」

ダークは傷を押さえもせず、血が絶え間なく腕を伝い落ちては指先からしたたるのをそのままにしていた。

「ミルトンを見つけたぞ。トロール船に引っかかったんだ」

ダークはじろりとウォークを見あげた。

ウォークは話をつづけた。「ミルトンに何を知られたんだ？」

ダークは怪訝な顔をしたが、そこで徐々に頭が回転しはじめたようだった。「あの男は写真を撮るのが好きだった」

ウォークはひとりでうなずいた。

「あいつは友達を欲しがってた、一緒に狩猟に行ってくれる相手を。だから一緒に行ってやったんだ。おれたちはみんな利用できるネタを探してるんだよ、ウォーカー署長。みんなそうだ」

利用できるネタ。ウォークはマーサに言われたことを思い出した。

ダークは拳を握り、血がぽたぽたと垂れた。「これはおれが罪を告白する場面なのか？」

遠くからサイレンの音。

「マデリンのことは知ってるぞ」

ダークはごくりと唾を呑んだ。かすかだ初めての感情の動き。「もう十四になるな」

「ダッチェス・ラドリーと同い年だ」

「あの子のところに押しかけたくはなかったんだ。ほかにどうしようもなかった」

「ハルは？」

「話をするチャンスもくれなかった。問答無用でショットガンを向けてきたんだ」

「おまえは人殺しだ」

「きみの友達と同じさ」

またあのくらくらするような感覚に襲われて、ウォークは一歩あとずさった。「ヴィンセントは……」

「悲劇ってのは罪人《つみびと》を聖人にしたてあげるもんだ。嘘じゃない、おれは知ってるんだ」鋭い痛みに襲われてダークはあえいだ。「あそこにいた男の子。おれはあの子を傷つけてない」

「それはわかってる」

「見てくれのせいさ。おれを見ると、みんな同じことを考えるんだ。まあ、それはかまわないんだがな、おかげでこっちは仕事がやりやすくなるんで」

「おまえはスター・ラドリーを殺した」

「まだそんなことを信じてるのか？　おれは頼みごとに行ったんだよ、おれのかわりにヴィンセントと話をして、家を売るように説得してくれと。ところが、おれがあいつの名前を口にしただけでスターはキレて、殴りかかってきたんだ。かんかんになって」

「おまえとヴィンセントは何らかの取り引きをした。おまえはそれを実行できなかったんだ。金を集められずに」

「おれは約束を守る男だ。ヴィンセントに訊いてみろよ、教えてくれるから」

「まるであいつを知ってるような口ぶりだな」

「知ってるのかもしれないぞ。スターからいろいろ聞いたのかもしれない。スターは酒だのドラッグだのが好きだったしな。告白ってのは教会だけでするもんじゃない」

「なんの話だ？」

「ヴィンセントさ……あいつはきみが考えてるような男じゃない」

ウォークはダークの顔を見つめて真実を探した。真実など見たくなかったのかもしれない。

そこでダークの呼吸が短くなった。「おれは生命保険にはいってる。マデリンを生かしておけるだけの額だ」

「やっぱり金だったわけだ」

「自殺だと保険金は支払われない。嘘じゃない、確認したんだ」

「だから警官を利用して自殺しようというのか」

「きみがうまく話してくれりゃ自殺にはならない」

「マデリンにおまえは必要ないのか？」

ダークは眼を閉じたが、すぐにまたひらいて、その痛みを見すえた。「子供は親と暮らすほうがいいに決まってる。だが、マデリンに必要なのは、いまいる場所だ。おれがあの子にあたえてやれるものは、それしかない」

「マデリンは回復しないぞ」

「そうとは言い切れない。回復する可能性はある、いつか。奇跡は毎日起こってる」

ダークが本気でそう信じているのかどうかはわからなかったが、それがダークを動かしているのだろうとウォークは思った。

「おれを撃ってくれ」

ウォークはゆっくりと首を振った。

「おれの銃を持たせてから撃つんだ」

ウォークは一歩あとずさった。

血はまだしたたっていた。ダークはたくましすぎた。たくましくて大きすぎた。

「撃ってんだよ。頼む。頼むから撃ってくれ。おれはあの老いぼれを殺したんだぞ。あのガキをつかまえにきたんだぞ。頼む」

後ろのほうから物音が聞こえてきた。遠いが、近づいてくる。

「無理だ、そんなことは」

「慈悲をかけてくれ、署長。きみの神は慈悲を信じてる」

ウォークは首を振った。何が正しいのか、何が公正なのか、わからなくなった。マデリンのことと、ダッチェスのことを考えた。自分の知らない少女と、知っている少女のことを。

ウォークはダークのほうへ一歩近づいた。

「娘にチャンスをあたえてくれ。きみにはそれができる。きみならできる」

ウォークはまた一歩近づいた。「おまえは刑務所送りにされるんだ」

「だが、いつかは出所する。そうしたらまたダッチェスのところへ行くぞ。こんどは復讐のために。簡単だ。おれはあの子を撃つ」

ウォークにはそれが想像できた。

「くそ。頼む、ウォーカー。きみがおれを逮捕させたら、娘は死ぬ。おれはいま無一文なんだ、何も持ってない。あのクラブがおれの全財産だった。娘を生かしておく金を払えないんだ」

ウォークはその場に立ちつくした。手にした銃が、持っていられないほど重くなった。

「そいつからきみの指紋を拭う必要があるぞ」ダークは木に頭をもたせかけ、眼に涙があふれてきた。

「ポケットに鍵がはいってる。ケープ郊外の貸倉庫の鍵だ。ウェスト・ゲイルの。そこにマデリンに渡したいものがいろいろはいってる。あの子におれたちのことを知ってほしいんだ」

ウォークは黙って見つめていた。

「もう時間がない。さっさとやってくれ。娘にチャンスをあたえてやってくれ」

ウォークはダークの銃を拭うと、身をかがめてそれを彼に渡した。

ダークは顔をしかめてそれを持ちあげると、でたらめな方向に向けて引金を引いた。

銃声。それが耳に反響しているうちに、ウォークは自分の銃をかまえた。

ダークがこくりとうなずく。

ウォークは引金を引いた。

43

通りすぎていく町々や人里離れた山並みをながめていると、空はときおり途方もなく青くなり、ダッチェスをケープ・ヘイヴンの果てしない海へと連れもどした。

席はタイヤの上で、凹凸のひとつひとつが骨に伝わり、道は祖父がかつて越えてきた大地に傷跡のように延び、祖父の唯一の幸せは遥か後ろに遠ざかっていた。

バスはあちこちの町に停車し、人々が乗り降りした。忘れられたようなもの静かな老人たち、バックパックと地図と計画を携えた若者たち、通路にまで愛情をあふれさせてダッチェスの顔をそむけさせる恋人たち。黒人の運転手は、車内が寝静まるとダッチェスに微笑みかけてきた。コロラドの朝焼けを背にしたヒッチハイカーの姿を眼にするのは、このふたりだけなのだ。

故障したトラック。ボンネットをあげて首を突っこんでいる男と、銀色のバスが通りすぎるのを見つめる女。食堂とパトロールカー、リンカーンと果てしなくつづく何もない道。

カロガ・プレインでギターを持った男が乗ってきて、数人しかいない乗客に許可を求め、乗客たちがうなずくと、黄金色の眠り《ゴールデン・スランバー》のことを歌いはじめた。荒れた声だったが、そこに宿る何かが古ぼけたバスから屋根をはぎとり、星々を流れこませた。

月光がアータヤ・キャニオンにそそぎ、運転手が速度を落として車内を暗くすると、ダッチェスはついにロビンのことを考えてしまった。そのつらさは、前の座席の背に残されていた雑誌で読んだ悲しみのような甘美なものとはちがい、はらわたをえぐられるような激しい痛みで、そのあまりの激しさに彼女は体を折ってあえぎ、鞄から水のボトルを引っぱり出して浅く息を吹きこんだ。運転手が彼女の眼をとらえた。その眼は無益な心配であふれていた。彼女はもうふつうにはなれないのだ、何もかも二度とふつうにはならないのだ。

所持金が尽きたのはドットセロ付近のどこかだった。ごつごつした丘のあいだにできた噴火口、そびえる火山。緑の森のむこうに現われた不毛な大地は、かがんで触ってみたくなるほど赤い。

七十号線のトラック休憩所で公衆電話を見つけた。ロッキー山脈に源を発した急流が近くを、メキシコとそのかなたの海まではるばる流れていく。コレクトコールをかけると、オペレーターが彼女を遠く離れてしまった世界につないでくれた。幸運にもクローデットが電話を取ってくれたので、帰ってきなさいだの、警察がどうだのというおしゃべりはすべてはねつけ、最低限の時間だけで話をすませた。クローデットは、ええ、あの子は元気でいるわよと答え、ちょっと待って、いま連れてきてあげるからと言った。

ロビンの声が聞こえるとダッチェスは電話を切り、煉瓦の壁に倒れこんだ。道は遠く、弟は幼すぎ、空には逃れられない嵐が迫っていた。ロビンは秘密でも明かすような小声で、もしもし、と言ったが、彼女は何も言葉を、弟に言うべき言葉を見つけられなかった。自分のしたことと、しようとしていることに対する〝ごめんね〟のひと言さえ。

最後の二ドルで、ミルクと乾いたベーグルを買った。

そこに四時間座っていた。太陽がじりじりと軌道を進み、時計の針が午前からまばゆい午後へと移動した。ガソリンスタンドの店内にはいると、カウンターで働いていた女が雑誌を背中に隠し、疲れた顔をうつむけた。大きな眼鏡をかけ、染みのついたシャツを着ている。女はダッチェスに洗面所の鍵を渡してくれ、それからすばやく微笑みかけた。この娘の暮らす十字路のことなら自分はよく知っているし、似たような少女ならこれまで大勢見てきたといわんばかりに。

洗面所の中は悪臭がし、いたるところに落書きがあった。〝トム&ベティ・ローレルここでファックする〟という情熱的告白から、快楽を買うための電話番号まで。ダッチェスはTシャツとジーンズを慎重に脱いで、ディスペンサーから押し出した液体石鹸で体を洗い、ペーパータオルで拭いた。冷たい水を顔にたたきつけると、眼から疲労が消えていった。

外に出ると、トラック運転手たちを観察して、これまで自分を決していいほうには導いてくれなかった直感だけを頼りに、まともな運転手を見つけようとした。

一時間後、格子縞のシャツを着て自転車のハンドルのような口ひげをたくわえた大男に決めた。〝アニー・ベス〟と名づけた清潔なトレーラーを運転しており、ボンネットに記されたその名前の前後には、ハートがひとつずつ描いてあった。

ダッチェスが近づいていくと男はにっこり笑い、彼女の濡れた髪と、ステットソンと、小さな鞄と、四十キロの華奢な体をしげしげと見た。

「どこまで行きたいんだ?」

「ヴェガスあたり」

「ヴェガスね」

「そう」

「家出か?」

「ちがう」

「面倒はお断わりだぞ」

「家出じゃない。十八だもん」

男は笑った。

「フィッシュ・レイクなら通る」

「それってどこ?」

「ユタだ」

「いいよ」

走るトレーラーからダッチェスは世界をながめた。高くて見晴らしのいい運転席は革のにおいがした。大男は、両親に百七十センチで成長をやめて経理の仕事でもすると思われたのか、マルコムという名だった。ダッシュボードには鉢植えが置いてあり、ダッチェスはそれをいいしるしだと受けとめた。彼女より少しだけ年上の女の子と、その横にならんだ女性の写真も。

「それがアニー・ベス?」ダッチェスは訊いた。

「ああ。娘だ」

「美人だね」

「だろう? いまはもう……十九になる。大学生だ、政治学の」いかにも自慢げだった。「毎晩電話を入れてる。あいつはまあ、ほんとに頭がいいんで、おれたちはどこからこんな子が生まれたのかと首をひねったもんだ。天の恵みだな」

「一緒にいるのが奥さん?」

「別れちゃったけどな。おれは酒飲みだったんで。もう一年半飲んでない」とダッシュボードに載っている断酒会のピンバッジを指さした。

「よりを戻してくれるかもよ、奥さん」

「それはまだ無理だろう。おれは鉢植えを買ったんだ、サボテンを。そいつを半年枯らさずにいられたら、もしかするとな。大事なのは、やりなおすってことさ」

ダッチェスはダッシュボードのサボテンを見た。とっくに枯れていた。マルコムは気づいているのだろうか。だいたいサボテンを枯らすなんて、ものすごく難しいのではないだろうか。彼女はそう思った。

マルコムは少しばかりダッチェスのことを聞き出そうとしたが、彼女が何ひとつ教えないので諦め、バイザーをおろしてまぶしい光をさえぎると、黙々と運転をつづけた。

ダッチェスは少し眠り、ぎくりとして眼を覚まし、だいじょうぶだとマルコムになだめられた。見えるのは赤い岩と、乾ききった黄色とオレンジばかりで、長くまっすぐな道の果てに夕陽が沈むと、まるで夢を見ているような気がした。

どこかのトラック休憩所につくと、マルコムはここまでだと言った。彼女が礼を言うと、マルコムは元気でなと言った。

「うちに帰れよ」

「帰るところ」

名もない町のはずれで、ダッチェスは銀色の空の下を歩いていた。足は重く、動かしつづけるだけでやっとだった。両側には高い建物、壁の色が一歩ごとに薄らいだ。黄色いプランターと若い木々、つぶれかけた店々と漂ってくる物音、ネオンをちらつかせた通りの向かいのバー。はいってはいけない、物音はそう告げていた。彼女は立ちどまった。鞄にこすれた肩は皮がむけ、疲れた眼は端がぼやけて、街灯がかすんでいる。通りを渡った。一歩ごとによろけ、まっすぐに歩くのが難しかった。息がつかえて呼吸のしかたもわからなくなり、手は重さで痺れ、胸はロビンの記憶がときおりぽっと明るくよみがえるほかは、炎と憎しみでいっぱいだった。彼女の懐かしい生活を奪って、ごみのように風の中に投げすてた男への憎しみで。

分別にさからって彼女はそのドアを押し、よろよろとカウンターまで行った。男たちと数人の女たちが、左右に分かれてくれ、ライトは真っ赤だった。

バーテンは老人で、ダッチェスはコークを注文してから所持金が足りないのに気づいた。ポケットを探っているあいだに老人はカウンターにコークを置き、事情を察してそれを彼女のほうへ押してよこした。親切を受けたのは久しぶりで、もはやその存在すら忘れかけていた。

片隅に席を見つけると、鞄をおろして低いスツールに腰かけ、眼を閉じて甘いドリンクを味わった。ギターを抱えた男が反対の隅に陣取り、常連たちに声をかけてわいわいと歌いだし、騒々しい客たちはそれを笑いながら見物した。まともに歌える者はひとりもいなかったが、ダッチェスは音楽など久しぶりに聞くというようにそれを見つめていた。

眼を閉じて顔の埃と汗を拭うと、母親の姿が一瞬まぶたに浮かんだ。ロビンを、過ちの子ではなく祝福された存在のように、星空に向かって差しあげている姿が。

気がつくと、彼女は立ちあがって歩きだしており、みなはまた道をあけてくれた。女は子供を見るような眼で、男は好奇心のようなものとともに、彼女を見ていた。

ビリヤード台の横を通りすぎると、煙とビールとくたびれた男たちの息のにおいがした。男たちはもたれあい、ギターに合わせて体を揺らしている者もいる。

ダッチェスがそちら側まで行くと音楽はやみ、ギター弾きは帽子に手をやり、彼女も返礼に自分のステットソンに手をやった。

「歌いたいのかな、お姉ちゃん？」

ダッチェスはうなずいた。

「よしきた」

ダッチェスは席について前を見つめ、客と順に眼を合わせた。にっこりする者もいれば、しない者もいた。

題名を知らなかったので、体を横に傾けて小声で歌詞をささやくと、男はすぐに了解して、いい曲を選んだというようににっこりした。

男は演奏を始め、彼女はじっと座っていた。彼女が眼を閉じて歌いだしのきっかけをはずしても、男は気にしていないようだった。ざわめきが聞こえてきたが、それを閉め出してコードに身をまかせていると、彼女は一年前に連れもどされた。手を伸ばせばまだ母親に触れられたころ、しっかりとはつかめなくても、触れることはできたころに。まぶたに弟が、つづいて祖父が浮かんできて、祖父の愛情による償いに、胸の空気をことごとく奪い取られた。

口をひらいて、彼女は歌いだした。

ぼくはきみのそばにいる、つらいときが来てもそばにいる。そう歌いかけた（ポール・サイモン〈明日に架ける橋〉）。ざわめきは静まり、ビリヤード台にいた男たちは球を撞くのをやめて少女のほうへ近づいた。少女は天を大きく切りひらいて、燃える魂をむきだしにしており、かたわらの男は呆然とするあまり、伴奏を歌に合わせることもおぼつかなくなっていた。

きみが落ちぶれはて、路上をさまよっているとき。闇が訪れ、苦痛がいたるところにあるとき。

幻想は抱いていなかった。あの男の血で自分が浄化されるとは思っていなかった。でも、やるつもりだった。やらずにはいられなかった。

歌いおえると、彼女はしばらく無言で座っていた。老バーテンがカウンターから出てきて、紙幣のはいった封筒を彼女に渡した。彼女が怪訝な顔をすると、老人はボードを指さした。〝あなたも歌おう！　毎月賞金百ドル〟

喝采は待たなかった。それは孤独な夜のなかにも聞こえてくるはずだった。鞄を持って店を出ると、バス発着所への道を歩きだした。

これが彼女の地獄への道行きだった。
ひとりの少女が過ちだらけの人生を正しにいく道行きだった。

44

ウォークはまる一昼夜、後始末に追われた。

アイヴァー郡警察からいろいろと質問を受けたが、ウォークはわずかしか話さず、警察はいまだにダークがノーブル邸に押しいったわけを突きとめようとしていた。ウォークはあまりそれには協力しなかった。自分は病気でくたびれている、近日中に詳細な報告書を書く、そう伝えた。ダッチェスとテープのことをしゃべるつもりはなかった。もっといいネタを探すつもりだった。

レンタカーに乗りこんで、眠れる場所に行った。どこの町からも遠く離れた一軒のモーテルに。くたびれた部屋でベッドに横になり、姿をくらましたダッチェスのことを考えた。体の震えには抗わず、おとなしく屈した。ズボンがまたゆるくなり、これで三度目だったが、ベルトに新たな穴をあけていた。鏡を見れば、以前は笑顔があったところにしかめ面が見えたはずだ。世間はウォークを絶対に変わらない男だという。彼はそのとおりにするつもりだった。

かたわらの抽斗に聖書と紙とペンがはいっていたので、観念して辞表を書き、バッジを放棄した。疑問はまだいろいろあった。答えは永久に出ないのかもしれなかったが、諦めるつもりはなかった。ダッチェスとロビンのために、あくまで答えを探すつもりだった。

マーサに電話すると、留守番電話につながったので、彼女が真に受けないのは承知のうえで、自分は元気だ、というようなとりとめのないメッセージを残し、少し眠ったらまたかける、と言って電話を切った。すまないとも伝えた。償いのできないようなことをしてしまってすまないと。

携帯が鳴ったのは九時だった。

マーサだろうと思ったら、鑑識のタナ・ルグローだった。今回はあまり無理を言わず、こっそりやってほしいと頼んだだけだった。

「頼まれてた血液検査。メッセージを残したのよ、このひと月のあいだに何度も」

「すまない。いそがしくて……」

「それはともかく、銃のほうは最優先でやった」

「ダークの家の血のほうは？　ミルトンか」

「ちがった。人間じゃなくて動物」

ウォークは髪を指ですきながらミルトンのことを考えた。ダークと狩猟に行ったあと、ダークの家に戻ってきたのだろう。「鹿か？」

「かもしれない」

「そうか」

「だいじょうぶ、ウォーク？」

「銃のほうは。何かわかったか？」

「指紋が出た」

「ヴィンセント・キングか？」部屋がぐるぐるまわりだし、ウォークは息を詰めた。これでいっさいが決まる。すべてか無か。

「ちがった」

その言葉を聞いても、ウォークは疲れきっていて興奮もしなかった。

「もっと小さい」

「女か?」

「子供。小さな子供」

ウォークは眼を閉じた。ピースがはまりだし、彼は携帯を取り落とした。痛ましさにうちのめされて、頭を起こしているのも難しくなった。

タナに礼を言って電話を切ると、ヴィンセントにかけた。

ヴィンセントは二度目の呼び出し音で電話に出た。もはや眠れない男、夜型人間の一員だ。

「わかったぞ」

ウォークはヴィンセントの息づかいに耳を澄ました。

「何がわかったんだ」ヴィンセントは静かに言った。質問というより、諦めだった。

「ロビンだ」その名前は長いあいだ宙を漂った。この一年が、これまでに起きたすべてがよみがえる。ウォークは窓辺に行って、車の走っていないフリーウェイと星のない空を見た。「銃を見つけたんだよ」

沈黙は長く、ふたりだけが、いつもどおり一緒だった。

「話してくれないか?」

「おれはふたつの命を奪った。ひとつのほうは耐えられる」

「バクスター・ローガンか。ローガンは報いを受けたんだろ?」

「それでその女の家族が幸せになると思うか? 娘を殺した人でなしを、おれがあんな目に遭わせたら。ま、なるかもしれない。自分のしたことはわかってる。そっちは耐えられる。だけどシシーのことは耐えられない。息をしても……その息のひとつひとつは、あの子から盗んだものなんだ」

「何があったのか話してくれ」

「もう知ってるんだろ」

ウォークは唾を呑んでから言った。「ロビンが母親を撃ったんだ」

ヴィンセントは大きく息をついた。

「でも、あの子が撃とうとしたのは別の人間だろ」ウォークは静かに、痛ましげに言った。

「ダークだ」

「ダッチェスはダークのクラブを全焼させた。保険会社は金を支払おうとしなかった。おまえはどう関係してるんだ？」

「おれはダークの車が見えたんで、近道をして裏へまわった。ダークは家捜しをすると言って、子供たちの寝室のドアをあけようとしたんで、スターがキレた。男の子は窓から外に出たんだが、母親の悲鳴を聞いて戻ってきた」

「勇敢だな。姉と同じだ」ウォークは言った。

「スターは男の子をクローゼットに押しこんだ。邪魔をさせないようにしたんだ。男の子はそこで銃を見つけた。母親が殴られてると思ったのかもしれない。銃を突き出して、眼をつむったまま引金を引いた。おれが駆けつけたときにも、まだ眼をつむってた」

「ダークは？」

「ほっとけばあの子を殺してただろう。あいつはスターの血を浴びてた。目撃者はあの子しかいない。どう弁解しようと、あいつは現場にいるんだ。逮捕される」

ウォークは小雨の降りはじめた窓ガラスに額を押しつけ、ダークのことを考えた。その認識をダークがどう利用したかを。たしかにダークがロビンを殺していた可能性もなくはないが、ウォークの考えはちがった。しかし、狙いはこれでわかった。「それをおまえはどうやってやめさせたんだ？」

「おれがすべてかぶると言ったんだ。おれが罪をかぶる、ほかに警察が捜すべき人物はいない、あんたはここにいなかったと」

「あいつはすなおに受け入れたのか？」

「いや。家だ。あいつは家をよこせと言った。だからそうしてやった。子供に手を出さなければ、売ってやると言ったんだ」

「なぜおまえは有罪を認めなかったんだ？」

「有罪を認めれば、おれはあの刑務所で残りの人生を過ごすことになる。無罪を主張すりゃ、けりをつけられる。あの裁判に勝てるはずはなかったんだから。疑問が生じるとしたら、銃だ」

「隠したのか」

「ダークが持ってったんだ。おれが心変わりした場合の保険として」

「で、おまえはロビンを窓から寝室に戻して、手を洗ったのか。なんだよそりゃ」

「三十年もムショにいりゃ、犯罪現場のことにはくわしくなるんだよ」

「で、あとは穴を繕って黙秘したわけか」

「おまえの質問には答えなくてよかった。黙秘したほうが怪しく見える。しゃべりだしたらボロが出ちまう。銃がないのは説明できないんだから。ほっとけば腕に注射針を突き立ててもらえる。三十年前にやるべきだったことをやってもらえる」

「シシーは、あれは殺人じゃない」

「殺人だよ。おまえがそんなふうに思いたくないだけで。おれはもう覚悟はできてる。消えたいんだ。ずっと消えたかったんだ。だけど収監されたあと、ハルに言われたんだよ。おれがムショにいてくれてうれしい、おれは罰せられるべきだ。死刑なんか甘すぎると」

「ダークはおまえの家を買い取る資金を集められなかった。手付けも、税金も。ダッチェスがあんなことをしたせいで」ウォークは言った。

「おれはそれを知らなかったんだが、あいつから手紙が来た」

「それはおれも読んだ」

「そうか」

「さぞ頭に来ただろうな」

「ああ。最初は頭に来たよ。自分のためじゃなくて……金のために。おれはあの金がどうしても必要だったんだ」

「ダークが銃を返してよこしたのは、自分のほうが約束を守れなかったからか。責任を取ったんだな？」

長い沈黙。

「人間てのは複雑なもんなんだよ、ウォーク。そいつのことがわかったと思っても……ダークはおれがまさに逃げ道を必要としたとき、それをあたえてよこした」

「願いはかなうこともある……願い事の木か」ウォークはそうつぶやき、疲れた笑みを浮かべた。ヒントはそこにあったのに、気づかなかったのだ。

電話のむこうにいるヴィンセントのことを考えた。子供がひとりでも部屋に残されていたら、さぞや心をすり減らしたことだろう。「おまえはあの子が思い出さないほうに賭けたのか」

「あの子の顔を見たからな。あんなふうに呆然として、別世界に行っちまってるのを。憶えてるとは思えない。だからあの子には、おれがやったと言ったんだ。重すぎるからな、もしかしたらという疑念だけでも。それを取りのぞくのはほかの誰かにまかせりゃいい。とにかく、あの子のためにはそうするしかなかったんだよ。おれはスターを蘇生させようとした。渾身の力で胸を押した」

ウォークはスターのこと、折れた肋骨のことを思い出した。それからダークのこと、マデリンのこと、運命の残酷な手のことを思った。

「おまえはおれのために嘘をついた。法廷に立って、バッジをつけたまま、嘘をついた。気は確かかよ、ウォーク？」

「いや」

「救われたがってない人間を救うことはできないんだよ」

長い間。

「マーサとはうまくいってるか？」

ウォークはどうにか笑みを浮かべた。「おまえ、だからマーサを指名したんだな」

「無数の悲劇があの晩に始まったんだ、ウォーク。そのほとんどをおれは修復できない」

ウォークはロビン・ラドリーのことを思った。「前はよく、あの日に戻ってやりなおしたいと思ったもんだが。いまはもう疲れたよ。くそがつくほど疲れた。もしかしたらおまえも、ひとつはいいことをしたのかもな」

「おれはラドリー家に借りがある。あの子はまだ小さいからな、思い出さないかもしれない。あの子に人生を返してやれるなら、おれは死んでもいい。ずっと記憶を取りもどさない可能性はあるんだ」

「その可能性のために、おまえは命をなくすところだったんだぞ」

「あの子をおれみたいにするわけにはいかなかったんだ」

45

ウォークはふたたび長いドライブをして故郷に帰った。あとにしてきたその一キロ一キロを、ふたたびたどることはもはやないはずだった。彼は変化を恐れ、変化をつぶしてきた。外界は何も変わらないし、変わらないはずだった。湾があまりにも美しく迫ってくるので、脇見をしないようにするのがたいへんだった。

町まで三十キロのところでそこを、ウェスト・ゲイルの貸倉庫を見つけた。くたびれた赤いシャッターがならんでいるばかりで、オフィスはなく、御用のさいにはお電話を、と電話番号がひとつ記してあった。

車を駐めて敷地にはいっていき、ポケットから鍵を取り出した。タグの番号を見て探し出したのは、小さめのユニットだった。鍵をあけて暗い倉庫にはいり、スイッチを入れると、明かりが瞬き、むきだしの蛍光灯が黄ばんだ光を投げた。

片側にプラスチックの収納ケースがふたつ置いてあった。ゆっくりと中を検め、幸せだった過去の人生の証しをひとつひとつ見ていった。結婚式のアルバム、ダークはまだ若く、長身ではあってもさほど威圧的ではなく、妻は美人だった。マデリンのアルバムもあった。茶色の髪に淡い瞳、どの写真でもにこにこ笑っており、母親似だった。あとは洗礼式のガウン、古いウェディングドレスなど、代々受け継がれてきたような品々。

ウォークはそこを借りておくことにした。万が一にも奇跡が起きたときのために、倉庫代を払い、病院に場所を伝えておくことに。

帰ろうとし、明かりを消して鍵をかけようとしたとき、奥の隅に段ボール箱とごみ袋が積みあげてあるのに気づいた。のぞいてみると、どうでもいい古いファイルだったが、そこでひと束のダイレクト・メールが眼にはいった。宛名にディー・レインと書いてある。

一年前のことをしばらく考えて、ようやく思い出した。ダークがディーに、引っ越し先が見つかるまで荷物を預かってやると申し出たことを。まだウォークがディーと取り引きをする前のことだ。

ダイレクト・メールの束を山の上にぽんと戻した拍子に、山が崩れた。悪態をついて腰をかがめたとき、場ちがいなものが眼にはいった。

一本のビデオテープ。

ウォークは岬へと車を走らせた。町の境界を越えると、新たな看板と鉄骨とそびえたつ足場が見え、新たな家々や新たな店舗になる建物がライトに照らし出されていた。ウォークが事件に気を取られている隙に、動議はひっそりと可決されていたのだ。変化する世界における無数の変化のひとつとして。

署は真っ暗だった。明かりを消したまま自分のオフィスに腰をおろし、テープをデッキに挿入した。ダークのナイトクラブ〈エイト〉が映ると、ウォークはちょっと怪訝な顔をしたが、そこで左上の日付に気づいて鼓動が速まるのを感じた。自分の見ているものがなんなのかわかったのだ。

映像はまる一日分あったので早送りで見ていくと、カウンターに彼女が、スターが現われて働きだした。ウォークは幽霊でも見るようにスターを見つめた。笑顔で愛想を振りまきながら、次から次へとチップを受け取っている。それから少し飛ばすと、こんどは喧嘩になった。客が集まってくる。スターが片眼を押さえて後ろによろけ、悪態をついたように見えた。酒がようやく効いてきたのか、ふらふらしている。

相手はカメラに背を向けており、誰なのかわからなかった。

だがそこで、その男が歩きだした。

その跛行、それを矯正しようとする痛々しい努力、それには見憶えがあった。

ブランドン・ロックだ。

ふたたび早送りしていくと、こんどはダッチェスが現われた。小さな体、ブロンドの髪、憎しみにゆがんだ顔、それがはっきり見えた。ウォークは彼女が、それから一年間燃えつづけることになる火を放つところをじっと見ていた。

気がすむと、彼は立ちあがった。バッジをはずしてデスクに置き、テープをデッキから取り出して夜気の中に出た。メイン通りをしばらく歩いていき、テープをケースから引っぱり出してリールから引きちぎると、ごみ缶に放りこんだ。

＊＊＊

キング邸には誰もいなかった。

ダッチェスは家の前に立っており、古いトーラスが歩道ぎわに駐めてあった。カマリロのバーでスロットマシンに興じていた女性からキーを盗んだのだ。車はキーをつけたままそこに置いていくつもりだった。疲れきっていて、申し訳ないという気持ちも起こらなかった。

周囲を一周してからドアをノックした。この瞬間のためにはるばるここまで旅をしてきたというのに、やりとげられるだろうかという不安が頭を離れなかった。

途中、メイン通りを車で走りながら彼女は町を観察した。留守にしていた一年のあいだに変わったものが何かあるだろう、大したものでなくても、自分たち三人がいなくなったケープ・ヘイヴンは以前と同じではないと教えてくれるものが何かあるはずだ。そう思ったのだが、町は安らかで、何も変わっておらず、雑草が伸び放題になった家のひとつもなかった。ひたすらぴかぴかで、まるでスターの血などきれいに塗り隠されてしまったみたいに、スターなど存在しなかったみたいに見えた。

もう一度裏手にまわり、石ころを見つけて窓を割った。うち寄せる波が音をかき消してくれた。中にはいり、銃を手に部屋を見てまわった。壁にならんだ写真。ヴィンセントとウォークが海を背にして、ダッチェス自身は一度も経験したことのないような屈託のない笑みを浮かべている。

二階にあがって寝室をひとつずつチェックした。頼りは月の光だけ。クローゼットのひとつに、ヴィンセントの服があった。ひどく少ない。シャツが三枚、ジーンズが一本、がっちりしたブーツが一足。人殺しというものの成り立ちについて彼女は考えた。それは生まれるずっと前から始まるのだろうか。両親の遺伝子とか、宿命的な血筋のせいで。それとも徐々に進行するのだろうか。やたらと殴りあったり、傷つけあったりして。ヴィンセント・キングももとは善人だったのかもしれないけれど、子供の血は手から洗い落とせない。それに、人間として最悪の男たちのあいだで三十年も暮らしていれば、無傷で生き延びるのは至難のわざだろう。

その部屋にベッドはなく、床にマットレスが一枚敷いてあるきりだった。家具も、絵も、テレビも、本もない。

写真が一枚だけ、壁にテープで貼ってあった。

その写真を見て、彼女は息を吞んだ。自分にそっくりな少女が写っていた。ブロンドの髪に青い瞳。シシー・ラドリーだった。

ダッチェスは家を出て一キロ半歩き、街の光を眼下に見おろす小径を登った。全身の筋肉が痛み、肺がひりひりして、途中で立ちどまった。生者のあいだをこれ以上行くことを体が拒んでいるかのようだった。

最後の坂を登りきると、明かりが見えた。夜の礼拝だ。前に一度、たんに眠れなかったからにすぎないが、五、六人の人たちと一緒に座っていたことがあった。

リトルブルック監督教会。

柵沿いの道を歩いていき、入口まで行くと、讃美歌に耳を澄ました。鞄をおろして、しばらく壁にもたれていた。長い一日だった。ほかに行くところもなかったので、母親がシシーの横で眠る小さな墓のほうへ歩いていった。罪のない子供たちのために用意された一角だったが、ダッチェスが頼んで、ふたりをもう一度一緒にしてもらったのだった。

そこで彼女はぴたりと足を止めた。

あいつがそこに、かけがえのない夜を背にすらりと立っていたのだ。そのむこうは大地がすっぱりと切れ落ち、果てしない海があるばかりだった。

＊＊＊

ウォークはアイヴィー・ランチ・ロードの私道をはいっていってドアをノックした。

ブランドンはひどい顔をしており、何も言わずに脇によけてウォークを中へ通した。家の中は悪臭がした。いたるところにテイクアウトのカートン、ビールの空き缶、厚く積もった埃。〈ロック・ハード〉というフィットネスのDVDがひと山あった。表紙ではブランドンが腹をへこませている。

ブランドンはどんよりした眼をしてキッチンのカウンターの前に座った。ウォークはスターのことを考えていた。彼女がついにブランドンを決定的に拒絶したことを。だからあの晩、ブランドンは拳をふるってしまったのかもしれないと。

「きみのしたことはわかってるぞ」ウォークは切りだした。

そのひと言でけりがついた。

ブランドンは泣きだした。堰が切れて、しまいには肩をふるわせはじめた。ウォークは当惑しつつそれを見ていた。

「本気じゃなかったんだ。悪かったと思ってる。それは信じてくれ、ウォーク」

ウォークは何も言わず、嗚咽の合間に漏れてくる話をじっと聞いていた。

「手を差しのべたんだよ、おまえに言われたようにさ。ボートで海に連れてってやると、あいつに言ったんだ。釣りでもなんでもいいから行かないかと。もうやめにしたかったんだ。だけどそこで考えちまったんだよ、あいつがマスタングに傷をつけたことを。犯人があいつなのはわかってる。ほかにそんなまねをするやつがいるか？　最初は通報するつもりだったんだけど、そこでスターがあんなことになっちまっただろ。冗談のつもりだったんだよ。帰ってくると思ったんだ。岸から大して離れちゃいなかったんだから」

ウォークは溜息をついた。当惑は消え、悲しみだけが残った。「あいつを突き落としたのか。ミルトンを」

ブランドンはまた泣き、記憶を吐き出すかのように咳きこんだ。「おれは桟橋であいつが帰ってくるのを待ってたんだよ。軽くヤキを入れてやりたかっただけなんだ。泳いで帰ってこれると思ったんだ。ほんの冗談だったんだよ。ところが帰ってこないんで、引き返したんだ。だけどいなかったんだよ。あいつはもういなかったんだ」

ウォークはブランドンのそばに座り、ボイドに電話して待つあいだ、警察にどう話せばいいかブランドンに教えた。正直に話せ、そうすればぐっすり眠れるようになると。

それから、連行されていくブランドンを見送った。ブランドンは深くうなだれたまま歩いていき、一度だけ顔をあげて通りの向かいのミルトンの家のほうを見た。これがカルマというものなのかもしれない。スターがよく話していた宇宙の力というものなのかもしれない。ウォークはそう思ったが、ゆっくり考えている暇はなかった。ディー・レインから携帯に電話があり、キング・ハウスに何者かが押し入るのを見たと知らせてきたからだ。

「姿を見たのか？」ウォークはそう言いながら走りだした。

「女の子みたいだった」

サンセット・ロードまで走りつづけた。体重が減ったので動きが軽快になっていた。汗だくで玄関にたどりつくと、ドアを激しくたたいた。

裏手にまわるとガラスが割れていた。

ウォークはダッチェスの足跡を、彼女の反撃の跡を追った。いまさら何をしようと手遅れなのはわかっていた。炉棚の上に写真を見つけた。少年の自分にはかろうじて面影があったが、ヴィンセントとスターには笑みしか見えず、いつ撮った写真なのか、いくら考えても思い出せなかった。

それから二階にあがった。そしてウォークもまた、それを見てぴたりと足を止めた。

たしかにヴィンセントは、監房からも、所長からも、男たちからも、金網フェンスからも自由にはなった。だが、その少女を残したまま先へ進むつもりは断じてないようだった。

＊＊＊

ダッチェスは長いあいだヴィンセントを見つめたあと、近づいていった。

「きみを待ってたんだ」ヴィンセントは言った。

ダッチェスはさらに近づき、ゆっくりと鞄をおろして銃を取り出した。銃は記憶にあったよりも重く、いまは支えるのがやっとだった。

ヴィンセントはダッチェスを自分の世界の最後の子供、最後の善なるものでも見るような眼で見た。ずうずうしくもふたりの墓に花を供えてあった。

銃を見ても驚いた様子はなく、終わりだらけの人生の最後の終わりを待っていたかのように、肩の力を抜いて穏やかに呼吸をしていた。

ダッチェスが一歩近づくと一歩あとずさり、また近づくとまたあとずさるので、ついにダッチェスは両足を踏んばり、ヴィンセントの背後の月の光を見つめた。

古い教会から讃美歌が流れてきた。

「おれの好きな歌だ」とヴィンセントは言った。「礼拝堂があったんだ……フェアモントに。この歌はずっと好きだった。人生《いのち》のくれ、ちかづき」

「世のいろか、うつりゆく（讃美歌三十九番）」

「残念だよ」

「しゃべんないでくれる」

「わかった」

「何があったのか言わないでくれる、知りたくないから」

「わかった」

「世の中は不公平だっていう」

「そのとおりだ」

「あの日あたしに銃をくれたとき。あんたはあれをお父さんの銃だって言った」

「ああ」

「だからあたしはあれを、あんたに教えられたとおり手入れした。大事にした。だけど、そのあとクローゼットに隠した。あんたには自分を守るのに使えって言われたけど」

「あんなことを言わなけりゃ――」

「だからあたしはいまそのとおりにしてる。ハルはあんたのことを癌だって言ってた。あんたは近づくものをみんな……みんな殺してだめにしちゃう。生きる資格がないってハルは言ってた」

「そのとおりだ」

「ウォークは法廷に立って嘘をついた。スターはウォークのことをほんとうにいい人だって言ってたんだよ」

「すまない、ダッチェス」

「ふざけんな」ダッチェスは手をあげて帽子を直した。息ができなかった。声はいまにも震えそうだったが、手はぶれないようにして引金に指をかけた。「あたしは無法者のダッチェス・デイ・ラドリー。あんたは人殺しのヴィンセント・キングだ」

「そんなことをする必要はないよ」ヴィンセントは優しく笑いかけた。

「自分のしなくちゃならないことはわかってる。裁きだよ。復讐だよ。まかせといて」

「きみはまだどんな人間にだってなれるんだ」

ダッチェスは銃をかまえた。

眼から涙がこぼれたが、ヴィンセントはまだ笑いかけていた。「おれはさよならを言うためにここへ来たんだ。これはきみのせいじゃない。きみを道連れにするつもりはないよ」

そう言うとヴィンセントは後ろへ下がり、ダッチェスがはっと息を呑んだときにはもう、両腕を広げて飛んでいた。

彼女は悲鳴をあげて駆けだし、断崖の縁まで行ったが、ヴィンセントはすでに闇に呑まれていた。

銃がかたわらに落ちた。ダッチェスは地面に膝をつき、崖の縁から手を伸ばして、むなしく宙をつかんだ。

背後には母親の眠る墓があった。ダッチェスは最後の力をふり絞ってそこまで這っていくと、墓石に頰を押しつけて眼を閉じた。

第四部　愛惜

46

ブレア・ピークの町はエルクトン・トリニティ国有林とホワイトフット山に面していた。こんな町に住んでいたら、ウォークはまる一日その広大な森林を、神の手に触れようとするように高くそびえる木々を、ながめていられただろう。

彼はこの二十年で百回あまり、助手席にスターを乗せてこの町に通ってきた。不毛な丘陵と枯れた牧草地の広がるゴーストタウンを十あまり通過するあいだ、スターは頭の中で静かに残りの距離を数えていた。そして帰りには、毎回このうえなく幸せになっていた。心の内に棲む悪魔はことごとく、中古ピアノ販売店の二階の一室で開業しているコールトン・シーンというカウンセラーによって追いはらわれていた。

いまウォークの手には小さな壺があった。式はあっというまに終わっていた。

ヴィンセントの遺言は明快でありながら曖昧だった。森は六つの郡の八十万ヘクタールにわたって広がっていた。ならばここでもかまわないだろう、ウォークはそう思った。

道を渡って下におりると、そびえたつサトウマツの林まで枯葉を踏みしめていき、林床に遺灰をまいた。おおげさな別れはせず、無言のまま、ついに溶暗を始めたひとつの時代をしばし記憶にとどめただけだった。

それから、ユニオン通りを歩いていってそのドアを見つけた。ピアノ販売店はなくなっていたものの、明かりがひとつ、冬の日に抗ってともっていた。ベルを鳴らすと、ドアが解錠される音がした。ウォークは小さなロビーにはいり、狭い階段をのぼった。前に一度だけ来たことがあった。最初のときに、スターが逃げださないようにとついてきたことが。

「ウォーカー署長……ではなく、ウォーカーです。ただのウォーカー。すみません、以前ケープ・ヘイヴン警察の署長をしていたもので」

シーンが思い出せなくてもウォークは驚かなかった。シーンはいい老けかたをしていた。灰色になってもふさふさした髪、百八十センチの身長。ウォークがスター・ラドリーの名前を出すと、シーンは手を差し出した。

「すみません、ずいぶんとむかしのことだったもので」とシーンは言った。「十分後に来客がありますので、十分はお相手できますが、それ以上は無理ですよ、残念ながら」

ふたりは腰をおろした。ウォークはふかふかな椅子に沈みこんで、壁にかかった穏やかな版画に眼をやった。その横には大きな窓があって、エルクトン・トリニティ国有林と雪を頂いた峰々を一望できた。

「一日じゅうでもながめていられますね」

シーンはにっこりした。「しじゅうやっていますよ」

「実はスターのことでうかがったんです」

「ご存じでしょうが、何もお話しできないんです。守秘義務という――」

「はい」とウォークはさえぎった。「ただちょっと……すみません、たまたま町まで来たもので、ちょっとお寄りしてみようと思いまして。実は……スターは亡くなったんです」

シーンは同情のこもった笑みを浮かべた。「知っています、その話はニュースでずっと見ていましたから。痛ましい話ですね、まことに。しかし、たとえ本人がお亡くなりになっても……」

「なぜこちらにうかがったのか、実は自分でもよくわからないんです」

「あなたはお友達が恋しいんですよ」

「わたしは……そう。友達が恋しいんです」そこで気づいた。あらゆる感情、あらゆる手がかりや相反する推測のなかで、自分は友達がどれほど恋しいかということについてだけは考えてこなかった。スターの抱える問題、スターの美しさ、そういうものにばかり眼を向けていて、子供のころから知っていた優しい、現実の人柄には眼を向けてこなかったのだ。

「わたしはたぶん、スターがここへ来るのをやめた理由が知りたかったんでしょう。具合はよかったんです、長いあいだよかったんです。ところが突然すっぱりとやめてしまって。ほんとうにはついに立ち直りませんでした」

「逆戻りしたり、別の道を選んだりする理由は、それこそ無数にあります。たとえお話しできるとしても、なにぶんむかしのことですし。わたしはあの一度しか彼女を診ていませんので」

ウォークは怪訝な顔をした。「すみません、いまお話ししてるのはスター・ラドリーのことなんですが」

「ええ。あなたのことは憶えていますよ。患者さんが警察官に連れられてくるなんていうのは、めったにないことですから」

「でもわたしは、毎月彼女を乗せてきたんですよ」

「わたしのところにではありませんね。とはいえ、彼女のことはよく見かけました。わたしはいつも窓辺にいて、外をながめていますので」

ウォークは身を乗り出した。「どこにいたんです、彼女は?」

シーンは立ちあがった。ウォークはあとについて窓辺まで行った。

「あそこです」とシーンは指さした。

雲の広がりはじめた外に出て、歩道に立った。ブレア・ピークを通るバス路線はひとつしかなかったので、ウォークはスターが十数年のあいだ毎月そうしていたように、診療所の見晴らし窓の向かいのバス停からそれに乗った。

ウォークはいちばん後ろに座り、バスは定員の半分ほどの乗客を乗せて急な丘をのぼり、谷へくだった。そびえたつ木々で道が暗くなった。

やがてバスは森林地帯を抜け、カリフォルニアの広大な平野が眼前に広がった。ウォークは立ちあがって前に行き、運転手の横に立って外を見た。

最後のカーブを曲がると初めてそれが眼にはいり、彼はだしぬけに、自分がどこにいるのか、なんの前にいるのかを悟った。

バスが停まるとウォークはおり、バスが走り去ると左右を見まわした。どちらも数キロ先まで、見えるものといえば長い一車線道路と、高さ六メートルの有刺鉄線の柵と、低い建物の連なりばかり。そこはフェアモント郡矯正施設の前だった。

ウォークは一時間待たされ、そのあいだひとりでその部屋に座って手を差し出し、震えを見つめていた。ぼんやりしていて、薬をのむのを忘れていたのだ。自分のではなくヴィンセントの命に気を取られていて。状態は悪化しており、痛みはときどきでも、恐怖はつねにあった。目覚ましを一時間早くセットして、勝つのが日増しに困難になっている闘いに時間をかけられるようにしていた。将来が恐ろしかったが、考えてみればそれはむかしからずっとそうだった。

部屋にはいってきたカディはにやにやしていた。「星をつけてないと、きみだとわからんな。おれはもうあがるところだから、一緒に歩かないか」

ウォークは大柄な刑務所長とならんで歩きだし、彼のすぐ後ろについてゲートを次々に通過した。解錠と施錠、その繰りかえしの人生。秩序と無秩序、悪人は中に、善人は外に。どれほどの労力が必要か想像もつかない。

「式に行かなくてすまなかったな」とカディは言った。「別れってやつはどうも苦手なんだ」

ふたりはサイロのような監視塔のならぶフェンス沿いを歩きだした。

「わたしの知らないことがいくつかありますね」ウォークは言った。

カディは覚悟していたというように、深々と溜息をついた。ウォークには自分たちが何をしているのか、なぜ外周を歩いているのか、よくわからなかった。カディはたんに、十時間の勤務のあと新鮮な空気を吸いたいだけなのかもしれなかった。

「スターはここへ来ていましたね」ウォークは言った。

「ああ、来ていた」

「でも、彼女の名前は？　わたしは面会者記録を調べたんですよ。調べられるものは全部調べたんです」

ふたりは監視塔の前を通りすぎ、カディは看守に手をあげてみせた。

「おれは夕暮れが好きなんだ。天文薄明の終わり。太陽が地平線の数度下に沈んだころが。ときどき、日没を見せるために連中を外に出してやる。五百人の男たちが、人殺しも、強姦犯も、売人も、みんな一緒にたたずんで空を見つめる。そのときだけは、みんな現実の問題を忘れるんだ」

「なぜです？」

「美かな。美しいものを見ると、高次の存在を否定しにくくなる」

「あるいは否定しやすくなるか」

「悲観しちゃだめだ、ウォーク。それこそほんとうの悲劇だぞ」

「スターのことを教えてください」

カディは立ちどまった。刑務所からいちばん遠い地点、いつでも人の命を断てるという点ではどの陪審にも負けない、二名の看守とふたつの監視塔のあいだ。

「おれはスターが好きだった。長年のあいだに彼女をよく知るようになった。ヴィンセント・キングは、おれが見たこともないほどまともな男だった。で、おれは気づくようになった。変化に。おびえていた少年は、怖いもの知らずになり、やがてそっちは問題なくなった」

「そっち？」

「わが身のことは。問題はなくなったが、よくはならなかった。するとスターが、あいつを助けたんだ。スターに苦しみをもたらしたのはあいつだったが、それを取りのぞけるのもあいつだけだった。あいつにふたたび目的ができたんだよ」

ウォークは最初の星々が神々しく瞬きだすのをじっと見つめた。

「あいつにはスターが必要だったんだ、何かをもう一度感じることが。オレンジのつなぎ姿で鎖につながれて歩くとき、別の自分になれるようなものが。あれはもう夫婦みたいなもんだった。なにせスターは二十数年にわたって会いにきたんだから。ときにはおたがい何もしゃべらないこともあった。初めのころは、ただ見つめあってた。スターは火のように燃えあがってたし、あいつのほうはスターを、自分のために地上にもたらされたんだといわんばかりに見てたもんだ」

「ほかの服役囚たちは？」

「いや、おれはあのふたりを大部屋には入れなかったんだ。というか、最初はもちろん入れたんだが、すぐにスターは大部屋には若すぎるのに気づいた。男どもがひどく残酷な言葉や約束や脅しを投げつけるのに。ヴィンセントはあとでそいつらに詰めよって、看守たちにかろうじて止められたんだが、連中はいったんあいつの弱点を知ると、それをさんざんに利用したんだ。部屋はもうひとつあった。

うちが持っていたアパートが。夫婦用の面会室を確保する必要があって。いまはうちのほかに三カ所の州刑務所が持ってる」

「そんなところでふたりだけにしといたんですか?」

「ヴィンセントにはそれが必要だったんだ……人間らしい気持ちを取りもどすことが。というか、おれがどうしても見たかったんだよ、あいつが人間らしさを取りもどすのを。あいつとスターのふたりが立ち直るのを。宇宙の力だのなんだのを。地上の刑務所はその種の力を妨げられないのを」

ウォークはにやりとした。

「それは記録には残せなかった、厳密には許可されていないからな。おれはスターを見ていた。体形を九カ月、あの喜びを。わかるか。二度だ。二度、絶望から奇跡が生まれたんだ」カディは微笑んだ。

「でも、スターは一度もふたりを連れてきませんでした――」

「ヴィンセントがそうさせなかったんだ。監禁された身じゃな。ふたりに知られたくなかったんだよ。無理もない。フェアモントにいる父親なんか欲しがる子供はいない、とあいつは言うんだ。おれたちは話し合い、あいつは決意した。ほかの誰かのために生きるんだと。それは無駄じゃなかっただろ」

ウォークは眼を閉じてダッチェスとロビンのことを考えた。ふたりの父親のこと、未詳の父親のことを。

「あいつはおれに黙っていてくれと頼んだ。おれは自分からは話さないと答えた。ただし、誰かが訊きにきたらほんとうのことを答えるとも言った。正直者なんでね」

「ですね」

カディは静かに笑った。「いまどきそういう人間は多くない」

「スターはダークに話したのかもしれません」

「なぜそう思うんだ?」

「ダークが最後にそんなふうなことを言ったので。人は自分と似た者にそういうことをしますよね？　あのふたりは似た者同士だと気づいてたんです。ヴィンセントとスターは、あいつらはその関係をつづけられませんでした」

「その後、事情が変わってな、新しいカテゴリー5を建てるためにそのアパートを取り壊したんだ。ヴィンセントはスターを二度と大部屋に来させようとしなかった。金輪際。なにしろそこにいる連中は断言したやつらだからな、出所したらスターのところに押しかけると。こけおどしだが、そうはいってもな。ヴィンセントはそれだけは避けたかったんだよ、スターのために。自分の子供たちのために」

「で、スターと縁を切ったんですね」ウォークは痛ましげに言った。

「おれにしてみれば、あれほどつらいことはなかったよ。スターをあんなふうに追いかえすなんて。あいつはスターに自分のことは忘れろ、ほかの男を見つけろと言った。スターはそれでもやってきた。あいつが考えを変えるんじゃないかと、一年待ってた。それからぱたりと来なくなった。忘れるすべを見つけたんだろうな」

「見つけましたよ。忘れるんじゃなくて、何も感じなくなるすべを」

カディは何も言わなかったが、わかっていた。ありとあらゆる悲劇を眼にして、その影響をまのあたりにしてきたのだから。

「じゃ、きみはまったく知らなかったのか」カディは言った。

「ええ。スターにはわかってたんですよ、わたしがなんと言うか。自分のことを第一に考えろ。過去にこだわっていてもしかたないと。わかりもしないくせに、偉そうに言うのが。あのふたりには、自分たちだけの何かが必要だったんですよね。小さな家族が。壊れてはいても、自分たちの家族が」

ゲートまで来るとウォークは手を差し出した。「感謝します。いいことをしてくれました」

「なぜいまごろここへ来たのか、訊いてもいいか？」

「たまたまです。ヴィンセントに頼まれたんですよ、遺灰をエルクトン・トリニティにまいてほしいと。なぜなのかわかりませんが」

カディはにやりとしてから、ウォークの肩をつかんで指さした。「あそこのあれが、ヴィンセントの房だ。11の3。三十年ながめてたんだよ。向かいを見てみろ」

ウォークはふり返った。

するとそこに、連なる丘の上に、八十万ヘクタールにおよぶ自由が見えた。

47

さわやかな秋の朝だった。まぶしい朝日がかなたの山肌を照らしていた。

ダッチェスは芦毛に乗っていた。毎朝モンタナが目覚める前に、ふたりは一緒に出かけており、いまではそのトレイルを知りつくしていた。息を弾ませ、芦毛はゆっくりと歩むことに満足していた。二度とうまく走れるようにはならないはずだった。丘の頂きまで来ると、ダッチェスは芦毛をなでながら農場を見わたした。

製材された木材で造られた母屋は美しく、中では火が燃え、煙突から煙が立ちのぼっている。納屋があり、ヤマナラシの林の中には川が流れていた。その川を彼女は五キロさかのぼったあと、オオカミの足跡を見つけてすぐに引き返してきたことがあった。祖父のナイフを持っていたので、週末にはひとりで探検をした。道を切りひらいて灌木地帯にはいりこみ、滝によって造りあげられた浅瀬を歩いた。

あれからの数カ月は長くて困難だったが、新たな環境が助けになってくれた。前にハルが教えてくれたように、また息ができるようになった。たしかにつらくはあった。何もかもつらくはあったが、時が癒やしてくれることを彼女は知っていた。

馬屋に戻ると芦毛を中に入れ、水と藁があるのを確かめてから鼻面を優しくたたいた。

母屋に行くと、ドリーはコーヒーのにおいが香ばしく漂うキッチンで新聞を読んでいた。ダッチェスは約束どおりドリーの家を訪ねたのだった。真夜中にいきなり現われて、ひと晩だけ泊まることに同意した。あくる朝ドリーは彼女を馬屋に連れていって芦毛を見せ、その芦毛をダッチェスは、ふたりでハルの地所に落ちついたあと、ただで譲り受けた。

一日が一週間になり、一週間がひと月に、ひと月が数カ月になった。ドリーは農場に人手が必要だというふりをしていたものの、裕福だったので毎週何人かの男に様子を見にきてもらっていた。ダッチェスは勤勉に働き、夜明けから日没まで外にいた。ふたりは最初、あまり話をしなかった。ダッチェスがあまりにうちのめされているので、もう少し時間がたたなければ力になれないのが、ドリーにはわかったのだ。

ドリーが正式な養子縁組の話を切りだしたのは、ある朝ふたりで私道に落ちたチョークチェリーの葉を掃いているときだった。ダッチェスは三日間返事をせず、それからこう答えた。あたしを娘にしたがるほど頭がいかれてるなら、医者に診てもらったほうがいい。でも、もしその医者が頭は問題ないと言ったら、うん、あたしはここにいたいと。

ダッチェスはブーツを脱ぎすてた。「あたし、お金を稼がなくちゃ」

ドリーは新聞から顔をあげた。

「ある人に借りがあってさ。返さなくちゃいけないんだ」

「わたしがあげる――」

「自分で稼がないと。自分の借りは自分で返すのが無法者だもん」ハンクとビジーを見つけ出す方法はまだ考えていなかったけれど、手始めにあのモーテルに電話してみようと考えていた。お詫びをするつもりだった。

横を通りすぎようとしたとき、ドリーが一通の手紙を持ちあげてみせた。

「これ、あなた宛てよ」

ダッチェスはそれを受け取った。ケープ・ヘイヴンの消印が押してあったので、自分の寝室に持っていった。寝室は、山々に調和するような色合いのグリーンに塗ってあった。

中にはいってドアを閉めると、窓辺にある大きな椅子に腰をおろした。

誰の筆跡かはすぐにわかった。ずいぶん細かい字だったので、きっと一週間がかりで書いたのだろうと想像した。

ダッチェスはゆっくりと読みはじめた。ウォークは法廷で嘘をついたことを詫びていた。きみの信頼を裏切ってすまなかった。人は正しい理由からまちがったことをしてしまうこともあるのだ。そう書いていた。

二十枚にわたってウォークは自分の人生、スターの人生、若いころのヴィンセント・キングとマーサ・メイのことを語っていた。自分は病気だということ、以前はそれを恥じ、地位を失うのを恐れていたこと。そしてその地位について、だらだらと一枚書きつらねたあと、ウォークはついにそれを、真相を彼女に伝えていた。それを読むと彼女は便箋を取り落とし、立ちあがって部屋を歩きまわった。

落ちつくと、また便箋をひろいあげて先を読んだ。ウォークはヴィンセントについて、彼女の体に流れる血について語り、きみは悲しむのではなく誇りに思うべきだと書いていた。きみのお母さんはずっと彼を愛していたんだ、このうえなく厳しい境遇のなかでその愛を生かしつづけたんだと。それからヴィンセントの苦悩に触れ、奪ってしまった命はたしかにあがなえなかったと認めていた。でも、きみは愛されていたんだ、ウォークはそう締めくくっていた。きみと弟は、このうえなく強固な愛から生まれたんだと。

一枚の写真が同封されていた。錆びた船に乗ったウォークと、〝ケープ・ヘイヴン・フィッシング〟という新しい看板。水面に人影が映っているのにダッチェスは気づいた。黒っぽい髪の小柄な女性が、特大の笑みを浮かべてカメラをかまえている。

写真とともに、一通の法律書類がはいっていた。ヴィンセント・キングの遺言書だった。

後刻、ドリーにそれを見せると、あなたはロビンとともにケープ・ヘイヴンにある大きな家の所有者になったのだと教えられた。ヴィンセントはあなたたちのためにそこを修理していたのだ。いまは何もする必要はないけれど、そのうち訪ねていってもいいし、売ってもいいし、好きなようにしてかまわないのだと。ダッチェスはわずかのあいだに、無一物からなかなかの物持ちになっていた。前途はまだ不確かだとはいえ、まちがいなくひらけていた。

その夜、彼女はまんじりともせずに、これまでに起きたことを思いかえしていた。自分が学んだことと、忘れるつもりのことを。彼女は傷が癒えるのを、ふたたび元気になるのを待っていたのだ。

あくる朝、彼女はドリーに、心の準備はできたと伝えた。

48

その町は地味に現われた。小さな看板が名前を告げているだけだった。

アウル・クリーク。

ドリーにはアイダホのレックスバーグに友人がいたので、ふたりは徹夜でドライブをし、そこからダッチェスはひとりでバスに乗ったのだった。ドリーは自分も一緒に行こうかと訊いた。ダッチェスはありがとう、でもだいじょうぶと答えた。

バスは長く、銀色の車体に赤と青のマークがはいっていた。バスが路肩に停車すると、ダッチェスは鞄をつかんで立ちあがり、ワイオミングの空気の中におりたった。

運転手は気をつけてと声をかけると、ドアを閉めてバスを発進させた。ダッチェスは最後に窓を見あげた。いくつかの視線、二、三の笑顔。エンジンのにおい、機械の熱気。

彼女はうつむいて歩いた。これほど静かな日は経験したことがなかった。

キャピトル・ホテルの前を通りすぎた。張り出した日よけと、裕福な泊まり客がウィンドウショッピングを楽しむような店々。〈レイシー陶器店〉〈アルドン骨董品店〉〈プレスリー生花店〉。

カーネギー図書館を通りすぎた。太陽はビッグホーン山脈と、その手前にゆるやかに起伏する平野の上に低く重たげに傾いている。深々と息を吸いこむと、長時間座っていたせいで腰が痛んだ。ぴかぴかのガソリンスタンドの洗面所でリフレッシュし、帽子の下の髪の毛を整えた。

彼女は小さな地図を持ってきていた。目指す場所は円で囲ってあり、それほど遠くないようだった。一キロほど歩くと、小ぎれいな家々と境を接する広い芝地が見つかった。

次の通りを歩いていくと、ついにそこが見つかった。

アウル・クリーク小学校。

低い建物、白ペンキで書かれた看板、吊り籠からこぼれる花々。向かい側にはまた芝地があり、その奥に願い事の木を思い出させるオークの巨木があった。ダッチェスはその枝の下まで歩いていくと、日陰の枯葉の上に腰をおろし、そのオレンジ色があまりにきれいなので、一枚すくいあげて空にかざした。

鞄に水が一本はいっていたので、少しだけ飲んで、あとは取っておいた。キャンディバーも持っていたけれど、とても食べる気分ではなかった。

最初の車が停まり、つづいてもう一台が停まったが、彼女の見るところほとんどの親は、徒歩で町を通りぬけて子供を迎えにきていた。

ピーターにはすぐに気づいた。ジェットにリードを引っぱられながら、ほとんど会う人ごとに笑顔で挨拶している。

最初の子供たちが出てくると、ダッチェスは胸をぎゅっとつかんだ。帽子を何度も直し、それからスニーカーの紐を結びなおした。着ているのは、とっておきの黄色のワンピースだった。ロビンのいちばん好きな色だ。

ロビンの姿が見えると、彼女は息を呑んだ。

背が伸び、髪が短くなり、混じり気のない笑顔が美しい。きっと罪つくりな男になるだろう。

横にはルーシーがいた。ロビンは彼女としっかり手をつないで通路のはずれまでやってくると、そ

こでピーターに気づいて、彼のところへ駆けていった。ピーターはロビンを抱えあげ、長いことき
つく抱きしめ、ロビンはそのあいだうっとりと眼を閉じていた。
ピーターはロビンをおろすと、リードを渡してやり、ジェットが跳びあがって顔をなめると、ロビンはきゃあきゃあ笑った。ダッチェスがその場に立ちつくしているあいだに、ピーターはロビンをかたわらの小さな公園に連れていき、ブランコに乗せて押してやり、高い梯子を登るのに手を貸しては、滑り台の下で彼を迎えた。

ダッチェスはそれをじっと見つめ、ロビンの笑顔のひとつひとつを自分の笑顔のように感じ、笑い声が遠くへ流れていくのを聞いていた。そこへルーシーが、書類であふれた鞄を持ってやってきた。

ロビンは彼女に気づくと、あれから何年もたったかのように彼女のほうへ駆けていった。

三人が歩きだすと、ダッチェスは自分も歩きだした。たっぷりと距離を置いてはいたけれど、どのみち彼らは気づかなかっただろう。何度か声をかけようとしたものの、ロビン、とつぶやくのがやっとだった。

彼らはすてきな家に住んでいた。緑の羽目板、白い鎧戸、小ぎれいな庭。かつてダッチェスがロビンとふたりで住むことを夢見たような家。

郵便受けには〝レイトン〟と記されていた。彼らの住む通りを歩いているうちに日が暮れ、ワイオミングの空が途方もなく繊細な美しさで襲いかかってきた。ダッチェスは近所を見てまわった。子供たち、自転車、バットとボール。

夕闇がおりてくると、引き返して彼らの家の横手にそっとはいりこみ、庭をのぞいた。ブランコ、バーベキューコンロ、虫の巣箱。

ダッチェスは長いことそこに立ちつくし、やがて空には無数の星々が現われた。

それからポーチにまわり、階段をのぼり、明かりのともる窓辺で足を止めた。中では完璧な場面が

演じられていた。ルーシーがロビンの横で彼が本を読むのを助けており、ピーターがカウンターから、夕食の用意ができたと告げている。銘々の前にお皿がならべてあり、三人は一緒に腰をおろす。テレビはついているけれど音は消してあり、ロビンの横ではジェットが期待の眼で彼を見あげている。

ロビンは残さず食べた。

ダッチェスはいつまでも見ていた。やがてピーターがロビンの頭にキスをし、ルーシーがお話の本を取りあげてロビンの手を取り、二階へ連れていった。

あの子は憶えているだろうか、とダッチェスは思った。あたしたちが潜りぬけてきたことを全部憶えているだろうか。きっと忘れてしまうだろう、細かいことは。あの子はまだ幼いのだ。どんな人間にでもなれる。世界はあの子のものだ。あの子は王子様なのだから。いまようやく、その理由がわかった。

ダッチェスは泣くような少女ではなかったが、いまは堰が切れてしまい、涙がこぼれてきた。

彼女は泣いた。自分が失ったすべてのもののために泣き、ロビンが見つけたすべてのもののために泣いた。

それからガラスに手のひらを押しつけて、弟に別れを告げた。

49

それからの数日、ダッチェスは自分の寝室に閉じこもった。

ドリーは心配ではあっても、ダッチェスには時間と空間と、息をつく余裕をあたえるべきだと心得ていた。食事はドアの外に置き、一度だけ中をのぞいて、けさは芦毛の世話を手伝ってくれるかしらと尋ねた。部屋をのぞくと、ダッチェスは小さな机の前に座って、朝日を浴びながら何かを書いていた。

月曜日、ダッチェスはトマス・ノーブルと一緒に教室にはいった。

「やってきた?」とトマスは訊いた。

「うん」

それはテーマを自分で選ぶ自由研究だった。生徒たちはひとりずつ前に立ち、トマス・ジェファソンからフットボールまで、夏期休暇からオジロジカの追跡法まで、さまざまなテーマについて発表した。

自分の番が来て教師に名前を呼ばれると、ダッチェスはみんなの前に出ていき、用意してきた紙を黒板に留めて、緊張をぐっと呑みこんだ。それから両手をポケットに深く突っこんで、自分の家系図の前に立った。

家系図は完成していた。

全員の視線が自分に向けられているのを感じ、トマス・ノーブルのほうを見ると、トマスはにっこりと笑い、身振りで彼女をうながした。

ダッチェスは咳払いをすると、前を向いて発表を始めた。

まずは自分の父親、無法者のヴィンセント・キングから。

謝辞

キャサリン・アームストロングは、完璧な編集をしてくれた。ぼくに耐え、一緒に丘に駆けあがり、ぼくをましな作家にしてくれ、この物語を語る手助けをしてくれたことに感謝する。おかげで物語は途方もなくよくなった。

ヴィクトリアは、ぼくが顎ひげを伸ばそうとしたときでさえ、ぼくを愛してくれた。そんな優しさをもって「明かりを消して、キスはいい」なんて言葉を口にされたことはない。

チャーリーとジョージは、ぼくを怒らせたり、正気でいさせたり、その中間のあらゆる状態に置いてくれた。すべてはおまえたちのためにしたことだぞ。

リズ・バーンズリー、ぼくの最初で最後の読者、友人、魂の導き手。盲人はときに盲人をきわめて特別な場所に導くこともある。ぼくらがその証拠だ。

つねにそばにいてくれるぼくの家族。それがあなたがたの望みなんですよね。

キャスリン・サマーヘイズ、自称世界一のエージェント。いつもぼくのために闘ってくれてありがとう、あなたは怖いほどそれに長けている。

シレ・エドワーズは、パターソンをつかまえるのを手伝ってくれた。あの札束のベッドはぼくらのものだ。

ケイティー・マガワン、ルーク・スピード、そのほか〈カーティス・ブラウン〉のみなさん。出版関係者というのは明らかに最高の人々ですが、みなさんと一緒だと、ぼくは最高のなかの最高と一緒にいる気分です。

〈ボニエル〉のみなさん。ぼくがオフィスに電話しても無関心を装ってくれてありがとう。地に足をつけさせようとして、そうしてくれたんですよね。

ニコ・ポワルブラン、営業の神、愛の神、なんでも屋の二枚目。ぼくの本を大勢の人に買わせてくれてありがとう。二百冊のサイン本が役に立つことを心から願っている。手首は忘れずに鍛えたよ。

ニック・スターンは、今回もびっくりするようなカバーを制作してくれた。

ジェニー・ロスウェル、世界一才能のある（そして有名な）ジェニファ。ぼくなら誰かと本の格好をして二十六・二マイルを一緒に走りたいとは思わない。

ケイト・パーキンは、ぼくの妙なる言葉にお金を払ってくれた。C爆弾がたくさんあるからといって減額しないでね。

フランチェスカ・ラッセルは、ぼくを優雅で上品な身なりに仕立ててあげてくれた。毛皮のコートとステッキをあなたみたいに揺する人はいない。

スティーヴン・ダマンは、この本を完全に理解してくれたうえ、ぼくにめまいがするような販売口上を教えてくれた。近々膝を突き合わせて、ぼくらの垂直統合に磨きをかけよう。

ジョン・アップルトンは、すばらしい校正をしてくれた。ミスがあれば、もちろん彼のせいだ。

シボーン・オニールにも。いつものように。

以前、壇上に立ったとき、マクシムとCWAの審査員団にお礼を述べるのを忘れてしまった。ここでそれを挽回したい。穴馬に賭けてくれてありがとう。

書評ブロガー・コミュニティ、全員の名前をここであげたいが、かならず誰かを忘れると思う。あなたがたがどれほど力になってくれたことか。あなたがたは業界の救命ボートだ。今後のイベントでひとりひとりとキスをするのを愉しみにしている。舌は入れるなよ、フェントン。悪いな。

そして同業の作家諸氏、大勢いすぎて名前はあげられないけれど、いつも感謝している。

We Begin at the End
――ミステリと教養小説とロード・ノヴェルが一体となった〝終わりから始める人々の物語〟

書評家
川出正樹

「なにをやろうが、友だちは信用できる。それが友だちになるってことなんだ」

トム・フランクリン『ねじれた文字、ねじれた路』

「助けはない。誰も助けてはくれない。自分以外に頼れる人はいない」

フランシス・ハーディング『カッコーの歌』

「なぜならあたしはもう無法者だからだ」

ジョーダン・ハーパー『拳銃使いの娘』

We Begin at the End――人は終わりから始める。
生きていく中でつらい〝終わり〟を体験した時、人はどんな思いを胸に、何を選び、いつどこに向かって新たな一歩を踏み出すのか。クリス・ウィタカーの『われら闇より天を見る』は、その原題 We Begin at the End が端的に示すように、この普遍の命題をテーマに据えた奥深く滋味豊かな犯罪小説だ。

物語の核にあるのは、三十年前に起きた幼い少女の不幸な死。子供が子供を誤って殺してしまった傷ましい事件に対して、成人刑務所での懲役十年という厳しい判決が下る。そして三十年後、刑務所内での喧嘩により相手の囚人を殺害し二十年の刑を加算されたヴィンセントが刑期を勤め上げて帰郷したことが引き金となり、新たな惨事が連鎖的に起きていく。作者クリス・ウィタカーは、この一連の悲劇が引き起こした余波に巻き込まれ、人生を大きく変えざるをえなくなった老若男女の生き方と死に様を、飾り気なく力強い文章を連ねて悠揚迫らぬ筆致で描き上げる。

舞台となるのは、アメリカ合衆国西部の二つの場所だ。

ひとつは、太平洋の絶景を望むカリフォルニア州の断崖に彫りこまれたかのような、小さくてのどかな海辺の町ケープ・ヘイヴン。何世代にもわたってこの土地で暮らしてきた住民も多く、ほとんどの人々が顔なじみである一方、一年のうち十ヶ月間空き家状態となる富裕層の別荘が近年増え始めてきている。またカブリロ・ハイウェイ（カリフォルニア州道一号線）沿いの他の町同様、海蝕の進行による崖の崩壊が深刻化している。

もうひとつは、さえぎるものなき大空の下で、命を吹き込みきれないほど広大なモンタナ州の大地に拓かれた個人農場。ケープ・ヘイヴンからは千六百キロ離れ、数キロ圏内に町はない。地平線を山々が縁取る美しくも厳しい大自然と一体となったこの地は、傷ついた魂の持ち主をあるがままに受け入れ、内省を促す。

クリス・ウィタカーは、この対照的なふたつの舞台の上で、〝終わりから始める人々の物語〟を紡ぐにあたり、これもまたあらゆる点で対照的なふたりの男女を主人公に配した。

ひとりは、ケープ・ヘイヴン警察の署長を務めるウォークことウォーカーだ。両親が遺した家に一人で暮らす四十五歳で肥満進行中の独身男性。制服をきっちりと身につけ曲がったことは決してしない。正直者の少年がそのまま大人になったかのようなウォークは、生まれ育った平穏な町で通信係を除くただ一人の警察官として、二十年以上の間、地域住民と別荘族のためにパトロールし続けてきた。誰に対しても分け隔てなく親切に接し、自らの地位に満足する彼を賞賛する者もいる一方、軽罪以上の事件を手がけたことがないために憐れむ者もいた。「一度も港を出たことのない船の船長」だと。

多くの住民から慕われているウォークだが、三十年前の事件を契機に変化を拒絶するようになり、ケープ・ヘイヴンを旧き良き時代だと信じる姿、即ち、彼が十五歳の少年だった頃の状態のままに留めておくことに固執している。そうして自分自身も含め、すべてを変わらないままにしておけば、親友のヴィンセントが出所した時に、あの悲劇の前に戻って仲間とともに人生をやりなおせると信じているのだ。そのため、新たな土地開発や建設計画が提出されるたびに反対の立場をとり続けていて、十年ほど前にケープ・ヘイヴンに進出してきた巨漢の不動産業者ディッキー・ダークに対しては、常々疎ましく感じている。

もうひとりの主人公は、〝無法者《アウトロー》〟を自認する十三歳の少女ダッチェス・デイ・ラドリー。彼女は、自分のものは何一つ持っていない。父親がどこの誰かも分からない。それどころか子供時代すらなかった。というのも母親のスターは、妹のシシーが恋人のヴィンセントに誤って殺されてしまった三十年前の事件からいまだに立ち直れず、しばしばアルコールと薬物を過剰摂取するため、子供たちの面倒をほとんど見ることができないからだ。ダッチェスは、そんなスターの行動に目を配ると同時に、六歳の誕生日を間近に控えた幼い弟ロビンの人生を少しでもましなものにすべく、すべての力を注いでいる。

母親譲りのブロンドの髪と明るい色の眼に華奢な体。そんな恵まれた容姿とずば抜けた歌唱力を備えた中学生のダッチェスが、周りの人間に対して繰り返し「あたしは無法者だ」と言い放つ。それは、神様にイカサマされたかのような境遇にあって、世間の常識やルール、偽善や悪意に対して中指を突き立て、家族を守るためならば手段を選ぶつもりはないと自分に言い聞かせ続けるためだ。ダッチェスにとって、学校の課題で家系図作りの調べものをしていた際に知った、母方の血筋に西部開拓時代のお尋ね者のアウトローがいたという事実は、勝ち目のない手札を配られた人生を生き抜くための強力な縁《よすが》であり、誇りなのだ。彼女は一度も泣いたことがない。

この対照的なふたりを中心に、クリス・ウィタカーは、過去と現在の悲劇に関わってしまった人々の怨嗟と憤怒、悲嘆と悔恨、失意と諦念、贖罪と救済、そして停滞と再起を、ミステリの結構を備えたビルドゥングスロマンのスタイルで、瑞々しく、荒々しく、情感豊かに描き、先述したテーマを浮き彫りにしていく。

物語は、一九七五年初夏の夜に行方不明になったシシーをケープ・ヘイヴンの住民が総出で捜す中、カブリロ・ハイウェイ沿いに横たわる彼女を、怖いもの知らずの十五歳の少年ウォークが発見するシーンで幕を開ける。わずか二ページ程の捜索活動の最中《さなか》に、ウォークが牧師の娘マーサと三ヶ月前に付き合い始めたこと、将来警察官になりたいと思っていること、ヴィンセントとは九歳の時にたがいの手のひらを切り血を交えて友情を誓ったこと、シシーの姉スターはマーサの親友であること、そしてヴィンセントを含めた四人の少年少女が結束の固いグループであることが要領よく語られていく。

この簡潔なプロローグに続いて第一部・無法者が始まる。シシーの死から三十年が経った二〇〇五年六月初旬、ヴィンセントの出所を明日に控えたその日、子供の頃の願い通り警察官としてケープ・ヘイヴンの町に奉職するウォークは、崖沿いに集まる人混みのはずれに立っていた。海蝕が進み、また一軒、家が海へと落下していくのを見物する人々に目を配るためだ。時の流れと自然の力によって故郷が否応なく変わっていく瞬間をウォークに静かに見つめさせることで、作品のテーマを冒頭からスマートに提示する印象的な出だしだ。

次いで、ロビンの手を引いて自分の方に歩いてくるダッチェスの様相から、母親のスターがまたしてもアルコールを過剰摂取したと察したウォークがラドリー家に駆けつけ、子供たちと共に病院に同行する顚末が描かれる。翌日ダッチェスは、学校で前夜の出来事を揶揄する同級生に対して、「あたしは無法者のダッチェス・デイ・ラドリー、おまえは臆病者のネイト・ドーマンだ」「こんどうちの家族のことを口にしたら、首を斬り落とすからな」と威勢の良い啖呵を切る。

片や、退院したスターを心配して家を訪れたウォークは、愛想を尽かすのを不可能にするような笑顔で出迎えられる。そして、昨夜の不始末は、もう後ろを振り向かなくてすむために必要な行為であり、ヴィンセントと自分の家で会うのは無理なので連れてこないで欲しいと告げられる。

こうしていよいよウォークに出迎えられてヴィンセントが帰郷する。理由も明かされないまま面会を拒絶されて以来五年ぶりとなる親友との再会に気分が高揚するウォーク。だが、当のヴィンセントは、三十年ぶりに自由の身になれたにもかかわらず、すべてを諦めたかのようなうち沈んだ態度を崩さない。曾祖父が建てた廃屋寸前の屋敷に戻ってきたヴィンセントを待ち構えていた不動産業者のダークが、百万ドル出すから家を売れと執拗に迫る。絶景を望む海辺の土地を再開発するのに、最後に残ったヴィンセント邸が邪魔なのだ。ダークは同じエリアの貸屋に暮らす母子家庭のディー・レインにも法律を楯に立ち退きを迫り、ウォークに彼女を説得するよう強く要請する。

一方ダッチェスは、ヴィンセント出所から三日目の真夜中に、母スターが玄関先の枯れた芝生の上に顔面をひどく殴打された状態で倒れているのを発見する。ダークが経営するナイト・クラブでバーテンダーの仕事をしているスターが、数日前に家に押しかけてきた雇用主兼家主のダークと激しく言い争っていたことから、彼に殴られたと判断。仇を討つべくダークの店へと自転車で駆けつけ、過剰な報復を決行する。

帰宅したダッチェスが、自らの境遇とアイデンティティを再認識するシーンが、胸を衝く――「鏡を見ながら一センチほどのガラスのかけらを腕から引き抜き、血があふれ出てくるのを見つめた。その赤さを、そこにひそむ歴史を。心を鋼にしてくれる無法者の家系を」。

だが、激情に任せてダッチェスが投じた一石は、彼女の予想を遥かに超えた余波を生み、新たな惨事を引き起こしてしまう。


この百ページほどの第一部の中でクリス・ウィタカーは、小さな町の密接な人間関係を手際よく描き、一連の事件の遠因となる諸事情をさりげなく提示し、手がかりを配し、伏線を敷いて、〝終わりから始める人々の物語〟を堅固な謎解きミステリとして作り込んでいく。その入念さと大胆さは、最後にすべての真相が明かされた際に再読し、思わず唸ってしまうほどだ。

そして第二部・大空で、モンタナが舞台に加わり物語は大きく動き出す。ウォークは、シシーの事件後に町を去り、今や離婚と家庭問題専門の弁護士となっているかつての恋人マーサと思わぬ再会を果たすこととなり、ともに新たな殺人事件の真相究明に奔走する。ダッチェスは、生まれてから一度も会ったことがなかった祖父ハルとの邂逅に始まる一連の体験を通じて青年への道を歩き始める。その道は紆余曲折を経て、第三部・清算での彼女の「生涯にわたる過ちの数々を正しに行く道」へと繋がり、第四部・愛情へと至る。


世代も性別も境遇も信条も、すべてにおいて正反対のウォークとダッチェスだが、一つだけ共通するものがある。それは二人とも、自分ではなく他人の幸せのために生きているという点だ。ダッチェスは弟ロビンのために、ウォークは親友のヴィンセント、そして彼が愛したスターとその子供たちであるダッチェスとロビンのために。無法者《アウトロー》と法執行官《ロウマン》。コインの裏と表のようなふたりが、逆境に臆せず周りの人間の思惑を意に介さず、己の信念に従って突き進む。

それは無私の行為だ。だが作者は、手放しで賞賛するようなことはしない。よかれと思った行為は、必ずしも相手のためになるわけではないし、ある人にとって望ましいことが別の人には厄介な問題になることもしばしばだ。崇高な動機も実は心の脆さに根ざすことは少なくない。ウォークもダッチェスも人一倍傷つきやすい魂の持ち主ゆえに己を殺し、それぞれが信じる〝正義〟を心の支えに理不尽な現実に抗って生きているのだ。

この主人公ふたりを始めとして登場人物のほぼ全員が、それぞれ深刻な問題を抱えているために、一つのことしか見えない状態になっている。辛い過去から逃れたい、幸せだったころに戻りたい。厳しい現実を打破したい、愛するものを救いたい。復讐を果たしたい、罪を償いたい。そんな信念に凝り固まってしまった結果、周りが見えなくなり、ついには良いと信じる目的のためならばこの程度の逸脱は大した問題じゃないと自分自身に言い訳をして、一瞬の激情に任せた愚かな行為に手を染めてしまうのだ。そしてその波紋は、次の悲劇を呼び起こす。

クリス・ウィタカーは、人がディスコミュニケーション状態に陥った時、自らの行為がどんな影響を及ぼすのかを考えないまま突っ走ってしまう愚かさと怖さと哀しさを、冷徹な慈悲を持って描き出す。ヴィンセントのもとを訪れたウォークに矯正施設の所長カディがしみじみと漏らす言葉が忘れがたい。曰く、「悪に程度などないのかもな。一線をどのくらい越えたかなど、問題じゃないのかもしれん」。

無論、人は誰でも過ちを犯す。そして犯した罪は贖われなければならない。けれども贖罪は必ずしも容赦と呼応しない。過ちを犯した者は、どうすれば赦されるのか。どうしたら罪の意識から解放されるのか。『われら闇より天を見る』は、人が生きていく中で決して逃れることができないこの難問に正面からがっぷりと取り組んだ傑作だ。作者クリス・ウィタカーがたどりついた結論は、We

Begin at the End——人は終わりから始める、という原題に端的に示されている。

人は誰一人として人生の始まりを選ぶことはできないが、〝終わり〟を選ぶことはできる。それは、単純に死を選ぶということではなく、これまでの人生に区切りを付ける時が来たと判断することを意味する。そうして過去を清算し、先に進むべく新たな一歩を踏み出すのだ。

ダッチェスとウォークの生き方を通じて、作者は読者に訴えかける。人は、何度も間違え、躓き、そのたびに手痛いダメージを受けても、学び、選択し、責任を引き受けて先へと進んでいくのだと。

クリス・ウィタカーはロンドン生まれのイギリス人。子供の頃から読書が好きで、デニス・ルヘインやテス・ジェリッツェン、ジョン・グリシャム、そしてスティーヴン・キングといったアメリカ人作家のミステリを読んで育つ。とりわけキングはお気に入りで、親から読むのを禁じられていた『IT』を図書館からこっそり持ち出し、死ぬほどびびっていたそうだ（「図書館警察」！）。

高校時代に、同級生たちがしっかりとした将来の夢を持っているのに対して、自身の将来像を描けないことから不安と嫉妬を抱えた毎日を送り、経済学の試験前夜に泥酔。気がついたら病院に運ばれていて、大学進学のチャンスを失ってしまう。パン屋やスーパーマーケットに勤めた後、不動産業者として働いていたときに暴漢にナイフで襲われ重傷を負い、深刻なPTSD（心的外傷後ストレス障害）を発症し、寝食もままならない状態に陥ってしまう。そんな辛い日々の中で執筆療法について知り、主人公を自分自身から少女に変えて、ことの顚末を書き記していく。このとき生まれたのがダッチェスだ。ただし、この世の不幸を肩に背負った少女を主人公に、思いつくままに断片を書き連ねたもので、『われら闇より天を見る』とは、まだかけ離れたものだった。

こうして自身に起こっていることとすべてを他の誰かに投影することで、ようやく心の安定を取り戻したクリス・ウィタカーは、二十歳の時に、たまたま新聞で株式仲買人が愛車のフェラーリと一緒に写っている記事を読み、自分もそんな夢のような生活がしたいと思ってロンドンの金融街で働き始める。二十四歳の時に、かねてからの念願が叶ってフィナンシャル・トレーダーに昇格するも、二万ドル失ったら取り引きを止めるようにという上司の指示を無視して、初日に二百万ドルの損失を出してしまう。警察に行くか、働いて半額を返済するかを迫られて後者を選択。妻にも言えない秘密を抱えてしまったストレスから再びダッチェスの物語を書き始める一方、がむしゃらに働き三十歳の誕生日を前に巨額の借金を完済する。

ちょうどその頃、ジョン・ハートの『ラスト・チャイルド』（ハヤカワ・ミステリ文庫）を読んで感激したクリス・ウィタカーは、成功した弁護士であるハートが、妻子のある身で事務所を辞めて作家になる決断をしたと知り、自身も昇進の話を断って退職する。そしてスペインに引っ越し執筆を開始。二〇一六年にアメリカ西海岸の小さな町トールオークスを舞台した『消えた子供　トールオークスの秘密』（集英社文庫）を刊行。誰もが顔見知りのスモールタウンで、幼児失踪事件をきっかけに、狭い共同体で日々を送る人々の秘密や溜め込んできたものが明るみに出て、ある者は積極的に、ある者は不本意ながらこれまで歩んできた人生と向き合い変容していく様を、シリアスさとユーモアを交えた文章で瑞々しく描いた。このデビュー作で二〇一七年の英国推理作家協会（ＣＷＡ）賞ジョン・クリーシイ・ダガー（ニュー・ブラッド・ダガー）賞（最優秀新人賞）を受賞し、一躍注目を浴びる。

翌年、アリゾナ州グレイスという同じく小さな町を舞台に、五人の少女が行方不明になったのに続いて双子の姉が消えてしまった謎を妹が探る ***All The Wicked Girls*** を発表する。

そして二〇二〇年、それまで二十年近くにわたって断続的に書き続けてきたダッチェスの物語に本格的に取り組み、三年の歳月を掛けた第三作『われら闇より天を見る』を満を持して刊行。見事、二〇二一年の英国推理作家協会（ＣＷＡ）賞ゴールド・ダガー賞（最優秀長篇賞）をはじめ、オーストラリア推理作家（ＡＣＷＡ）賞（ネッド・ケリー賞）最優秀国際犯罪小説賞、シークストン賞最優秀賞を受賞する。

二〇二二年現在の最新作は二〇二一年に発表した *The Forevers*。小惑星の衝突により地球滅亡まであと一ヶ月という状況下で、自殺とも他殺ともわからないかつての友人の死の謎を、幼い頃に両親を亡くした十七歳の少女が調べ始めるヤングアダルト小説だ。

デビュー作以来、一貫して舞台をアメリカに設定しているクリス・ウィタカーだが、イギリス人である彼が、なぜ他国を舞台にした作品を書くのかという質問が、本国のインタビューでもしばしばなされている。それに対するクリス・ウィタカーの回答は、アメリカは犯罪小説を書く作家にとって理想的な舞台だから、というものだ。犯罪そのものよりも、その余波に強い関心を抱くウィタカーは、具体的には、銃器問題や小さな町の保安官、FBIの存在といった犯罪絡みの法律や警察機構を挙げている。さらに、『われら闇より天を見る』に関しては、大きな物語を描ける広大で変化に富んだキャンバスが必要であり、ロード・ノヴェルとしての展開も併せ持つこの作品は、一国の中に世界を内包するようなアメリカでなければ成り立たなかっただろうと述べている。ちなみに作者は、コーマック・マッカーシーの『ザ・ロード』（ハヤカワepi文庫）を生涯の愛読書として挙げており、人生を変えた書である『ラスト・チャイルド』とともに、本書には舞台設定から文体、人物造形に至るまで、これら不朽の名作の影響が随所にうかがえる。

作家業のかたわら、地元ハートフォードシャーの図書館でパートタイムで働き、本書をどのジャンルの棚に並べれば良いのか迷うと述べているように、謎解きミステリ、リーガル・スリラー、ロード・ノヴェル、青春小説、教養小説と様々な要素が一体となった〝終わりから始める人々の物語〟を、多くの人に手に取って貰いたい。

二〇二二年六月

訳者略歴　早稲田大学第一文学部卒，英米文学翻訳家　訳書『拳銃使いの娘』ハーパー，『その雪と血を』ネスボ，『ザ・チェーン　連鎖誘拐』マッキンティ，『第八の探偵』パヴェージ（以上早川書房刊）他多数

われら闇《やみ》より天《てん》を見《み》る

2022年 8 月25日　初版発行
2022年11月25日　再版発行

著　者　クリス・ウィタカー
訳　者　鈴《すず》木《き》　恵《めぐみ》
発行者　早　川　浩

発行所　株式会社　早川書房
東京都千代田区神田多町２－２
電話　03 - 3252 - 3111
振替　00160-3-47799
https://www.hayakawa-online.co.jp

印刷所　精文堂印刷株式会社
製本所　株式会社フォーネット社

定価はカバーに表示してあります
ISBN978-4-15-210157-0 C0097
Printed and bound in Japan
乱丁・落丁本は小社制作部宛お送り下さい。
送料小社負担にてお取りかえいたします。

本書のコピー、スキャン、デジタル化等の無断複製は
著作権法上の例外を除き禁じられています。